La Lionne

Du même auteur

Juste parmi les hommes, Fayard, 2019 ; Le Livre de poche, 2021.

François Dupaquier

La Lionne

roman

Flammarion

Les personnages de ce livre sont imaginaires, de même que leurs vicissitudes personnelles. Tout lien avec des personnes ou des faits réels suggérés par sa lecture ne peut être que le fruit du hasard. Les éléments historiques et les faits divers cités, ainsi que les noms de personnes, de marques ou d'entreprises, ont pour seul but de donner de la vraisemblance au récit, sans aucune volonté de dénigrement ni préjudice pour leur détenteur.

ISBN : 978-2-0804-2394-8

Tout ce que les femmes nous ont donné,
elles sont en droit un jour de le reprendre.

Pour Sophie,
et aux femmes qui se battent.

I

Irak, 1988

Ce matin-là, le sol était encore dur du froid glacé de la nuit et aucune poussière ne venait troubler la limpidité de l'air. Sur les collines qui entouraient la ville, une herbe rase, piquée de brun, tentait d'atteindre les sommets terreux tout proches. Au loin s'élevaient les hautes montagnes du Kurdistan dont la blancheur éclaboussait l'azur en traçant une ligne d'horizon précise comme un collage. Le ciel était d'un bleu sans nuance. Sa pureté ne semblait entachée d'aucun soleil. Discrète, l'étoile se faisait sentir quand elle frappait un côté du visage. La chaleur réconfortante de ses rayons sur la peau promettait l'arrivée du printemps alors que l'autre joue restait dans l'ombre de l'hiver. Cette tiédeur permettait aux miliciens que croisait Sîbel d'ouvrir les premiers boutons de leurs amples chemises couvertes d'un gilet de laine pressée. La toute jeune femme baissa la tête vers le nourrisson qu'elle portait, collé à sa poitrine. Elle observa son petit nez qui sortait de la cagoule colorée. Dans l'habitacle, le soleil qui suivait la course de la voiture étira un rectangle lumineux jusqu'à l'enfant. Sîbel défit légèrement la couverture fleurie qui emmaillotait le nouveau-né. Il avait les yeux mi-clos, la bouche entrouverte et une respiration rapide d'enfant plongé dans un sommeil profond. Elle lui caressa la joue du bout des doigts et leva les yeux vers le pare-brise. Le vieux pick-up cabossé sortait de la ville par une petite route en terre creusée d'ornières. Tout autour s'étendaient déjà les vergers de grenadiers qui avaient perdu leur feuillage.

— Merci encore de m'emmener, Bâbir, dit-elle en se tournant vers le vieux conducteur.

Sîbel était partie précipitamment de chez elle, son bébé dans les bras. Par chance, elle avait aperçu au bout de sa rue le paysan conduisant sa voiture sans âge. Il roulait si lentement qu'elle avait pu trottiner à son niveau pour lui faire signe de s'arrêter. Sa moustache blanche, aux extrémités jaunies par le tabac, semblait posée sur le volant tant Bâbir était courbé en avant. Les mains épaisses du vieillard se baladaient de droite à gauche pour accompagner le jeu dans la direction. Il avait fallu près de vingt mètres pour que l'attention de ses yeux bleus et luisants quitte la route et se porte sur la jeune femme qui tapait au carreau. Une fois arrêté, le vieil homme dut ouvrir la portière pour l'entendre, car sa vitre ne descendait plus. Le grincement fut si fort que Sîbel crut voir la porte se détacher de ses gonds. Bâbir accepta bien évidemment de faire un détour pour la déposer. Elle grimpa à ses côtés et s'enfonça dans le siège rembourré de coussins. La voiture sentait le tabac froid, la sueur et la poussière.

— Tu ne te sépareras jamais de ta voiture, n'est-ce pas ?

— C'est la première que je me suis achetée, lui répondit Bâbir sans quitter la route des yeux. Je n'en ai jamais changé et ça ne risque pas d'arriver. J'ai toujours tout réparé moi-même et elle marche encore. Elle est vieille comme moi. Elle grince et n'est plus aussi rapide qu'avant, comme moi. Mais elle marche. Alors oui, on mourra ensemble, comme un vieux couple.

— Tu devrais partir. Il ne faut pas rester là.

— Je suis trop vieux pour ça aussi, Sîbel.

La jeune femme était nerveuse, mais le sourire heureux du vieux paysan la détendit un instant. Elle le regarda avec affection, sachant qu'il ne servirait à rien d'insister. Les ressorts grinçants des sièges remplaçaient les suspensions disparues du pick-up. Ils projetaient les passagers contre le toit à chaque bosse. Le keffieh de Bâbir s'aplatissait à mesure que son crâne rebondissait contre l'habitacle. Sîbel se tenait au plafond pour amortir les secousses. Le bébé, lui, dormait toujours, bercé par les mouvements.

La voiture s'arrêta finalement à une intersection pour laisser Sîbel descendre. Elle remercia le vieil homme et partit en courant avec son enfant. Sur le chemin, elle dépassa une grange dans laquelle dormait un tracteur. Partout autour s'étendaient des vergers. Dans la cour de la ferme, les chiens commencèrent à aboyer. Sîbel, essoufflée, n'eut pas le temps de les faire taire. Ils se précipitèrent sur elle en glapissant joyeusement au point qu'elle faillit trébucher. Le bébé se réveilla. La jeune femme ralentit alors le pas. Devant l'entrée de la ferme elle reconnut tout de suite la vieille Nissan bleue de son mari. La maison avait été agrandie d'une partie en béton mais toute une aile conservait l'architecture traditionnelle de torchis et de pierre au toit plat. La porte d'entrée était verrouillée, Sîbel tambourina sur le métal. Le verrou se désengagea et un homme grand, habillé d'un jean et d'un tricot de maille, lui ouvrit la porte.

— Baram, mon Dieu, souffla-t-elle hors d'haleine en tendant le bébé à son mari.

— Mais qu'est-ce que tu fais là ? marmonna-t-il surpris. Comment es-tu venue ?

— Peu importe, dit-elle en reprenant sa respiration. Je viens vous prévenir. Nous n'avons plus de temps. Tout le monde est inquiet en ville. Les peshmergas et les pasdarans pensent que l'offensive est proche. Il faut se dépêcher.

— Et les enfants ? Où sont-ils ?

— Je les ai laissés à la maison avec mes parents pour venir te chercher.

Baram fit entrer sa femme alors qu'il embrassait son bébé en souriant. Dans le salon, les beaux-parents de Sîbel étaient assis sur des tapis, adossés à des coussins en velours pourpre. Une théière en métal doré était posée sur le poêle à bois brûlant. Le liquide sucré fumait encore dans les tasses des deux paysans. Le père de Baram portait l'habit traditionnel beige, une longue chemise enfoncée dans un pantalon ample et ceinturé d'un foulard fleuri. Sur sa tête, le keffieh noir et blanc était parfaitement noué. Sa femme, robuste et toute drapée de tissus colorés, avait la tête ceinte d'un foulard blanc. Elle tendait déjà les bras pour que son fils lui passe le bébé.

— *Salam daya gyan*[1], salua Sîbel en venant embrasser la main de sa belle-mère. *Salam baba*[2], dit-elle en se tournant vers son beau-père et en baissant la tête, la main sur le cœur.

Elle leva les yeux vers le vieil homme. Tous deux échangèrent un regard froid dont chacun connaissait les raisons.

— *Daya*[3], *baba*, pourquoi n'êtes-vous pas prêts ? Il faut partir, entama Sîbel.

— Ils ne veulent pas, lui répondit son mari.

— Mais vous ne pouvez pas rester, c'est trop dangereux.

— J'ai tout essayé, ils sont têtus comme des mules, pesta Baram.

— Nous ne partirons pas, trancha sèchement son père. Nous n'avons rien à craindre de Saddam. Quant à toi, Baram, si tu n'étais pas engagé dans tes histoires de socialisme, ta famille serait en sécurité et…

— Ne dis pas n'importe quoi, papa, le coupa son fils. Et les *rajimas*[4] ? Et les zones interdites ? Tu crois que ça ne vise

1. Littéralement « esprit de maman » (formule de politesse) en sorani.
2. « Papa » (sorani).
3. « Maman » (sorani).
4. Nom donné aux obus chimiques.

que les combattants et les militants politiques ? Ce sont tous les Kurdes qui sont ciblés, civils compris.

— Ça suffit. Nous resterons là, ma décision est prise.

— Eh bien, faites comme vous voulez ! s'énerva Baram. Sîbel, tu restes ici avec le bébé, je pars chercher les enfants et nos affaires. J'embarque aussi tes parents. Nous repasserons vous prendre et nous partirons tous en Iran.

Baram attrapa son enfant. Il approcha son visage de sa petite tête en grimaçant. Les yeux du nouveau-né s'illuminèrent. Le bébé hoqueta de plaisir quand il le chatouilla dans le cou avec sa moustache brune. Puis il le confia à Sîbel qui accompagna son mari jusqu'à leur voiture.

— C'est mieux que tu restes ici en attendant que nous revenions, lui répéta-t-il. Nous ne serons pas longs.

Baram embrassa sa femme pudiquement sur le front avant de monter en voiture. Elle lui répondit par un : « Fais vite, s'il te plaît ». Elle porta sa main à ses lèvres et déposa un baiser sur la vitre avant que Baram ne démarre. À l'est, les montagnes avaient déjà disparu derrière une nappe de nuages qui annonçait le mauvais temps. La brise glacée venue d'Iran fit grelotter Sîbel. Le frisson qui la parcourut était mêlé d'inquiétude et de tristesse. Elle se tourna vers la ville et vit la Nissan bleue disparaître derrière les arbres. De l'autre côté, la pluie tombait au loin sur l'Iran. C'est dans cette direction qu'ils iraient. Elle rentra dans la maison tandis que son enfant s'agitait dans ses bras. Sa belle-mère sortait du salon pour refaire du thé à la cuisine. Le soleil s'était déjà voilé et la pièce était plongée dans la pénombre. Sîbel se laissa glisser au sol contre des coussins. Son beau-père observait le nouveau-né qui s'agitait. Par la fenêtre, un vent léger commençait à faire bouger les branches des arbres fruitiers. Le bois crépitait dans le poêle. Tout semblait si calme. Puis le bébé se mit à geindre.

— C'est la faim, je pense, dit Sîbel.

— Tu pourrais te couvrir quand tu viens chez nous, lâcha le vieux paysan.

Sîbel tourna la tête vers lui et le fixa durement.

— Personne ne me voilera jamais, *baba*, finit-elle par dire.

Elle plongea alors la main dans son chandail pour sortir son sein afin de nourrir le bébé. Ulcéré, le vieil homme se leva et quitta la pièce en maugréant. Sîbel observait son enfant téter. Mon Dieu, qu'elle l'aimait, se dit-elle. Elle tourna de nouveau la tête vers la fenêtre. Le vent avait cessé mais une chape grise et froide enveloppait maintenant la ville. Sîbel sentait le poids de chaque seconde peser dans l'air. Son ventre était noué, ses seins ne donnaient rien. Le bébé s'y accrochait désespérément en geignant dans l'espoir de quelques gouttes. La grand-mère arriva et lui servit un thé avant de s'asseoir à côté d'elle.

— Tu n'y arrives pas ?

— Non, *daya*. Je réessayerai plus tard. Il faut que vous veniez avec nous, *daya gyan*. Je t'en prie.

— Vous êtes jeunes. Vous pouvez refaire votre vie ailleurs. Nous avons construit toute notre existence ici. Et *baba* a tellement travaillé pour ses plantations. Il ne les abandonnera jamais.

Sîbel berçait son bébé pour qu'il s'endorme, mais la faim continuait à lui tordre l'estomac.

— On pourrait lui donner un peu de lait de vache si tu…

La vieille dame fut coupée par le bruit sourd d'un avion. Les deux femmes se figèrent. Sîbel se mit à bercer plus fort son enfant pour qu'il se taise. Un chasseur survolait la ville. Elle entendit la porte d'entrée grincer et vit par la fenêtre son beau-père qui observait le ciel.

— Iranien ? questionna-t-elle pour se rassurer en regardant sa belle-mère.

Elle n'obtint pas de réponse. Le silence dans le ciel était revenu. La porte d'entrée claqua et le vieux paysan entra dans la pièce.

— Qu'est-ce que c'est, *baba gyan* ? demanda Sîbel.

— Un avion de chasse, dit-il. Il est parti.

— Iranien ?

— Je ne suis pas sûr.

Quand son beau-père évita son regard insistant, Sîbel comprit que l'avion était irakien. Elle tourna la tête, presque implorante, vers la vieille paysanne qui regardait ses mains calleuses. Sîbel n'arrivait plus à penser. Elle voulut dire quelque chose quand elle entendit une première explosion, sèche comme un claquement de langue. Tous se raidirent.

— C'est loin, dit le grand-père après un silence.

Puis une deuxième explosion résonna. Sîbel blêmit. Les coups sourds et lointains se firent plus nombreux. Ils annonçaient le début de la bataille et la tentative de l'armée irakienne de reprendre la ville.

— Ça y est, ils attaquent, murmura la jeune femme pour elle-même, sans être encore en mesure de comprendre la situation.

Soudain une énorme déflagration fit trembler le sol dans un vacarme assourdissant. La peur les percuta en même temps que le souffle de l'explosion sur la maison. Le nouveau-né cessa sur-le-champ de geindre. Tous se regardèrent, estomaqués. Puis le bébé se mit à pleurer alors que le grondement s'atténuait et que l'avion de chasse faisait rugir ses moteurs en s'éloignant. Sîbel se leva et se précipita à l'extérieur. Loin après la rangée d'arbres qui entourait la maison, un immense panache de fumée noire s'élevait au-dessus de la ville. Les noms de ses enfants et de son mari formaient une ritournelle désespérée dans son esprit. Elle les murmurait du bout des lèvres, tremblante, les yeux hallucinés. « Non, non, c'est trop tôt », balbutiait Sîbel terrorisée. Une seconde roquette percuta la ville. L'onde de choc balaya la campagne à des milliers de kilomètres à l'heure. Sîbel se recroquevilla au sol sur son bébé pour le protéger du blast. Le grondement des avions de chasse était devenu permanent comme les pulsations des mortiers battant tels des tambours. Sîbel leva la tête et vit ses beaux-parents paniqués dans l'encadrement de la porte. Ils lui faisaient signe de revenir. Elle se leva et courut jusqu'à eux, courbée sur son bébé.

— Il faut se mettre à l'abri, suivez-moi ! ordonna son beau-père.

Ils contournèrent la maison et descendirent par un escalier en pierre menant à une porte métallique. Le vieil homme fit entrer les deux femmes dans la cave et referma les lourds battants d'acier. Sîbel serrait contre elle son enfant qui hurlait. L'air avait l'odeur âcre des fruits trop mûrs stockés après les récoltes. Le sol en terre était gelé. Le froid gagnait déjà les pieds de Sîbel à travers ses chaussures. Elle avait l'impression que ses mollets baignaient dans l'eau glacée. Elle serra la couverture autour de son bébé.

— *Baba* ? appela Sîbel dans l'obscurité.

— Attends, ma fille, lui répondit le grand-père.

— Ça va aller, chuchota-t-elle à son enfant comme pour elle-même.

Elle crut d'abord que son sang tambourinait dans ses tempes. Mais c'étaient les coups sourds des explosions qui battaient en elle comme un cœur. Ils donnaient à l'air une intensité qui pressait la poitrine. Soudain une allumette illumina la cave et le vieux paysan embrasa la mèche d'une lampe à pétrole. Il régla faiblement le débit pour ne pas en épuiser la réserve et vint la poser sur une caisse en bois. Puis il tira un banc contre le mur en pierre.

— Viens t'asseoir, ma fille, dit-il.

Sîbel alla se poser sur le banc. Sa belle-mère l'entoura d'une couverture en la serrant contre elle. Le bébé tout emmitouflé s'était endormi, épuisé d'avoir trop pleuré.

— Nous allons rester là, nous sommes à l'abri, la pièce est solide, reprit le beau-père en s'asseyant sur une chaise. J'ai aussi stocké de la nourriture et de l'eau... Au cas où... Ne t'inquiète pas pour Baram et les enfants, reprit-il en voyant les yeux brillants de sa belle-fille. Je connais mon fils, il aura su se mettre à l'abri. Et votre maison est loin des militaires. Ils n'y craindront rien.

Mais personne n'aurait pu rassurer Sîbel en cet instant. Depuis que les Irakiens avaient abandonné la ville aux peshmergas et aux pasdarans iraniens, ils savaient tous que Saddam Hussein ne laisserait pas la situation perdurer. Sîbel et son mari avaient trop attendu. Maintenant c'était trop tard. Elle se reprocha alors d'avoir laissé Baram partir seul chercher les jumeaux. Sa place de mère était auprès d'eux. Ils devaient avoir si peur dans le noir et elle ne pouvait rien faire. Elle leva la main sur son front, là où son mari l'avait embrassée.

— Petite fleur, je vais t'aimer si fort.

Elle était jeune quand elle avait rencontré Baram, pas plus de dix-huit ans. Lui en avait déjà vingt-sept. Il était son professeur au lycée. Il militait au Parti communiste et récitait des poèmes. Un jour il lui avait proposé de le retrouver après une réunion politique. Elle était arrivée en avance, par curiosité. Baram menait les débats avec une telle énergie et une telle conviction ! Elle admira tout de suite sa force et sa détermination. Et il était beau.

— Je te le promets, mon amour. Je ne te ferai prisonnière que de l'air et de la beauté du monde.

Ils s'étaient mariés au bout de six mois, après la fin de l'année scolaire, malgré la réticence des parents de Baram. Eux avaient prévu une femme pour leur fils, une lointaine cousine d'une famille d'agriculteurs aisés. Mais Baram était un homme libre. Personne n'aurait pu le marier de force. Il avait tout de même consenti aux familles un mariage religieux devant l'imam. Le soir même, avec Sîbel, ils trinquaient avec les membres du parti.

— Un jour, tu verras, nous n'aurons rien d'autre à faire que de nous aimer.

Elle avait commencé à étudier, elle voulait devenir infirmière. Sîbel travaillait en même temps pour se former et son mari en était si fier.

— Tu es brave, petite fleur. Un jour, notre peuple sera libre et ses rivières seront bleues.

Sîbel fut sortie de sa rêverie par les mouvements de son enfant. Elle s'aperçut que le temps avait passé. Depuis combien d'heures étaient-ils assis dans la pénombre, elle ne pouvait le dire. Dans son dos, la maçonnerie vibrait au rythme des bombardements. Son mari avait aussi aménagé un abri anti-aérien derrière leur maison, dans une ancienne citerne d'eau de pluie. Elle ne pouvait cesser de penser que Rojan et Heval, ses petits garçons, devaient s'y trouver aussi. « Ça va aller, ça va aller », se répétait-elle encore. Elle essaya à nouveau de nourrir le bébé. Ce fut fastidieux mais elle put lui donner un peu de lait. Puis elle se leva et mit le bébé sur son épaule en lui tapotant le dos. Une explosion beaucoup plus proche fit trembler toute la maison. Sîbel ne s'arrêta pas et continua à marcher de long en large dans la cave. Elle chantonnait doucement une berceuse. Une nomade kurde, le visage marqué de tatouages tribaux, la lui avait apprise dans les montagnes toutes proches.

Dors, mon enfant, dors !
Je placerai ton berceau devant le souffle des vents,
Pour que tu connaisses le vent du Nord,
Pour que tu connaisses la solitude dans la montagne,
Pour que tu connaisses les mauvais jours et les mauvais temps.
Dors, mon enfant, dors !
Dors devant le vent du Nord et devant Ziryan[1].

1. Ziryan : vent froid qui annonce l'arrivée de l'hiver au Kurdistan.

Apprends à être.
Apprends à vivre dans la chaleur de l'été.
Apprends à vivre tout seul dans le froid de la montagne.
Apprends, mon enfant, apprends.
La vie, c'est cela.
C'est cela, la vie.
Calme-toi ! Dors bien, mon enfant !

Et elle récita encore la berceuse. Et encore. Personne n'aurait pu dire combien de fois, dans cette cave gelée, elle la récita. Et c'était comme si le temps s'était arrêté. Au fur et à mesure, les oreilles sifflèrent moins, la vibration dans les murs s'atténua et l'air perdit de sa densité.

— Ça se calme, affirma le vieux paysan au bout d'un moment.

Les avions étaient partis. Quelques explosions de mortiers se faisaient encore entendre. L'attaque avait duré longtemps mais elle semblait prendre fin.

— J'y vais, lança calmement Sîbel.

— Tu n'y penses pas. C'est trop tôt, la coupa son beau-père.

— Il a raison, c'est trop dangereux, renchérit sa femme.

— Je ne peux pas rester à attendre, il faut que je retrouve Baram et les petits. À tout à l'heure, mon amour, dit-elle en embrassant le nourrisson et en le confiant à sa belle-mère.

Le vieux paysan kurde n'eut pas le temps d'essayer de la retenir. Sîbel s'était déjà précipitée sur la porte pour s'extraire de la cave.

II

Aujourd'hui, J-3 mois

Le portable vibrait dans le pantalon de Tara en émettant des tintements de clochette. Elle se réveilla difficilement et parcourut la pièce d'un œil sans pouvoir la reconnaître immédiatement. Son autre paupière se décolla dans un second temps, lui faisant penser qu'elle devait être encore bien éméchée de la veille. Couchée sur le côté, elle bavait toujours sur l'oreiller, la bouche entrouverte. Elle tendit le bras pour attraper son jean qui traînait au sol. Elle sentit sur sa joue l'humidité froide de sa salive. Son téléphone s'arrêta enfin de sonner, elle saisit sa ceinture du bout des doigts pour tirer son pantalon. Une lumière blafarde entrait par la fenêtre de la chambre. Le soleil était juste en train de se lever. Le téléphone vibra de nouveau. Tara savait qu'à cette heure, l'insistance de l'appel signifiait que le bureau tentait de la joindre depuis un long moment. Elle avait dormi comme une pierre, presque inconsciente après tout ce qu'elle avait absorbé. Son esprit était à l'image du désordre dans la pièce. Les vêtements gisaient un peu partout. Un verre à pied à moitié plein trônait sur la table de nuit. Du vin avait coulé le long des tiroirs d'une commode et son SIG Sauer pro 2022 était posé en évidence sur une chaise dans son étui. Elle redoutait maintenant le moment où elle découvrirait, à demi sobre, la personne qui dormait dans son dos.

— Ouais ? entama-t-elle, migraineuse, en décrochant. Salut Jeannot… Oui je sais, désolée. Vas-y, dis-moi… OK… OK… Où ça ?… Qui a prévenu ?… On a déjà des gens sur place ?… Non ?… Bon, regarde si une brigade de la BAC peut sécuriser les lieux le temps qu'on arrive. Je suis là dans dix minutes et on part ensemble.

Tara raccrocha. Elle était incapable de se rappeler où elle avait mis ses sous-vêtements. Elle fila au pied du lit en ignorant toujours le jeune homme qui semblait dormir sans un bruit. Mais un homme ronfle, surtout quand il a bu, et Tara était certaine qu'il ne dormait plus. Au moins avait-il la délicatesse de ne pas la regarder tandis qu'elle cherchait sa culotte toute nue. Elle leva légèrement la couette et trouva le bout de tissu en boule au bout du lit. Peu à peu les souvenirs affluaient, mais elle avait encore du mal avec les détails. Elle avait d'abord suivi ses collègues dans un bar après le pot de départ de l'un d'eux. Tara avait rarement besoin qu'on insiste quand il s'agissait de boire. Puis les verres s'étaient enchaînés. En fin de soirée, elle s'était fait draguer par ce petit jeune qui lui avait proposé de venir chez lui et la nuit ne s'était donc pas arrêtée là. Le problème, c'est qu'elle était de permanence. Mais peu importe, les collègues savaient qu'elle assurait toujours.

Elle enfilait son jean et commençait à remettre son soutien-gorge quand le garçon se retourna vers elle. Tara avait un très beau corps et le jeune homme n'avait pas pu s'empêcher d'ouvrir les yeux à ce moment-là en s'étirant. Comme si le fait d'avoir baisé, pas trop mal d'ailleurs, se rappela Tara, lui donnait le droit d'en profiter. Il devait penser que ce n'était ni trop tôt ni trop tard pour poser la question.

— On se revoit ?

Elle ne lui jeta même pas un regard. Elle aurait préféré qu'il se taise. En attachant sa queue-de-cheval avec un élastique, elle lui répondit froidement : « Non. » La réponse claqua comme un coup de poing dans l'estomac et le jeune homme, bouche bée, perdit toute confiance. Tara prit son pistolet semi-automatique, le passa à sa ceinture et sortit de la chambre. Un regard rapide dans le salon lui fit comprendre que son amant d'un soir ne devait pas avoir fini ses études depuis longtemps. Une veste de costume sur un cintre indiquait qu'il travaillait. « Architecte », finit-elle par penser en regardant les livres dans la bibliothèque. Sur la table basse traînaient quelques bouteilles d'alcool, des verres à shot, un cendrier plein de mégots. Sur une boîte de CD deux lignes de cocaïne se faisaient la course à côté d'un pochon vide. Tara attrapa un paquet de cigarettes qu'elle glissa dans sa poche. Avec sa gueule de bois, la journée allait être dure. Elle prit une paille sur la table et se baissa pour sniffer un rail. Au moins elle n'était pas mauvaise, elle ne piquait pas.

— Allez, merde, marmonna-t-elle.

Elle se baissa de nouveau et sniffa la seconde ligne. Puis elle attrapa sa veste en cuir, vérifia qu'elle avait toutes ses affaires et sortit rapidement de l'appartement.

Tara arriva dix minutes plus tard au commissariat central de Bobigny au volant de Princesse, son coupé BMW noir. Elle avait poussé la musique à fond sur le chemin en traversant Paris à toute vitesse grâce aux deux cent quatre-vingt-dix chevaux de son vieux bolide. Elle avait acheté cette voiture pour presque rien à un ami de son père qui la bichonnait depuis la fin des années 1980. La policière n'aimait pourtant pas particulièrement les voitures ni ceux qui conduisaient ce genre-là. Mais, dès le premier jour, elle avait laissé sur place deux types au crâne rasé qui la draguaient grossièrement par la fenêtre à un feu. D'une simple pression sur l'accélérateur elle avait brisé leur virilité. Elle appréciait ces petites vengeances un peu mesquines. Tara s'était toujours dit qu'il faudrait réserver les voitures puissantes aux femmes. Elle n'imaginait que cette solution temporaire pour ramener les hommes à la raison. Pourtant, elle aimait les hommes pour ce qu'ils étaient et préférait regarder devant elle plutôt que de perdre son temps à se battre avec eux. Au pire elle les ignorait, les considérant malades d'un complexe d'infériorité lié à des millénaires de domination infructueuse. Tara n'avait pas à prouver sa valeur. Elle était sortie dans les premières de l'École nationale de police. Et aucun des hommes de la brigade qu'elle dirigeait n'aurait osé lui rappeler sa condition de femme.

Après s'être garée dans le parking du commissariat, Tara descendit de sa voiture mais n'emprunta pas l'entrée de service. Pour gagner du temps et éviter de traverser la zone de garde à vue, elle ressortit dans la rue et longea le bâtiment avant de pousser la porte métallique d'une sortie de secours qui s'ouvrit sans difficulté. Tara gravit les escaliers en béton jusqu'au deuxième étage où elle atteignit directement le palier de la police judiciaire, à quelques mètres de son bureau. Les policiers se plaignaient régulièrement de l'insécurité des bâtiments dans lesquels n'importe qui pouvait s'introduire, mais rien n'avait jamais été entrepris. Dans la pièce où Tara entra, cinq bureaux étaient disposés en cercle. Devant l'un d'eux, un homme menotté à sa chaise était interrogé par le plus jeune agent du groupe. Le suspect à la mine patibulaire se retourna au passage de la policière.

— Salut les gars, dit Tara en posant sa veste sur le dossier de sa chaise et en s'asseyant à son bureau. Thomas, c'est qui, celui-là ?

— Lui, c'est le monsieur que nous avons arrêté hier pour l'affaire du viol de la cité des Poètes.

— Ah... Et c'est pour ça qu'il s'est permis de me reluquer le postérieur quand je suis passée ? Ça promet, conclut Tara. Désolée du retard, je me suis attardée au pot de départ de Bruno hier et j'ai la gueule de bois. Jeannot, qu'est-ce qu'on a ?

— Comme je te le disais, un mec se serait pendu par sa fenêtre à Aulnay-sous-Bois. C'est un voisin qui nous a prévenus.

— Il n'a pas été détaché ?

— Non.

— Il y a un obstacle médico-légal ?

— Le toubib n'est pas encore sur place. Pour l'instant nous n'en savons pas beaucoup plus si ce n'est que le macchabée se trouve toujours au bout d'une corde sur une façade, à vingt mètres de haut.

— Tu as son identité ?

— Pas encore.

— Qui est sur les lieux ?

— Deux unités de la BAC. Ils sécurisent l'appartement et nous attendent.

— Génial, la Nouille, et qu'est-ce qu'on fait là alors ?

— C'est chaud. C'est en plein milieu de la cité de la Rose des vents, répondit Jean. Apparemment tout le quartier commence à admirer le spectacle.

— OK, alors tu réveilles une compagnie de CRS, qu'ils soient prêts à intervenir. Normalement tous les lascars du quartier dorment à cette heure-ci. Julie et Karim, vous prenez un véhicule et vous nous suivez avec Jeannot. Thomas, tu finis avec monsieur et tu restes en poste le temps que nous revenions.

En quittant Bobigny et les quartiers pavillonnaires, les deux véhicules banalisés s'enfoncèrent dans un paysage planté de barres d'immeubles. Des épaves de voitures, certaines calcinées, reposaient sur les parkings alentour où des arbres peinaient à survivre. Quelques commerces aux volets métalliques baissés, surtout des kebabs et des bars PMU, s'intercalaient entre plusieurs bâtiments. Dès que les policiers quittèrent les grands axes qui cloisonnaient la cité de la Rose des vents, toute trace d'activité disparut. Tara éteignit la sirène. Elle savait qu'à 6 h 30 du matin, les bandes de trafiquants dormaient. Leurs activités étaient nocturnes et la consommation massive de cannabis abrutissait la plupart d'entre eux jusqu'à tard le matin. Au pire pouvaient-ils croiser les petits revendeurs partis charbonner de nuit sur Paris pour approvisionner les fêtards. Les seuls habitants réveillés étaient les forçats, tous ceux qui s'apprêtaient à saisir les balais, à embaucher dans les rares usines qui subsistaient, ceux qui allaient monter sur les échafaudages ou voulaient être les premiers à saisir une chance devant les bureaux d'intérim. Après un premier pâté d'immeubles, les deux voitures bifurquèrent dans une petite contre-allée. Les policiers se retrouvèrent cependant bloqués par un véhicule barrant le chemin avec les deux pneus à plat.

— Tu sais par où passer, Jeannot ? demanda Tara.

— T'inquiète, je suis un ancien de la BAC 93. Je connais la cité par cœur.

Les policiers firent demi-tour. Après une déambulation dans un parking, ils empruntèrent une route plus étroite coincée entre une longue barre HLM et une série de box dont beaucoup de portes avaient été arrachées. La rue était jonchée de détritus, certainement jetés par les habitants depuis l'immeuble. Du linge était suspendu aux fenêtres d'où pendaient des ficelles comme des yo-yos sur une façade de prison. Des caddies de supermarché étaient renversés un peu partout. Une machine à laver éventrée sur le bas-côté répandait ses entrailles métalliques sur le terre-plein. En passant à sa hauteur, Jeannot observa le toit de l'immeuble d'où elle avait été jetée.

— Ça ne va pas ? demanda Tara.

— Si, ça va. Je ne me rappelais pas cet endroit comme ça. Mais c'est bien le raccourci que je connais. Ne traînons pas.

Tara se retourna pour vérifier que Karim et Julie suivaient bien, alors que les véhicules roulaient lentement pour éviter les obstacles.

— Bon, dépêche-toi, Jeannot, demanda-t-elle, nerveuse.

Au bout du bâtiment, ils voulurent tourner à gauche, mais une vieille camionnette barrait encore une fois le passage.

— Merde, Jeannot ! cria Tara. Dégage, c'est...

Elle n'eut pas le temps de finir sa phrase qu'un parpaing tombait sur leur voiture comme un obus. En une fraction de seconde la carrosserie de l'aile avant gauche avait disparu.

— Ils nous caillassent depuis le toit, demi-tour ! ordonna Tara en faisant signe à Karim de reculer.

Une pluie de cailloux s'abattit sur eux. Les policiers entendaient les assaillants hurler sans savoir encore d'où. Le plafonnier derrière Tara se détacha quand une pierre cogna le toit au-dessus de la banquette arrière. Les deux voitures reculèrent à toute vitesse dans un bruit strident de violon. Elles percutaient les caddies métalliques dans de grandes embardées et rebondissaient sur les obstacles qui restaient accrochés sous leurs planchers. Face à elle, Tara vit soudain une vingtaine de jeunes garçons cagoulés en survêtement qui leur jetaient des projectiles. Le pare-brise se fendit à plusieurs endroits. Tara se jeta sur la radio et lança un appel d'urgence quand le véhicule pila d'un coup.

— Putain, Jeannot ! cria-t-elle.

Mais derrière eux, la voiture de Karim faisait aussi face à un autre groupe armé de barres de fer. Par la lunette arrière elle n'aperçut que l'ombre du lave-linge qui s'écrasa depuis le toit entre les deux véhicules, projetant des éclats dans toutes les directions.

— Dans les box, à couvert ! hurla Tara en attrapant son talkie-walkie.

Jeannot comprit immédiatement la consigne et écrasa la pédale pour reculer. Il roula sur une porte en tôle qu'il faillit entraîner sous ses roues, passa au-dessus de l'obstacle et glissa sa voiture dans un box ouvert. À dix mètres, Karim réussit à son tour à mettre la voiture dans un garage. Tara attrapa un Flash-Ball et des munitions sur la banquette arrière et sortit de la voiture.

— Prends le fusil à pompe dans le coffre, ordonna-t-elle à Jeannot.

La policière se précipita vers l'encadrement de la porte. Elle sortit la tête un bref instant pour évaluer la situation. Les insultes fusaient des deux côtés du passage. Les assaillants s'étaient rapprochés tout en gardant leurs distances. En haut des immeubles résonnaient en continu des « *Allah akbar*, fils de pute ! »

— Bande de petits cons, marmonna Tara. La moitié ne sait même pas ce que ça veut dire, dit-elle à l'attention de Jean venu se poster de l'autre côté de la porte.

Tara leva sa radio.

— Karim, tu me reçois, tout va bien ? demanda-t-elle.

— Oui ça va, juste la voiture qui est amochée.

— OK, alors pas de bêtises. Prenez les Flash-Ball et attendez de voir ce qu'on fait.

Tara regarda de nouveau dehors. Les jeunes commençaient à s'approcher.

— On ne va pas les retenir longtemps, Jeannot. Va aux nouvelles et appelle le poste.

Jean s'engouffra dans la voiture alors que des projectiles de toutes sortes s'écrasaient devant le garage. Les assaillants n'étaient plus qu'à vingt mètres.

— C'est bon, les renforts arrivent ! cria finalement Jean au moment où un cocktail Molotov explosait devant le box.

Tara se jeta en arrière pour éviter les éclaboussures d'essence embrasée. Elle s'avança de nouveau et visa le groupe le plus proche à travers les flammes. Le coup claqua comme un tir de fusil de chasse juste avant qu'une nouvelle bombe incendiaire ne soit lancée. Un homme hurla quand le projectile atteignit sa cuisse. Dans le box adjacent, les policiers firent feu à leur tour. Une autre balle en caoutchouc toucha sa cible. Les jeunes s'éloignèrent un instant.

— Encore ! hurla Tara pour être entendue.

Elle tira de nouveau, suivie par l'écho des autres officiers de police. Les assaillants reculèrent. Tara rechargea son Flash-Ball et remit en joue. Elle se figea en voyant un groupe se scinder en deux et un homme avancer avec une kalachnikov.

— À terre ! À terre ! ordonna-t-elle.

Une rafale d'arme automatique percuta les box. Des balles sifflèrent au-dessus de la tête des policiers allongés.

— Vas-y, la Nouille, défrise-les ! Tire au-dessus des têtes ! hurla Tara.

Jean se releva, plaqué contre le mur. Il arma le fusil à pompe d'un coup sec et tira une cartouche en l'air dans la direction du tireur avant de se remettre à l'abri.

— Tu as toujours la gueule de bois ? lança-t-il.

— Ça va mieux, répondit Tara. Mais si tu ne veux pas aussi choper la migraine, baisse-toi. Le parpaing n'arrêtera pas ces balles-là.

À l'extérieur, l'homme à la kalach se relevait déjà pour tirer. Il s'arrêta net en entendant les sirènes qui résonnaient à travers la cité.

— Juste à temps, souffla Jean.

Le calme était revenu. Les jeunes avaient disparu en un instant. Tara regarda le bâtiment qui lui faisait face. Il ressemblait à une ruche, avec toutes les fenêtres disposées comme des alvéoles. Des rideaux bougeaient par endroits. Les visages se détournaient du spectacle de l'assaut qui n'avait pas duré plus de dix minutes. Tara sortit rapidement, l'arme au poing, pour aller voir Karim et Julie.

— C'est bon, la voie est libre, glissa-t-elle alors que les deux policiers étaient toujours allongés au sol.

— On fait quoi ? demanda Julie. On les course ?

— Non, attendons les renforts.

— Ils nous tirent dessus à la kalach et on les laisse disparaître ?

— Je n'ai pas dit ça, Julie. Mais tu as vu les armes qu'ils ont ? Et ces mecs sont bien organisés. C'est trop dangereux et nous n'allons pas fouiller la cité à quatre. Alors faisons toutes les constatations et suivons la procédure.

Quatre équipes de la BAC arrivèrent, toutes sirènes hurlantes. Ils ne prirent pas le temps de saluer les policiers et sortirent immédiatement leurs armes automatiques pour sécuriser les lieux. Ils balayèrent les fenêtres de l'immeuble pour s'assurer qu'il n'y avait pas de danger. Un convoi de la BRI les suivit de quelques minutes ainsi qu'une autre équipe de la section criminelle de la PJ du 93.

— C'est Beaulieu, précisa Jean.

— Ne bougez pas, je vais le voir, répondit Tara qui alla s'entretenir avec ses collègues.

Tout autour, les hommes d'élite cagoulés de noir et engoncés dans leurs équipements lourds se déployaient pour boucler le secteur. Après leur avoir brièvement expliqué la situation, Tara sortit son portable et appela son patron au commissariat. Puis elle revint voir son équipe.

— J'ai eu le commissaire Perret, entama-t-elle. Julie et Karim, vous restez là avec Beaulieu. Vous faites toutes les constatations. Prenez du monde avec vous et allez faire l'enquête de voisinage en priant pour que quelqu'un ait quelque chose à dire. Je suis attendue au poste pour déposer sur ce qui s'est passé. J'irai plus tard. Avec Jeannot nous attendons les CRS pour nous escorter. Nous sommes toujours attendus sur une scène de crime.

Quand Tara et Jean arrivèrent devant l'immeuble, les badauds étaient déjà au spectacle sur les trottoirs. Beaucoup d'habitants étaient descendus de chez eux en robe de chambre et chaussons. Le chômage était tellement élevé dans la cité que certains résidents passaient plus de temps en vêtements de nuit que de jour. D'autres observaient la scène depuis les fenêtres des bâtiments voisins. Au milieu de l'immeuble de sept étages pendait un corps dans un survêtement clair. Dans sa chute, la tête de la victime avait failli se détacher du corps et son cou entouré d'une corde était anormalement long. Tara regarda sa montre : 7 h 30, il était tard. Depuis les évènements du matin et l'arrivée encadrée par les CRS, Tara n'avait plus aucun espoir de passer inaperçue. Elle attendit avec Jean que les policiers se déploient autour du bâtiment. Ses yeux injectés de sang la piquaient et elle prit son visage dans ses mains pour les reposer un instant. La migraine s'installait tandis que l'alcool se dissipait complètement dans ses veines et que l'adrénaline retombait. Sans drogue elle n'aurait certainement pas réussi à si bien gérer l'attaque. Tara aurait voulu pouvoir en reprendre un peu. Elle leva la tête et regarda Jean, la tête posée contre le dossier de son siège.

— T'as vraiment pas l'air bien, dit-il en l'observant.

— Je sais, mon Jeannot.

— Tu ne peux pas te mettre dans des états pareils, il faut que tu arrêtes. Ça va mal finir, tu le sais bien.

— Je sais, mais il n'y a que ça qui me fasse tenir, répondit-elle en souriant à son ami. De toute façon le patron veut m'imposer des congés. Je me reposerai à ce moment-là. Allons-y.

Les deux policiers sortirent de la voiture et se frayèrent un passage entre les habitants massés sur la route. Ils dépassèrent une femme rousse et grassouillette en nuisette et chaussons roses à froufrous et débouchèrent devant l'immeuble où deux policiers de la BAC se tenaient en faction.

— Bonjour messieurs, capitaine Vaillant de la PJ, dit Tara en leur serrant la main. Et voici le lieutenant Jean Mancini.

— Bonjour capitaine, répondit l'un d'eux. On est désolés pour ce qui vous est arrivé ce matin. Vous n'étiez pas obligés de venir, on aurait pu gérer avec une autre équipe.

— Pas de problème, merci, tout va bien. Vous nous briefez ?

— Pour l'instant nous avons sécurisé les lieux et trois hommes sont là-haut avec la femme de la victime.

— Elle était dans l'appartement quand c'est arrivé ?

— Non, elle a été prévenue et a débarqué. C'était la crise totale alors les collègues l'ont calmée à l'intérieur de l'appartement. Pour le reste je n'en sais pas plus, il faut voir avec eux.

— Vous connaissez l'identité du macchabée ?

— Oui, il s'appelle Mohamed Belaj.

— Vous avez essayé de remonter le corps ?

— Non, nous n'y avons pas touché. Par contre nous l'avons inspecté par la fenêtre d'un appartement plus bas et je vous garantis que l'homme est bien mort. Nous vous attendions pour le remonter. On y va ?

— Après vous, messieurs.

Tara laissa les policiers la précéder. Elle jeta un œil au corps en passant.

— C'est toi qui m'as parlé de suicide ? demanda-t-elle immobile, les yeux levés.

— Oui, je sais, pas la peine d'en rajouter, répondit Jean.

— La Nouille, des fois, tu portes bien ton surnom. Tu as déjà vu un suicidé s'attacher lui-même les mains dans le dos avant de se pendre ? Et les mecs de la BAC sont entrés dans l'appartement avec la femme ? C'est la police scientifique qui va être contente !

Tara et Jean rejoignirent les policiers dans l'ascenseur et montèrent au cinquième étage. Dans le long couloir décrépit, beaucoup de voisins étaient agglutinés sur le palier. La plupart essayaient de contenir les enfants qui braillaient et voulaient sortir voir ce qui se passait. Devant la porte de l'appartement de Mohamed Belaj, deux policiers massifs surveillaient l'entrée enserrés dans leurs gilets pare-balles.

— Bonjour messieurs, entama Tara. C'est vous qui avez ouvert l'appartement ?

— Oui madame, répondit l'un d'eux.

— Et vous êtes entrés ?

— Nous non, mais un collègue est à l'intérieur.

— Bien. Restez dehors s'il vous plaît.

Tara et Jean enfilèrent des gants en caoutchouc, des surchaussures en papier et se coiffèrent d'une charlotte. Dès qu'ils passèrent la porte ils aperçurent la femme assise sur le canapé du salon, couverte de la tête aux pieds d'un niqab qui lui cachait le visage. Du bout de ses gants jusqu'à ses chaussettes, tout était noir. Debout à côté d'elle se tenait le policier.

— Bonjour brigadier. C'est la femme de la victime ?

— Oui, capitaine.

— Et vous avez contrôlé son identité avec cette burqa sur la tête ? demanda Tara.

— La dame refuse de l'enlever et a commencé à faire du grabuge. Elle vient juste de se calmer. Nous vous attendions pour décider quoi faire.

— D'accord. Donnez-moi ses papiers.

Tara parcourut la carte d'identité que le policier lui tendait.

— Madame, reprit Tara à l'adresse de la femme, nous avons besoin de voir votre visage pour vérifier votre identité. Nous avons aussi des questions à vous poser. Pouvez-vous relever votre voile, s'il vous plaît ?

— Non.

— Je ne le répéterai pas plus de trois fois. Levez votre voile, s'il vous plaît.

— Non. Et si vous me forcez, je rameute tout le quartier. Vous êtes chez moi, je fais ce que je veux.

— Eh bien non, ma petite dame. Ce n'est pas parce que j'ai une charlotte sur la tête qu'on est au carnaval. Vous êtes sur une scène de crime et vous faites l'objet d'un contrôle d'identité.

Le mot « crime » fit immédiatement lever la tête de la femme qui observa la policière à travers son tissu.

— Vous pouvez hurler tant que vous voulez, nous avons tous les agents nécessaires pour calmer les trouble-fêtes, continua Tara. Enfin, vos papiers d'identité indiquent une autre adresse, permettez-moi de ne pas vous considérer chez vous. Alors, soit vous levez votre voile, soit vous continuez votre provocation et nous vous emmenons au poste avec les menottes. Je viens déjà de demander trois fois.

Devant l'assurance de Tara, la femme finit par relever son voile sans un regard pour la policière.

— À la bonne heure. Je vous présente le lieutenant Jean Mancini qui travaille avec moi à la PJ. Il va vous poser quelques questions. Quant à vous, brigadier, votre ADN est-elle dans nos bases de données ?

— Non, capitaine.

— Alors je vous prierai de rester avec nous jusqu'à l'arrivée de la police scientifique pour qu'elle fasse des prélèvements. En attendant vous pouvez rejoindre vos collègues dans le couloir. Merci beaucoup pour votre aide.

Alors que Jean commençait à interroger la femme, Tara se mit à inspecter les lieux. L'appartement était rangé et d'une propreté parfaite. Aucun bibelot n'encombrait le peu de meubles du salon. Une grosse édition du Coran était posée sur la table basse. Deux cadres sur le mur enfermaient des sourates tissées au fil d'or sur fond vert. Dans un buffet marqueté du salon, Tara trouva de la vaisselle simple et un service à thé coloré d'inspiration orientale. Dans les tiroirs inférieurs, un tapis de prière et quelques nappes étaient soigneusement pliés. L'appartement donnait l'impression de ne pas être habité. À première vue, rien ne laissait présager qu'un assassinat avait pu avoir lieu ici, pas de traces de bagarre ni de dispute. Au bout de la pièce, derrière une table à manger ronde, les rideaux grisâtres voletaient devant une large porte-fenêtre coulissante. Tara passa à l'extérieur sur le petit balcon. Une grosse antenne satellite était attachée à une extrémité de la rambarde en fer. Au milieu du garde-fou, une corde épaisse était nouée. Elle passa la tête et vit sous le cadavre la foule qui s'amassait encore. Les CRS s'étaient positionnés en ligne devant l'immeuble. « *Allah akbar* », entendit-elle hurler au loin. À l'angle du balcon, un vieux placard en bois perdait sa peinture. Elle y trouva des chaussures et toutes sortes d'objets insignifiants : du cirage, des vêtements déchirés et des produits ménagers. Posé à côté, un balai-brosse était toujours plongé dans un seau rempli d'eau trouble. Tara se baissa, renifla l'odeur de chlore et posa les mains sur les bords. Puis elle mit un doigt dans l'eau. Elle était encore légèrement tiède. En tout cas, plus que la température ambiante, se dit-elle. Elle retourna dans l'appartement.

— Jean ? appela-t-elle. Il faudrait trouver une bâche rapidement pour… cacher la façade, dit-elle après une hésitation.

— D'accord, je m'en occupe. La police scientifique est en route et le procureur aussi, répondit-il.

Tara continua son tour de l'appartement. Elle rentra dans la cuisine qui était aussi parfaitement propre. Le frigidaire contenait des produits halal et quelques bouteilles de sodas fluorescents. Dans la chambre le lit était fait, les habits repassés, pliés et rangés dans des placards. Tara rejoignit Jean au salon.

— Alors ?

— Le nom de madame est Amira Hamidi. Elle n'est pas mariée civilement à Mohamed Belaj. Elle dit qu'ils ne sont mariés que devant Dieu, qu'ils n'acceptent pas la justice des hommes et encore moins celle des *kouffar*. Da'wa Salafiyya, tu vois le genre : retour vers le passé, les premiers croyants, théorie du complot, fin du monde, rejet de l'ordre dominant et tout le toutim. Bref, une enfant du ghetto.

— C'est du racisme, ça, coupa la femme.

— Oh hé, minute, l'arrêta Jean durement. Une vraie bonne victime c'est une victime morte, et la victime aujourd'hui ce n'est pas vous.

Il reprit son explication pour Tara.

— Par ailleurs, elle ne vit pas ici en permanence. Elle partage son temps dans un autre appartement où vit la sœur de Mohamed Belaj. Elle prétend ne pas avoir revu son compagnon depuis deux jours, mais elle l'a eu au téléphone hier soir. Il était chez lui et n'a rien signalé de particulier.

— Et qui fait le ménage ici ? Tout est impeccable, constata Tara.

— C'est moi, répondit la femme. Mohamed veut que tout soit propre.

— Et vous êtes venue quand la dernière fois ?

— Avant-hier.

— Quelqu'un peut en témoigner ?

— Ma belle-sœur.

— Bon, d'accord. Jeannot, viens voir deux secondes, demanda-t-elle en se retournant vers son collègue.

Jean et Tara s'éloignèrent.

— Quelqu'un a tout nettoyé entre-temps, commenta-t-elle à voix basse. Il y a un seau dehors et l'eau est encore tiède. Donne rendez-vous à madame pour une audition au commissariat et fais-la raccompagner chez elle. Et fais venir des collègues pour trouver des témoignages.

Quand la police scientifique arriva sur les lieux, le corps fut remonté dans le logement. Mohamed Belaj avait les mains liées par un collier de serrage et un tissu profondément enfoncé dans la bouche. Le médecin légiste commença les premières constatations avec Jean alors que les policiers s'affairaient partout dans l'appartement et aux portes du voisinage. Après avoir discuté avec le procureur, Tara appela Thomas au poste pour qu'il se renseigne sur la victime.

— Jean, tu as quelque chose ? demanda Tara après un moment en retournant voir son collègue.

— Pas grand-chose à ce stade. C'est comme si le mec s'était jeté lui-même par la fenêtre.

— La Nouille, il n'est tout de même pas allé à cloche-pied sur le balcon pour se pendre ?

— Non, mais pour l'instant il n'y a pas de trace d'effraction. Il va falloir attendre le rapport de la police scientifique. Par contre tu as raison, apparemment tout a été passé à la Javel. C'est très professionnel.

— Et les voisins ? Ç'a dû faire du bruit quand il est tombé ?

— L'enquête de voisinage se poursuit. L'appartement du dessous est vide, il est en location dans une agence. Le voisin du dessus pense avoir entendu quelque chose dans son sommeil, mais il n'en est pas sûr. Ç'a dû se passer vers 5 heures du matin, les habitants dormaient. Les premiers retours de l'enquête disent que Mohamed Belaj était discret et ne parlait à personne dans l'immeuble.

Le téléphone de Tara sonna.

— C'est Thomas, dit-elle en décrochant.

Elle écouta silencieusement le briefing de son agent.

— Merde, lança-t-elle au bout d'un moment. Et qui est en charge du dossier ? Benjamin Ferreira, tu es sûr ? Bon, merci, conclut-elle.

— Qu'est-ce qu'il y a ? demanda Jean.

— Le mec est fiché à la sûreté de l'État, classé S14.
— Terrorisme ?
— Oui. Un ancien de Daesh en Irak et en Syrie apparemment. Il faut aviser les renseignements pour avoir les instructions. Je vais appeler le capitaine en charge du dossier à la DGSI, Benjamin Ferreira, je le connais.

III

Le portable d'Ibrahim sonna mais il ne pouvait pas répondre. Le canapé qui lui écrasait le visage était vraiment lourd. Le velours en synthétique puait la poussière et lui démangeait la peau alors qu'il suait abondamment. Ses mains essayaient de trouver une prise, mais elles étaient humides et glissaient sur le bois vernis. Il était persuadé que le meuble ne passerait jamais l'angle de l'escalier étroit du vieil immeuble parisien.

— Allez, Ibrahim, merde, soulève, bon Dieu ! T'as rien dans les bras ou quoi ? hurlait Bernard.

De l'autre côté du canapé, le vieux déménageur de cinquante-cinq ans tenait le meuble à bout de bras pour le faire tourner dans l'angle.

— Ça ne passera pas, souffla Ibrahim, les cuisses brûlantes.

— Mais y a toute la place, voyons ! J'en ai fait passer des plus balèzes dans des trous de souris !

Soudain, Ibrahim eut l'impression d'être soulevé du sol avec le canapé qui lui échappa des mains. Bernard avait saisi le centre du sofa et l'avait soulevé au-dessus de sa tête, se servant de la rambarde pour le faire pivoter. Plié en avant, Ibrahim tentait de récupérer sa place pour être utile à la manœuvre. Mais il trébucha et ne put rattraper le canapé qui continuait à monter sans lui sur la main courante.

— La rambarde m'est plus utile que toi, se moqua Bernard avec sa gouaille parisienne.

Une fois dans l'appartement, Ibrahim se jeta sur la bouteille d'eau que lui tendait la propriétaire. Il était en nage. Ses pieds marinaient dans ses chaussures de sécurité en cuir. Son tee-shirt lui collait à la peau. Bernard fit signer les papiers de livraison et salua les clients avant de partir. En passant à la hauteur d'Ibrahim, il écrasa sa main épaisse sur l'épaule de son collègue qui, malgré ses quatre-vingt-dix kilos de muscles, s'affaissa sous la pression. Chaque mouvement du vieux déménageur laissait apparaître un muscle affûté par des décennies d'épreuves de force, comme si sa peau vieillissante n'était qu'une fine couche de colle sur les tensions de ses chairs.

— Bah alors, mon gars ? Ça ne sert à rien de soulever de la fonte à longueur de journée si c'est pour gonfler comme un ballon ! plaisanta Bernard. Allez, c'est fini, petit, rentrons.

Il se dirigea vers la porte en sifflotant. Dans son dos, Ibrahim le fixait en serrant les dents. En voyant un tournevis traîner par terre, le jeune homme s'imagina saisir l'outil et l'abattre des deux mains dans le dorsal proéminent de son chef. Bernard pousserait un cri de stupeur. Ibrahim pèserait alors de tout son poids pour lui déchirer les muscles. Il frémit à l'idée de sentir la tige de métal froid frotter sur les côtes de Bernard, les unes après les autres. Il hurlerait sa vengeance d'avoir été humilié et jouirait des supplications du vieil homme l'implorant d'arrêter. Et enfin il laisserait Bernard s'écrouler après avoir sorti le tournevis du dos ouvert du vieillard. Il accorderait à cette loque quelques secondes d'espoir et planterait encore, et encore, et encore, et encore. Il le trouerait si facilement, comme dans un carton vide.

— Au revoir, dit la propriétaire à Ibrahim qui leva la tête, surpris.

La femme lui souriait en lui tendant la main. Ibrahim tourna les talons et sortit de l'appartement sans répondre à son geste. Sur le trottoir, Bernard lui donna rendez-vous pour le lendemain et il put enfin consulter son téléphone. Après avoir écouté le message, il ouvrit la coque du portable, changea la puce et composa un numéro.

— Sur le banc, derrière l'arrêt de bus, 23 heures, entendit-il.

L'interlocuteur raccrocha. Mais Ibrahim n'avait pas besoin d'autres précisions pour connaître le lieu du rendez-vous. Il jeta la puce de son téléphone dans une poubelle après l'avoir cassée en deux et rejoignit son scooter. À 17 heures, il faisait encore très chaud. Deux jolies filles en jupe passèrent en riant. Ibrahim cracha par terre et mit son casque. Il lui restait pas mal d'heures à perdre et il avait largement le temps de rentrer chez lui pour prendre une douche.

Il arriva avec quarante minutes d'avance à la porte de La Chapelle, embouteillée malgré la nuit. Il tourna dans le quartier et s'assura qu'il n'était pas suivi. Puis il alla garer son scooter à un point stratégique qui lui permettrait de rejoindre rapidement les différents échangeurs d'autoroutes. Il était très excité par le rendez-vous. Pour passer le temps, il alla manger un sandwich dans un kebab qu'il aimait bien : salade, tomates, pas d'oignon, mayonnaise, harissa, ketchup. Il s'assit sur un tabouret face à la rue qui grouillait de monde. À la sortie du métro, de jeunes Maghrébins, des « blédards » comme ils étaient surnommés, éructaient des « mbro », « mbro » pour vendre leurs cigarettes de contrebande. Un peu partout sur les trottoirs, les vendeurs à la sauvette écoulaient du matériel électronique ou des sacs de contrefaçon chinois à l'effigie de Vuitton. Des camés édentés faisaient la manche entre deux pipes de crack et se disputaient dans un langage insaisissable. Des bandes de migrants déambulaient pour repousser le moment du coucher avec les milliers d'autres errants, au milieu des rats, sous les voies rugissantes du périphérique. Ibrahim trempa une frite huileuse dans un tas de mayonnaise avant de descendre une longue lampée de soda. France de merde, pensa-t-il. En sortant il lança en marocain un « *Choukran ! Ma'a Salama !* » en signe d'appartenance communautaire au vendeur sri-lankais blasé qui ne comprit rien. Il lui restait cinq minutes avant le rendez-vous. Il regarda le banc où était allongé un SDF, de l'autre côté du boulevard de La Chapelle. Puis il traversa l'avenue.

— Dégage, j'ai besoin du banc, ordonna Ibrahim, les mains sur les hanches, en s'approchant de l'homme.

L'homme leva la tête, prêt à répondre. Mais il se ravisa devant la carrure et le regard noir d'Ibrahim. Il finit par partir en maugréant, lâchant un « Connard » une fois qu'il fut suffisamment loin. Depuis plusieurs années, Ibrahim allait quatre fois par semaine à la salle de musculation. Il en imposait maintenant et il le savait. Des années qu'il s'habillait en jean, qu'il se rasait tous les jours et qu'il n'allait jamais plus à la mosquée. Mais il n'avait pas fait tout cela pour rien, son heure était proche, il le sentait.

Il s'installa au milieu du banc. Quelques minutes plus tard, quelqu'un s'assit dans son dos, la tête baissée.

— *Salam* Ibrahim, entama l'étranger en arabe.

— *Salam Khouya*, je suis content de te rencontrer, répondit Ibrahim sans se retourner, une main devant la bouche pour cacher ses lèvres.

— Moi aussi, Ibrahim. Tous nos chefs te saluent également. Ils savent ta foi et l'importance de ta mission. Nous sommes très fiers de tout ce que tu as accompli jusqu'à présent. Es-tu toujours prêt à faire ton devoir ?

— Bien sûr ! *Bismillah*, est-ce enfin le moment de le servir ?

— Le moment approche, *Inch'Allah*.

— Comme le prophète Mohamed, *alayhi salât wa salâm* [1], nous serons victorieux dans le djihad, répondit Ibrahim pompeusement. Je ferai tout ce que *Dawla* me commandera !

— Tu ne dois pas prononcer ce nom, mon frère, tu le sais, répondit froidement l'inconnu en regardant autour de lui. Il faut parler moins fort.

— Pardonne-moi, s'excusa Ibrahim, gêné, en baissant la voix. Cela fait si longtemps que je fais la *taquîya* et que j'attends de servir Allah.

— Très bien, Ibrahim, continua l'homme sur un ton radouci. Nous avons plusieurs objectifs et nous aurions besoin que tu continues ton travail.

— Mais quelles sont les cibles, mon frère ?

— Tu le sauras en temps voulu. En attendant, il faut que tu nous trouves une nouvelle maison.

1. « Que la paix et la bénédiction d'Allah soient sur lui. »

IV

Je me rappelle, je suis née, j'ai huit mois,
Il n'y a là que la lumière et là l'ombre,
Et dans chacune autant de clarté que de peur.

Derrière un muret en brique surplombé d'une clôture en fer forgé, une haie d'hibiscus en fleur cachait la maison. La porte en métal vert foncé affichait le numéro 9 sur une petite plaque d'acier. Tara gara sa BMW le long du trottoir. Elle tourna la tête et regarda les larges fleurs qui piquaient les arbustes de taches colorées. Elle ouvrit sa fenêtre et s'alluma une cigarette avant de fermer les yeux. Elle était épuisée. Elle tira fort sur la clope et lâcha lentement la fumée qui forma une nappe blanche sous ses narines. Devant ses yeux clos, elle voyait toujours ces fleurs multicolores sorties de leurs chrysalides et leurs longs pistils, comme des trompes de papillon. Elle aimait tellement cette maison de village dans laquelle elle avait passé toute son enfance ! C'était son refuge. Elle s'y sentait comme un chat pelotonné dans un pull en cachemire abandonné sur un canapé. Dans ses souvenirs, même une égratignure sur un genou après une chute dans les graviers devenait tendresse. Quand cela arrivait, Tara se jetait sur Jeanne, sa mère, bien souvent allongée au soleil sur un transat derrière la maison. En serrant sa fille dans ses bras, son livre lui échappait alors des mains. Il lui fallait toujours un moment pour retrouver sa page. Entre-temps, elle soufflait un air magique sur la blessure de Tara, lançant toutes sortes d'incantations à des divinités oubliées. Puis elle allongeait sa fille à sa place et, le temps de rapporter de quoi soigner la blessure, elle lui glissait dans la main un grigri de féticheur africain : une petite pierre, un simple morceau de bois ou une feuille douce. Avec une délicatesse infinie et des stratagèmes que seule une mère peut développer, elle passait le coton sur la plaie en détournant l'attention de Tara au loin, sur les nuages, dans l'air d'été ou par-delà les océans sans fin. L'incident devenait un partage, une rêverie, alors que la blessure était déjà couverte d'un pansement sans que la fillette ait pu s'en rendre compte.

Tara ouvrit les yeux avant qu'ils ne deviennent humides. Elle se demanda à quel moment sa mère et elle s'étaient éloignées l'une de l'autre. Une fois adulte, elle avait ressenti le besoin d'autre chose, comme pour s'émanciper de tout l'amour reçu. Pour mieux connaître sa mère, aussi, en tant que femme, d'égale à égale. Maintenant que Jeanne n'était plus là, Tara avait l'impression d'avoir manqué une partie de leur histoire. Sa mère n'avait pas permis cette proximité. Face à sa fille, elle avait gardé jusqu'au bout une réserve, un silence, un voile opaque posé sur elle-même. Tara lui en voulait à présent et se le reprochait tout autant, confuse et désorientée dans le ressac des souvenirs heureux qui refluaient en elle. Elle tourna la tête vers la maison et n'y vit plus le refuge d'autrefois. Elle souffla une dernière fois la fumée pour chasser ses pensées et jeta sa cigarette par la fenêtre. Puis elle enleva le pistolet de sa ceinture et le rangea dans la boîte à gants. Son père, Robert, n'aimait pas les armes à feu. Il ne vouait un culte qu'à son sabre de cavalerie napoléonien, héritage familial accroché au mur de son bureau. Tara sortit de la voiture et se dirigea vers la porte d'accès au jardin. Elle posa la main sur le métal froid et resta une seconde la tête basse avant de pousser la grille. Le battant s'ouvrit en silence. Depuis toujours les Vaillant laissaient la porte de chez eux ouverte comme on laisse ouverte la cage à oiseau qui doit rester vide. C'était pour eux le premier pas vers la liberté. « Qui s'amuserait à venir cambrioler une maison dont la porte est ouverte ? » aimait à dire son père. « Tout le monde est bienvenu à la maison », renchérissait sa mère. Dans les pays où Jeanne et Robert Vaillant avaient travaillé, jamais ils n'avaient vu de porte fermée à clef.

Tara emprunta l'étroit chemin en gravier qui menait à l'entrée de la maison en meulière. Mais elle contourna par la gauche. Elle aimait arriver par le jardinet boisé à l'arrière de la maison et ainsi entrer directement par la cuisine. Elle savait aussi qu'elle y trouverait son père. Elle aperçut Robert penché sur un rosier en tablier bleu, une paire de sabots en plastique aux pieds. Avec la cuisine, les plantes et les fleurs surtout étaient devenues sa nouvelle passion. Tara prit son temps pour ne pas l'interrompre. Elle aimait le voir travailler, délicatement, toujours avec précision, chaque geste étant juste et mesuré.

— Salut papa, dit-elle enfin.

Robert se retourna, des roses plein les mains. Un gros crabe rouge tenant une fourchette et un couteau entre les pinces était dessiné sur son tablier. Il baissa la tête pour regarder par-dessus ses lunettes de lecture rectangulaires posées au bout de son nez.

— Ma fille ! s'exclama-t-il en souriant avant de s'approcher pour serrer Tara dans ses bras.

— Je suis désolée, papa, je suis très en retard.

— Tu parles ! Regarde, je cueillais des roses pour décorer la table. Tu tombes à pic. Aide-moi à les porter, s'il te plaît, dit-il en les tendant à sa fille. De toute façon j'ai préparé un poulet cocotte. Plus il reste au chaud, plus il est heureux.

Ils montèrent les quelques marches qui séparaient le jardin de la porte-fenêtre de la cuisine. Au milieu de la pièce, une petite table en bois était recouverte d'une nappe blanche brodée de bleu. Le couvert était déjà mis. À côté du plan de travail carrelé qui longeait un mur, une cocotte en fonte était posée sur la gazinière. Elle laissait échapper un léger fumet et produisait des gargouillis gourmands sous la lumière orangée de la hotte.

— Attrape un vase dans le meuble, veux-tu ? demanda Robert.

Tara déposa les fleurs près de l'évier et alla ouvrir le battant vitré d'un vieux vaisselier patiné de l'autre côté de la pièce. Elle choisit une belle porcelaine en accord avec les assiettes. Dans son dos, elle entendit son père ouvrir une bouteille de vin. Après avoir rempli le vase d'eau, elle le posa au milieu de la table et y disposa les fleurs. La porte du jardin était restée ouverte et un léger courant d'air caressait la pièce.

— Je te sers un coup ? demanda Robert en remplissant les verres sans attendre la réponse de sa fille.

— Non merci, dit Tara en attrapant son vin sur la table.

Robert et sa fille échangèrent un grand sourire. Puis ils trinquèrent dans un tintement de cristal avant de goûter le bourgogne.

— Pas mal, non ? constata le vieux monsieur aux yeux brillants. Assieds-toi, ma chérie.

Tara s'installa et observa son père qui sortait le poulet de la cocotte. Il posa la bête sur une planche et commença à la trancher. Robert disposa les morceaux sur un plat de service et le garnit des légumes qui avaient cuit dans leur jus.

— À la bonne franquette, c'est dimanche, lança-t-il avant de s'asseoir.

Il attrapa la cuillère et commença à servir Tara. Robert savait déjà quel morceau sa fille préférait.

— Tu ne manges plus jamais dans le salon ? demanda-t-elle.

— Rarement. Je suis bien ici, au milieu de mes casseroles, expliqua-t-il sans la regarder.

Les légumes confits étaient brillants d'avoir cuit longtemps à l'étouffée. Pour juger du plat, Tara goûta un haricot vert qui était resté ferme, croqua un radis devenu blanc et piqua sa fourchette dans un petit pois vert fluo.

— Tu as mis de l'estragon ?

— Oui. Du jardin. Ça change, non ? C'est comment ?

— C'est bon.

Tara attaqua son haut de cuisse sur lequel la peau était toute dorée. La chair se détachait en longs filaments.

— Ça manque un peu de sel, non ?

— Non papa, c'est bien.

Robert attrapa la bouteille de vin et les resservit.

— Tu as l'air fatiguée, constata-t-il. Ça va, le travail ?

— Oui, j'ai eu une nuit difficile et une matinée pire encore. Un meurtre dans une cité, dit-elle après une hésitation.

Son père leva les yeux vers Tara. Il finit de mâcher et but une gorgée de vin avant de poursuivre.

— Ça fait combien d'années que tu bosses dans le 93 ? Sept ans ?

— Oui.

— Tu devrais peut-être penser à changer, non ? Avec tes états de service, je suis sûr que tu peux trouver une place plus tranquille. Tu ne vas quand même pas rester à Bobigny toute ta vie ?

— On en a déjà parlé mille fois, papa. Ça me plaît d'être là. J'ai plein d'affaires intéressantes, et puis dans le 93, je me sens utile. Je n'ai pas envie de me retrouver dans une planque de province à traquer des voleurs de scooters.

— D'accord, je me répète comme un vieux. Mais même si je ne les fais pas, j'ai soixante-douze ans, je te signale. Il faut bien que j'en profite, non ? Sérieusement ma chérie, des affaires, tu en as eu beaucoup, tu pourrais…

— Papaaaa… le coupa Tara en faisant traîner le mot.

— OK, OK, j'arrête. Le vieux monsieur tient à sa petite fille, c'est tout, dit Robert avec douceur.

Tara et son père finirent leurs assiettes en silence, échangeant juste des regards complices du plaisir de l'instant.

— Je te ressers ? demanda Robert.

— Non merci.

— Fromage alors ?

— Non je te remercie, je n'ai plus faim.

— Tu n'as rien mangé.

— Je t'assure, ça va.

Robert se leva et se dirigea vers le frigidaire.

— Un peu de tiramisu ? dit-il.

Il souriait, immobile, le regard brillant et la main posée sur la poignée du frigo, prêt à l'ouvrir. Tara lui rendit son sourire malicieux.

— Tu blagues, là ? demanda-t-elle.

— Qui sait ?

— Dans ce cas, un petit morceau avec le café dans le salon, répondit Tara quand elle reçut un message sur son téléphone.

Salut Tara, ma hiérarchie est d'accord.
Je peux te transmettre des infos.

On se voit alors ?

OK.
16h au café le Central près de la DGSI ?

Ça marche !

— Je lance l'expresso, répondit Robert. Je te rejoins dans le salon.

La pièce était sombre. La haie d'hibiscus du côté de la rue coupait un peu de la lumière qui entrait par la fenêtre ouverte. Un tapis persan élimé en bleu d'Herat couvrait une grande partie du sol. Les objets étaient à leur place. Tout semblait figé. Tara s'approcha de la bibliothèque à droite de la cheminée en marbre blanc. Elle emplissait tout un mur de livres. Sur une étagère, elle observa la coupelle qui avait toujours été là et qui contenait une plume, une petite rose séchée et un morceau de pierre bleue. Pour la première fois, et comme tant d'autres choses ici, pensa-t-elle, elle s'aperçut qu'elle n'en connaissait pas l'histoire. L'existence de ces petits objets, de tout un tas de détails, formait une évidence qu'elle n'avait jamais remise en cause. Il lui sembla que tout ce qu'elle avait connu jusqu'alors devenait un mystère. Puis elle attrapa un cadre où elle souriait à six ans sur une balançoire. En reposant la photo, elle vit son emplacement marqué dans un voile de poussière. Elle prit une grande respiration et ferma les yeux. L'odeur de la maison était celle de sa vie. Il y manquait pourtant quelque chose. Une note de parfum fleuri qui s'était fané. Elle ouvrit en grand la fenêtre à double battant. En continuant son tour de la pièce elle s'arrêta devant un maigre secrétaire en acajou. Des images éparses étaient posées au-dessus d'épais albums de photographies. Elle alluma une jolie lampe de bureau Art Nouveau au pied cuivré. L'abat-jour en verre coloré projeta une lumière douce sur le visage de Jeanne Vaillant qui souriait à vingt-cinq ans. Tara regarda les photos une à une. Elle prit un album et commença à en tourner les pages.

— Je peux fumer, papa ? cria-t-elle pour être entendue.

— Oui, oui, vas-y, comprit-elle.

Tara sortait son paquet de cigarettes quand son père entra dans la pièce pour aller poser un plateau sur la table basse.

— Tiens ! ton café, lui dit-il dans son dos.

— Tu fais des albums ? demanda Tara sans se retourner.

— Oui, je réunis des photos, ça m'occupe.

— C'est maman quand elle était en mission, là ?

Robert approcha et passa une tête au-dessus de l'épaule de sa fille.

— Oui, au Pakistan, précisa-t-il.

— Je ne les avais jamais vues.

— Ta mère n'était pas vraiment du genre à étaler ses exploits. Elle s'intéressait plus aux autres qu'à elle-même.

— Tu en as de l'Irak aussi ?

— Oui, mais viens plutôt boire ton café, dit Robert en se retournant.

Il s'assit dans un fauteuil. Tara fixait toujours le visage de sa mère. Elle était encore plus jeune qu'elle aujourd'hui. Elle s'alluma finalement une cigarette et alla s'affaler sur le canapé face à son père. Dans la cheminée, comme toujours, le feu était déjà prêt pour l'hiver prochain. Il suffisait d'introduire une allumette sous le bois soigneusement rangé dans l'âtre pour que les bûches s'enflamment.

— Tu sais, ce matin, j'étais sur une affaire de meurtre, entama Tara. Apparemment la victime est un ancien djihadiste de Daesh qui a combattu en Irak. Ça m'a fait penser à ce pays et à vous. Je sais que vous y avez travaillé et que j'y suis née, mais vous ne m'avez jamais raconté en détail ce que vous faisiez là-bas.

— Nous n'avons jamais vraiment eu l'occasion ou pris le temps d'en discuter avec toi, c'est vrai. Le temps passe si vite, ajouta Robert en baissant les yeux. Et puis nous sommes partis d'Irak juste après ta naissance. C'est d'ailleurs ça qui a précipité notre départ.

— Maman ne parlait pas beaucoup d'elle.

— Je sais. Mais tu n'as que trente-deux ans, Tara. Et…

Robert s'interrompit, hésitant.

— Personne ne pensait que Jeanne partirait si rapidement et… elle non plus, lâcha-t-il.

Tara tourna la tête vers la fenêtre. Le soleil en entrant éclairait le mur d'un triangle flamboyant. Elle tira sur sa cigarette.

— Il fait doux, dit-elle.

Un petit papillon blanc entra dans la pièce. Il joua un moment avec la lumière devant la fenêtre, tombant, rebondissant et virevoltant. Tous ses mouvements traduisaient la gaieté. Il ressortit finalement dans le jardin profiter de sa courte vie à venir. Tara pensa à ce qu'il devait être auparavant, à sa lenteur de chenille rivée au sol par des ventouses, ayant du mal à garder son équilibre sur les branches. Aucune vie ne lui parut plus extrême. Les bras nus de Tara furent parcourus d'un frisson qui piqua sa peau.

— Tu as un peu de temps ? demanda Robert en coupant le silence.

— Je n'ai rendez-vous qu'à 16 heures.

— J'ai fini de classer des photos, dit-il en se levant. Je peux t'en montrer quelques-unes si tu veux.

Robert alla chercher deux albums épais sur le secrétaire. Il vint s'asscoir à côté de sa fille sur le canapé et commença à ouvrir l'un d'eux. Il tourna les premières pages.

— Dis, papa, qu'est-ce que c'est que cette petite rose, cette plume et cette pierre bleue sur l'étagère ? demanda Tara.

— Ce sont des souvenirs que ta mère a rapportés d'Irak justement.

— Ça représentait quoi pour elle ?

Robert se racla la gorge comme pour chasser son émotion.

— La rose, c'est l'amour, la plume, la liberté, et la pierre bleue, c'est toi.

Tara resta songeuse. Puis elle baissa les yeux vers le livre ouvert par son père.

— C'est toi habillé en Pakistanais, là ? demanda-t-elle en souriant.

— Oui. C'était en 1984 à Peshawar, au Pakistan, à la frontière avec l'Afghanistan. C'est l'année où j'ai rencontré ta mère.

— C'est quoi ce chapeau que tu as sur la tête ?

— Un *pakôle* afghan, le béret du commandant Massoud. J'étais à la dernière mode, plaisanta-t-il. Il m'avait été offert le jour même par un important chef tribal pachtoune. Je l'ai toujours dans un placard quelque part. L'Afghanistan était alors en pleine guerre entre les Russes et les moudjahidines soutenus par les Américains. Des centaines de milliers de civils fuyaient par les montagnes vers le Pakistan.

— Qu'est-ce que tu faisais à l'époque ?

— Je travaillais à l'ambassade de France, à Islamabad. Je suivais le financement des ONG par le ministère des Affaires étrangères. Le jour de cette photo, je visitais justement un camp de réfugiés afghans.

— Et maman ?

— Elle était infirmière pour une association française que nous soutenions. C'est comme cela que je l'ai rencontrée. Elle était plus jeune que moi, belle et déterminée. Je l'ai aimée tout de suite.

— Et l'Irak ?

— Après trois ans au Pakistan, j'ai été muté à Bagdad, en pleine guerre avec l'Iran. Ta mère est restée encore plusieurs mois à Peshawar, puis elle m'a rejoint. Elle voulait d'abord trouver du travail en Irak. Ce n'était pas le genre de femme à accompagner son mari diplomate sans travailler, condamnée à boire le thé avec ses consœurs. Elle a finalement trouvé une mission pour l'ONG Docteurs de l'urgence tout au nord du pays, au Kurdistan, à la frontière iranienne. Dans un village qui s'appelait… comment déjà ? Aziti, je crois.

— En pleine guerre ? Ce n'était pas trop dangereux ?

— Pour moi, pas trop. Dans la capitale, j'étais protégé. Mais ta mère travaillait près des combats. L'ONG devait bouger la clinique en permanence et elle recevait beaucoup de blessés de guerre.

Robert lâcha un soupir. Il passa sa main calleuse sur le papier brillant de l'album photo comme pour effleurer ses souvenirs.

— Tu sais, Tara, ta maman était douce, parfois discrète. Mais c'était aussi une femme très courageuse.

— Vous arriviez à vous voir ?

— Ce n'était pas toujours facile. Elle revenait à Bagdad dès que possible. Moi, j'avais l'interdiction d'aller la voir au nord.

Robert tourna les pages.

— Tiens, c'est justement ta maman au Kurdistan, dit-il en lui montrant des photos. Regarde comme elle était belle, habillée comme les femmes de là-bas, avec son grand foulard fleuri.

— C'est fou de n'avoir jamais vu toutes ces photos.

Robert leva la tête vers Tara et lui sourit.

— Mais tu les vois là, insista-t-il affectueusement.

— Oui papa… Et moi, comment je suis arrivée dans tout ça ?

— Ta mère est tombée enceinte et…

Il réfléchit un instant avant de poursuivre.

— Moi je voulais rentrer en France pour la grossesse. Mais Jeanne a insisté pour continuer à travailler le plus longtemps possible. Il faut dire qu'elle était vraiment têtue quand elle voulait. Et puis un jour les médecins de son ONG l'ont arrêtée malgré elle pour qu'elle se repose. La grossesse était trop avancée pour qu'elle prenne l'avion pour la France. Alors elle est revenue à Bagdad. Les hôpitaux en Irak étaient très bons à l'époque et tu es finalement née là-bas.

— Et ensuite ?

— Nous sommes rentrés en France peu de temps après. Je parcourais le monde depuis plus de dix ans, j'en avais marre. Et il y avait toi. J'ai intégré le ministère et ta maman a trouvé un poste à l'hôpital.

Tara prit l'album des mains de son père et le posa sur ses genoux. Elle commença doucement à feuilleter les pages brillantes sous lesquelles étaient collées les photos granuleuses aux couleurs ternies. Robert passa son bras autour des épaules de sa fille pour suivre avec elle le déroulé de ce passé lointain.

— C'est beau, ces montagnes jaunes avec cette rivière bleue. C'est le Kurdistan ? demanda Tara.

— Oui. Regarde là, ta maman qui soigne un blessé.

Sur la photo, Jeanne Vaillant était penchée en avant sur la jambe d'un combattant peshmerga. Un foulard noué autour des cheveux, elle examinait la plaie profonde autour de laquelle le sang avait coulé abondamment. Elle semblait très concentrée sous le regard placide du montagnard à moustache qui l'observait s'occuper de sa blessure.

— Mais où étaient toutes ces photos ? demanda Tara.

— Dans leurs boîtes de diapositives, rangées dans un placard. Ce sont des tirages que je viens juste de faire. Les négatifs avaient bien vieilli.

— Je ne me rendais pas compte que maman avait fait tout ça.

Tara referma doucement l'album. Robert Vaillant se leva et rapporta le plateau dans la cuisine. Il reprendrait un autre jour, le moment avait été suffisamment chargé en émotions. Alors il commença à faire la vaisselle dans l'évier. Depuis la mort de sa femme, il ne venait presque plus dans le salon et passait son temps entre le jardin, la cuisine et la chambre d'amis où il dormait secrètement. Il pensa que la douleur l'emporterait bientôt à son tour car c'était dans l'ordre des choses. Jeanne était morte à soixante-cinq ans, il en avait sept de plus. Mais avant, il devait tenir la promesse qu'il avait faite à sa femme, d'assurer que Tara sache tout de leur vie, qu'ils n'emportent rien avec eux et que tout lui appartienne.

— Dis-moi, papa ? l'appela Tara dans son dos en entrant à son tour dans la cuisine.

Robert ne leva pas la tête. Sans même s'en rendre compte, il nettoyait la même tasse à café depuis plusieurs minutes et continuait à faire tourner l'éponge, la tête basse.

— Par rapport à mon enquête, poursuivit-elle, toi qui connais bien le Moyen-Orient, tu ne saurais pas qui pourrait me renseigner sur Daesh, sur les combattants français là-bas, et sur ce qui s'y est passé ?

— Je ne suis plus trop la situation mais tu devrais demander aux Kurdes justement, répondit Robert. Ils étaient en première ligne contre l'État islamique. Au Centre culturel kurde à Paris, ils te renseigneront.

Tara regarda un moment son père courbé sur son évier, la peau de sa nuque fripée, ses cheveux qui étaient entièrement blancs. Il lui sembla que son père n'avait jamais été si vieux. Elle se rendit compte que bientôt elle devrait aussi apprendre à vivre sans lui.

— Je vais devoir partir, finit-elle par dire.

Robert se retourna. Tara s'approcha et vint se lover dans ses bras.

— Je t'aime, ma fille, déclara Robert en profitant de l'étreinte. Fais attention à toi.

— Je t'aime aussi, papa.

Tara se mit en route pour voir Benjamin Ferreira près du siège du contre-espionnage à Levallois-Perret. Elle repensa aux éléments du dossier de Mohamed Belaj. Condamné en 2015 à un an de prison pour association de malfaiteurs à une entreprise terroriste après être revenu du Moyen-Orient, Belaj n'avait pas fait appel et était sorti au bout de huit mois. La prison ne devait pas l'avoir tracassé car le djihadiste était habitué aux séjours entre quatre murs. Son parcours était celui du petit délinquant de cité qui fréquente les commissariats depuis ses treize ans : vols avec violence, violations de domicile, trafic de drogue. Mais Tara n'avait pas l'habilitation pour accéder au FSPRT, le Fichier des signalements pour la prévention de la radicalisation à caractère terroriste. Les éléments en sa possession restaient minces. Tout ce qu'elle savait à ce stade, c'était que Belaj n'avait plus été inquiété par la justice depuis sa sortie de prison. La DGSI avait forcément plus d'informations et Benjamin, le capitaine en charge, pourrait le lui dire. Ferreira était un ancien ami de l'École nationale de police avec qui Tara avait eu une aventure passagère. Et elle se demandait encore aujourd'hui comment cela avait été possible. À l'époque déjà, elle faisait la fête jusqu'au bout de la nuit quand Benjamin était surnommé « le Moine » par ses collègues de promotion. Il s'enfermait jour et nuit pour préparer ses examens et Tara ne lui avait connu aucun ami à part elle. Après plusieurs années comme simple policier à arpenter le bitume, Benjamin était sorti major de l'école d'officiers où il avait toujours visé les renseignements intérieurs. Repéré par la DGSI à qui il lançait des appels du pied, il avait été recruté dès sa sortie de l'école. Tara aurait pu suivre le même parcours. Elle avait été classée dans les premières de sa promo et elle aussi avait eu le choix. Mais elle ne se voyait pas passer sa vie à surveiller des gens. Elle avait soif de terrain et ne voulait pas que son arme reste dans son étui la plus grande partie de sa carrière, préférant le bruit des sirènes au silence des secrets.

Finalement elle gara sa BMW comme elle put, à cheval sur un trottoir, et laissa son brassard de police sur le tableau de bord. Le menu sur l'ardoise posée devant l'entrée de la brasserie annonçait les plats du jour : tête de veau sauce gribiche et bavette à l'échalote. Elle entra dans le restaurant qui était à moitié vide en ce début d'après-midi. L'air sentait la friture et la bière. Tara aimait cette odeur de la vie parisienne. Deux habitués rougeauds louchaient dans leurs verres de Ricard accoudés au comptoir. Sur le zinc, des œufs durs lévitaient dans des présentoirs circulaires en étain. Benjamin était assis au fond de la salle derrière une petite table de bar. Il fit signe à Tara en se levant.

— En costard, monsieur est important, plaisanta-t-elle en lui faisant la bise.

— Et toi toujours dans l'uniforme réglementaire de la PJ : jean et veste en cuir. Et tu es toujours aussi jolie !

— C'est gentil, mon mignon. Je t'aurais bien sorti le grand jeu, mais j'aurais du mal à courir après les voyous de cité en tailleur et talons hauts.

— Je t'ai déjà vue en tailleur et talons hauts, j'aime bien.

— Tu m'as surtout déjà vue toute nue, le Moine !

Benjamin partit d'un rire franc en se rasseyant.

— Tu bois quoi, Dragon ? demanda-t-il.

— C'est l'heure d'une bière, non ?

Benjamin mima au serveur la commande de deux bières pression alors que Tara prenait place en face de lui.

— Ça fait un bail, entama la capitaine. Qu'est-ce que tu racontes ?

— Tout va bien, toujours à la DGSI, plus occupé que jamais, tu t'en doutes. Nous recrutons à tour de bras, la menace terroriste n'a jamais été aussi forte. Mais toi, comment ça va ? J'ai appris pour ta mère, je suis désolé, lâcha l'agent un peu gêné.

— Merci Ben, c'est gentil.

— J'aurais voulu venir aux obsèques, mais…

— Laisse tomber, ce n'est pas grave, coupa Tara. Ça va, je t'assure.

Benjamin jeta un regard fuyant à Tara alors que le serveur déposait deux bières sur la table.

— Bon, enchaîna-t-il. Alors comme ça Mohamed Belaj est mort. Il n'était pas particulièrement sous surveillance, bien que ce soit un revenant du Moyen-Orient. Mais il était dans mon portefeuille de clients, si tu me suis.

— Je crois, oui. Et tu peux m'en dire plus ?

— Bien sûr. Belaj, c'est un profil de djihadiste assez classique finalement. Fils d'immigrés marocains ayant grandi en banlieue, il vire rapidement petit caïd de cité et fait pas mal de séjours en prison. C'est justement là qu'il s'est radicalisé au contact d'autres détenus. Il fréquente les salafistes puis est attiré par les idéaux djihadistes. Il disparaît des radars en 2014, vraisemblablement parti pour la Syrie et l'Irak. Il s'est défendu au procès en disant qu'il était parti en Égypte dans une école coranique. Nous avons vérifié, il y a bien été inscrit, mais nous savons depuis que cette école avait des liens particuliers avec le terrorisme islamique et qu'elle a servi d'alibi à pas mal de départs de combattants au Moyen-Orient. En 2015 il réapparaît et est arrêté à sa descente d'avion en provenance de Turquie. La suite, tu la connais : Belaj est incarcéré, placé en détention provisoire. Il est condamné à un an de taule. Il avait déjà purgé sa peine en préventive, alors il a été libéré.

— Et depuis sa sortie de prison ?

— Nous n'avons rien relevé de particulier. Il travaillait comme intérimaire dans le BTP et semblait se tenir tranquille. Nous l'avons surveillé au début mais ça n'a rien donné, donc nous avons arrêté.

— Comment ça ?

— Tu sais, Tara, il y a près de deux mille Français qui sont partis se battre en Syrie ou en Irak, des centaines sont revenus, beaucoup ont été condamnés, et une grande partie est sortie ou sortira bientôt de prison. Et ce n'est qu'une partie des plus de vingt mille radicalisés que nous devons surveiller. Comme il faut près de trente fonctionnaires de police pour suivre un seul individu, sept jours sur sept, sans compter les véhicules et l'équipement, tu imagines bien qu'il faut faire des choix.

Tara, interloquée, regarda un moment Benjamin.

— Mais… Comment ça, qui est sorti ou qui va sortir de prison ?

— Oui, comme ton ami Belaj. Même si les peines se sont durcies, la plupart des revenants ont été condamnés pour des délits au correctionnel, très peu au pénal. Alors, pour bonne conduite, beaucoup sont sortis au bout de quelques années, voire quelques mois pour les premiers revenants.

— Et pour Belaj, on fait quoi ? demanda Tara.

— J'en ai discuté avec mon patron. À moins que tu aies de nouvelles informations à me communiquer, nous n'en savons pas assez pour être intéressés.

— Enfin, tout ça ressemble quand même à une exécution.

— Oui. Mais la raison n'est pas forcément en lien avec Daesh. Cela peut tout autant être un crime crapuleux lié à son passé de délinquant. Dans tous les cas, pour la DGSI, c'est un problème de moins à suivre. L'affaire est toute à la PJ.

V

19 jours plus tard, J-40

Le parking était bondé de voitures à la recherche d'une place et de gens poussant des caddies débordants de courses. Une grande femme brune avec une longue jupe grise et une légère veste d'été passa la porte automatique du centre commercial. Des deux mains, elle tenait la bandoulière de son sac qui pendait de son épaule. Elle s'engagea dans les allées où s'enchaînaient les boutiques, flânant le long des magasins à observer les vitrines. Elle s'arrêta un instant devant une bijouterie et bouscula un homme en reprenant son chemin.

— Oh pardon, madame, s'excusa-t-il. Ça va ? Je ne vous ai pas fait mal ?

La femme sourit à l'inconnu sans dire un mot. Elle leva simplement la main pour signifier que tout allait bien et repartit, toujours fermement accrochée à son sac en cuir. Un peu plus loin, elle s'arrêta de nouveau devant la vitrine d'une boutique de lingerie. À l'intérieur, de nombreuses clientes se pressaient dans les rayons. Elle se décida à entrer et se mit à déambuler dans les allées en regardant distraitement les sous-vêtements.

— Je peux vous aider ? lui demanda une vendeuse dans son dos.

La jeune fille qui la regardait en souriant était rondelette et portait un badge à la poitrine qui indiquait « Camille ». La femme un peu gênée sourit en retour et fit signe que non. Elle attrapa un ensemble en dentelle et se dirigea vers les cabines d'essayage. Elle recroisa le regard de Camille occupée un peu plus loin à conseiller des soutiens-gorge. Quand une place se libéra, elle suspendit les sous-vêtements au crochet, posa son sac sur le siège et pianota sur son téléphone. Le portable vibra en retour au bout de quelques secondes. Elle jeta alors un rapide coup d'œil pour vérifier que personne n'attendait derrière le rideau, fouilla dans son sac et en sortit un pistolet automatique. Elle vérifia le chargeur, arma doucement la culasse entre ses cuisses pour ne pas faire de bruit et remit le Beretta 9 mm dans le sac. L'annonce de la fermeture du magasin résonna dans la boutique. Elle entrouvrit à nouveau le rideau. Près des caisses, Camille saluait ses collègues pour partir. Tous les mercredis, la vendeuse s'occupait normalement d'agencer ses rayons et de fermer seule le magasin. Prise de court, la femme renvoya un SMS, sortit de la cabine sans attendre la réponse et alla rejoindre un homme à casquette posté avec son caddie plein de courses en face du magasin. S'appuyant sur le chariot, elle cacha l'arme sous une boîte de céréales devant son partenaire qui ne quittait pas des yeux la boutique. Il glissa la main devant lui pour saisir discrètement le pistolet au moment où Camille sortait avec une collègue. Le couple se mit en mouvement à quelques mètres derrière les deux vendeuses. Ils savaient que Camille empruntait habituellement un petit raccourci derrière le parking pour rejoindre l'arrêt de bus. Ils pourraient agir quand elle passerait derrière les voitures au niveau d'un terre-plein buissonneux. Mais en sortant les deux femmes tournèrent ensemble au lieu de se séparer. Le couple se comprit d'un regard. La femme enfila des lunettes noires. Du pouce, l'homme enleva la sécurité du pistolet et commença à sortir doucement son arme. Les deux vendeuses n'étaient plus qu'à un mètre devant eux.

Plus loin sur le parking, Sherajin se tenait en boule sur la banquette arrière de leur voiture, les fesses sur les talons. Son corps semblait trapu avec son pantalon à poches en toile élimée sur ses vieilles baskets blanches. Son visage était dissimulé par la capuche de son sweat retenue par un foulard noué autour du cou. En cette fin de journée, l'habitacle était complètement obscurci par les vitres teintées. Seuls les deux yeux de Sherajin brillaient dans l'obscurité en observant la scène par la fenêtre entrouverte du conducteur. Rien ne se passait comme ils l'avaient prévu, et ses deux sicaires étaient trop exposés. Ils ne pouvaient abattre Camille Martin au milieu de la foule sur le parking. Sherajin envoya un message. Le couple venait d'abandonner le chariot, prêt à passer à l'acte, quand il reçut son SMS. La femme regarda immédiatement l'écran et fit signe à l'homme de partir. Ils s'engagèrent dans une allée du parking en abandonnant leur cible pour rejoindre la voiture.

*
* *

À quelques kilomètres, dans les vestiaires de la salle de sport, Tara profitait pleinement de la douche les yeux fermés. L'eau chaude coulait de ses cheveux vers ses épaules et son dos encore tendu par l'effort, puis rejoignait la rigole de sa colonne vertébrale le long de laquelle serpentait un immense dragon aux griffes acérées. À mesure de ses circonvolutions chatoyantes, l'animal fantastique étirait sa queue vers les reins de Tara et disparaissait comme une invitation érotique dans la ligne de ses fesses. Sa peau mate sans défaut était teintée d'un reflet doré par un léger duvet clair. Elle tendait une toile charnelle sur laquelle les écailles de la bête dessinaient une palette de nuances, du rouge feu au bleu électrique. Le tatouage impressionnant était d'une sensualité presque bestiale. Il provoquait le désir autant qu'il suscitait de mystère et d'inquiétude, à la fois gardien et aperçu de l'âme de Tara. De là venait son surnom à la police : capitaine Dragon. Elle coupa enfin le robinet et pressa ses cheveux en une longue torsade pour en extraire l'eau avant de se sécher. Elle regagna le vestiaire torse nu, la serviette autour de la taille, et s'assit sur un banc. Elle resta là un moment à profiter du calme et de sa fatigue. La tête baissée, appuyée sur ses cuisses, Tara regardait ses bras bleuis par les coups. La Nouille n'y était pas allée de main morte comme à chaque entraînement de boxe. Il cherchait toujours à la pousser jusqu'à l'épuisement. Mais Tara savait trouver cette ressource, cette rage, pour tenir et se relever. Elle était comme le dragon sur sa peau, sortant subitement les griffes, s'opposant à la foudre et au tonnerre, déchaînant les éléments dans un déferlement de coups de pied et de coups de poing. Dans ces moments-là, le grand Jean savait qu'il devait juste encaisser ou la mettre KO. Il se pliait sur lui-même en riant, hoquetant quand Tara arrivait à passer sa garde pour le frapper. Il finissait souvent par enserrer le petit corps de la policière entre ses grands bras et la soulevait avant de l'écraser de tout son poids au sol en évitant qu'elle ne lui arrache un bout d'oreille avec les dents.

— Pervers ! lui criait-elle alors que Jeannot tentait de l'embrasser dans le cou.

Et tous les deux finissaient par rire ensemble en se roulant sur le sol.

La porte du vestiaire s'ouvrit et une jeune gardienne de la paix en uniforme entra. Les deux femmes se saluèrent d'un geste de la tête. Tara continua à observer la policière de dos, qui ouvrit un placard et commença à se déshabiller. Une femme athlétique, féminine et parfaitement proportionnée se dévoila de ses vêtements bleus en coton. Dragon profita avec plaisir de ce strip-tease improvisé dans le vestiaire. Elle ne put s'empêcher de regarder avec désir les fesses musclées de la jolie jeune femme blonde en sous-vêtements. Celle-ci tourna la tête au moment de retirer sa culotte. Tara croisa son regard. Elle lâcha un petit sourire amical et gêné avant de détourner les yeux. Puis elle se leva pour se rhabiller. Tara était sensible à la beauté d'une jolie femme, même si les expériences au féminin qu'elle avait eues dans le passé ne l'avaient jamais vraiment convaincue. Elle finit par jeter son sac sur l'épaule et par quitter le club de sport de la police nationale. La nuit n'était pas encore tombée mais la lumière déclinait. Il faisait chaud. L'air était empli des odeurs du jour. Une légère brise faisait bruisser les arbres dans les jardins des pavillons de l'autre côté de la rue. Cela faisait presque trois semaines que Belaj avait été tué et l'enquête ne menait nulle part. De toute façon, la mort de l'ancien djihadiste ne semblait pas préoccuper grand monde, pas plus à la PJ qu'à la DGSI. Tara savait que l'affaire serait bien vite classée, la priorité n'était pas là. Elle consulta son téléphone et envoya un message avant de rejoindre sa voiture garée devant le gymnase. Un quart d'heure plus tard elle s'enfonçait dans les ruelles de Romainville, bordées de maisons basses en brique.

*
* *

Sherajin jeta son téléphone sur le siège une fois le message envoyé. Ses deux mains calleuses retirèrent d'un geste brusque l'appuie-tête du siège conducteur pour y poser le canon d'un fusil à lunette et le glisser jusqu'à la fenêtre entrouverte. Seul le bout du tube ressortait de quelques centimètres à l'extérieur. Il n'y avait qu'un espace limité de visibilité entre les voitures et une poignée de secondes pour ajuster le tir en évitant d'atteindre un passant ou la collègue de Camille. Son œil était rivé dans le viseur. Sa main épaisse et parcourue de rides profondes arma le fusil d'un va-et-vient sec avant de se reposer sur la crosse en bois. Son index court qui n'avait presque plus d'ongle atteignait à peine la gâchette du fusil de précision. Son corps resta parfaitement immobile. Soudain, Camille apparut. Son visage souriant se refléta sur la cornée de son assassin. La pupille de Sherajin se dilata à la vue de la petite vendeuse. Ses yeux s'obscurcirent, cessèrent de briller et s'éteignirent comme une allumette que l'on souffle. Dans l'habitacle, tout devint noir. Il n'y avait plus que la mort au bout du fusil. Rien n'aurait pu empêcher ce qui allait se passer, le doute était impossible, la vengeance n'était pas de rage ou d'excès. Elle était une certitude que rien ne pouvait fléchir. Le coup partit dans un claquement sec. Sherajin n'eut pas besoin de vérifier l'accomplissement de son travail. Le fusil était déjà jeté au sol. Les portières s'ouvrirent quand ses deux complices montèrent dans la voiture. Autour de Camille les passants avaient l'immobilité de la pierre. La collègue de Camille, pétrifiée, n'avait pas encore eu le temps de hurler. Du sang et de minuscules bouts d'os avaient été projetés sur son visage. Elle distinguait à peine la scène à travers un voile rougeâtre. Quand après plusieurs secondes elle poussa un cri de terreur, Camille ne pouvait plus l'entendre. La balle avait traversé son front et tout avait pris fin. Sherajin se remit en boule avec calme sur la banquette arrière. L'homme à l'avant fit démarrer la voiture et les yeux de Sherajin se remirent à briller.

***

Dans l'ancien quartier ouvrier, Tara se gara en face d'un petit café-restaurant qui tenait seul l'angle de deux rues. Sur le panneau accroché à la façade, le nom de l'établissement avait disparu avec le temps. Il n'y subsistait que l'emblème d'une marque de bière alsacienne où un jeune garçon assis sur un tonneau buvait des deux mains une pinte mousseuse. Le café semblait une vigie sur le carrefour, entouré de résidences dont le prix au mètre carré avait littéralement flambé avec les années. Sur la vitrine était écrit en lettres jaunes : « Couscous tous les jours : le Royal et le Une Viande ». Le numéro de téléphone n'avait jamais été changé et ne comportait que huit chiffres. L'indicatif d'Île-de-France manquait. Les stores défraîchis aux rayures blanche et beige indiquaient : « Restaurant-bar » et « Repas d'affaires ». Le menu entrée-plat-dessert avec le quart de vin n'avait pas dû changer depuis que le vieux propriétaire kabyle avait repris l'enseigne cinquante ans plus tôt. Pourtant, derrière les vitrines encombrées de plantes en plastique, les clients étaient nombreux, accoudés au bar couvert de cendriers. Tara envoya un nouveau message. Moins d'une minute plus tard, un homme grand, de vingt-cinq ans environ, sortit du café en tee-shirt et se dirigea vers la BMW. Il entra dans la voiture côté passager sans hésiter.

— *Salam* Tara, lança-t-il en lui faisant la bise. Tu vas bien ?

— Salut Medhi. Oui, tout roule.

— J'ai ce que tu m'as demandé.

Medhi fouilla dans sa poche et en sortit un sachet transparent rempli de cocaïne.

— Tiens, répondit Tara en lui tendant deux cents euros.

Le jeune homme sourit, attrapa les billets sans rien dire et les fourra dans sa poche. Tara sortit une boîte de CD du vide-poches. Elle commença à y verser de la poudre puis à tracer deux grosses lignes avec sa carte de crédit.

— T'en veux ? demanda-t-elle.

— Tu es folle. Si je commence avec ça je n'ai pas fini.

Tara connaissait la réponse de Medhi, mais elle aimait toujours vérifier qu'il se tenait bien. C'était son petit protégé. Elle roula un billet et renifla une ligne dans chaque narine.

Puis elle ouvrit le boîtier de CD, détacha le support en plastique pour y cacher la cocaïne avant de remettre le tout dans la boîte à gants sous le regard inquisiteur de Medhi.

— Tu ne devrais pas taper autant là-dedans, lui dit-il. Ça rend débile.

— Nous en reparlerons. Tu as fini tes examens ? demanda-t-elle d'une voix nasillarde en se pinçant le nez.

— Ça fait six mois déjà. Je cherche du boulot, mais je ne trouve pas.

— Tu vas trouver. Tu deales toujours ?

— Non, rien depuis que j'ai eu mon diplôme.

Tara regarda Medhi un instant pour le sonder. Elle l'avait arrêté quelques années auparavant après qu'il avait été dénoncé par un prévenu lors du démantèlement d'un réseau de trafiquants. Il avait plusieurs grammes de haschisch sur lui le jour de son interpellation, suffisamment pour finir en garde à vue. Le jeune homme dealait bien un peu d'herbe à l'occasion, mais juste assez pour payer ses études et soulager ses parents. Dans les cités, beaucoup de familles vivaient du trafic, souvent en fermant les yeux sur l'origine de l'argent. Medhi n'était pas un mauvais garçon. Sa famille était pauvre, il essayait juste de s'en sortir. Alors, en échange d'informations, Tara l'avait laissé partir. Depuis ils avaient gardé contact et s'étaient revus. Il faut dire que Medhi avait immédiatement manifesté son attirance pour la policière. Et il continuait à jouer avec cette ambiguïté malgré l'amitié sincère qu'ils avaient fini par tisser.

— Comment va ton père ? demanda Tara.

— Toujours pareil. Il part bientôt au bled avec son cancer, il veut finir là-bas.

— Et ton oncle ?

— Boudjema ? Bien. On est en train de boire un coup pour son anniversaire. Mais ne reste pas là, viens, ça lui fera plaisir de te voir.

— Attends, j'ai un truc à te demander avant.

— Vas-y, dis-moi.

— Tu as entendu parler du mec de la Rose des vents qu'on a retrouvé pendu sur sa façade le mois dernier ?

— À la cité des 3000 ? Qu'est-ce que tu crois, j'habite à Aulnay, à deux pas de chez lui.

— Tu te renseignerais pour moi ?

— Je le connaissais un peu, le mec. Mais ça dépend, capitaine, qu'est-ce que tu cherches ?

— Tu sais quoi sur lui ?

— Pas grand-chose que tu ne saches déjà, j'imagine. Pas mal de petits coups, du bédos, de la coke, un peu de taule. En zonzon il a plutôt traîné avec les islamistes et en sortant, il a continué à fréquenter des gars bien barrés à la mosquée. Avant de partir en Syrie, le mec continuait à dealer souvent sur Aulnay, très protégé par les barbus, tu vois.

— Il dealait protégé par les salafistes ?

— Oui, bien sûr. Ces mecs ont toujours eu un gros réseau et il y avait beaucoup d'anciens durs parmi eux. Pour eux, vendre de la drogue aux *kouffar*, aux infidèles, ce n'était pas *haram* et ça servait au *djihad*. Les gars n'en sont plus trop aujourd'hui. Il faut dire que beaucoup sont morts chez Daesh.

— Et depuis qu'il est revenu ?

— Tu sais, certains mecs qui sont revenus de Syrie jouaient aux caïds, ils faisaient les gros bras. Souvent c'étaient des petites frappes. Mohamed rien du tout, il se tenait tranquille.

— Et tu te renseignerais pour savoir si des gens pouvaient lui en vouloir ?

— Je peux essayer mais…

Medhi fut coupé par la sonnerie du téléphone de Tara qui lui fit signe de se taire en répondant.

— Salut Jean… Oui… Où ça ?… Oui, j'ai compris… Sur le parking du supermarché, d'accord… J'arrive tout de suite, conclut-elle en raccrochant. Medhi, il faut que je te laisse, enchaîna-t-elle, j'ai une urgence.

Tara attendit d'être au bout de la rue pour lancer un morceau d'électro planant. Elle appuya sur l'accélérateur de la BMW et sentit qu'elle s'enfonçait dans son siège. La cocaïne lui était montée directement au cerveau mais elle ne se sentait pas excitée. Ses sens étaient en alerte, elle ne serrait pas les mâchoires, le produit était bon, pas trop de speed, se dit-elle. Ses yeux étaient grands ouverts, ses pupilles dilatées et son visage ne traduisait aucune émotion. Elle conduisait sa voiture avec souplesse malgré le trafic, sûre d'elle, sans stress, tenant juste le bas du volant du bout des doigts. Elle roulait à contresens, se rangeait en glissant entre les voitures, se faufilait sans trop décélérer comme dans le jeu du serpent qui ne peut s'arrêter pour éviter les obstacles. Rapidement, les rues s'élargirent et s'animèrent, les piétons devinrent les témoins de sa course. Leurs mouvements et leurs expressions s'imprimaient dans l'esprit de Tara comme des Polaroïds fixés par le flash. Les enseignes lumineuses peignaient des traits de couleurs mouvants sur le pare-brise. Les feux de signalisation devenaient des galaxies d'étoiles vertes, oranges et rouges. Les reflets des panneaux publicitaires tournaient leurs pages sur la vitre devant Tara. Le soleil bas encadrait la scène d'orange et de mauve. L'esprit toujours tourné vers ce qu'elle ne voyait pas encore, vers la scène de crime où elle devait se rendre, grisée par la drogue, Tara commença à décrocher, égarée par les images, les objets et les lumières. Le pare-brise devint un écran psychédélique. Dans l'œil du cyclone qui tournait devant elle, l'hologramme de sa mère emporta tout. Sa maman sur le canapé du salon, la tête nue, sans cheveux, souriait, malgré sa maigreur cadavérique. Elle lui tendait la main pour qu'elle vienne l'embrasser et Tara ne s'approchait pas. Elle enrageait. Pourquoi sa mère ne parlait-elle pas de sa souffrance ? Pourquoi souriait-elle toujours ? Pourquoi ne lui avouait-elle pas qu'elle avait mal ? Qu'elle avait peur ? Il n'y avait pourtant plus rien à cacher. Tout serait bientôt fini, de toute façon. C'était maintenant ou jamais. Et Jeanne Vaillant avait baissé la main. Et elle souriait en ne disant qu'une chose : qu'elle aimait sa fille. Mais pour le reste elle se taisait. Et Tara n'avait pas attrapé la main de sa mère. Et maintenant c'était trop tard. Pour elles deux. Et Tara s'en voulait tellement. Elle se détestait.

Quelqu'un frappa à la vitre de la voiture. Tara sentit ses yeux pleins de larmes, le visage dans les mains, penchée en avant sur le volant. La musique faisait toujours vibrer la carrosserie alors que la voiture était arrêtée. Jean ouvrit la portière et coupa le vacarme en passant au-dessus de Tara. Il ne dit rien pendant un moment, regardant par l'encadrement de la portière sa collègue reprendre ses esprits. Tara ne s'était même pas rendu compte qu'elle était arrivée à destination. Elle tenta d'essuyer discrètement ses larmes et leva la tête vers le pare-brise. Devant elle, sur le parking du centre commercial, deux voitures de police barraient le passage avec leurs gyrophares bleus qui tournoyaient.

— Ça va, ma belle ? demanda Jean penché vers elle.

— Oui, t'inquiète, mon grand. Ça va.

Elle jeta vers son collègue un sourire triste et plein d'affection, ses yeux noisette encore brillants. Elle souffla un grand coup et sortit de la voiture. Le petit bout de femme resta dans l'ombre de Jean qui, de dos, la cachait volontairement des autres collègues.

— Vas-y, dis-moi, entama Tara qui reprenait déjà ses esprits.

Jean sortit un carnet de sa poche.

— Une jeune femme, Camille Martin, vingt-quatre ans, vendeuse dans un magasin de lingerie du centre commercial. Elle sortait du travail quand elle a été abattue d'une balle en pleine tête sur le parking. Elle allait prendre le bus avec une collègue pour rentrer chez elle à Trappes. On continue d'interroger l'autre vendeuse qui est sous le choc. Il y avait beaucoup de monde sur le parking quand c'est arrivé car le supermarché fermait. Plusieurs personnes ont vu la fille s'effondrer. Un coup de feu a résonné mais personne ne peut dire exactement d'où c'est parti. Quand les gens ont compris ce qui se passait, ç'a été la panique. Nous relevons un maximum de noms et nous faisons évacuer. Karim est avec la sécurité. Il visionne les images des caméras de vidéosurveillance.

— Aucun suspect ?

— Pas encore.

— La police scientifique est déjà là ?

— Ils sont arrivés juste avant toi.

— Allons-y.

Les deux policiers passèrent les véhicules et saluèrent les agents qui assuraient la sécurité du périmètre. Autour de la bâche s'activaient déjà les techniciens en blouse blanche. Tara mit ses gants et attendit qu'ils finissent leurs prélèvements avant d'avancer. Elle s'accroupit devant le cadavre et souleva le bout de plastique. Les joues dodues de la jeune fille brune avaient encore conservé un léger teint rose pâle. Un petit diamant était piqué au coin de son nez. Ses grands yeux ronds, comme sa bouche entrouverte, donnaient une impression de surprise totale. Elle n'avait pas dû avoir le temps de comprendre un seul instant ce qui se passait. Au milieu du front, l'orifice de la balle était parfaitement dessiné, et seul un filet de sang déjà sec s'en était échappé. Tara regarda sous la tête posée sur une auréole de sang. Mais la boîte crânienne ne semblait pas trop endommagée. Le cerveau avait été transpercé de part en part. Petit calibre de précision, se dit Tara. Elle leva les yeux vers un technicien.

— C'est du 22 ? demanda-t-elle.

— Certainement. L'autopsie nous en dira plus. Nous continuons à chercher la balle qui a rebondi contre le mur. Mais vu les éclaboussures, ça vient de par là-bas, commenta l'agent en désignant le fond du parking.

Un policier passait le détecteur de métal autour de la scène.

— Elle a été fouillée ?

— Oui, par votre collègue.

— Le corps n'a pas été bougé ?

— Non, répondit l'agent.

Tara souleva un peu plus la bâche. Le petit haut court de Camille laissait apparaître son ventre où un autre piercing brillait dans son nombril. Elle portait un jean moulant et à ses pieds écartés des baskets compensées.

— Dragon ! l'appela Jean qui revenait vers elle.

Tara se releva.

— Qu'y a-t-il ?

— J'ai eu le bureau. La fille est fichée S.

VI

En rentrant du commissariat, Tara jeta sa veste sur la chaise devant son bureau et alla s'affaler sur le canapé élimé en cuir marron. Elle retira ses baskets qu'elle lança dans le couloir de l'entrée. Elle s'alluma ensuite une cigarette qu'elle garda pincée entre les lèvres. Elle avait l'impression d'avoir déjà vécu cette journée, et ce n'était pas faux. Camille Martin était fichée S pour s'être rendue elle aussi au Moyen-Orient. Elle y était restée presque deux ans et n'avait écopé à son retour que d'une peine de six mois de prison avec sursis. Les juges avaient estimé que la jeune femme de dix-huit ans était partie sous l'emprise de son petit ami de l'époque, un salafiste qui avait organisé leur migration en terre d'islam, leur *Hijra* vers la Syrie et l'Irak. Mais le couple était en réalité parti rejoindre les rangs de Daesh. Selon la déposition de Camille, son apprenti djihadiste avait été tué au combat quelques mois après leur arrivée au califat. La toute jeune femme avait alors décidé de s'enfuir avec l'enfant qu'elle venait d'avoir. Selon elle, son projet d'évasion n'avait pu se concrétiser qu'un an plus tard car elle avait été prise en otage par l'État islamique. L'ambassade de France en Turquie l'avait récupérée à la frontière syrienne et avait organisé son rapatriement dans l'Hexagone. Depuis, le casier de la jeune fille était vierge. Ce nouvel assassinat avait valu un deuxième coup de fil à Benjamin et cette fois-ci le rendez-vous du lendemain à la DGSI était plus officiel.

Tara tira à nouveau longuement sur sa cigarette. En face d'elle, au-dessus de son bureau en désordre, le mur était couvert de photos en noir et blanc. Il y en avait de toutes sortes et de toutes tailles. Certaines, racornies, ne tenaient que par une punaise. D'autres étaient encadrées. Tara observait surtout l'une d'elles, à l'abri d'une marie-louise. La scène était un peu grotesque mais poétique également, presque surréaliste. Au premier plan, le visage d'Aldo, un sans-abri, avait été saisi alors qu'il se retournait vers Tara en riant de toutes ses dents. Capturé dans le mouvement, son visage était flou. Ses traits s'étiraient comme des coups de pinceau. Avec son gros nez encore plus épaté par le 35 mm, il faisait penser à un clown hilare. Au second plan, un jeune enfant se tenait sur un pied, les bras levés, un parapluie dans une main, comme marchant sur un fil. Tara se rappelait bien ce petit Rom qui venait souvent voir Aldo. Elle l'avait surnommé le Kid tellement les deux personnages et l'affection mutuelle qu'ils avaient développée lui faisaient penser au film de Chaplin. Aldo était un toxicomane à l'héroïne de la première heure qui vivait sous un tunnel de la petite couronne et que Tara avait rencontré lors d'une enquête. Par la suite elle était souvent revenue le voir. Elle le prenait en photo et ils buvaient le café ensemble. Aldo était un maniaque du café. Il changeait ses techniques parfois d'heure en heure pour obtenir ce qu'il pensait être l'ultime saveur : café filtre, café turc, cafetière italienne, double ou triple filtration, changement de papier, calcul des températures. Il trouvait chaque fois que son café était le meilleur du monde, ce que bien sûr la policière confirmait par une longue mimique de plaisir. Et puis un jour Aldo avait disparu, sans laisser de trace, tout simplement.

Tara loucha sur sa cigarette. La cendre bombée au bout de la tige s'apprêtait à tomber. La policière se releva doucement et se dirigea vers son bureau la main sous la clope. Là aussi, beaucoup de photos traînaient. Elle attrapa le cendrier en verre sous lequel souriait le visage de sa mère sur un papier brillant. Après s'être débarrassée de sa cendre, elle fixa la photo où elle se trouvait à côté de Jeanne. Les deux femmes posaient dans le jardin sous l'objectif de Robert. C'est ce jour-là qu'elle lui avait annoncé sa maladie. Tara tourna aussitôt la tête pour chasser son souvenir. Puis elle alla s'asseoir devant son piano. Elle posa le cendrier sur l'instrument et souleva le couvercle laqué. D'une main, elle commença machinalement à jouer le *Clair de lune* de Debussy. Ses doigts volaient sur les touches avec la puissance et l'élégance d'une danseuse d'opéra. Tara était une excellente pianiste, comme l'était sa mère. Elle écrasa sa cigarette et lança ses deux mains sur le clavier, les yeux fermés. Le morceau prit une ampleur inattendue. Elle se mit à improviser, mélangeant des notes de Ravel, glissant des *Nocturnes* de Chopin à la gravité de Philip Glass. Elle rouvrit finalement les yeux et s'arrêta net. Elle se leva et retourna à son bureau, observant encore les photos éparses qui y traînaient. Elle ouvrit un tiroir pour en sortir son passeport. En le feuilletant elle ne trouva qu'un tampon du Maroc lors d'un voyage cinq ans plus tôt. Les autres pages étaient vierges. Elle regarda sa photo d'identité et eut l'impression de voir une gamine. La première page indiquait que son passeport était encore valide. En dessous de son lieu de naissance, elle lut : « Bagdad, Irak ». Ses yeux s'attardèrent sur cette information comme sur une fine cicatrice, présente depuis toujours sans que l'on se soit jamais interrogé sur son origine. Quel était ce pays dont elle ne savait presque rien, sinon que ses parents y avaient travaillé ? Depuis six mois que sa mère était morte, si vite, Tara examinait sa propre vie avec la distance d'une étrangère.

Elle regarda sa montre ; il ne lui restait que quelques heures de sommeil avant le rendez-vous du matin.

Le lendemain, Tara rejoignit son patron devant le siège de la DGSI à Levallois-Perret. Elle aimait l'été car le commissaire Perret se débarrassait enfin de son horrible veste en velours qui lui donnait l'air d'un vieux comptable poussiéreux. Ce jour-là, il portait un complet bleu trop large avec une cravate jaune à rayures et ressemblait au cliché du commissaire de police présenté dans la plupart des séries télévisées.

— Vous êtes à l'heure, Dragon, ça fait plaisir ! entama le commissaire avec un grand sourire.

— Merci patron, vous savez bien que pour vous, je ferais n'importe quoi. Il est joli, votre costume.

— Je voulais mettre ma veste en velours que vous aimez tant, capitaine, mais je pensais qu'il fallait éviter de vous distraire avec mes charmes pendant la réunion. Nous y allons ?

Tara leva la tête vers l'entrée du bâtiment où était écrit en grosses lettres « Ministère de l'Intérieur » à côté du drapeau français. Protégé par des palissades en acier, l'immeuble était rectiligne, opaque, froid, sans rondeur. Les deux policiers présentèrent leur carte à l'agent en faction dans la guérite et purent passer les portillons métalliques de sécurité.

— C'est mieux protégé que chez nous, constata Tara.

— À qui le dites-vous, capitaine, répondit le commissaire Perret.

En franchissant le portique de détection, seule Tara sonna.

— Vous n'êtes pas armé, commissaire, constata Tara qui savait que le patron n'aimait pas porter son pistolet.

— Pour quoi faire ? Je suis avec vous, Dragon !

Quelques minutes plus tard, Benjamin vint les chercher. Il embrassa Tara, salua le commissaire et les guida à travers les couloirs. À de nombreuses reprises l'agent dut activer son badge pour franchir les portes du bâtiment ultra-sécurisé. Le silence qui régnait ici était exagéré, dérangeant, et semblait agir comme un filtre pour protéger les secrets. À l'inverse, Tara aimait la vie de son commissariat, les cris d'ivresse, les interrogatoires, les voyous qui déboulaient menottés dans le couloir, les collègues qui blaguaient fort.

— Dis-moi, le Moine, vous avez une chorale à la DGSI ? demanda Tara.

— Pardon ? répondit Benjamin en se retournant.

— Non, rien, laisse tomber.

Tara jeta un œil amusé à son commissaire qui la regarda en coin, faussement sérieux. Ils pénétrèrent dans une salle de réunion qui avait toutes les nuances de gris. Le commissaire Renucci de la DGSI les attendait déjà. Il surprit Tara en venant faire l'accolade au commissaire Perret.

— Comment tu vas, Philippe ? entama l'agent du renseignement intérieur. Ça fait un bail.

— Comme tu dis, Patrice. Il faut avouer que je n'ai pas souvent l'occasion de visiter vos bureaux. Vous n'êtes pas mal, ici, renchérit le commissaire en posant la main sur un fauteuil neuf en simili cuir. Ça sent la peinture fraîche, ça nous change, finit-il avec une pointe de sarcasme.

— C'est certain, Philippe. Nous avons été bien gâtés ces dernières années. Il était temps, tu me diras. Et tout ça grâce à certains de vos petits protégés du 93.

— Vu qu'on est justement là pour parler de la source de vos problèmes... et des nôtres... je te présente le capitaine Tara Vaillant qui travaille avec moi au groupe crime de la PJ et suit l'affaire qui nous concerne.

Tara vint serrer la main du commissaire qui fit asseoir tout le monde.

— Laissons donc parler nos tourtereaux, entama Renucci. Allez-y, Ferreira, dit-il à l'attention de Benjamin.

— Merci commissaire, répondit le capitaine mielleusement. Déjà, je tiens à tous vous remercier d'être venus ce matin, entama l'agent. Comme vous le savez, nous avons déjà discuté des victimes avec le capitaine Vaillant et...

— Tara, coupa-t-elle. Tu peux m'appeler par mon prénom, ça ira. Vu qu'on est en famille apparemment, ironisa la policière qui n'avait pas apprécié le « tourtereaux » de Renucci.

— OK, oui, Tara, enchaîna Benjamin gêné. Bien entendu, si nous avons organisé cette réunion, c'est que les deux meurtres nous interpellent. Nous nous intéressons généralement plus aux gens qui s'ajoutent à nos listes qu'à ceux qui en disparaissent. Et si votre deuxième victime n'était pas réapparue dans nos radars récemment, je pense que nous vous aurions complètement laissé la main.

Tara leva légèrement la tête.

— Tu parles de la petite vendeuse ? Camille Martin ? demanda-t-elle pour confirmer.

— Oui, celle-là, la petite djihadiste.

Benjamin poussa un dossier vers le commissaire Perret qui, sans même le regarder, dévia la pochette cartonnée vers Tara. Elle commença à feuilleter les documents en plaçant certaines photos devant son patron. Sur l'une d'elles, Camille Martin et d'autres jeunes filles souriaient, leurs niqabs noirs relevés sur la tête, pointant le ciel de l'index.

— On est loin de la pauvre petite fille naïve décrite dans son dossier judiciaire, constata Tara, le nez toujours dans le dossier.

— Oui, reprit Benjamin. Et vous n'avez pas encore tout vu. Je vais vous montrer quelque chose.

Ferreira fit le tour de la table et ouvrit un ordinateur portable devant les deux policiers de Bobigny.

— La vidéo que vous allez voir a été tournée à Mossoul, en Irak. Je vous préviens, il faut avoir le cœur bien accroché, prévint Benjamin appuyé sur le bureau.

Il lança le film et alla se rasseoir. Les images prises d'un téléphone portable démarrèrent sur des mouvements dans une foule. Le brouhaha était couvert par le frottement du micro.

Puis le cinéaste amateur cadra la scène. Au milieu d'une place poussiéreuse entourée d'une foule d'hommes barbus et de femmes en noir, une jeune fille en hijab était ligotée, le visage découvert. Des cailloux et des morceaux de parpaing couvraient le sol un peu partout.

À côté de la suppliciée qui pleurait en gémissant, un djihadiste, la kalachnikov sur l'épaule, haranguait la foule en arabe, recevant en retour les hurlements d'approbation des spectateurs.

— Qu'est-ce qu'il dit ? demanda Tara.

— En gros que la fille est une catin qui a commis l'adultère et qu'elle doit mourir. Quant aux autres, ils crient : « À mort ! » Regardez surtout cette femme, dit-il en pointant du doigt une des spectatrices, entièrement cachée sous son voile noir.

Dans le vacarme et les cris de la foule, le djihadiste recula, laissant la condamnée seule, le visage défait, supplier pour sa vie comme une bête acculée. La femme identifiée par Benjamin se précipita d'un coup en avant et lui jeta une pierre. Elle manqua sa cible, attrapa un autre projectile de son gant noir et tenta de nouveau sa chance. Cette fois-ci, elle toucha l'épaule de la victime qui cria autant de douleur que de terreur. La salafiste s'était précipitée pour jouir la première du bal macabre qu'elle venait d'ouvrir en hurlant.

— C'est « Sale pute » en français qu'elle a crié, là ? demanda Tara.

— Oui, souffla Benjamin.

La mise à mort était lancée. Les autres spectateurs firent voler des pierres à leur tour et l'assemblée des bourreaux se mit à vomir sa haine morbide sur la pauvre innocente. Les projectiles de plus en plus nombreux écrasaient toutes les parties du corps de la jeune femme, brisant ses os, déchirant ses vêtements, ouvrant des plaies béantes sur sa peau. Et elle continuait à vouloir parler, à implorer, la bouche tremblante, bavant, terrorisée, les lèvres éclatées, couverte de sang, pleurant devant la mort qui venait. Autour d'elle, alors qu'un caillou lui éclatait le nez, que son crâne vibrait des impacts et de la douleur, malgré le sang qui coulait dans ses yeux, elle arrivait encore à imprimer les dernières images du monde qu'elle emportait avec elle : ses jambes aux os brisés pliées de manière grotesque, son pied droit à moitié arraché, mais surtout les images de cette foule animale et puante, dénuée d'humanité, hurlant le nom d'un dieu odieux et innommable pourtant. Et, pire que la douleur qui l'accompagnait, la jeune femme s'éteignait sans même la possibilité du moindre espoir.

— C'est surtout les femmes, commenta froidement Benjamin alors que Tara serrait les dents et que son patron quittait régulièrement l'écran des yeux.

— Ça suffit, lança le commissaire Perret en refermant l'ordinateur d'une claque de la main.

Personne ne parla, d'abord. Les deux agents de la DGSI laissaient le temps à leurs collègues de se remettre. Mais le silence de la pièce ne faisait qu'amplifier l'effroi qui les avait saisis.

— Bien sûr, la jeune femme a été préalablement violée par ces adorateurs de la pureté islamique qui l'ont mise à mort, commenta le commissaire Renucci.

Benjamin jeta un regard froid à son patron.

— La femme que je vous ai montrée, poursuivit Ferreira, et qui finira par achever la victime en lui écrasant la tête sous une pierre, nous pensons que c'est Camille Martin.

Tara restait abasourdie. Il lui était tout à fait impossible d'associer la jeune fille aux piercings et baskets compensées à la cruauté monstrueuse à laquelle elle venait d'assister.

— Camille Martin travaillait dans une boutique de lingerie, railla-t-elle.

— Oui, nous savons cela aussi, reprit le commissaire Renucci sèchement. C'est le genre de choses dont on ne s'étonne plus ici. Et c'est bien pour cela que la mort de cette jeune femme devrait nous laisser assez indifférents.

— Mais pourquoi pensez-vous que c'est elle ? demanda Philippe Perret.

— Le nom de Camille Martin a été mentionné récemment par un djihadiste incarcéré, répondit Benjamin. Nous avons fait des recoupements et, lors d'un interrogatoire, elle a été désignée sur la vidéo que nous venons de vous montrer.

— Attendez, intervient Tara. Camille Martin a été condamnée à six mois de prison avec sursis pour son rôle mineur chez Daesh. Comment pouvait-elle se balader libre si vous étiez au courant de tout ça ?

— Parce que le dossier que vous avez sous les yeux a été monté postérieurement à sa condamnation, continua Benjamin. Au début de l'engagement djihadiste, de nombreuses femmes ont été considérées comme des victimes. Nous ne disposions pas encore d'éléments ni de témoignages sur ce qui se passait là-bas. Mais vous l'aurez constaté, beaucoup d'entre elles n'étaient pas les petites oies blanches pour lesquelles elles ont souvent réussi à se faire passer. Vous en croisez peut-être au supermarché tous les jours sans le savoir. Certaines se disent repenties, parfois elles y croient, parfois elles ne regrettent rien. Dans tous les cas, le jugement est passé. Fin de l'histoire. Et cela ne veut pas dire que Camille Martin a joué un rôle majeur dans l'organisation de l'État islamique.

Les images de la lapidation revinrent à la mémoire de Tara qui fut prise d'un frisson d'effroi.

— C'est injuste, dit-elle.

— Oui, c'est injuste et c'est dégueulasse, enchaîna Renucci énervé. Mais qu'est-ce que vous croyez, capitaine ? Dans quel monde vivez-vous ? Vous pensez que tous les nazis ou les collaborateurs ont payé pour l'Holocauste ? Vous croyez que tous les sympathisants du génocide des Tutsis, dont ceux qui ont tenu les machettes, ont payé pour leurs crimes ? Ne soyez pas naïve, Vaillant.

— Alors, qu'est-ce qu'on fait ? demanda le commissaire Perret qui voulut éviter la contre-attaque de Tara.

— Nous sommes persuadés que malgré les monstruosités auxquelles elle a participé, Camille Martin n'était plus une menace pour la France, reprit Benjamin. Mais les assassinats de nos deux repentis nous paraissent troublants.

— Il faudrait plutôt parler d'exécutions, intervint le commissaire Perret.

— Oui, justement, et c'est bien cela qui nous inquiète, Philippe, dit Renucci. Avec la situation au Sahel, la résurgence de Daesh, la sortie de prison de tous les radicalisés, sans parler des informations alarmantes que nous collectons, tous les indicateurs sont au rouge. La situation est extrêmement tendue. Alors, à ce stade, nous voulons bien vous laisser l'enquête car, de nouveau, c'est un problème de moins à suivre pour nous. Mais nous désirons y être associés de très près.

Tara jeta un coup d'œil rapide à son patron. Elle était soulagée que la DGSI ne demande pas à se saisir de l'affaire.

— Pas de problème, dit Perret. Nous reprenons donc là où nous en étions. Tara, vous restez en charge de l'enquête et vous tenez régulièrement informé le capitaine Ferreira. Ça te va comme ça, Patrice ?

— C'est parfait, répondit le commissaire Renucci. Je veux que Benjamin soit au courant de tout élément nouveau. N'est-ce pas, Ferreira ?

— C'est bien ça, commissaire.

Tara regarda son ami, exaspérée qu'il se montre aussi intéressé à suivre son travail sans l'avoir prévenue.

— Alors, à moi de vous poser une question, dit-elle. Est-ce que vous savez quels auraient pu être les liens entre les deux victimes ?

Les agents de la DGSI se regardèrent. Le commissaire fit signe à Ferreira de parler.

— Nous non, entama Benjamin. Nous y avons déjà réfléchi.

— Et qui d'autre, alors ? insista Tara.

Benjamin hésita et sollicita d'un regard son patron qui acquiesça de nouveau.

— Celui qui sait tout de la présence des Français en Syrie, reprit Benjamin. Et qui a participé à fonder la puissance de Daesh : Akim Alami.

Il y eut un silence lourd dans la pièce.

— Rien que ça, dit Perret.

— Mais il refuse de parler à la DGSI, enchaîna Benjamin.

Les quatre policiers restèrent un moment silencieux.

— Et à la PJ ? tenta Tara.

Benjamin s'enfonça dans son siège. À l'inverse, son patron quitta le dossier de son fauteuil et posa ses coudes sur le bureau les mains croisées. Il fixait Tara qui soutenait son regard.

— Nous pourrions essayer, finit-il par dire.

VII

Abed sortait juste de son cours de français dans une association d'aide aux migrants du 18e arrondissement de Paris. C'était une bonne journée. Deux heures auparavant il avait reçu sa carte de résident pour dix ans à la suite de l'acceptation de sa demande d'asile. Cela faisait plusieurs années qu'il attendait d'être régularisé. Il marchait le long du boulevard qu'il avait parcouru des centaines de fois quand il était arrivé de Syrie quatre ans plus tôt. Lui aussi avait vécu la galère porte de La Chapelle. Mais il s'était bien tenu. Il avait suivi le processus et ça venait de payer. Il regarda sa montre : 17 heures. Il ne reprenait le travail que tard le soir dans l'épicerie où il assurait les nuits. Ce rythme inversé était parfait. L'obscurité était son meilleur refuge et il oubliait ainsi le quotidien en France. Il traversa les Maréchaux. Abed avait pris l'habitude de revenir régulièrement rencontrer les nouveaux migrants, voir s'il pouvait être utile ou tout simplement discuter du pays. La Syrie lui manquait beaucoup. Pour éviter les évacuations régulières par la police, beaucoup de migrants se mêlaient aux consommateurs de crack sous l'enfer des échangeurs routiers. Abed emprunta alors une des voies qui desservait le périphérique. Pour ne pas se faire faucher, il devait marcher sur l'étroit trottoir qui bordait la route. Régulièrement, des voitures en pleine accélération le frôlaient en klaxonnant. À dix mètres au-dessus de lui, la circulation était assourdissante. Il se mit à longer une grande palissade en acier opaque qui cachait un local technique d'entretien entre les piliers de l'autoroute. La chaleur du soleil encore brûlant se répercutait contre le métal. Abed se trouvait au niveau d'une entrée dans la clôture quand celle-ci s'ouvrit d'un coup. Il sursauta en tournant la tête. Deux mains puissantes l'attrapèrent et le tirèrent à l'intérieur. Il fut projeté au sol. Dans la pénombre, il ne distingua d'abord que la silhouette de l'homme dans l'encadrement de la porte qui referma d'un coup la palissade. Balbutiant quelques mots de surprise, il essaya de reculer sur les fesses quand un talon dans son dos lui écrasa la main. Il émit un geignement et leva la tête. Un autre homme était penché sur lui avec un pistolet. Abed distinguait juste son crâne se découper sur les voies du périphérique en hauteur.

— Bonjour Abed, tu vas bien ? lui demanda calmement celui-ci en arabe.

Les yeux du Syrien commencèrent à s'habituer à l'obscurité. Le sol vibrait au rythme de la circulation incessante. Devant lui, l'autre homme braquait une kalachnikov. À droite contre la palissade, une troisième personne était assise sur ses talons, une capuche sur la tête, le visage entouré d'un foulard. Deux lumières vives brillaient dans l'obscurité à l'emplacement de ses yeux. Abed observait les lieux pour trouver une échappatoire. Il remarqua rapidement une sortie à double battant derrière un petit véhicule de nettoyage garé avec ses lances à haute pression. Il pensa pouvoir s'y hisser pour franchir la palissade.

— Ne fais pas de bêtise, l'avertit l'homme au-dessus de lui qui posa immédiatement son pistolet sur le crâne du Syrien.

— Qu'est-ce que vous voulez ? demanda Abed en français.

— Ne te fais pas plus stupide que tu ne l'es déjà, continua l'autre homme devant lui, toujours en arabe. Nous te cherchions. Tu n'as pas été facile à trouver. Tu te caches bien, tu as bien appris. Alors comme ça, tu as quitté le Cham ? La *Dawla* ne t'allait plus, Abed ?

— De quoi parlez-vous ? Vous devez vous tromper, je vous assure, balbutia le Syrien.

— Nous savons qui tu es, Abed.

— Lève-toi, lui ordonna l'homme au-dessus de lui.

Abed se mit doucement debout en gardant les bras levés.

— Rentre là-dedans, lui dit-il encore en le poussant vers un enclos grillagé servant à entreposer du matériel.

Abed passa la porte ouverte qui se referma derrière lui.

— Qu'est-ce que vous allez me faire ? demanda-t-il.

Les deux hommes se retournèrent vers leur chef resté accroupi. Toujours dans l'obscurité, les mains sur les genoux, Sherajin leva un doigt. Un mouvement sec, presque imperceptible, mais qui trancha avec l'immobilité de sa posture, suffit à donner l'ordre. Un des deux hommes alla chercher un jerrican posé dans un coin.

— Attendez, attendez ! Qu'est-ce que vous faites ? Qu'est-ce que vous voulez ? commença à paniquer Abed. Je suis avec vous, je suis avec vous, bégaya-t-il.

Devant lui, l'homme approchait en ouvrant le bidon. Arrivé devant la porte, il commença à asperger Abed d'essence à travers le grillage.

— Arrêtez ! Arrêtez ! Au secours ! Au secours ! hurla-t-il.

Le Syrien criait autant qu'il le pouvait, mais autour le bruit de la circulation était assourdissant. Alors il tenta d'éviter les jets d'essence en courant de gauche à droite. Il trébuchait sur les seaux et les balais, se rattrapant maladroitement à ce qu'il pouvait. Et dès qu'il tombait, l'homme en profitait pour l'arroser. Tout l'intérieur du local se transforma rapidement en une mare puante prête à s'enflammer à la moindre étincelle.

— Vous vous trompez ! Vous vous trompez ! hurla-t-il alors que l'essence continuait à se répandre partout dans la cage jusqu'à ce qu'il n'en reste plus dans le jerrican. Je vous assure ! Je n'ai pas déserté ! Je n'ai pas déserté ! criait Abed en suffoquant.

Presque aveuglé, prêt à vomir à cause des vapeurs d'essence, il sentit pourtant un mouvement contre la palissade. Sous sa capuche Sherajin venait de se lever. Ses yeux avaient disparu dans l'ombre. Ses mains sortirent de leurs poches. Dans l'une d'elles se trouvait une boîte d'allumettes. Abed se figea.

— Alors, ça ne te fait plus rire ? lui demanda froidement un des hommes devant la grille.

— Je n'ai pas déserté, vous vous trompez ! Je suis avec *Dawla* ! Je suis avec Daesh ! hurla le supplicié désespéré.

Abed entendit le soufre s'enflammer. Il voulut se précipiter vers l'allumette dans l'espoir de l'éteindre mais il n'en eut pas le temps. Sherajin l'avait déjà jetée entre les barreaux. Avant même qu'elle touche le sol, les vapeurs d'essence suffirent à tout embraser dans un souffle. Abed tenta de hurler encore mais il ne le pouvait déjà plus. Il se débattait dans les flammes. Ses yeux, sa langue, chaque partie de son corps se calcinaient alors que ses vêtements s'étaient déjà évaporés. Face à lui, les trois bourreaux le regardaient brûler. Des morceaux de sa chair se détachaient, tombant au sol en gouttes enflammées. Il n'y eut bientôt plus que le bruit des voitures et celui des flammes qui le consumaient. Abed se débattit encore quelques secondes dans la souffrance jusqu'à ce qu'enfin son cœur s'arrête et qu'il s'effondre au milieu des flammes.

*
* *

Tara poussa la porte du Centre culturel kurde. Le hall d'entrée était couvert des affiches d'évènements soutenus depuis la création de l'établissement trente ans auparavant. Deux femmes discutaient en kurde à côté d'un canapé au tissu gris et de deux fauteuils assortis. Tara les salua et se dirigea vers un bureau où un écriteau indiquait l'administration.

— Bonjour, entama-t-elle à l'attention d'un homme en blazer derrière un bureau. Capitaine Tara Vaillant, de la police judiciaire. J'ai téléphoné, on m'a dit de passer.

L'homme leva la tête avec un air surpris.

— Oui, pardon, capitaine, se reprit le secrétaire. Je me rappelle bien, suivez-moi, je vous emmène à la bibliothèque.

Tara se laissa conduire à travers le hall. Ils empruntèrent un escalier qui déboucha au premier étage sur un couloir étroit au bout duquel une porte vitrée donnait sur la bibliothèque. Avant d'y arriver, ils passèrent voir l'archiviste. Sur son bureau trônait un vieil écran d'ordinateur au plastique jauni au centre d'amas de documents, de registres et d'ouvrages. L'homme était dégarni, petit et tout rond comme son nez. Il avait l'air d'un hibou avec son œil constamment plissé et l'autre grand ouvert au-dessus de ses lunettes à double foyer. Derrière lui, une fenêtre en bois était fermée malgré la chaleur écrasante de la pièce. Mais à ses côtés, un vieux ventilateur projetait un air puissant grâce auquel il résistait à la suffocation. Les feuilles produisaient un bruit de froissement permanent sur leurs piles couvertes d'objets. Cela devait être un combat de tous les instants pour empêcher les documents de s'envoler, se dit Tara. Ou alors les papiers jaunis et couverts d'encre du chercheur étaient-ils, ici, plus chargés du poids du savoir, pensa-t-elle encore.

— Charles ? l'interrompit dans ses recherches le secrétaire à la porte.

Il leva la tête et sa paupière retomba sur son œil rond qui forma une deuxième ligne derrière ses lunettes.

— Oui ? répondit-il d'une voix nasillarde.

— Voici Mme Vaillant. Elle est policière. Elle vient chercher des renseignements.

— Une policière ? gémit le bibliothécaire comme un corbeau. Je suis accusé de quelque chose ? demanda-t-il encore avec sérieux.

— Non, monsieur, ne vous en faites pas, répondit Tara en souriant. Juste de la culture générale.

— De la culture générale ? grinça Charles. Toutes sortes de personnes nous rendent visite : des journalistes, des chercheurs, des étudiants, des écrivains... Mais rarement des policiers ! Voilà qui est tout à fait fantastique, chère madame. Vous êtes au bon endroit.

— Vous n'ouvrez pas la fenêtre ? s'enquit Tara qui suait en enlevant sa veste.

— J'aimerais bien, figurez-vous ! répliqua le bibliothécaire. Elle est maintenant bloquée depuis cinq ans. Nos finances sont au plus bas. Je me dois de faire toutes les économies possibles, et notamment celle de la menuiserie, au prix de devoir les faire sur le savoir. Si cela devait être le cas, votre visite n'aurait plus aucun sens, vous ne pensez pas ? D'ailleurs, que voulez-vous savoir au juste ?

— Je me renseigne sur l'histoire de l'Irak, sur les Kurdes et Daesh.

— Tout un programme, chère madame... Vous êtes au Centre culturel kurde, voyez-vous ! Alors suivez-moi, je vous prie.

Charles se leva et il sembla à Tara qu'il n'avait pas pris plus de hauteur qu'assis à son bureau. Le petit homme passa devant elle et l'emmena dans la bibliothèque. Le centre de la pièce était occupé par une immense table ovale autour de laquelle des gens travaillaient. Certains feuilletaient des livres entassés devant eux, des étudiants pianotaient sur leurs ordinateurs, une femme avait la tête baissée dans une visionneuse de diapositives. Tout le long du mur à droite, et encore sur celui d'en face, des étagères débordaient d'ouvrages.

— Comme je vous le disais, ici c'est le Centre culturel kurde, insista le bibliothécaire. Alors vous trouverez certainement des ouvrages de cuisine, chère madame. Mais de cuisine kurde ! Nous avons près de dix mille références papier. Et je ne vous parle pas de notre bibliothèque interactive que je m'efforce d'organiser depuis des années entre deux cours à l'École des langues orientales. Travail que je ne verrai certainement pas achevé de mon vivant par ailleurs. Donc, par quoi voulez-vous commencer ?

— Un peu d'histoire ? La guerre avec l'Iran peut-être ? Et puis les évènements plus récents avec l'État islamique ? dit Tara, gênée par son imprécision.

Par-dessus ses lunettes, Charles la fixait silencieusement avec son grand œil de cyclope, immobile et perçant.

— Eh bien, commençons, lâcha-t-il après un silence.

Le bibliothécaire se balada entre les étagères en maugréant et commença à sortir des ouvrages variés : *Saladin, un héros kurde du monde arabe*, *Les Kurdes au temps de Daesh*, *Les Kurdes, histoire d'un génocide*, *PKK et Idéologie de l'indépendance kurde*. Une fois la pile suffisamment haute à son goût, il invita Tara à s'asseoir au bout de la table et la laissa à ses recherches. Elle s'installa à côté d'une dame âgée courbée sur des documents, se demandant si les pieds de la femme touchaient terre. Puis la policière commença à feuilleter les livres. Elle parcourut brièvement des éléments historiques sur le peuple kurde, ses spécificités et sa présence entre la Turquie, l'Irak, l'Iran et la Syrie. Puis elle s'attarda sur les années pendant lesquelles ses parents travaillaient en Irak. Mais plus elle se plongeait dans la situation au nord du pays, plus tout se complexifiait. Pendant la guerre, les mollahs iraniens supportaient les Kurdes irakiens en lutte contre le pouvoir central de Bagdad. Saddam Hussein, le président irakien, supportait les Kurdes iraniens en lutte contre leur propre pouvoir central en les accueillant sur son territoire. Tara essayait d'imaginer sa mère soignant des combattants peshmergas iraniens en Irak alors que les combattants irakiens allaient, eux, se faire soigner en Iran.

— Je ne comprends rien, murmura-t-elle.

— Qu'est-ce que tu ne comprends pas, ma fille ? lui demanda la femme à côté d'elle.

Son accent kurde était si fort qu'il fallut quelques secondes à Tara pour déchiffrer ce qu'elle venait de dire. Elle regardait la policière en souriant. Des rides s'étiraient aux coins de ses yeux noirs aux paupières baissées par l'âge. Ses cheveux étaient coiffés en arrière dans un chignon très serré. Ils étaient restés bruns, mais les reflets auburn firent penser à Tara que la vieille femme les teignait par coquetterie. Elle portait une chemise ample en coton mauve qu'elle avait relevée sur des bras de paysanne forte et tannée. Tara sentit autant de douceur que de dureté émaner des gestes et de la posture de cette femme comme de certains de ses traits. Elle avait du mal à se dégager de son regard où la pupille se mélangeait à l'iris ébène.

— Le rapport entre les peshmergas irakiens et les peshmergas iraniens, répondit Tara. Tous défendent le peuple kurde et l'idée d'un Kurdistan indépendant, mais ils ne semblent pas se battre côte à côte pour cela.

— C'est plus compliqué que ça, ma fille, continua la femme avec une voix douce. La situation n'a jamais été la même entre les pays. Des mouvements de libération ou des partis politiques kurdes se sont créés et ont eu des revendications différentes, certaines indépendantistes, autonomistes ou même nationalistes. Au final, ils ont tous eu leur propre objectif en fonction des circonstances et des alliances.

L'accent de la vieille dame détonnait avec son français bien maîtrisé.

— Ce n'est vraiment pas évident à comprendre. Et dites-moi, c'est quoi l'Anfal ?

— La campagne militaire de Saddam Hussein pour anéantir les Kurdes d'Irak.

— Et c'était quand ?

— Entre 1986 et 1988.

— Et qu'est-ce qui s'est passé ?

— Le génocide de notre peuple, bien sûr. Mais pourquoi tu veux savoir tout ça ?

— Je suis née en Irak à cette période-là.

— Tu es irakienne comme moi, alors ? demanda la femme tout étonnée.

— Non, j'y suis juste née. Mes parents y travaillaient et nous sommes rentrés en France après ma naissance. J'essaye juste de comprendre ce qui se passait à l'époque dans ce pays que je ne connais pas du tout.

— Et comment t'appelles-tu, ma fille ?

— Tara.

La vieille dame la regarda un instant en souriant. Elle baissa la tête de côté en ne cessant de l'observer.

— C'est un très beau prénom, dit-elle finalement. Un prénom kurde aussi.

— Oui, je sais. Ma mère me l'a donné en souvenir de ma naissance là-bas. Enfin je crois. Vous vous appelez comment ?

— Ajda.

— Et vous faites quoi ici, Ajda ?

— Je prends des cours de français au centre.

— Vous vivez en France ?

— J'ai fui la guerre en Irak et je suis venue ici. Il y a deux ans maintenant.

— Vous parlez déjà très bien français.

— J'ai appris quand j'étais jeune.

— Vous êtes réfugiée ?

— Oui, j'ai fait la demande. Mais j'attends encore.

— Vous avez dû vivre des moments terribles avec l'État islamique.

— La guerre avec Daesh a été terrible. Ils ont tué beaucoup de gens de ma famille, tu sais. C'est pour cela que j'ai fui mon pays. Tu t'intéresses à tout ça ?

— Oui, beaucoup. J'aimerais mieux comprendre ce qui s'est passé. Je peux vous poser des questions ?

— Bien sûr, que veux-tu savoir ?

— Je m'intéresse aux Français qui ont combattu en Irak avec les djihadistes.

Ajda hésita un instant avant de répondre.

— Et pourquoi ?

Le téléphone de Tara vibra dans sa poche.

— Pardon, c'est le travail, je reviens, dit-elle en se levant.

Elle sortit de la bibliothèque pour s'isoler dans le couloir et réapparut deux minutes plus tard.

— Je vais devoir y aller, Ajda. Ça m'a fait très plaisir de discuter avec vous. On pourrait peut-être se revoir pour finir notre conversation ?

— Quand tu le désires, ma fille. Mais je n'ai pas de téléphone. Si tu veux me voir, je travaille le soir dans un restaurant kurde. Tu peux m'y trouver.

Ajda fouilla dans son sac. Elle tendit une carte de visite du restaurant à Tara.

Vingt minutes plus tard, Tara montait quatre à quatre les escaliers de l'issue de secours du commissariat. Quand elle déboucha à l'étage de la PJ, elle croisa le capitaine Beaulieu qui dirigeait l'équipe de permanence, suivi de Julie.

— Salut Dragon, salua le chef du groupe.

— Salut Beaulieu.

Julie s'arrêta pour embrasser sa cheffe.

— Tara, qu'est-ce que tu fais là ? lui demanda-t-elle. Tu n'es pas censée être en week-end ?

— Si, mais je dois voir le patron. Vous partez en intervention ?

— Oui, sur un règlement de comptes entre migrants vers la porte de La Chapelle. Un gars s'est fait rôtir à l'essence. On vient d'être saisi. Allez, je file, à lundi !

Tara laissa passer l'équipe et alla directement au bureau du commissaire. Elle frappa et ouvrit la porte sans attendre, laissant Philippe Perret bouche bée avant d'avoir pu lui dire d'entrer. Benjamin Ferreira était assis devant son bureau.

— Entrez… finit par souffler Perret.

— Bonjour patron, dit Tara tout en saluant Benjamin de la main. Alors, de quoi s'agit-il ?

— Moi aussi ça me fait plaisir de vous voir, Dragon.

— Pardon commissaire. Vous allez bien ? Elle est belle, votre chemise. Votre femme ? Les enfants ? Vous avez prévu des vacances en août ?

— Tout le monde va bien, merci capitaine. Cet été je retourne pêcher à Tizzano, comme tous les ans. Vous savez que je suis un routinier, Tara. Bon, maintenant qu'on a pris le temps de quelques civilités d'usage, allons-y.

Le commissaire fit signe à Tara de s'asseoir à côté de Benjamin qui prit la parole.

— Tara, j'ai de bonnes nouvelles. Akim Alami a accepté de recevoir la PJ.

— C'est fantastique, ça.

— Disons plutôt que c'est exceptionnel. Suffisamment pour nous mettre la puce à l'oreille. Accepter de rencontrer des policiers ne signifie pas qu'il parlera. Alami est un djihadiste aguerri qui a été de tous les combats depuis des décennies. C'est un dur, un ultra-violent, qui a des troubles de la personnalité. Sa *kounya* en Syrie, son nom de guerre si tu préfères, c'était *Abou Mohamed al-Ghashima*, Mohamed la Brute. Mais c'est aussi quelqu'un d'intelligent et d'extrêmement manipulateur. Il a été l'un des principaux fondateurs de l'*Amnyiat*, les services de renseignement de l'État islamique. Il était en charge du contre-espionnage, de la sécurité publique, mais également des attentats à l'étranger. Jusqu'à présent, il n'a jamais parlé. Il est soumis à un régime très spécial dont il faudra que nous discutions. Ce qui est certain, c'est qu'il n'a pas accepté cette rencontre par hasard.

— Et pourquoi, alors ?

— Nous lui avons parlé des assassinats et ç'a éveillé sa curiosité. Il veut bien s'entretenir avec la PJ de votre enquête.

— Nous n'avons rien à perdre.

— Ça dépend de ce qu'il a en tête. Par ailleurs nous ne savons pas encore qui pourra lui parler.

— Comment ça ?

— Akim Alami déteste les femmes. Ou du moins, il les méprise. Cela ne l'a pas empêché d'avoir de nombreuses compagnes et esclaves sexuelles, parfois mineures, dont la plupart sont mortes de ses mains. Sur les conseils du commissaire Perret nous lui avons proposé deux noms : toi et ton collègue, le lieutenant Jean Mancini.

— Merci de m'avoir prévenue, s'agaça Tara. Et monsieur le djihadiste a choisi le dîner que nous devrons lui apporter en prison ? Il désire peut-être aussi un massage à quatre mains ?

— Il a demandé que vous veniez tous les deux, reprit Benjamin sérieusement. Il décidera de la suite à donner après votre premier entretien.

— Voyez-vous ça…

— Tara, c'est une occasion unique de le faire parler. Tout cela va beaucoup plus loin que les homicides de Mohamed Belaj et de Camille Martin. C'est une question de sécurité nationale.

VIII

Le pollen qui avait été livré à Ibrahim sentait vraiment bon et était si tendre qu'il n'avait pas besoin de le brûler pour préparer son joint. Installé sur la terrasse de son appartement de quatre-vingt-dix mètres carrés, il regardait les toits de Paris en effritant le haschisch marocain dans sa main. Le logement HLM obtenu par un bailleur social dominait toute la ville. Avec sa mère et ses trois frères, ils avaient déclaré vivre ensemble avec un seul salaire. N'ayant quasiment jamais eu d'emploi déclaré, Ibrahim bénéficiait ainsi d'un loyer modique et des aides sociales. Mais il vivait en réalité de la vente de haschisch dont il tirait de très confortables revenus. Il sourit en allumant son joint, pensant à ces mécréants de Français qui se débattaient dans de petits studios à des prix exorbitants en lui versant une partie de leurs salaires en impôt. « Quelle bande d'abrutis », se dit-il. Sans rien faire, Ibrahim gagnait déjà sur ce système qu'il exécrait et il jubilait à l'idée de cette petite victoire. Il aurait pu continuer à vivre ainsi, mais on lui avait demandé de trouver un travail régulier pour justifier de ses revenus sans attirer l'attention. Dans un premier temps, sans aucun diplôme, il avait trouvé ce boulot de déménageur à mi-temps. Les frères lui avaient également aménagé un contrat dans l'épicerie de nuit qui leur appartenait. Mais Ibrahim espérait trouver autre chose. Il méritait mieux. Le cerveau anesthésié par les vapeurs de hasch, il rentra dans le salon s'installer derrière son ordinateur. Il commença à surfer sur des sites de locations saisonnières pour trouver des appartements dans différents endroits de Seine Saint Denis. Ce n'était pas facile. « Ils pensent peut-être que les gens viennent en vacances à Sarcelles ? » se dit-il agacé de ne pas trouver. Il décida de changer de site pour des locations plus familiales. Au bout de cinq minutes il tomba sur une maison à Bobigny parfaitement placée. « Jolie maison en meulière, idéale pour une famille en visite à Paris », vantait l'annonce. Il regarda les dates et les disponibilités et réserva quand l'interphone sonna. Il est en avance, pensa-t-il. Il éteignit son ordinateur après avoir vérifié que sa demande de location avait bien été prise en compte et alla ouvrir.

— *Salam* Medhi, dit-il en ouvrant la porte.

— *Salam* Ibrahim, ça fait un bail.

Les deux amis se firent l'accolade.

— Ça date, oui, mon frère.

— Je suis en avance, mais j'avais un entretien sur Paris et je n'avais pas envie de repartir à Aulnay.

— Pas de problème, entre.

Des vêtements traînaient sur le vieux canapé, devant la télévision à écran plat en dessous de laquelle étaient éparpillés des boîtiers de jeux vidéo. Des bouteilles de soda à moitié vides et des restes de McDo envahissaient la table du salon. Dans un coin de la pièce de lourdes haltères étaient soigneusement entreposées. Medhi commença à explorer l'appartement de son ami qu'il n'avait encore jamais eu l'occasion de visiter.

— Il est mortel, ton appart. Comment tu as trouvé un truc pareil ?

— Je me suis bien débrouillé. Viens voir la vue sur la terrasse.

Les deux amis sortirent alors que la nuit tombait. À l'ouest, le disque orange fleuretait avec l'horizon édenté d'immeubles. La ville rendait la chaleur étouffante accumulée dans la journée.

— Tu bédaves ? demanda Ibrahim.

— Allez, répondit Medhi en souriant.

Ils s'installèrent sur deux chaises en plastique devant la table où le cendrier débordait de joints et se mirent à fumer.

— Tu t'en sors bien, Ibra, constata Medhi.

— T'as vu ma nouvelle télé ? répondit-il fièrement. C'est une 4K ultra-HD à led. On se fera une partie de FIFA sur la console, tu vas halluciner.

Medhi tira longuement sur le joint. Il joua avec la fumée épaisse et bleutée qui sortait en ruade de ses narines. L'effet du haschisch lui monta à la tête alors qu'il sentait ses yeux gonfler et ses paupières s'alourdir.

— Il est bon, ton bédo, finit-il par dire.

— Je me suis fait livrer un super matos. Si tu veux je te fais un prix, tu peux te faire du bon biff avec celui-là.

— Juste pour ma conso perso alors, je ne charbonne plus.

— Et tu fais quoi en ce moment ?

— Je cherche toujours du boulot depuis que j'ai eu mon diplôme. Je t'ai dit que j'avais un entretien aujourd'hui.

— T'es ouf, Medhi. Laisse tomber, mon frère. Nous, les Arabes, on n'a aucune chance ici. La France, c'est un pays de fachos. Si t'es pas un Gaulois, tu dégotteras jamais du taf. La vie de ma mère, c'est la réalité.

— On verra, frérot, mon entretien d'aujourd'hui s'est bien passé.

— *Inch'Allah*, lâcha Ibrahim trop solennellement pour cacher son agacement.

— Et toi, tu taffes un peu ?

— Un peu. Je fais des déménagements… expliqua Ibrahim gêné. Mais ça va changer, se rattrapa-t-il. Je bosse sur un nouveau projet.

— Un projet ?

— Oui… Enfin… Tu verras. Je ne veux pas t'en parler maintenant.

— Et ce sont les déménagements qui t'ont taillé comme ça ? Tu as encore pris de la masse depuis la dernière fois.

— Je m'entretiens. On va se la faire, cette partie ?

— *W'Allah* mon frère, t'es pas près de toucher un ballon, plaisanta Medhi.

Les deux copains se levèrent et allèrent dans le salon s'affaler sur le canapé, les yeux rougis par le haschisch. L'immense écran plat s'alluma. La présentation du jeu vidéo projeta des images numériques hyper colorées et d'un réalisme saisissant. Les meilleurs joueurs du monde avaient été filmés pour reproduire numériquement leurs caractéristiques physiques et leurs attitudes. Les mouvements de caméra incessants faisaient tourner la tête. Un son puissant empli de basses rebondissait dans la poitrine, amplifié par les mugissements des journalistes sportifs virtuels. Une fois la partie commencée, personne n'aurait pu dire qu'il s'agissait d'un jeu et non d'une réelle retransmission télévisée.

— Au fait, Ibrahim, tu te souviens de Mohamed Belaj ? demanda Medhi concentré sur l'écran.

— Oui, bien sûr.

— Tu sais qu'il a été tué ? On l'a retrouvé ligoté et pendu par sa fenêtre.

— Oui j'ai appris, *Allah y rahmou* [1].

L'appel à Dieu d'Ibrahim rappela à Medhi l'époque où son ami avait commencé à se rendre à la mosquée après une sortie de prison. Il s'était mis à fréquenter les frères salafistes. Ensuite, il s'était fait pousser la barbe et avait porté le *kami*. Medhi n'aimait pas ça, mais il espérait que ça aiderait son ami

1. « Qu'Allah lui fasse miséricorde. »

à s'en sortir. Avec le groupe d'islamistes, Ibrahim parcourait la cité, allait distribuer des sodas aux jeunes qui jouaient au foot, parlait aux filles de la nécessité du voile, propageait les *hadiths* et la parole d'Allah, comme ils disaient. Mais au moins il semblait ne plus rien faire d'illégal, pensait Medhi. À part le shit, bien sûr. Ibrahim était un trop gros fumeur pour réussir à s'en passer. Puis, il avait semblé se lasser et avait laissé tomber l'accoutrement salafiste. Medhi ne l'avait plus revu démarcher les jeunes ni même fréquenter la mosquée. Mais il était certain qu'à un moment Ibrahim avait approché Mohamed Belaj.

— Tu sais qu'il était parti en Syrie ?

— Oui et alors ?

— Non, rien. Tu le connaissais, ce keum, non ?

— Un peu. Mais pourquoi tu me parles de lui ?

— Rien, je me demandais qui aurait pu vouloir le buter, c'est tout.

— Je n'en sais rien, Medhi. Je ne le fréquentais plus depuis longtemps et je n'ai plus jamais eu de contact avec lui après son départ. Tu veux un Coca ?

Ibrahim mit le jeu sur pause et partit dans la cuisine. Medhi le regarda, perplexe. Son ami d'enfance avait changé. Ils avaient grandi dans la même cité à Aulnay-sous-Bois, ils jouaient au foot ensemble, erraient dans la cité après les cours et avaient fumé leurs premiers joints tous les deux. Mais leur vie n'avait pas été la même pour autant. La chaleur dans l'appartement rappela soudain à Medhi celle de sa chambre d'enfant entre les quatre murs jaunis qu'il partageait avec ses frères. Il y faisait moite en toute saison. Même en hiver, ils étaient assommés par la chaleur comme au bled en été. Le chauffage central de la cité marchait à plein régime car les thermostats des radiateurs étaient hors d'usage depuis longtemps. Pourtant personne n'ouvrait les fenêtres. Les habitants s'étaient habitués à ce climat tropical. La température était la même d'un appartement à l'autre et Medhi avait ainsi l'impression d'être partout chez lui. Les habitants se rendaient visite en chaussons comme s'ils changeaient juste de pièce. Mais les odeurs surtout étaient différentes. Passer le pas d'une porte voisine était un voyage. La tour devenait un univers magique, un conte pour enfants, un calendrier de l'Avent où chaque petite trappe, chaque entrée franchie était une surprise à découvrir. À l'étage inférieur, chez son ami Amadou, les odeurs de mafé et d'encens sénégalais vous attrapaient les narines tandis que le père palabrait sur le canapé avec ses amis. Le tajine chez Karim sentait toujours le citron confit et les épices brûlées dans l'huile d'olive que ses parents rapportaient de Tunisie. Quand la mère de Bastien cuisinait un poulet-frites le dimanche, Medhi le sentait depuis le rez-de-chaussée. Alors il passait rendre visite pour picorer des morceaux de pommes de terre bien salées. En replongeant dans ses souvenirs, il pensa surtout au couscous de sa mère dont l'odeur le sortait du lit. En caleçon, maigre et musculeux, il enfilait sa djellaba qui lui servait de peignoir, ses babouches et courait dans la cuisine.

— *Salam* maman, lui disait-il.

— *Haleikum salam habibi*, lui répondait sa mère. C'est à cette heure-là que tu te lèves ? Tu as encore tardé avec Ibrahim, toi. Tu sais que je l'ai vu grandir, ce petit, et que je l'aime comme un fils. Mais je ne veux pas que tu traînes tard avec lui.

— C'est mon meilleur ami, maman, on se connaît depuis la maternelle. C'est un couscous que tu prépares ?

— Oui, ton oncle vient dîner aujourd'hui.

— Maman, ce n'est pas parce qu'on est arabe qu'on est obligé de manger du couscous à toutes les occasions.

— Moi, mon fils, on ne m'a jamais appris à cuisiner la choucroute, vois-tu.

— Eh bien, tu n'as qu'à essayer. On trouve la recette sur Internet.

— Ton Internet, je n'y comprends rien. On la trouve en arabe, ta recette sur ton Internet ? Trouve-la et je te fais une choucroute, plaisanta-t-elle. Allez, mauvais fils, va donc à l'école et fiche-moi la paix.

— C'est les vacances, maman.

— Eh bien, vas-y quand même !

Medhi éclatait de rire et embrassait sa mère qui souriait en brassant la graine avec du beurre. Souvent il trottinait jusqu'à la tour B, à deux blocs de son immeuble, montait au huitième étage par les escaliers et frappait à la porte d'Ibrahim. Après plusieurs tentatives, Medhi entendait le pas traînant de son ami qui lui ouvrait, les cheveux hirsutes et le visage défait, en caleçon, une paire de claquettes aux pieds. Les deux garçons se tapaient dans la main et se donnaient l'accolade épaule contre épaule comme ils le faisaient toujours aujourd'hui. Ibrahim dormait dans le canapé du salon quand son grand frère Karim passait la nuit chez eux entre deux séjours en prison. La table basse était couverte de canettes de soda vides et de paquets de chips. La mère d'Ibrahim dormait souvent tard, elle faisait des ménages dans les bureaux la nuit. Ibrahim n'avait pas connu son père qui avait épousé sa mère au bled, puis l'avait ramenée en France. Trois ans plus tard, après la naissance d'Ibrahim, il était parti avec une autre femme. Depuis il n'avait jamais redonné de nouvelles. L'école pour Ibrahim n'avait pas été une chose facile et il l'avait quittée dès qu'il avait pu. Ensuite il avait suivi les traces de son frère : un peu de prison, beaucoup de shit, quelques petits boulots, beaucoup de canapé et d'heures inutiles qui passaient en se ressemblant.

Medhi regarda son ami d'enfance leur servir deux grands verres de Coca. Même s'il était un peu bizarre aujourd'hui, il trouvait que son copain ne s'en sortait pas si mal.

IX

Je me rappelle, je nais là, j'ai huit mois
Et autour de moi tout se meurt,
Quand on vient me prendre et me taire.

Allongée sur le ventre, Tara fixait le mur noir, le menton posé au creux de son poing serré. Son autre bras pendait de la table du tatoueur, une cigarette entre les doigts. Du pouce elle tapotait nerveusement le filtre pour faire tomber la cendre qui n'avait pas le temps de se former. Sur le mur en face était exposée une photo d'elle, de dos, les bras levés, tenant ses cheveux au-dessus de sa tête pour montrer son tatouage. Tara avait été prise nue, devant une toile noire, par un professionnel. Les muscles de ses épaules et de son dos se dessinaient parfaitement. Les cheveux sur sa nuque étaient dorés. Le haut de ses fesses où se réfugiait la queue de l'animal était juste visible. Le tirage brillant était superbe et faisait exploser les couleurs de la bête et la peau nacrée de Tara. C'était le plus beau travail qu'avait eu à faire Nico, le tatoueur. Il en était très fier. Aujourd'hui encore l'aiguille plantait son dard dans la chair de Tara pour y laisser son venin chatoyant dans le bourdonnement incessant de la machine à encre. Nico avait voulu faire quelques retouches, renforcer des couleurs. Mais il avait surtout du mal à abandonner complètement son œuvre sur le dos de Tara. Elle avait besoin de cette souffrance pour donner la parole au dragon sur sa peau. Tara tira encore une bouffée. Elle se contracta à cause de la douleur et garda la fumée un moment dans la poitrine. Puis elle l'expira dans un grand souffle. À ce stade, Tara avait l'impression que ses chairs se décollaient de son corps. Nico s'arrêta enfin.

— J'ai fini, dit-il en passant un linge sur le dos de Tara pour éponger le sang et l'encre.

Lentement, la policière se mit sur les coudes, ramena ses jambes et s'assit. Elle resta immobile, fragile, les jambes pendantes, torse nu, la tête basse, le corps courbé en avant, accrochée au rebord de la table. Les yeux fermés, elle respirait profondément, comme anesthésiée après un sauna trop chaud. Puis elle releva le torse, se cambra et serra les dents. Du sang coula le long de son dos dans une sensation de goutte glacée sur une peau trop chaude. Nico ne put s'empêcher de regarder la poitrine de Tara se tendre, ses mamelons durcis par l'effort. En s'aidant des deux mains, elle se laissa glisser au sol. Ses orteils d'abord touchèrent le carrelage frais, puis ses pieds nus. La sensation apaisa la brûlure. Elle remonta son slip et son jean descendus sur ses fesses et se reboutonna. Tara était petite, mais personne n'aurait pu le dire. C'était un adjectif qui ne venait pas naturellement en parlant d'elle. Nico approcha et lui couvrit le dos avec un film plastique avant qu'elle n'enfile son tee-shirt et ne sorte. Sa BMW était garée sur le trottoir. Elle y entra péniblement et posa doucement son dos contre le dossier. Elle avait mal. La ruelle devant elle était obscure. Un peu plus loin une bande d'amis déambulait. L'air était chargé des odeurs de la vie. Tara prit une grande inspiration en observant la nuit devant elle. Elle eut soudainement envie d'une bière et de quelque chose de plus fort. Elle regarda l'heure : 22 h 15. Elle alluma le contact. Le moteur puissant émit un ronronnement sourd. Le lecteur CD se mit en marche. Un jazz fusion aux sons électro emplit l'habitacle. Elle hésita un moment et fouilla dans sa veste posée sur le siège passager. Elle en sortit la carte de visite du restaurant que lui avait donnée Ajda au Centre culturel kurde. Ce n'était pas loin et elle se décida à partir. Le coupé noir BMW aux phares jaunes et ronds avança doucement comme une panthère prête à bondir. La ruelle, étroite et sombre, longeait un boulevard dont elle était cachée par une rangée d'immeubles. Tara aimait venir traîner dans les bars de ce recoin isolé de la ville. Roulant au pas, elle regardait les gens fumer leur cigarette à l'entrée des cafés. À l'intérieur, les bouteilles brillaient derrière les comptoirs tamisés de rouge et de jaune. Elle se décida à laisser partir sa Princesse. La voiture accéléra sans excès d'une légère pression sur la pédale. Dix minutes plus tard elle se garait devant la devanture en bois de l'établissement où s'affichait au néon rouge « Le Bazar ». Le restaurant était dissimulé derrière d'épais carreaux verts et opaques. Il était tard mais elle tenta sa chance et poussa la porte. À l'intérieur, une vingtaine de tables étaient presque toutes occupées. L'air avait l'odeur des brochettes grillées et du tabac. Les conversations en français ou en kurde étaient animées autour des mezzés, des plats de viande et de souris d'agneau trônant sur du riz safrané. Un groupe d'hommes bedonnants, les chemises remontées sur leurs bras épais, jouaient aux cartes autour d'une bouteille de whisky. Dans leurs grosses mains les verres semblaient bien fragiles alors que des cigarettes fumaient dans les cendriers.

— Bonsoir, c'est pour dîner ?

Tara se retourna vers un bel homme grand, en jean délavé. Sa chemise à poche kaki était ouverte sur sa poitrine où pendait un cristal de quartz. Une chaîne sur sa hanche protégeait son portefeuille glissé dans une poche arrière. Ses cheveux poivre et sel ondulaient sur son crâne pour finir en queue-de-cheval. Il observa Tara d'un regard vert plein de caractère et de douceur.

— Oui… Euh non… Je viens voir… Ajda ? finit-elle par dire.

— Bien sûr, entrez. Il y a une petite table devant, installez-vous. Elle est en cuisine, je vais l'appeler.

Tara avança dans la pièce et alla s'installer près du comptoir. La décoration était effectivement un joyeux bazar, entre photographies d'époque sépia, vinyles de rock, souvenirs griffonnés, Polaroïds de fêtes arrosées et objets hétéroclites. Malgré tout il régnait dans le restaurant une atmosphère cohérente et chaleureuse.

— Vous buvez quelque chose ?

Tara se retourna, encore surprise.

— Pardon ?

— Ajda en a encore pour un petit moment, lui dit l'homme. Je vous sers quelque chose à boire ? Vous avez faim ?

— Un verre, je veux bien.

— Une préférence ?

— Vous me proposez quoi ?

— Du fort ?

— Ça ne me fait pas peur.

— Eh bien, c'est parfait, ne bougez pas.

Il passa derrière le comptoir, attrapa une bouteille d'un vieux scotch tourbé, deux verres à whisky finement taillés et vint poser le tout sur la table en s'asseyant face à Tara.

— Ça ne vous fait rien si je partage un verre avec vous ? Je finis le service, j'ai besoin de m'asseoir.

— Mais faites donc.

— À propos, dit-il en tendant la main. Je m'appelle Baz et vous êtes dans mon restaurant.

Tara lui serra la main. Il portait une magnifique bague en argent sur laquelle était posé un lapis-lazuli rond d'un bleu profond et plein de nuances.

— Moi, c'est Tara. Elle est belle, votre bague, fit-elle remarquer.

— C'était celle de mon grand-père, dit-il en leur servant deux verres.

Tara avala presque d'une traite son scotch sous le regard curieux du patron.

— Vous aviez soif, remarqua-t-il en souriant.

— J'en avais besoin. Il faut dire qu'il est bon, votre whisky. Je peux ? demanda-t-elle en attrapant la bouteille pour se resservir.

— Je vous en prie.

Tara sentit tout de suite l'alcool entrer dans ses veines et lui monter à la tête. Elle se sentait mieux.

— Je peux fumer ? demanda-t-elle.

— Tant que vous ne dites rien à la police.

Tara leva la tête un peu surprise et lui sourit en allumant sa cigarette.

— Vous en voulez une ?

— J'ai ce qu'il faut.

Baz tendit le bras sur le comptoir pour attraper une petite boîte de cigarillos. Il s'en alluma un en buvant une lampée de whisky.

— Vous êtes une amie d'Ajda ?

— Pas vraiment. Je l'ai rencontrée il y a deux jours au Centre culturel kurde.

— Vous êtes kurde ?

— Non, pas du tout. Je suis des Yvelines. Mais nous avons papoté de son pays et elle m'a proposé de nous revoir.

— Ajda est un personnage.

— Oui, elle m'a un peu raconté sa vie. Elle m'a dit qu'elle avait fui Daesh et que sa famille avait été tuée ?

— C'est vrai. Mais elle ne parle pas beaucoup d'elle, vous savez. En tout cas elle a fait un sacré voyage pour venir ici.

— Et vous, comment la connaissez-vous ?

— Eh bien… entama-t-il, hésitant. Un jour elle est venue me trouver, tout simplement. Elle n'avait rien et avait besoin de travailler. Alors je l'ai embauchée comme serveuse. Mais depuis je ne peux plus me passer d'elle.

— Vous avez l'air gêné.

— Non… Non, pas du tout. C'est que, vous savez… elle n'a normalement pas le droit de travailler.

— Ne vous en faites pas, je ne dirai rien, chuchota Tara malicieusement.

— Vous me voyez rassuré, répondit Baz sur le même ton. Et vous, dans la vie, vous faites quoi ?

Tara enleva enfin sa veste en cuir, elle crevait de chaud. Elle la posa sur le dossier de sa chaise, découvrant le pistolet à sa hanche.

— Je suis flic, répondit-elle en écrasant sa cigarette dans le cendrier.

— Mince, dit Baz.

— Vous n'aimez pas les flics ?

— Jusqu'à présent, pas trop, fit-il en souriant.

— Tara, ma fille ! appela Ajda en venant vers eux.

La jeune femme n'eut pas le temps de se lever que la vieille Kurde venait la serrer dans ses bras.

— C'est gentil d'être venue me voir. Tu as mangé ? demanda-t-elle avec son fort accent.

— Non, mais…

— Pas de mais, ma fille, la coupa Ajda. Et toi Baz, qu'est-ce que tu fabriques ? Regarde comme elle est toute maigre. Il faut qu'elle mange ! J'ai préparé un *patcha* pour demain matin, je vais t'en servir un bol.

— Attends, *daya gyan*, je…

Baz n'eut pas le temps de finir sa phrase que la Kurde était déjà repartie en cuisine.

— Vous m'avez dit que vous n'aviez pas peur des choses fortes ? demanda-t-il à Tara.

— Pas trop, non.

— Alors, vous allez être servie.

Ajda revint en trottinant des cuisines, un grand bol en terre cuite dans les mains. Elle déposa le ragoût fumant devant Tara.

— Mange, ma fille, dit-elle tout heureuse.

Tara regarda le bouillon gris couvert d'une épaisse couche de gras. L'odeur de viande était puissante. Elle bougea la cuillère. Des morceaux inqualifiables remontèrent à la surface, des boules blanchâtres et boursouflées se mirent à flotter. Elle reconnut des morceaux d'os, des entrailles, puis un œil de mouton. Tara leva la tête vers Baz qui l'observait, amusé.

— Ça va te donner des forces, ma fille, dit Ajda pour l'encourager.

— Qu'est-ce que c'est ? s'enquit Tara.

— Une soupe traditionnelle kurde : de la tête, des pieds, des abats de mouton… notamment, conclut Baz.

— Dans nos montagnes nous mangeons ça le matin pour avoir de la force, renchérit la vieille Kurde.

Tara attrapa une cuillère qu'elle porta à sa bouche. C'était bouillant.

— *Mmmmm*, les tripes, j'adore, gémit-elle, la bouche pleine, essayant de ne pas trop se brûler la langue.

Puis elle commença à dévorer le plat en se servant de gros morceaux de pain.

— Trempe-le dans la soupe, lui conseilla Ajda qui commença à émietter du pain dans le bol.

La mie se gonfla immédiatement de bouillon pour former une pâte brunâtre. Baz, le regard brillant de joie, observait Tara dévorer le plat avec gourmandise.

— Pas l'œil, Ajda, dit Tara en levant sa cuillère contenant le globe oculaire.

— Tu as raison. Chez nous, c'est réservé aux vieux sages.

Ajda attrapa la cuillère de la main de la policière et absorba l'œil avec gourmandise.

— Merci, ma fille, dit-elle.

— Là, vous êtes une vraie Kurde, plaisanta Baz alors que Tara lui faisait signe de lui resservir un verre de scotch.

— Tu ne dois pas boire, ma fille, ce n'est pas bon.

— Pardon, Ajda, c'est une mauvaise habitude.

— Appelle-moi *daya gyan*, comme tout le monde.

— D'accord, *daya gyan*. Ça veut dire quoi, d'ailleurs ?

— Ça veut dire maman, lui expliqua Baz. On utilise souvent maman ou papa par affection et respect pour les anciens.

— Les anciens ! Non mais, tu me traites de vieille ? plaisanta Ajda en venant donner un coup de torchon à son patron qui riait. Il y a encore des tables à débarrasser, il faut que je me remette au travail, Tara.

— Laisse, *daya gyan*, répondit Baz. Tu en as assez fait. Tu peux partir avec Tara si tu veux, je m'occupe de fermer la boutique.

— Tu es certain, mon fils ?

— Oui vas-y, Ajda, on se voit demain.

Tara se leva. La vieille Kurde eut un mouvement de recul en apercevant l'arme à la hanche de la policière.

— Ne t'inquiète pas, *daya gyan*, fit Tara avec tendresse. Je ne te l'ai pas dit, mais je suis policière.

Ajda regarda Baz, inquiète. Elle continuait à reculer. Il la rassura à son tour d'un geste de la main.

— Vous devez comprendre, Tara, qu'Ajda est réfugiée en France, expliqua-t-il. Elle travaille ici… comme je vous le disais… sans en avoir vraiment le droit.

— Il n'y a aucun problème, Baz. Et toi, Ajda, tu n'as pas à t'inquiéter. Je comprends, ne t'en fais pas. Allons plutôt marcher un peu si tu veux bien.

— Je vais chercher mes affaires alors, dit la Kurde rassurée en repartant en cuisine.

Baz se leva à son tour.

— Vous aimez le rock ? demanda-t-il.

— Ça dépend, s'amusa Tara.

— Je joue avec mon groupe demain soir, dans une petite salle de concert, La Ballerine, dans le 10e. Vous pourriez vous joindre à nous ?

— C'est un rencard ?

— Ça dépend, répliqua-t-il sans se démonter.

Ajda arriva, un gros sac en toile sous le bras avant que Tara ne réponde. La jeune femme salua Baz de la main et lui jeta un regard en laissant planer le mystère. Puis elles sortirent et prirent la direction de la Seine, marchant d'abord en silence. La vieille Kurde observait les bâtiments en pierre sculptée, les lourdes portes cochères en bois, les devantures éclairées.

— J'aime marcher, dit Ajda doucement.

Tara lui fit un grand sourire. Les deux femmes étaient bien. Elles profitaient de ce moment de calme. Les rues n'étaient pas trop animées pour un samedi soir. Les phares des voitures balayaient l'obscurité qui clignotait en vert, en rouge et en orange. Dans les restaurants, les tables commençaient à être rangées, les sols lavés, les verres à vin essuyés et suspendus par les pieds dans les rails au-dessus des comptoirs. Par endroits les fêtards chantaient. C'était l'heure de la joie pour eux, le moment qui précédait l'ivresse trop avancée, la perte d'équilibre et la chute dans le noir. Tara alluma une cigarette. Ajda la regarda avec un peu d'inquiétude. Arrivées à la Seine, elles empruntèrent un escalier de pierre pour se rendre sur les quais. Les pavés lisses étaient bombés par le temps et rendaient la marche hésitante. La lune était haute cette nuit-là. Elles passèrent sous l'arche basse d'un pont. Le long du quai s'alignaient de vieilles péniches depuis toujours arrêtées devant le spectacle majestueux de Paris. Notre-Dame n'avait toujours pas récupéré sa toiture.

— J'aurais voulu voir la cathédrale avant l'incendie, dit Ajda.

Tara leva la tête vers la vieille dame qui semblait pleurer ses arcs-boutants depuis ses flancs.

— On s'assoit ? proposa-t-elle.

Les deux femmes allèrent s'installer sur un banc alors qu'un bateau-mouche balayait l'espace de ses projecteurs.

— Alors, que voulais-tu savoir sur ces Français en Irak ? entreprit Ajda.

— J'enquête sur des meurtres d'anciens djihadistes de Daesh qui ont combattu en Irak, un certain Mohamed Belaj et une jeune femme qui s'appelle Camille Martin. Ils ont été assassinés récemment. J'aimerais comprendre qui pourrait leur en vouloir.

Le visage d'Ajda s'assombrit et, dans la nuit, un silence pesant s'abattit entre les deux femmes.

— Mais tout le monde pourrait leur en vouloir, Tara, décréta gravement la Kurde. Te rends-tu compte de ce qu'ils ont fait subir à ces gens en Syrie, en Irak, et même ici ?

Ajda observait Tara immobile. La policière lui sourit, gênée, se rendant compte de sa maladresse à vouloir remuer les souvenirs de cette femme qui avait tout abandonné pour les fuir. Et comment aurait-elle pu l'aider dans son enquête ? Mais Tara avait une autre raison de revoir Ajda. À travers elle, c'était un peu le passé de sa mère qu'elle tentait d'entrevoir.

— Je ne connais pas les gens dont tu parles, Tara, reprit la Kurde. Mais ils ont été si nombreux à venir du monde entier rejoindre Daesh.

— Oui, je sais. Je suis désolée de t'embêter avec ces questions, répondit Tara dont le regard et les pensées se perdirent au loin.

Bientôt il n'y eut plus que le clapotis de l'eau et la rumeur de la ville.

— Tu as l'air triste, ma fille, lâcha finalement Ajda qui fixait les façades des immeubles en face d'elles.

— Ne t'en fais pas, *daya gyan*, ça va. Parle-moi un peu de ton pays, tu veux bien ?

— Mon pays à moi, je l'aime beaucoup, tu sais. Les montagnes surtout. Là-haut il y a des fleurs au printemps et les rivières coulent vertes comme des serpents sur des cailloux jaunes. Dans les vallées les villages fument, l'hiver, du feu pour se réchauffer, l'été, de la paille que l'on brasse pour tirer le grain. J'aime m'asseoir haut sur un rocher et regarder loin. Je vois la neige sur les sommets, je vois le temps qui courbe la roche, je vois ma maison tout là-bas et j'imagine combien nous sommes heureux. Les hommes ont la couleur de la terre et les habits des femmes brillent comme les étoiles la nuit. Les sages yézidis sont des écorces noueuses de vieux mûriers et leurs yeux sont verts comme les feuillages. À la nuit tombée, j'aime les voir prier la lune errante quand nous implorons tous la même Qibla. Et puis un jour, Daesh est venu et tout s'est arrêté.

Les deux femmes restèrent encore silencieuses. Des amoureux passaient en s'enlaçant le long de l'eau. Un couple de canards dormait, renfermés, leurs becs sous le plumage, l'un à côté de l'autre, légèrement ballottés par le ressac des péniches.

— Ça doit être très beau, dit enfin Tara.

— Oui, c'est très beau, ma fille.

— Tu sais, ma mère a travaillé là-haut dans ces montagnes. Elle soignait les blessés peshmergas pendant la guerre. C'est comme ça que je suis née en Irak.

Tara leva les yeux vers la Seine, l'esprit errant dans ses souvenirs. Ajda l'observait toujours, sans rien dire, les mains serrées entre ses jambes. Elle la fixait d'un regard ancien, presque dur, les pupilles dilatées, absorbée elle aussi par une pensée. Tara tourna la tête vers la vieille femme et fut aussitôt saisie par le regard profond qu'elle rencontra. Le visage de la vieille femme s'était assombri.

— C'est une sœur, alors, dit enfin Ajda gravement. Tu me la présenteras un jour ?

Tara sourit à la petite femme qui la fixait toujours. Puis elle regarda ses mains.

— Je ne peux pas, dit-elle. Elle est morte, *daya gyan.*

Ajda cessa de fixer Tara.

— C'est donc ça.

— Quoi ? demanda la policière.

— La tristesse qui est en toi, ma fille. Si tu veux comprendre le passé, peut-être faudra-t-il un jour que tu découvres ce pays où tu es née ? Là où ta maman a travaillé ? Je peux t'aider si tu veux ?

— Mon pays, c'est ici, Ajda. Et il y a beaucoup de frontières à traverser entre ici et là-bas.

— Les frontières n'existent que si on les imagine. Regarde comme elles sont minces, dit la vieille femme en posant sa main sur celle de Tara.

La policière se laissa faire. Pour la première fois depuis la mort de sa mère, elle ne rejetait pas l'affection offerte. Elle savait qu'il n'y avait aucune pitié dans le geste de la Kurde mais, au contraire, une compréhension profonde de la complexité de l'existence.

— Je pourrais t'aider à aller en Irak si tu veux ? J'ai toujours de la famille là-bas. Et moi je serais aussi contente de savoir où tu as grandi. C'est beau comme mes montagnes ?

— C'est un petit village pas très loin de Paris. C'est joli. Si tu veux je t'emmène te promener le week-end prochain ?

— Dimanche alors, samedi je travaille.

X

Les bras croisés, enfoncée dans son siège, Tara avait la tête posée contre la vitre du TGV qui se déhanchait en passant les aiguillages. Elle essayait de dormir pour lutter contre sa gueule de bois et rattraper son manque de sommeil. La veille, elle était allée à L'Embuscade, le bar au coin de sa rue où elle passait plus de temps que dans son appartement. Elle s'était dit qu'après quelques bières elle remonterait chez elle afin d'être en forme le matin. Elle se demandait maintenant comment elle pouvait encore se faire confiance sur des présomptions si peu fiables. Tara s'était posée sur un tabouret au bar, contre la devanture ouverte sur l'extérieur d'où elle pouvait fumer tout en discutant avec le patron. Elle adorait ce lieu de passage où elle croisait tous les habitants du quartier sans que quiconque ne sache quel était le travail de l'autre. Ici les habitués parlaient de tout sauf des ennuis. Les conversations, sans être toujours gaies, n'étaient jamais graves. Ainsi Tara évitait de parler d'elle, tout simplement car personne ne le lui demandait. À L'Embuscade, l'hospitalité était la règle, comme le respect de l'intimité de l'autre. Puis Sylvie et Thomas, un couple du voisinage, s'étaient rejoints au café après le travail. Elle était jolie, lui aussi. Ils s'étaient accoudés au bar et avaient commencé à discuter avec la policière. Les bières s'étaient enchaînées. Le mardi soir, le patron servait le couscous gratuit avec les produits du marché du jour. Alors ils partagèrent une bouteille de beaujolais, puis deux. Le bar s'était rempli. Les shooters de vodka avaient remplacé le vin. Thomas jetait des regards pleins de désir à Tara dans le dos de sa femme qui faisait de même de son côté. Il avait proposé un peu de coke aux toilettes. Tara l'avait suivi. Ils s'étaient embrassés. Elle avait pris plaisir à se coller à lui. C'en était resté là. Le couple tout excité était rentré profiter l'un de l'autre. L'Embuscade avait bien ses règles. L'intimité ne se partageait que dans une certaine mesure et c'était bien comme ça. Et puis avec l'alcool, la drogue, Tara avait glissé dans l'obscurité. Elle avait continué à enchaîner les verres et les discussions, repoussé toutes les avances qui ne manquaient pas, perdu pied. À la fermeture, elle était allée traîner dans un bar de nuit jusqu'à 4 heures du matin. Elle ne savait plus comment elle était rentrée.

Tara ouvrit les yeux quand le grand Jean se rassit à côté d'elle, deux expressos dans les mains. L'odeur du café la ramena à la vie.

— Merci, Jeannot, dit-elle.

— De rien, poulette. Désolé de te réveiller mais il faut que tu me briefes. J'ai besoin de savoir ce qui nous attend.

Tara fouilla dans son sac et en sortit le dossier d'Alami. Elle lui fit un point complet. Une heure plus tard ils devaient arriver à Lens où une voiture de police les emmènerait à la nouvelle prison de Vendin-Le-Vieil. Le centre de haute sécurité disposait des moyens et technologies les plus avancés pour accueillir les criminels particulièrement dangereux. Les pires brutes y étaient accueillies dans le respect de la loi. À l'exception d'Akim Alami qui y était détenu selon un régime particulier couvert par le secret-défense. Les informations qu'échangeaient les policiers étaient donc classifiées et ils auraient l'interdiction de les divulguer. Il leur était aussi interdit de parler de leurs entretiens avec le djihadiste, sauf bien sûr avec le commissaire Perret et la DGSI. Car Alami était tenu à l'isolement permanent. À l'intérieur de la prison, un espace lui était dédié pour s'assurer qu'il n'ait aucun contact avec les autres détenus. Alami était filmé vingt-quatre heures sur vingt-quatre et étroitement surveillé par des agents du renseignement pénitentiaire. Ce nouveau service, unique au monde, utilisait les méthodes d'interrogatoire les plus diverses pour le faire parler : des outils de surveillance très avancés mais aussi la ruse et la manipulation. C'est le directeur de la prison lui-même qui supervisait tout cela.

— Et dans ce monde gracié de la morale, autant te dire que la légalité est celle de l'efficacité, ajouta Tara.

Pour chacun de ses déplacements, Alami était menotté et encadré par des policiers d'élite spécialement formés. Mais le terroriste était bien rodé à cet exercice. Jeune délinquant violent, il avait pris la voie du djihad dès ses dix-huit ans. Parti combattre et se former en Afghanistan, il avait assisté au financement des moudjahidines par la CIA, puis à la montée en puissance des talibans et d'Al-Qaida. Il y aurait alors rencontré Oussama Ben Laden théorisant le djihad international. Son parcours macabre avait ensuite pris la direction de la Tchétchénie, puis de l'Algérie au sein du Groupe islamique armé, tout en faisant des allers et retours en France sans jamais être inquiété. Son goût pour l'interrogatoire, ou les tortures, lui avait valu sa *kounya* d'*Abou Mohamed al-Ghashima*, dit la Brute. Chez lui, dans le nord de la France, il avait diffusé méthodologiquement le salafisme djihadiste, créant la cellule dite de la « fosse Delloye » du nom du bassin minier où il avait recruté dans son environnement proche. Ses adeptes avaient commencé à l'accompagner à partir de 2004 en Irak à la suite de l'intervention américaine. Il y avait alors rencontré Abou Bakr al-Baghdadi, futur calife autoproclamé de l'État islamique. Aux côtés d'anciens officiers irakiens des services secrets, il s'était formé aux techniques du contre-espionnage, de contre-insurrections ainsi qu'aux méthodes de manipulation inspirées par la CIA. Il avait été arrêté lors d'un retour en France en 2008. Il avait alors purgé une peine de cinq ans dont il était sorti au bout de trois. Puis Alami avait repris la route du Moyen-Orient pour intégrer les rangs des djihadistes en Syrie. C'est là qu'al-Baghdadi lui avait donné des responsabilités dans l'*Amniyat*, les services de renseignement de Daesh, dont il était devenu rapidement l'un des principaux responsables. Il avait été capturé après la bataille de Raqqa par les forces kurdes syriennes des YPG, transféré en France et jugé sans qu'il prononce une seule parole ou qu'il demande à être représenté par un avocat. Condamné à la perpétuité avec une période de sûreté de trente ans, il avait d'abord été incarcéré à l'isolement aux côtés des autres détenus. Puis il avait été décidé au sommet de l'État, et sous couvert du secret-défense, de l'instauration des mesures spéciales d'isolement auxquelles il était aujourd'hui soumis.

— Et pourquoi ? demanda Jean.

— Ça, je ne sais pas, répondit Tara. Mais depuis l'Irak et la Syrie, il aurait été à la source de presque tous les attentats en Europe, sans parler des enlèvements, des décapitations et de toutes sortes de menus plaisirs qu'en bon djihadiste responsable de l'ordre public, il se devait de jouir, conclut-elle.

— Tout un programme, dis-moi. Et pourquoi a-t-il accepté de nous parler à nous ?

— C'est la question que tout le monde se pose.

— Et moi dans tout ça ?

— Tu te doutes que monsieur a un certain problème avec les femmes. Alors, pour ne pas le froisser, la DGSI lui a laissé le choix entre toi et moi. Il y a donc des chances que ce soit toi qui finisses par discuter avec cette charmante personne.

— Je m'en fais une joie.

— À qui le dis-tu.

Le train arriva en gare de Lens. Jean et Tara descendirent et suivirent la colonne des voyageurs jusqu'au hall principal. Au milieu de la foule, sous les panneaux d'information, deux hommes aux cheveux ras attendaient.

— C'est marrant comme on reconnaît un flic au milieu de la foule, chuchota Tara. Tu crois que c'est pareil pour nous ?

— Capitaine Vaillant ? demanda l'un des policiers en avançant vers eux.

Tara leva les sourcils et serra les lèvres en regardant Jean avant de tourner la tête vers l'agent du renseignement.

— Oui, c'est moi. Et je vous présente le lieutenant Jean Mancini.

Les policiers se serrèrent la main et sortirent récupérer leur voiture garée en double file devant la gare. Le temps était mauvais mais apportait une fraîcheur bienvenue dans l'été brûlant. Tara et Jean s'assirent à l'arrière de la berline noire.

— Vous avez été briefés ? demanda le passager en se retournant.

— Sur l'individu oui, répondit Tara.

— Alors laissez-moi vous expliquer comment va se passer l'entretien. Vous allez entrer dans une partie de la prison réservée à Alami. Personne n'y pénètre sans accréditation spéciale. Je vous rappelle à nouveau que votre entrevue est couverte par le secret-défense. Vous laisserez bien entendu vos armes à l'entrée et serez escortés par une équipe de l'ERIS.

— Une équipe d'intervention et de sécurité ? demanda Tara étonnée.

— Pourquoi pas le GIGN ! s'exclama Jean.

— Ils sont justement formés par le GIGN, répondit calmement le policier du renseignement pénitentiaire. Ce sont eux qui vous amèneront le prisonnier. Vous serez séparés d'Alami par une vitre blindée. Vous communiquerez via un interphone. Tout votre entretien sera filmé. Les enregistrements seront traités directement au siège de la DGSI par l'officier en charge.

La voiture emprunta la rocade minière. Le ciel était gris et pesant. Une pluie fine se mit à tomber. Au loin, deux pyramides de l'âge industriel, des terrils noirs et pointus, dominaient toute la Flandre à près de cent cinquante mètres de hauteur. La voiture sortit rapidement de la voie rapide au nord de la ville. Les habitations laissèrent la place à une zone d'activité puis au vaste espace de pelouse qui entourait la prison. À peine un kilomètre plus au nord, la piste herbeuse de l'aérodrome de Lens-Bénifontaine précédait les champs.

Les hauts murs d'enceinte du centre de détention formaient un carré en béton parfait au sein duquel les bâtiments en étoile étaient comme des fortifications à la Vauban. Aux quatre coins des murailles, des miradors dominaient le ciel à plusieurs dizaines de mètres de hauteur. Tara pouvait distinguer les vigies armées qui surveillaient la prison en permanence. Le véhicule emprunta une rampe couverte qui les amena au poste avancé de contrôle. Au milieu de deux panneaux bleus, la porte devant laquelle s'arrêta la voiture était d'un orange vif. Les quatre policiers entrèrent dans le bâtiment par un premier sas de sécurité.

— Vos armes, s'il vous plaît, demanda un des agents du renseignement pénitentiaire qui récupéra les pistolets des deux policiers de la PJ.

Tara et Jean passèrent leurs affaires aux rayons X. Les bras levés, ils furent ensuite scannés l'un après l'autre dans un portique de sécurité ultra-moderne.

— Maintenant, mains contre le mur et jambes écartées, ordonna un des agents.

— Et ensuite, c'est la fouille à nu ? demanda Tara énervée, les mains sur les hanches.

— Je suis désolé, c'est la procédure.

Les policiers se regardèrent, agacés, et finirent par se tourner contre le mur.

Ils sortirent du bâtiment et empruntèrent un passage grillagé. Après une barrière infrarouge, le groupe franchit le glacis, vaste étendue d'herbe surveillée par les miradors. Ils traversèrent le fossé avant d'atteindre le mur d'enceinte. À droite de la porte principale, ils prirent l'entrée des visiteurs et du personnel pour se rendre chez le directeur.

Derrière son bureau, l'homme en costume foncé qui les attendait était maigre, avec un crâne chauve et des pommettes saillantes sous ses lunettes rectangulaires. Sa peau tendue couvrait une pomme d'Adam proéminente, longée de part et d'autre par deux artères carotides enflées. Un regard aiguisé lui donnait un air autoritaire et calculateur. Il se leva quand les policiers entrèrent.

— Monsieur Sarzinsky, je vous présente le capitaine Vaillant et le lieutenant Mancini, entama un des fonctionnaires du renseignement.

— Bien, je vous attendais. Asseyez-vous, je vous prie.

Tara et Jean prirent place dans deux fauteuils en cuir noir alors que leur escorte se mettait en retrait dans la pièce.

— Vous êtes des privilégiés, entama le directeur d'une voix grave qui contrastait avec sa fragile corpulence. M. Alami n'aime pas beaucoup les visites de policiers et n'est pas très loquace quand il s'agit de parler aux autorités. Malgré toutes mes tentatives, il ne s'ouvre toujours pas à moi.

Devant le silence des inspecteurs, Sarzinsky continua.

— Il me semblait important de vous parler d'éléments qu'il faut avoir à l'esprit pour comprendre le régime spécial dont la Brute fait l'objet. Il est arrivé dans mon établissement il y a près de trois ans. L'unité de test dédiée aux ultras radicalisés où il réside aujourd'hui n'était pas achevée à l'époque. Il a donc intégré tout d'abord le QER, le quartier d'évaluation de la radicalisation. La prison de Vendin-le-Vieil a été la première à bénéficier de ce dispositif en France afin d'identifier et de suivre les détenus radicalisés.

— Vous aviez encore besoin d'identifier ses motivations après tout ce qu'il a fait ? demanda Tara.

— Non. Mais disons que nous avons suivi la procédure. Ensuite il a été transféré dans le quartier pour détenus violents. Trois mois plus tard, un criminel qui n'était pas connu pour des faits de terrorisme a attaqué un gardien avec une arme artisanale en hurlant « *Allah akbar* ». Il a réussi à donner trois coups de couteau au surveillant avant d'être finalement abattu. Nous pensons qu'Alami l'a converti aux idées les plus radicales en un temps record. Il l'aurait poussé à commettre son attentat alors qu'il n'avait quasiment aucun contact avec lui.

Le directeur de la prison ouvrit un tiroir de son bureau et tendit une pochette cartonnée à Tara. Elle l'ouvrit sur le bureau devant Jean.

— Mais qu'est-ce que c'est que ça ? demanda-t-elle, dégoûtée par les photos qu'elle vit.

— C'est ce qu'Akim Alami a fait au médecin de la prison venu l'examiner dans sa geôle alors qu'il était pourtant menotté. Il lui a mis un premier coup de tête, puis il s'est acharné sur le visage du médecin à terre. Malgré deux gardiens sur le dos et plusieurs coups de taser, Alami a continué à frapper avec son front jusqu'à ce que le crâne du médecin éclate. Vous comprenez maintenant pourquoi il a été le premier djihadiste à être placé en UDIA.

— UDIA ? demanda Tara.

— Unité dédiée à l'isolement absolu.

— Il y en a d'autres comme ça ? demanda Jean.

— Je ne suis pas en mesure de vous le dire.

— En fait, c'est Guantanamo ici ? renchérit Tara.

Le directeur jeta un coup d'œil aux agents du renseignement pénitentiaire au bout de la pièce.

— Ce que j'essaye de vous dire, capitaine Vaillant, c'est qu'Akim Alami n'est pas seulement extrêmement violent.

C'est aussi un vrai manipulateur qui essayera de se servir de toutes les situations et de tout ce que vous direz. Je suis spécialement chargé de suivre le cas d'Alami et il me voue une haine tenace. Pour le convaincre de vous rencontrer, il a donc été prévenu que cette enquête ne me concernait pas.

— Nous nous en souviendrons, merci, répondit Tara.

Jean souriait bêtement au directeur. Tara soutenait le regard de l'homme gris qui fit un signe de tête aux deux agents restés en retrait. Les policiers de la PJ se levèrent alors et quittèrent la pièce sans un mot.

— Il a un peu la pression, le directeur, glissa Jean une fois dans le couloir.

— À sa décharge, j'ai l'impression que ce qui se passe ici n'est pas bien légal, lui répliqua Tara.

Le groupe sortit du bâtiment et emprunta une langue de bitume qui les mena à la zone de détention entièrement couverte d'un filet anti-évasion en acier. La prison récente et moderne était basse, construite sur deux ou trois étages. Un peu partout, les touches de couleurs variées ainsi que les angles et les rondeurs de l'architecture donnaient des perspectives qui cassaient la monotonie. Après avoir passé plusieurs sas de sécurité, ils empruntèrent un haut et long couloir extérieur menant aux quartiers disciplinaires. Le corridor était une enfilade de blocs de béton accolés les uns aux autres dans une parfaite symétrie. Il donnait l'étrange sensation d'une galerie des glaces où l'on s'inquiète de se cogner contre des parois invisibles. Une fois dans l'aile des détenus dangereux, ils se dirigèrent vers une porte blindée grise et anonyme comme les murs. À l'intérieur, quatre agents de l'ERIS cagoulés et lourdement équipés de gilets tactiques les attendaient derrière une grille, des fusils d'assaut courts G36 dans les mains. Les forces d'élite prirent alors le relais. Ils escortèrent Tara et Jean dans un monte-charge qui les descendit trois niveaux sous terne. Ils débouchèrent sur une plate-forme où des surveillants observaient des écrans dans une guérite. En face, une baie vitrée de trois mètres de haut donnait sur une cour intérieure obscure. Tara s'en approcha et eut l'impression de se retrouver derrière la vitre d'un enclos de zoo. De l'humidité formait des traces noires qui coulaient sur les murs de béton au niveau des raccords. Une porte d'accès en acier se trouvait dans un coin. En levant la tête, à quinze mètres en haut du puits, Tara aperçut la couverture de plexiglas dépolie qui laissait passer une légère clarté.

— Qu'est-ce que c'est ? demanda Tara.

— Cour de promenade, répondit sèchement un des policiers cagoulés. Suivez-nous.

— C'est terrifiant, chuchota Jean.

Les quatre agents accompagnèrent les policiers de la PJ dans une pièce exiguë où deux chaises les attendaient. Devant eux, une vitre donnait sur une pièce blanche éclairée par un puissant néon. Dans ce parloir, la chaise en acier du prisonnier était fixée au sol où un anneau épais permettait de l'accrocher.

— Installez-vous, on va chercher le détenu, dit le commandant du groupe. Pour communiquer avec lui vous appuierez sur l'interphone, ajouta-t-il en désignant le boîtier fixé au mur.

Tara leva la tête et vit les caméras installées par la DGSI pour suivre la rencontre. Les deux policiers pénétraient à contrecœur dans le secret de cette détention d'un nouveau genre comme une plongée souterraine dans la demeure d'Hadès. La nervosité avait depuis longtemps remplacé la curiosité. Ils restèrent silencieux, le regard fixé sur la porte qui allait bientôt s'ouvrir en face d'eux. Rien d'humain ne semblait pouvoir pénétrer dans cette pièce. Aucun homme ne pouvait pousser à de telles mesures d'enfermement. Comme si le mal avait dû être enterré le plus profondément possible dans les ténèbres.

Quelques minutes plus tard, le désarmement de la serrure résonna gravement quand la porte en acier du parloir s'ouvrit en face d'eux. Un agent casqué entra et se posta dans un coin de la pièce, le doigt sur la gâchette de son arme. Puis le corps du prisonnier émergea par l'encadrement de la porte, les bras entravés dans le dos et les pieds attachés par une chaîne comme un bagnard. Il portait un tee-shirt blanc sur un bas de jogging noir. Une cagoule en toile ajourée au niveau des voies respiratoires couvrait toute la tête du djihadiste et cachait son visage. Derrière lui, un colosse de l'ERIS lui enserrait le cou, maintenant son étreinte sur le larynx du terroriste. Pourtant Alami se tenait parfaitement droit. Bien que plus petit, c'est lui qui semblait ainsi faire avancer les cent kilos de l'agent qui piétinait maladroitement. Il était comme une anguille luisante prête à s'échapper des mains du gardien. Deux autres policiers d'élite suivaient à distance avec leurs armes. Ils firent asseoir le détenu sur la chaise du parloir et fixèrent les menottes à la chaîne reliée au sol. Alami ne bougeait pas sous sa cagoule qui laissait apercevoir les va-et-vient de sa respiration régulière. Tara et Jean se regardèrent, mal à l'aise.

— Il est à vous, entendirent-ils par l'interphone.

L'agent de l'ERIS enleva d'un coup la cagoule et recula. Akim Alami plissa à peine les paupières malgré la lumière violente qui frappa sa rétine. Il avait une peau brune, des joues anguleuses couvertes d'une barbe presque bleue. Son crâne rasé, ses cicatrices et son front large lui donnaient un air de bête. Son regard sombre, avec ses yeux écarquillés, était saisissant tant il exprimait de haine. Pourtant le djihadiste inspirait aussi une sorte de fascination, la même que pour un trou noir capable de tout engloutir. Alami observa Jean un moment. Puis ses yeux se déplacèrent vers Tara dans l'immobilité de son visage. Ils étaient comme reliés à son âme, enfermée dans un corps presque gênant. Le djihadiste fixa la policière sans un mouvement. Il analysait la situation comme un chasseur à l'affût observe la bête et attend le moment judicieux pour agir. Tara sentait en lui le goût du sang, de la mort, sa détermination et son absence de remords. Cet homme jouissait de manière absolue de la détresse de l'innocence. Tara haïssait déjà la Brute au plus profond d'elle-même alors qu'il était en train de vouloir l'étouffer du regard. Elle supporta la confrontation sans fléchir. Elle fixait sur ce visage les images des atrocités qu'il avait commises, les attentats, les tortures, les viols. Ne pas plier et ne pas se soumettre. Cette première bataille, elle ne devait pas la perdre.

— Il est flippant, chuchota Jean pour lui-même.

Tara tendit la main et appuya sur l'interphone.

— Akim Alami, je suis le capitaine Tara Vaillant et voici mon collègue, le lieutenant de police Jean Mancini. Nous voulions vous remercier d'avoir accepté de nous recevoir.

Alami cessa de fixer Tara.

— Comme vous en avez été informé nous aimerions vous poser quelques questions sur les victimes d'assassinats en Seine-Saint-Denis. Sachez que tout notre entretien sera filmé.

Le djihadiste resta immobile. Il fit un signe de tête en direction de Jean pour l'inviter à poursuivre.

— Connaissiez-vous Mohamed Belaj et Camille Martin ? entreprit Mancini.

Le terroriste ne bougeait toujours pas. Tara tenta de nouveau sa chance.

— Écoutez, nous sommes ici car…

— Qu'est-ce que vous voulez ? la coupa Alami en fixant Jean.

Sa voix était douce, intrigante et chantante. Tara fut surprise que les mots réussissent pourtant à la stopper net. Jean voulut alors parler, mais Tara l'arrêta d'un geste de la main. Elle ne se laisserait pas exclure.

— Ces gens ont été exécutés. Nous pensons que vous pouvez nous aider à trouver les coupables.

Alami chuchota quelques paroles entre ses lèvres charnues.

— Qu'est-ce que vous avez dit ? demanda Jean.

— Rien qui vous concerne, répondit le djihadiste. Je ne comprends toujours pas ce que vous me voulez.

— Mohamed Belaj et Camille Martin sont d'anciens djihadistes de Daesh, continua Jean. Peut-être aimeriez-vous savoir qui les a tués ?

Le terroriste partit d'un rire hoquetant, la bouche grande ouverte, rouge et luisante entre les poils noirs de sa barbe. Ses épaules sursautaient en cadence et retombaient lourdement sur sa poitrine.

— Vous êtes fous ! cracha-t-il d'un ton haineux en se penchant vers Jean.

Le policier, surpris, recula sur sa chaise. À côté de lui, Tara restait concentrée sur le visage grimaçant d'Akim Alami qui serrait les dents.

— Et qui vous dit que *Dawla* ne les a pas tués ? reprit finalement le terroriste.

— C'est vrai qu'abattre une jeune fille de vingt-quatre ans, c'est bien votre genre, grinça Tara.

Le djihadiste tourna un visage rageur vers la policière.

— Mais si Daesh était responsable, alors pourquoi avoir accepté de nous recevoir ? poursuivit-elle.

Alami se détendit et reprit place au fond de sa chaise.

— Je n'ai pas souvent l'occasion d'avoir de la visite, dit-il après un silence. J'ai bien quelques entrevues avec M. Sarzinsky, mais les aboiements de ce chien sont d'un ennui mortel.

Le djihadiste leva la tête vers la caméra fixée sur lui et sourit, la bouche ouverte, en montrant ses gencives.

— Il aime me regarder, dit-il en fixant l'objectif de ses yeux écarquillés. Il garde jalousement pour lui seul toutes les images qui sont filmées de moi et s'en délecte à longueur de journée. Quel plaisir il doit prendre à nous écouter en ce moment même !

— Les images de nos entretiens ne lui sont pas destinées.

— À qui alors ? demanda le djihadiste.

— Au siège de la DGSI. Vous vous doutez qu'il ne peut en être autrement.

Alami fixait maintenant Tara. Le bout de sa langue brillait au milieu de sa barbe.

— Bon, on arrête tout ce cinéma ? réagit Jean.

— *Bi-ismi Allahi ar-Rahmani ar-Rahim* [1], lança Alami en levant vers le ciel un index de ses mains entravées.

— Tu as raison, Jean, ça ne sert à rien, dit froidement Tara. Viens, on s'en va.

Les deux policiers se levèrent et se dirigèrent vers la porte. De l'autre côté de la vitre, les agents de l'ERIS commençaient déjà à se positionner et à s'approcher du terroriste.

— Et qu'est-ce que j'ai à y gagner ? entendirent Tara et Jean dans leur dos.

Ils se regardèrent avant de se retourner.

— Je ne sais pas, enchaîna Tara. À vous de nous le dire.

Le djihadiste plissa les yeux, un léger sourire au coin des lèvres.

— Alors, je vais y réfléchir, chère capitaine.

1. « Au nom de Dieu, le Clément, le Miséricordieux. »

XI

La petite salle de concert se trouvait au fond d'une ruelle pavée. La Ballerine était un lieu convivial. Tara y avait déjà passé une ou deux soirées bien qu'elle ne se rappelât pas qui elle avait vu jouer. Les artistes qui se produisaient ici n'étaient pas forcément connus, mais il s'agissait souvent de musiciens confirmés. Tara arriva volontairement en retard, espérant se fondre parmi les spectateurs. Pourtant une foule joyeuse encombrait encore l'entrée, des bières à la main. À l'intérieur, Tara s'immobilisa devant une fille aux cheveux rouges qui tenait la caisse, assise derrière une petite table d'écolier en bois.

— Vous êtes sur la liste des invités ? demanda-t-elle.

— Non, je ne pense pas.

— C'est quoi votre nom ?

— Tara Vaillant, mais ne cherchez pas, je suis certaine de ne pas y être.

— Tara, la flic de la soupe au gras, c'est vous ?

— Euh, oui je pense, répondit-elle surprise.

— Allez-y, vous pouvez entrer.

Tara franchit le hall et passa la porte à double battant qui menait à la salle. Un long comptoir de bar y était encombré par les clients, accoudés à boire bruyamment sous les suspensions qui diffusaient une lumière rouge. Sur la petite scène qui lui faisait face, une guitare électrique, une basse et un saxo reposaient sur leurs supports entre les pédales électroniques, les amplificateurs et les câbles. Les chromes de la batterie entourée de cymbales dorées brillaient sur la scène.

— Tara ! entendit appeler la policière qui tourna la tête.

Baz lui faisait signe au centre d'un groupe d'amis jovials. Voilà bien ce qu'elle voulait éviter, socialiser avec des inconnus. Elle lui sourit maladroitement, sans bouger. Alors il se faufila le long du bar pour venir à sa rencontre.

— Salut Tara, ça roule ? On s'embrasse ?

— Tente ta chance, Baz, lui répondit-elle en lui rendant sa bonne humeur.

— Viens que je te présente.

— Pas trop de monde à la fois, si tu veux bien.

— Ne t'inquiète pas, j'avais compris que tu étais un peu sauvage. Suis-moi, je vais te mettre entre de bonnes mains.

Tara prit la suite de Baz qui ne cessait de saluer des gens et de serrer des mains dans la foule. Ils s'approchèrent d'une grande blonde platine accoudée au comptoir et perchée sur des talons aiguilles.

— Lou ? appela Baz.

La femme se retourna. Elle était belle et sophistiquée avec un look de rockeuse new burlesque, les deux bras entièrement tatoués et un pantalon en vinyle moulant comme une seconde peau. Sa bouche était maquillée d'un rouge vif et elle portait un anneau à la narine.

— Tara, je te présente Lou, une très bonne amie.

— Une très bonne amie ? s'exclama la blonde. Ce que tu deviens vieux jeu et vexant, siffla-t-elle.

— Pardon… Tara, je te présente Lou, ma meilleure amie, se reprit-il en souriant.

— Salut chérie, dit Lou en embrassant Tara.

— Bon, les filles, il faut que j'y aille. Je vous retrouve après le concert, conclut Baz en jetant un dernier regard à la policière.

Tara commanda une bière alors que les trois musiciens commençaient à s'installer sous les sifflets et les cris d'encouragement des spectateurs. Baz attrapa une guitare et se posa sur un tabouret devant le micro, une vieille paire de baskets déchirées aux pieds. Son sourire illumina la scène.

— Ça va, les amis ? demanda-t-il pour tester le micro.

À nouveau, il eut droit à une salve d'approbations joyeuses.

— Il m'énerve, des fois, mais je l'ai dans la peau, je n'y peux rien, chuchota Lou à l'oreille de Tara.

La policière lui jeta un regard embarrassé.

— Je te rassure, ma belle, reprit Lou. J'ai déjà donné. Nous sommes juste bons amis comme il dit, reprit-elle un peu vexée.

Les lumières baissèrent jusqu'à l'obscurité. Un spot s'alluma brusquement au-dessus de Baz. Il projeta un faisceau blanc qui fit briller ses cheveux grisonnants. Ses yeux devinrent deux étoiles dans l'obscurité de sa peau foncée. Il gratta un premier accord de guitare, puissant et distordu, qui vibra dans l'air un long moment. Puis il leva la main et des traits de lumière tombèrent sur les deux autres musiciens. Le visage du bassiste était caché derrière ses cheveux longs. Son instrument pendait le long de sa cuisse comme s'il était trop lourd à porter. Il claqua de la main les cordes épaisses et une ligne de basse se mit à résonner sourdement dans toute la salle. Baz approcha du micro et émit un son guttural, suivi d'une phrase en anglais prononcée d'une voix chaude et grave : « *Come on baby, walk with me !* » La batterie se mit en action sur un rythme binaire où s'enchaînaient le *clac* de la caisse claire et le *boum* de la grosse caisse. La voix caverneuse de Baz commença à réciter langoureusement les paroles. La foule tanguait mécaniquement, entraînée par la répétition entêtante du morceau. Tara sentait la peau de ses tympans percutée comme des tambours tendus. La voix de Baz était sexy et déroutante, mélange de rêve et de cauchemar d'un film de David Lynch.

Tara le regardait, fascinée. Baz sampla des accords saturés sur sa guitare en appuyant sur une pédale. Alors que le son des cordes continuait de hurler dans la salle, il posa l'instrument et disparut dans le noir. Le bassiste et le batteur continuaient à jouer dans la scène monochrome. Baz réapparut dans le halo blanc, un saxophone entre les mains. Il souffla des notes stridentes qui répondirent à la guitare saturée dans un combat déchirant. Baissé sur son instrument, ses mains étaient deux araignées qui se déplaçaient frénétiquement dans un solo d'acid jazz délirant, toujours accompagné par la ligne de basse. Soudain Baz attrapa le micro et hurla : « *Come on baby, dance with me !* » Tara tourna un regard émerveillé vers Lou qui lui répondit par un grand sourire de compréhension. Le morceau aurait pu durer toute la nuit. Le public entrait dans une transe rock. Baz reposa son saxo, et attrapa le micro des deux mains. Debout, les yeux fermés, il reprit sa récitation grave. Les paroles chaudes entraînaient l'assemblée dans un road-movie amoureux, désespéré et brûlant. Il ouvrit les yeux vers le public. Son regard brillait intensément. La foule dansait avec démence. Baz éloigna ses lèvres du micro et commença à se balancer d'avant en arrière, un bras levé. Il désigna la foule qui se mit à hurler. Puis il ramena d'un coup le micro vers lui et commença à pousser un râle noir qui monta vers les aigus, ses yeux s'écarquillant jusqu'à ce que sa voix dépasse les instruments. Il finit par lancer un cri déchirant : « *Come on baby... Fuck with me !* »

— C'est le délire, hurla Tara à Lou qui dansait déjà la tête baissée en faisant bouger ses longs cheveux blonds.

D'un coup le morceau s'arrêta, et la scène fut plongée dans le noir. Rendus à la réalité, stupéfaits, les spectateurs restèrent silencieux quelques secondes. Émergeant peu à peu du rêve, ils se mirent à applaudir et à hurler de toutes leurs forces. La scène se ralluma doucement. Tara tapait des mains à tout rompre. Elle croisa le regard de Baz qui lui fit signe.

— *Come on baby, stay with me*, dit-il doucement en souriant au micro sous les bravos.

Tara se retourna vers Lou.

— C'était dingue, lui dit-elle.

— Oui, il est fort.

Le concert reprit. Le groupe enchaîna encore cinq morceaux avec toujours le même succès.

— Ça va bientôt être la pause, glissa Lou à l'oreille de Tara. Si ça te dit, je vais faire un petit tour aux toilettes prendre un remontant.

— Avec plaisir, répondit Tara.

Les deux filles délaissèrent le bar et se dirigèrent vers la lumière verte qui brillait au-dessus d'une porte au fond de la salle. Elles s'enfermèrent dans un des cabinets couverts de graffitis. Lou baissa l'abattant des W.-C, sortit un sachet de cocaïne de son sac à main et commença à préparer des lignes.

— Ça fait longtemps que tu connais Baz ? demanda-t-elle.

— Non. Je l'ai rencontré à son restaurant récemment, répondit Tara. C'est un sacré musicien.

— C'est certain. Quand il était jeune, il a sorti plusieurs albums avec son groupe. Ils étaient assez connus. Et puis Baz a eu des soucis et ils se sont séparés. Cela ne fait que deux ans qu'il a remonté cette formation avec des copains. Mais c'est surtout pour se faire plaisir.

— Il a eu des soucis ?

— Oui. Il te l'expliquera peut-être. D'ailleurs, inutile de lui parler de nos petits rendez-vous aux toilettes. La cocaïne, il n'aime pas ça.

Tara n'insista pas.

— Et toi, tu le connais depuis longtemps ? demanda-t-elle.

— Oui, ça fait au moins quinze ans. J'étais une groupie figure-toi, complètement dingue de lui. Nous avons eu une histoire. Ça n'a pas duré. Il avait plein de choses en tête, la musique, la politique. Et puis je crois qu'il n'aime pas qu'on lui coure après. Mais nous sommes restés amis et je continue à le regarder comme une vache devant une pâquerette.

— Pourtant t'es canon, Lou.

— T'es gentille, chérie. Tu n'es pas mal non plus.

Lou tendit une paille à Tara qui se baissa pour aspirer deux traits de coke.

— En tout cas c'est un sacré personnage, dit-elle en se relevant le nez pincé. Mais il a quel âge ?

— Quarante-cinq. C'est un super mec, tu verras.

— Que tu comprennes, Lou, il n'y a rien entre lui et moi. Il m'a juste invitée au concert, c'est tout.

— Baz t'aime bien, ça se voit. Allez viens, on y retourne.

Elles regagnèrent leur place au comptoir et recommandèrent deux bières. Le groupe jouait déjà le dernier morceau et, après un rappel, la salle s'illumina doucement au fur et à mesure que les applaudissements diminuaient. Baz descendit de scène pour rejoindre les deux femmes qui plaisantaient au bar. Il mit plusieurs minutes à s'extirper de tous les spectateurs et amis qui venaient le féliciter ou l'attraper par l'épaule pour lui payer un verre.

— Alors, ça vous a plu ? demanda-t-il en arrivant enfin.

— La question s'adresse à toi, chérie, dit Lou faussement jalouse.

— C'était génial, répondit Tara.

— Je dois ranger le matériel avec le groupe mais on pourrait se retrouver après ? Vous avez faim ?

Les deux filles toujours souriantes se regardèrent d'un air entendu. Quatre pintes de bière et la cocaïne leur avaient coupé l'appétit et elles étaient déjà bien allumées.

— Manger non, mais boire des verres oui, répondit Lou.

— Ça me va, renchérit Tara.

— Vous êtes dures avec moi, les filles, je suis affamé.

— Allez, fais pas ton vieux, répliqua son amie. Tu mangeras des cacahouètes. Retrouve-nous au Pims dans une heure.

Toutes deux le quittèrent en riant sans même lui donner le temps de répondre.

— Il ne faut pas leur donner trop de pouvoir, aux mecs, sinon ils en abusent toujours, glissa Lou à l'oreille de Tara.

Mais la policière ne put s'empêcher de jeter un regard derrière son épaule. Baz était resté planté à l'endroit où elle venait de le laisser. Il lui sourit.

Quand elles arrivèrent devant le café, Lou alla directement embrasser le videur qui leur poussa la porte. À l'intérieur, le bar était rose et bleu et une foule se pressait au comptoir pour commander des cocktails. Au fond de la salle, un DJ faisait vibrer une petite piste de danse exiguë.

— Xav ! Ma crotte ! appela Lou à l'attention d'un grand bonhomme à la mâchoire carrée qu'elle alla embrasser.

— Salut, la Blonde, répondit celui-ci.

— Je te présente Tara, une amie. Xav, le patron. Tu nous sers deux Bonnies ?

— And Clyde ! plaisanta le patron avec un air pataud.

Il partit d'un petit rire aigu, tout heureux de sa bonne blague et passa derrière le comptoir en remontant son jean qui lui tombait en permanence sur les hanches, faisant apparaître la raie de ses fesses.

— Lou, tu veux bien m'aider, s'il te plaît ? demanda Tara.

Elle se retourna et souleva son tee-shirt pour découvrir son dos.

— Enlève le plastique, ça me gêne.

La blonde tatouée décolla la protection qui tenait trop chaud à la policière.

— Mince alors, dit Lou fascinée en gardant le tee-shirt de Tara relevé un instant. Il est complètement dingue, ce dragon. J'ai rarement vu quelque chose d'aussi beau.

Les filles continuèrent à siroter leurs cocktails au milieu de la foule. Elles allèrent deux fois aux toilettes ensemble et reprirent des verres avant que Baz les rejoigne. Quand il rentra au Pims, les filles étaient avec Xav qui riait aux éclats de ses propres blagues. Baz croisa le regard de Tara qui avait les yeux rougis. Il eut à peine le temps de commander un verre que Tara le prit par la main.

— Viens danser, dit-elle.

Elle le tira dans la foule jusqu'à la piste de danse. L'électro était planante. Tara se retourna et lui entoura le cou de ses bras. Elle était beaucoup plus petite que lui. Il baissa les yeux vers elle.

— Vous n'y êtes pas allées de main…

— Chuuuut, le coupa-t-elle.

Tara, lascive, commença à onduler les yeux fermés, laissant la musique la guider, profitant de son ivresse. Baz se laissa faire. Il suivait doucement les mouvements de celle qui menait la danse. Les yeux toujours fermés, elle le tira par le cou et posa son front sur le sien. Ils continuèrent ainsi un long moment à danser, coupés du monde.

— Tu sais, Tara…

— Tu parles trop. Viens, on s'en va, j'ai envie de baiser.

Quand Tara ouvrit les yeux, un courant d'air soulevait le rideau en coton devant l'étroite fenêtre coulissante. Il laissait paraître l'extérieur qu'elle observait depuis le lit. Les arbres se découpaient sur le ciel bleu en haut du mur de pierre qui entourait le bassin. Quelques nuages potelés déambulaient dans l'azur. Un vélo était posé contre les filières sur le pont du voisin. Il faisait très beau. Elle entendait un faible clapot et les coques qui grinçaient contre les pontons. Tara sentait aussi un très léger roulis auquel elle n'était pas habituée. Les bruits de la ville étaient discrets. Une légère rumeur de circulation ponctuée de klaxons la rappelait à la vie de Paris. Elle était nue, allongée sur le côté, la tête reposant sur un oreiller moelleux, le drap blanc étalé sur ses hanches, le dragon blotti dans son dos. Des pas résonnèrent sur le pont mais Tara ne bougea pas. Elle se sentait parfaitement bien. C'était rare, elle qui avait l'habitude de fuir, dès qu'elle le pouvait, les lits qu'elle partageait quelques heures. Cette fois, elle n'était pas la première debout, et le corps derrière elle lui manquait presque. Elle appréciait que Baz l'ait laissée se réveiller tranquillement. Il s'activait dans la cuisine aménagée en haut de l'escalier qui menait au carré de la péniche. La cafetière italienne glouglouta les dernières gouttelettes de café brûlant. Tara s'étira. Elle cambra son torse, les bras tendus au-dessus d'elle, poings fermés. Elle émit un gémissement et fut prise d'un frisson agréable, de ceux qui picotent le bas du dos.

— Madame est enfin réveillée ? entendit-elle demander au loin.

Tara sourit. Elle regarda les fines lames de bois brillantes qui parcouraient le plafond au-dessus d'elle. De l'autre côté du lit, des placards coulissants laissaient apparaître des vêtements ; au-dessus, des livres s'alignaient sur des étagères. La chambre de la péniche était une petite alcôve en bois verni. Les ouvertures ovales qui s'y étiraient rendaient la pièce très lumineuse. Elle s'assit sur le lit surélevé par d'épais coffres de rangement. Un peu plus loin, un prie-Dieu retapissé servait de reposoir à vêtements. Sur le tissu psychédélique de l'assise, les habits de Tara étaient pliés avec soin. Sa culotte pendait d'un coin du dossier comme un clin d'œil. Elle descendit du lit par les trois marches.

— Tu peux prendre une douche ! entendit-elle encore de la cuisine. Une serviette t'attend !

Elle laissa ses vêtements sur le fauteuil et baissa la clenche en cuivre d'une porte ornée d'une lucarne ronde. La salle de bains, bien que petite, était presque luxueuse. Une serviette était posée à côté de la vasque en terre cuite d'inspiration japonaise. À gauche, un battant vitré donnait sur un petit sauna. Elle y passa la tête par curiosité. L'intérieur sentait le bois de pin et d'eucalyptus. Elle entra dans la douche à l'italienne et profita longuement de l'eau fraîche sur sa peau. Puis elle rejoignit Baz qui s'affairait en haut de l'escalier.

— Salut, lui dit-il en souriant.

— Salut.

— Tu es plutôt thé ou café ? J'ai parié sur le café, mais je peux encore me rattraper.

— Le café, c'est parfait. Avec du lait si tu as.

Baz ouvrit le frigo et s'apprêta à verser du lait dans un bol.

— Dans une tasse, si tu veux bien, l'arrêta Tara.

— Madame a ses habitudes.

— Oui, sur le café, j'ai mes petites manies.

Baz versa un tiers de lait dans un mug qu'il fit chauffer au micro-ondes.

— Viens, allons nous installer sur le pont, dit-il.

Ils empruntèrent de nouveau quelques marches vers le poste de pilotage où Tara caressa le clavier d'un piano électrique. Puis ils sortirent pour rejoindre le pont avant. Baz avait déjà tout préparé. Deux petites assiettes faisaient face à des verres de jus d'orange et des viennoiseries dans un panier à pain. Tara sortit son téléphone, mais il était éteint.

— Tu sais quelle heure il est ? demanda-t-elle.

— 9 h 30, je dirais.

Tara s'assit et attrapa un croissant alors que Baz se servait un café.

— Il est beau, ton bateau. J'ai vu le sauna. Monsieur ne se refuse rien.

— Alors déjà, ce bateau est un tjalk hollandais. Il est à voile et à moteur si je peux m'exprimer ainsi. Ensuite, il n'a pas toujours été dans cet état. Quand je l'ai acheté, il flottait à peine. J'ai tout retapé moi-même, et avant de vivre ici en plein cœur de Paris, j'ai passé un paquet d'années sur ce chantier flottant quelque part sur un bras de la Marne. Autant te dire que je n'avais pas beaucoup de visites. Regarde mes mains, de vrais battoirs de maçon toutes ridées par le travail et le froid. Et puis un jour, une place s'est libérée sur le bassin de l'Arsenal. J'ai eu de la chance et j'ai pu m'installer ici.

Tara, éblouie, leva la tête vers le Génie de la Liberté qui brillait en haut de la colonne de la Bastille. Une famille de canards palmait à toute vitesse pour rejoindre des enfants qui lançaient du pain dans l'eau de l'autre côté du canal.

Tara ralluma son téléphone avant de le reposer sur la table. Elle ferma les yeux face au soleil. Baz la regardait qui profitait des rayons chauds sur son visage en enserrant sa tasse de café au lait. Il aimait les mains de la policière. Leurs mouvements étaient précis et justes. Ils prolongeaient les paroles de Tara qui maniait les mots avec précaution. Ses mains trahissaient aussi ses émotions et la tristesse qu'elle tentait de cacher. Baz avait senti cette fragilité pendant la nuit qu'ils venaient de passer ensemble. Ce poids qu'elle portait ne la rendait que plus belle. Il attrapa ses lunettes noires sur la table et leva également le visage vers le soleil. Ils restèrent ainsi, silencieux, à profiter du moment, quand le portable de Tara répéta des tintements de clochette. Elle regarda d'abord nonchalamment l'écran avant de saisir le téléphone.

— Merde, jura-t-elle.

— Qu'est-ce qui se passe ?

— C'est le boulot, ils ont essayé de me joindre dix fois.

— Tu travailles aujourd'hui ?

— Justement non, dit-elle en se levant.

Elle s'éloigna au bout du pont et rappela le commissariat de Bobigny.

— Allô patron ? C'est Tara.

— Dragon, bon Dieu ! Où êtes-vous ? lui répondit le commissaire Perret.

— Eh bien, je…

— Laissez tomber, la coupa-t-il. Je sais que vous ne bossez pas aujourd'hui, mais il y a du nouveau. Alami accepte de vous rencontrer. Vous pouvez venir au bureau ?

— Oui, bien sûr.

— Alors faites vite, nous parlerons à ce moment-là.

Le commissaire raccrocha sans laisser le temps à Tara de répondre. Elle leva la tête et regarda Baz qui fumait tranquillement une cigarette en buvant son café.

— Il faut que j'y aille, dit-elle en se rapprochant derrière lui.

— Ça marche, répondit-il en se levant. Tu veux que je t'emmène quelque part ?

— Non, je vais prendre un taxi, je te remercie.

Baz prit la suite de Tara qui longeait déjà le pont pour dépasser la timonerie. Il s'arrêta et la laissa s'engager seule sur la passerelle.

— Bon, salut alors, dit-elle en se retournant une fois descendue sur le quai.

— Salut Tara, répondit-il simplement en souriant devant l'hésitation de la policière.

Elle prit les escaliers menant à la route au-dessus du bassin alors que Baz la regardait partir. Elle se retourna finalement après quelques mètres.

— Je t'appelle, dit-elle avant de s'enfuir.

XII

Autour d'une table, deux hommes et deux femmes observaient des papiers épars. L'ampoule qui pendait du plafond diffusait une faible lumière jaune qui leur permettait d'étudier les documents dans la pièce obscure. Une image satellite d'un quartier de Paris avait été imprimée en grand format. Des flèches de différentes couleurs, des ronds, des noms, des heures y étaient apposés. Un homme, baissé sur son ordinateur portable, vérifiait la mise à jour d'informations sur les caméras de surveillance du quartier. Le site internet en libre accès indiquait aussi bien les coordonnées géographiques des équipements que l'orientation des caméras. De dos, dans un coin de la pièce, Sherajin travaillait à souder des pièces électroniques sur une table couverte de vieux téléphones mobiles. Des étagères se superposaient sur les murs, pleines de classeurs poussiéreux et de cartons jaunis. Plus loin, une femme en tailleur vérifiait le maintien de sa perruque, assise devant une petite coiffeuse couverte de produits de maquillage. De chaque côté de la pièce, deux portes en acier étaient verrouillées par d'épaisses barres de fer. Le silence était froid comme le sous-sol en béton où ils se trouvaient. Une alarme de téléphone sonna. Autour de la table, tous se figèrent. Puis ils se dirigèrent vers une grande armoire en acier pour y prendre des gilets balistiques et de lourds sacs de toile. Sherajin continuait d'observer le point d'étain brillant qui fumait encore et glissa le détonateur dans un sac à ses pieds. Après un long silence, un claquement de langue résonna dans la pièce comme pour dire non à un enfant. À travers le foulard qui lui entourait le visage, Sherajin venait de donner l'ordre du départ. Un homme déverrouilla doucement la porte. Puis il jeta un regard rapide dans la ruelle et sortit, suivi de sa cohorte. La blonde en tailleur prit le volant d'une berline derrière laquelle Sherajin s'installa alors que ses acolytes grimpaient dans une camionnette. Au volant d'une voiture de location, la conductrice ressemblait à une cadre d'entreprise sortie d'une réunion d'affaires avec sa perruque blonde et son maquillage parfait. Les immeubles haussmanniens défilaient par les fenêtres teintées le long des grandes avenues. Les lumières gribouillaient les pupilles cerclées de bleu de Sherajin dont seuls les yeux brillaient sous sa capuche. Le soleil était bas mais il faisait encore jour. Quinze minutes plus tard, la voiture s'arrêta dans le 16e arrondissement de Paris. À l'arrière de la berline, Sherajin passa la main entre la banquette et le dossier en cuir, ressortit un câble électrique, le brancha au téléphone bricolé et descendit de la voiture qui s'éloigna. Sherajin traversa ensuite l'avenue jusqu'à une balustrade en fer forgé. Un large escalier menait à une rue en contrebas. La berline réapparut en bas des marches. L'immeuble à droite de l'escalier était cerclé d'échafaudages sur toutes ses faces. Un grand filet blanc en protégeait l'accès. Sherajin s'assit par terre contre la rambarde et ouvrit une canette de bière, la tête basse, comme un sans-abri. Ses doigts étaient râpeux, couverts de petites cicatrices qui se fondaient dans un gribouillage dense et illisible. Ses yeux brillants étaient fixés sur cette peau creusée qui faisait un bruit de scie en caressant la canette. Ces mains allaient encore combattre et tuer à nouveau. Elles en avaient l'habitude. Elles étaient entraînées pour cela. Elles disparaîtraient pour cela. Il n'y avait pas d'échappatoire. La cause était embrassée depuis trop longtemps et sa détermination totale. Sherajin regarda de côté, vérifia que tout était en ordre et leva discrètement un doigt. Ses hommes quittèrent la camionnette en habit de chantier, leurs sacs de toile au bout des bras. Puis ils se glissèrent sur la passerelle en métal de l'échafaudage et s'armèrent de leurs fusils d'assaut. Le filet blanc les protégeait comme un rideau, reflétant la lumière des lampadaires qui s'allumaient dans la ville. Le commando se mit en mouvement jusqu'à l'angle de la rue en contrebas. Ils observèrent les trente mètres qui les séparaient de l'autre extrémité du bâtiment où ils distinguaient la résidence de l'ambassadeur de Turquie. Ils savaient qu'une voiture de la police nationale française était en faction devant l'entrée. De grands arbres dans la rue leur offraient une protection supplémentaire. Il leur fallait maintenant passer les fenêtres des appartements dont beaucoup étaient illuminées. Derrière la première, quatre étages au-dessus de la berline garée contre le trottoir, un couple de retraités dînait sur une table en formica dans une petite cuisine. Sherajin connaissait bien M. et Mme Bernard à force de faire des repérages dans la rue. À cette heure-ci, ils avaient déjà mangé un bol de potage et le soir ils s'arrêtaient après un bout de fromage et un verre de vin rouge. Lui marchait avec une canne. Ses expressions traduisaient un Alzheimer bien avancé. Sa femme était encore alerte, un peu dure d'oreille et toujours attentive à son mari qui ne la reconnaissait plus beaucoup. Mais à cette heure, elle était fatiguée de sa journée et regardait son assiette en mangeant, sans trop lever la tête vers les yeux vagues qui lui faisaient face. Sherajin savait que les deux vieux ne les verraient pas passer.

*
* *

Tara était entrée une heure avant en gare de Lens. Tic et Tac, comme elle les surnommait maintenant, l'attendaient au bout du quai et il ne servait à rien de leur réclamer un sourire. Elle constata qu'ils étaient habillés exactement de la même manière avec leurs vestes bombers en cuir cachant leur arme par près de trente-neuf degrés. Pourtant, leurs crânes rasés ne luisaient pas.

— Salut les gars, dit-elle en arrivant à leur niveau, son sac sur l'épaule. Vous m'avez l'air en pleine forme, plaisanta-t-elle.

Elle prit la suite des deux armoires à glace. L'ambiance avait changé à l'extérieur de la gare depuis la dernière visite de Tara. La chaleur était écrasante. Sur le parvis, la lumière blanche donnait à l'environnement un air de mirage grisé et sans contraste. Les passants éblouis semblaient errer sans but en suffoquant sous leurs chemises collées par la sueur. La voiture aux vitres teintées des policiers était une étuve. En y pénétrant Tara faisait un premier pas vers les enfers. Elle savait maintenant où elle mettait les pieds. Elle espérait mieux s'en sortir qu'à sa première rencontre avec Akim Alami. La main posée sur son sac, elle pensa au foulard qu'il contenait et se rappela sa conversation avec le patron quelques heures plus tôt.

— Alami accepte de s'entretenir avec vous, avait directement entamé le commissaire. Vous avez rendez-vous cet après-midi, j'espère que vous n'aviez rien prévu, Vaillant ?

— Non, patron. En tout cas, rien de moins agréable, avait-elle répondu.

— Comme quoi votre charme semble agir, même sur les plus réfractaires. J'imagine que dans la situation d'Alami, votre compagnie lui est plus agréable que celle de la Nouille. J'ai beau aimer Mancini, j'arrive à comprendre le terroriste.

— C'est la DGSI qui vous a prévenu ?

— Oui, le commissaire Renucci en personne.

— Et quelles sont les consignes ?

— Ça ne va pas vous plaire, Dragon.

— Allez-y toujours, chef.

— Eh bien, Alami accepte de vous parler, mais à la condition que vous portiez un voile.

Tara était restée une seconde interloquée.

— C'est une plaisanterie ?

— Malheureusement non.

— Et j'imagine que notre pensionnaire s'est fait renvoyer entre ses quatre murs ?

Embêté, le commissaire Perret s'était tu, dans un silence qui disait tout.

— Vous plaisantez, chef ? Vous n'avez tout de même pas accepté une revendication pareille ?

— Écoutez, Dragon, c'est d'une question de sécurité nationale dont nous parlons.

— C'est non.

— Tara, ne vous braquez pas.

— Mais vous comprenez bien qu'il joue avec nous, s'était-elle énervée. Il nous teste et nous lui donnons le pouvoir. Et la prochaine étape ce sera quoi ?

— Tout le monde s'en moque, Tara. Vous croyez que c'est un problème pour les renseignements intérieurs de faire ce genre de concession ? De demander à un agent de mettre un voile ou même une burqa s'il le faut ? Laissons-lui croire qu'il nous domine. C'est lui qui est enfermé, pas nous.

— C'est hors de question.

— C'est un ordre. Et je dois vous dire que cela vient d'en haut.

— Jamais.

— Que vous êtes bornée, Vaillant, s'était énervé le commissaire en se levant.

Il s'était alors tourné vers la fenêtre pour observer le bâtiment qui faisait face au commissariat. Tara, les bras croisés, avait gardé son air renfrogné sans rien dire. Tous deux étaient restés silencieux un moment.

— Si vous acceptez, je porte du rose, avait fini par marmonner Perret de dos.

— Pardon ?

— Si vous acceptez, je m'achète une veste rose, avait-il dit plus fort, toujours face à la fenêtre.

— Vous blaguez, chef ? Une veste de costume rose ?

— Oui.

— Combien de temps ?

— Un mois.

— Quatre.

— Deux, pas un de plus.

— Trois mois et je me voile.

— Deux mois et demi, mais c'est moi qui choisis la veste.

— Vendu, mais nous la choisissons ensemble. Et c'est bien parce que c'est vous.

— Vous êtes une chieuse, Dragon.

Tara avait souri. Elle savait que si le commissaire était toujours de dos, c'est qu'il en était de même pour lui.

— Je pars quand ?

— Vous avez un train cet après-midi, le billet est sur votre boîte mail. Vous serez briefée sur place. Allez, dégagez maintenant, avait-il dit, faussement énervé.

Tara s'était levée pour se diriger vers la sortie.

— Dragon ? l'avait appelée Perret en se retournant enfin vers elle. C'est important, vous savez. Pas de bêtise, je compte sur vous.

Dans la voiture qui l'emmenait à la prison, Tara souriait encore à l'idée de voir son patron arriver au bureau en rose. Tic ou Tac l'observa dans le rétroviseur, l'air sévère. Cette histoire de veste était un prétexte, bien sûr. Elle ne pouvait rien refuser au commissaire. Elle l'adorait et ils avaient beaucoup d'affection l'un pour l'autre. Pourtant, être forcée de se voiler contredisait toutes ses valeurs. Tara ne voulait pas se soumettre à ce boucher trop dangereux pour collaborer inutilement. Mais cette série d'exécutions ne devait pas laisser indifférent le djihadiste et Tara tenait à découvrir pourquoi. Elle se dit encore qu'elle n'avait qu'à laisser Alami croire à sa petite supériorité d'homme et à son pouvoir sur elle. Cela ne changeait rien. Il restait la bête enfermée entre quatre murs dans sa demeure souterraine. Et il n'avait aucun moyen de lui voler sa liberté qu'elle cacherait dans l'ombre de son voile.

La voiture arriva bientôt en vue de la prison. Au moment de s'arrêter, l'agent sur le siège passager se retourna vers Tara.

— Vous allez être briefée dans le bureau du directeur.

Tara ouvrit la portière.

— Et n'oubliez pas le voile ! ajouta le policier avant qu'elle sorte.

Quand Tara arriva dans le bureau de Sarzinsky, il était en conversation avec un homme en costume sombre qui portait des lunettes rondes en écaille.

— Bonjour, capitaine Vaillant, entama le directeur. Venez vous asseoir je vous prie. Ce monsieur est le psychiatre qui s'occupe du cas d'Akim Alami au sein du renseignement pénitentiaire, continua-t-il en désignant l'homme à côté de lui.

Ils se saluèrent d'un geste de la tête alors que Tara prenait place en face du bureau.

— En lien avec la DGSI, j'ai été chargé de vous instruire sur nos attentes, continua Sarzinsky. Vous êtes très chanceuse, vous savez. Alami doit vous avoir à la bonne pour accepter de vous parler, siffla-t-il en souriant d'un air de vipère.

Tara dévisagea ce personnage sec et anguleux. Elle ne l'aimait décidément pas et comprit qu'il n'était pas qu'un simple directeur de prison. Le secret qui entourait cette unité d'isolement était bien trop important.

— Je vous écoute, répondit froidement Tara.

— Bien. M. Alami, comme vous le savez, était à la tête de l'*Amnyiat*, le service de renseignement de l'État islamique. À ce titre il peut se révéler être un atout majeur dans la lutte contre le terrorisme islamique. Nous sommes intéressés par toute information qu'il voudra bien divulguer.

— J'enquête sur le meurtre de deux djihadistes, monsieur Sarzinsky, répondit Tara. Ce qui m'intéresse, c'est ce qu'il peut savoir là-dessus.

— Nous savons tout cela et nous pensons que c'est une excellente occasion de le faire parler. Vous comprendrez que le problème est plus vaste. Bien que Daesh ait été défait en Irak et en Syrie, la menace reste immense. Et c'est la sécurité de tous nos concitoyens qui est en jeu. Nous ne vous demandons pas de l'interroger au-delà de votre enquête. Mais nous désirons que votre entretien soit le plus ouvert possible. Nous sommes intéressés par le futur, mais aussi par le passé de cet homme. Et qui sait, peut-être acceptera-t-il de nouvelles entrevues, conclut le directeur.

— Laissez-le parler, capitaine Vaillant, intervint le psychiatre. Essayez de le mettre en confiance. Cet homme n'a pas peur et n'a rien à perdre. Il est sûr de sa force, de son statut d'*Übermensch*, de surmusulman. Flattez son narcissisme et ne le contredisez pas. Mais faites attention. Il est intelligent et saura à son tour profiter des moindres failles.

— C'est aussi un prédateur sexuel, renchérit le directeur. Il doit déjà jubiler à l'idée de pouvoir s'entretenir avec vous.

Tara fixa Sarzinsky. À cet instant elle comprit pourquoi, en tant que femme, elle se retrouvait à devoir faire parler le terroriste.

— Je vous remercie, messieurs, pour ces précieuses indications. Je ferai mon possible pour ne pas malmener ce gentleman, persifla-t-elle.

*
* *

Depuis le toit d'un petit bâtiment jouxtant la résidence de l'ambassadeur, les tueurs descendaient par une corde jusqu'aux jardins. Ils s'immobilisèrent dans la pénombre. Les voitures étaient garées dans la cour de graviers à une trentaine de mètres devant eux. Le dîner devait avoir lieu sur la terrasse, à l'arrière de l'hôtel particulier. Le commando se remit en mouvement, longeant le mur d'enceinte jusqu'au parking. Ils s'abritèrent derrière deux grosses berlines noires dont les pare-brises étaient flanqués de cocardes tricolores. Sherajin se releva un bref moment pour observer la scène. Devant le perron du bâtiment, deux agents étaient en faction. Plus loin se trouvaient le portail principal en acier et la guérite de sécurité. Une fois à découvert, les tueurs seraient immédiatement repérés. Sherajin se rassit à l'abri du véhicule et réfléchit un instant. Il fallait mémoriser le parcours : vingt mètres jusqu'à l'angle du bâtiment en position d'assaut, deux soldats à l'avant qui abattent la sécurité, deux derrière qui couvrent et remplacent les camarades tombés, son fusil en joue vers les cibles, encore quinze mètres jusqu'à la table, une dernière balle dans la tête de chacun pour terminer la mission. Sherajin attrapa par l'épaule une de ses combattantes et la fit passer devant. Tous prirent position, à genoux, les armes à la main. Sherajin poussa pour donner la cadence et ils se mirent en mouvement. Dès qu'ils s'engagèrent dans la cour, ils furent trahis par le bruit des graviers. Mais l'agent en faction devant le porche eut juste le temps de la surprise que le commando était déjà derrière le bâtiment. Deux secondes et dix mètres de plus, ils arrivaient à l'angle avec le jardin au moment où l'alerte était donnée à la radio. Quand ils débouchèrent sur la terrasse, la table était à quinze mètres. Les quatre soldats commencèrent immédiatement à tirer vers le perron où se trouvaient non pas deux, mais six agents de sécurité. Sherajin ne quittait pas la table des yeux et comprit que l'attaque ne se passait pas comme prévu. D'autres invités étaient présents avec leur service d'ordre. Mais les assaillants et leurs cibles se trouvaient dans deux espaces-temps distincts. Les tueurs, bien préparés, vivaient l'assaut au ralenti quand tout se passait en accéléré pour les hommes en face d'eux. Les convives resteraient stupéfaits au moins trois secondes. Les agents de protection surentraînés réagiraient en moins de deux, voire d'une pour les meilleurs. Tout devait être réglé dans cet instant. Dès cette première seconde, leurs tirs touchèrent mortellement un garde du corps et fauchèrent les jambes d'un deuxième. Sherajin visa une des cibles et tira trois balles. La première rebondit sur la table. La deuxième, tirée un dixième de seconde plus tard, perfora l'estomac de l'objectif. La troisième toucha la victime en pleine tête. Sherajin tourna immédiatement son fusil-mitrailleur vers la seconde cible. Le bruit des armes autour était assourdissant. Les hommes en face étaient trop nombreux. Les agents de protection les plus rapides avaient commencé à riposter. L'avance était encore suffisante et Sherajin tira à nouveau deux balles coup sur coup. La première, trop haute, se perdit dans la nuit. La seconde manqua aussi la cible. Un des assaillants s'effondra alors que le vacarme s'amplifiait et ils durent tous mettre genou à terre face à la volée de métal qui stoppait leur progression. Sherajin tourna alors son fusil vers le perron et mitrailla la façade. Devant eux des flammes jaillissaient partout au centre de la fumée. Les convives avaient déjà disparu au sol derrière la table, protégés par leur service d'ordre alors que d'autres agents arrivaient en renfort, équipés d'armes lourdes. Dans le bruit des détonations, Sherajin tira un de ses hommes en arrière et tous comprirent l'ordre du retrait. Ils reculèrent en vidant leurs fusils automatiques vers la façade. L'une d'entre eux s'avança, une grenade à la main pour couvrir leur fuite. Au moment de la lancer, elle fut atteinte par une rafale de fusil automatique. Un projectile déchira son artère carotide dans un jet de sang épais, un autre emporta le haut de sa boîte crânienne, faisant voler au loin ses cheveux longs. Des balles traversèrent ses jambes et l'assaillante sembla suspendue dans l'air par des fils invisibles. La grenade retomba mollement sur la pelouse et roula au milieu du champ de bataille. L'explosion leur permit de regagner l'arrière du bâtiment d'où ils coururent jusqu'à la porte arrière de la résidence. Un des tueurs abattit l'agent de sécurité de la guérite et se jeta à l'intérieur pour actionner l'ouverture de la porte. Les échanges de tirs reprirent avec intensité. Sherajin et ses deux derniers sicaires s'éjectèrent dans la rue dès que la porte s'entrouvrit. Ils coururent sur le trottoir, protégés par les voitures en stationnement. L'un d'eux se raidit et s'arrêta, touché à la jambe par une balle. Il se retourna et ouvrit le feu sur les policiers pour couvrir leur fuite. Sherajin dépassa la berline et s'engagea dans les escaliers alors que derrière, à court de munition, son soldat recevait une balle en pleine tête. Au-dessus, la fenêtre était toujours allumée au quatrième étage derrière l'échafaudage et, dans l'encadrement, se dessinaient les silhouettes de M. et Mme Bernard. Sherajin continua à grimper les marches à toutes jambes et sortit son téléphone de sa poche. « Tant pis pour les Bernard. Au moins n'y a-t-il pas d'enfant » fut sa seule pensée. En haut de l'escalier, alors que les policiers étaient en joue, son pouce appuya deux fois sur la touche d'appel. L'explosion de la berline, remplie de vingt kilos de peroxyde d'acétone, souffla les façades dont toutes les vitres explosèrent. L'échafaudage fut balayé et s'effondra. À leur fenêtre, les Bernard, qui tentaient de comprendre ce qui se passait dans la rue, furent tués sur le coup.

*
* *

Dans l'ascenseur qui descendait Tara à l'UDIA, la chaleur était écrasante. Les agents de sécurité de l'ERIS suaient sous leurs casques et leurs cagoules. Ils essayaient difficilement de repousser avec leurs mains gantées la sueur qui coulait dans leurs yeux. Quand la porte s'ouvrit, un air brûlant s'engouffra dans le monte-charge.

— Mais qu'est-ce qui se passe ? demanda Tara.

— Panne de climatisation, répondit un des policiers. Nous allons essayer de vous trouver un ventilateur.

Comme la fois précédente, Tara attendit dans le parloir derrière la vitre blindée. Elle ouvrit son sac et en sortit le foulard qu'elle posa maladroitement sur sa tête. Dans la pièce fermée, prisonnière de son tissu, elle suait abondamment. Le même cérémonial précéda l'entrée du djihadiste maintenu au cou par un agent. Une fois assis, les menottes attachées au pied de sa chaise et libéré de sa cagoule, il tourna la tête en tous sens pour détendre son cou. Puis il fixa Tara de ses yeux sombres. La sueur dégoulinait du front bombé du terroriste au milieu duquel un cal noir et rond se dessinait sur sa peau à force de prière. Sa barbe humide brillait. De larges auréoles de sueur se dessinaient sur son tee-shirt blanc. Les poils qui en dépassaient étaient collés à sa peau. Il leva un regard vers la caméra. Tara remarqua qu'elle le rendait nerveux. Il grimaçait et bougeait les doigts en mouvements saccadés. Certainement à force d'être observé nuit et jour par le directeur, se dit-elle. Puis la Brute rebaissa les yeux vers Tara, observant le voile qu'elle portait sur la tête avec un léger sourire en coin.

— *Salam aleikoum* ma sœur, entama-t-il de sa voix douce et mesurée.

— Bonjour, répondit-elle agacée. Je vous remercie d'avoir accepté de me recevoir.

— Je vous écoute, dit-il.

Tara sortit une photo de Mohamed Belaj qu'elle posa sur la vitre.

— Vous connaissez cet homme ?

— C'est Mohamed Belaj.

La réponse immédiate du djihadiste surprit la policière.

— Vous l'avez déjà rencontré ? Où ? Quand ? se précipita-t-elle.

— Pourquoi êtes-vous devenue flic ?

Tara fut encore déstabilisée par la question.

— C'est moi qui pose les questions ici.

— Vous m'en avez déjà posé une, c'est mon tour, vous ne croyez pas ?

— Et pourquoi ?

— Nous sommes dans un parloir, nous sommes là pour discuter, non ?

Tara regarda le djihadiste droit dans les yeux. Elle se rappela les consignes du commissaire Perret et celles du psychiatre un peu plus tôt. Si Alami proposait de parler, elle n'allait pas refuser.

— Parce que je pense qu'il faut enfermer les gens comme vous, finit-elle par répondre.

Alami sourit, découvrant ses gencives rouges au milieu de sa barbe noire. Ses yeux luisaient de plaisir.

— Je vous fascinais déjà tant que ça ? dit-il, amusé.

— C'est à mon tour maintenant, continua Tara.

— Allez-y, répondit-il tranquillement.

— Comment connaissez-vous Mohamed Belaj ?

— Parce qu'il est mort et que vous êtes ici pour m'en parler.

— Ne jouez pas au con avec moi.

Alami fixa Tara de ses yeux noirs sans fond. Il ne souriait plus et fut pris à nouveau de tics nerveux. Il leva ses mains menottées retenues par la chaîne et posa ses avant-bras épais sur le bureau devant lui en tapotant des doigts.

— Je sais qu'il était en Syrie pour *Dawla*, mais cet homme était insignifiant. Moi aussi je crois en la justice, capitaine. Pas la même que vous, non. La vôtre a montré ses échecs, son impuissance et surtout sa servitude aux puissants. Je crois en la justice de Dieu.

— Celle qui jette des hommes du haut des toits, qui asservit les femmes, les viole et les assassine, qui coupe les membres et décapite les innocents. Vous êtes une bête.

— Et qu'êtes-vous donc, petit capitaine ? Vous êtes un animal comme moi. Nous ne sommes rien d'autre. Ne vous placez pas au niveau de Dieu.

Tara sortit une autre photo qu'elle présenta au terroriste.

— Et elle, vous la connaissez ?

Camille Martin était habillée d'un survêtement blanc. Sa longue queue-de-cheval était soigneusement liée par un chouchou rose. Elle ressemblait à n'importe quelle jeune fille de son âge. Alami se baissa pour observer la photo. Tara eut un léger mouvement de recul quand la tête du djihadiste approcha de la vitre. Après avoir regardé la photo, il leva à nouveau ses yeux sur elle. Elle fut saisie d'un frisson glacial. La policière ressentait toute la folie meurtrière de l'homme qui se situait à un mètre d'elle derrière le plexiglas.

— Non, je ne sais pas qui c'est, dit-il finalement en s'adossant à son siège.

— Pourtant elle a rejoint les rangs de Daesh en Syrie. C'est bien vous qui les faisiez venir, non ?

— Des milliers de sœurs ont rejoint *Dawla*. Comment voulez-vous que je les connaisse toutes ?

— Elle aussi a été tuée. Savez-vous qui pourrait vouloir assassiner Mohamed Belaj et Camille Martin ?

Akim Alami dévisageait maintenant Tara. Il approcha à nouveau son visage de la vitre comme s'il voulait la renifler.

— Vous souffrez, petite fille fragile, dit-il.

— Je vous demande pardon ?

— Pourquoi souffrez-vous ? Répondez à cette question et je vous aiderai comme je le peux aujourd'hui.

— Je ne jouerai pas à ça avec vous.

— Comme vous voulez. Gardien ! cria-t-il.

Un soldat de l'ERIS en poste dans la pièce appela à la radio. Rapidement la porte s'ouvrit et le peloton de sécurité s'approcha du djihadiste. Tara et Alami ne se quittaient pas des yeux, chacun cherchant à savoir qui avait le plus besoin de l'autre. Le terroriste continuait à jouer avec ses doigts sur le bureau, le visage presque souriant. Un agent enserra le cou d'Alami en lui tirant la tête en arrière sur sa chaise. Un autre détachait la chaîne qui reliait les menottes du djihadiste au sol et vint les lui fixer dans le dos. Deux autres agents armés tenaient le terroriste en joue. Ils relevèrent Akim Alami et commencèrent à le faire avancer vers la sortie. Tara se releva à son tour, les mains posées sur le bureau face à la vitre. Elle le regardait s'éloigner mais elle était certaine qu'il n'avait pas accepté de la rencontrer pour cet échange insignifiant.

— Ma mère est morte, lança-t-elle froidement par l'interphone.

Akim Alami s'arrêta. Malgré l'agent qui essayait de le faire avancer, il resta immobile et tourna la tête vers Tara. Il la fixa avec calme, presque soulagé.

— Tu vas avancer, merde ! cria le gardien dans son dos, incapable de faire bouger le terroriste.

Un collègue chargea son arme et vint la pointer sur le visage du djihadiste qui observait Tara debout derrière la vitre.

— Intéresse-toi aux dates, ma sœur, et reviens me voir, dit-il avant de se laisser pousser dehors.

Tara retira immédiatement son foulard et s'en servit pour éponger son visage ruisselant. Elle eut le réflexe de saisir son téléphone mais il était resté à la sécurité. Elle regarda sa montre : presque 21 heures. Les dates, quelle idiote, se dit-elle. Il lui semblait que c'était la première chose qu'aurait vérifiée un flic dans un mauvais polar. Mais elle tenait peut-être enfin une piste. Elle se leva, impatiente, et vint toquer à la porte. Personne ne répondit. Elle essaya à tout hasard d'utiliser son badge pour ouvrir la porte mais la lumière resta rouge. Elle frappa encore. Personne n'ouvrit. Elle appela de nouveau, mais toujours rien. Elle se rassit. La chaleur était insoutenable et elle ouvrit un peu plus sa chemise sur sa poitrine. Cinq minutes passèrent quand résonna le son nasillard du déverrouillage de la porte. Tara bondit sur ses pieds en attrapant ses affaires.

— Bon Dieu, mais qu'est-ce que vous...

Elle s'arrêta net à la vue du directeur entouré des agents de l'ERIS.

— Désolé de vous avoir fait attendre, capitaine Vaillant, commença-t-il. J'étais en ligne et j'avais un message à vous faire passer avant que vous ne partiez. Il y a eu un attentat à Paris, une attaque terroriste contre l'ambassade de Turquie. Le commissaire Perret vous demande de rentrer immédiatement, tous les services sont en état d'alerte maximum.

Tara arriva deux heures plus tard à la gare du Nord. Sur le trajet, elle avait tenté de joindre dix fois son patron sans succès et n'avait pu avoir Jean que quelques instants au téléphone. Elle en avait profité pour suivre les actualités sur son portable. Les images filmées par les passants tournaient en boucle sur les chaînes d'information continue. L'explosion avait ouvert un cratère de plusieurs mètres dans la chaussée. À la radio, dans le taxi qui emmenait Tara au poste, le journaliste faisait état d'un premier bilan de sept morts, dont des agents de la sécurité de l'ambassade de Turquie, et un nombre indéterminé de blessés parmi les policiers. Rien ne filtrait sur l'identité des victimes ni sur la situation à l'intérieur de la résidence de l'ambassadeur. Des sources confirmaient pourtant plusieurs victimes chez les assaillants, mais aussi parmi les invités d'un dîner organisé dans la résidence. Le plan Vigipirate était monté à son maximum et le ministre de l'Intérieur s'était rendu sur les lieux de l'attentat. Mais par la fenêtre du taxi, Tara observait l'attitude débonnaire des passants qui avaient désormais l'habitude de ce genre de situation. Un attentat de plus dans la longue liste de ceux qui les avaient précédés.

Tara poussa la porte de secours d'un coup d'épaule et débarqua au commissariat en pleine effervescence. Les policiers de repos étaient tous rappelés. Les agents équipés de gilets balistiques couraient en tous sens. Elle passa une tête dans son bureau où toute son équipe était déjà présente.

— Salut les gars, entama-t-elle. Mon Jeannot, c'est quoi le programme ?

— Je ne sais pas encore vraiment, le patron est débordé. Il te dira, vas-y.

Elle se fraya un chemin dans le couloir jusqu'à la porte du commissaire où d'autres flics attendaient leur tour pour voir le patron. Tara dépassa la file de policiers.

— Honneur aux dames, non ? fit-elle à ses collègues en entrant sans frapper.

Le commissaire était en pleine conversation téléphonique. Il fit signe à Tara de rentrer et à ceux qui se plaignaient de partir. À peine eut-il le temps de raccrocher que Tara commença son explication.

— Commissaire, j'ai vu Alami, je crois que...

— Non mais Dragon, vous croyez que c'est le moment ? s'énerva Perret.

— Eh bien, oui, justement, avec...

— Pour Alami nous verrons ça plus tard, la coupa le commissaire. Nous sommes en alerte maximum suite à l'attentat. Ne l'ébruitez pas mais l'ambassadeur de Turquie est mort. Patrice Renucci était également au dîner et fait partie des blessés. Autant vous dire que tout le monde est sur le pont pour prévenir d'autres attaques possibles. Vous restez ici avec votre équipe, vous dormirez demain. Après vous pourrez prendre tous les jours de repos que vous voudrez, ça me fera des vacances.

— Mais…

— Allez voir votre équipe et préparez-vous, Dragon, la nuit va être longue.

XIII

Tara se réveilla tout habillée après s'être effondrée sur son lit au retour du commissariat. Toute la nuit elle était intervenue sur des menaces terroristes infondées. La peur divisait encore la population, rendant certaines personnes à leur sauvagerie. Des voisins connus et inconnus étaient dénoncés pour terrorisme, autant musulmans qu'hindouistes ou chrétiens, d'ailleurs, pour une parole incomprise, une voiture mal garée ou un sac laissé sur le palier. Tara n'avait presque pas dormi les trois derniers jours et venait juste de récupérer quelques petites heures. Elle s'assit sur son lit en frottant son visage chiffonné. Ses yeux piquaient. Son corps était courbaturé. Elle retira ses chaussures et son pistolet resté à sa ceinture. En enlevant sa veste, elle se rappela qu'il lui restait un peu de coke dans la poche intérieure. Les différents traits qu'elle avait sniffés l'avaient aidée à tenir debout, mais ils étaient aussi responsables de son réveil prématuré. Elle versa ce qu'il lui restait sur la table de chevet et respira tout à même le bois. Son nez la brûla. L'amertume envahit sa gorge. Elle récupéra les dernières traces d'un doigt humide comme des miettes sur une table. Sa tête se mit à bourdonner. Elle eut la sensation que son corps enflait et craquait. Son esprit était un disque rayé, tournant dans une boucle stridente. Elle commença à se déshabiller pour prendre une douche. En passant en culotte devant le miroir, elle n'aima pas ce qu'elle vit.

Elle ne reconnut pas ce corps, ces épaules basses ni ce visage qui serrait les dents. Elle se regarda dans ses yeux hagards et rouges. Elle put voir à travers ses chairs, distinguer son crâne sous sa peau grise qui resterait un temps après sa mort. Sa poitrine montait et descendait trop vite. Une veine sur son front était anormalement gonflée. Son cœur battait durement dans ses tempes. Sa bouche s'ouvrit comme un fantôme et ses lèvres se mirent à trembler. Une larme lourde coula sur sa joue creuse. « Petite fille, je t'aime », disait le message sur son répondeur dont les mots l'envahirent d'un coup. « Petite fille, je t'aimerai toujours », continuait sa mère pour son dernier soir. « Ne m'en veux pas d'avoir voulu ton bonheur. Ne souffre pas de mes silences. Pardonne-moi mes maladresses. Viens vite, s'il te plaît. L'heure n'est plus à la dispute. Et si tu as ce message trop tard, ce n'est pas grave. On n'enterre pas l'amour, tu sais, mon amour. Nous vivrons ensemble éternellement, ma Tara », soufflait Jeanne dans ce message, le jour de sa mort. Pourquoi n'ai-je pas répondu ? gémit Tara en pleurant. Un filet de salive se détachait régulièrement de sa bouche ouverte pour assombrir la tache noire que formaient ses larmes en tombant sur le tapis. Assise sur ses talons, les mains plaquées au sol, le dragon courbé dans son dos rond, les cheveux pendant de sa tête basse, elle vit une nouvelle larme alimenter l'auréole sombre sur le tapis clair. Abattue par la douleur, prête à céder, elle résistait à la pesanteur, les doigts serrés dans ses paumes à arracher sa peau. Toute son énergie passait dans ces bras tendus. Elle luttait pour garder son dernier équilibre. Il lui fallut toutes ses forces pour relever le torse, la poitrine, se cambrer et remettre le dragon droit. Elle se vit à nouveau dans le miroir. Une inspiration de nouveau-né lui brûla la poitrine. Elle avala sa salive. En haut de ses cuisses lisses, ses fesses dessinaient une courbe douce en virant vers ses hanches. Elle regarda ses yeux encore rougis. Elle leva le menton et essuya son nez humide du revers de la main. Ça va aller, dit-elle.

Deux heures plus tard, Tara gara Princesse à cheval sur le trottoir et une piste cyclable, juste devant le Centre culturel kurde. Cette fois-ci, elle prit directement l'escalier vers le premier étage. La porte du bibliothécaire était grande ouverte.

— Bonjour Charles, dit-elle au petit homme invisible derrière son écran.

— Qui le demande ? barrit-il excédé, sans se montrer.

— C'est le capitaine Vaillant.

La tête de hibou apparut sur le côté de l'écran. Le premier œil rond observait Tara surpris alors que l'autre restait plissé derrière les lunettes pour mieux viser du regard. En haut de son crâne, Tara remarqua une rare mèche de cheveux qui ondulait avec le ventilateur comme une algue avec le courant. Elle sourit, amusée de revoir l'extravagant chercheur.

— Quelle joie, capitaine, grinça le petit monsieur. N'en avez-vous pas terminé avec la culture, ou mon charme a-t-il, lui, fini d'agir sur vous ?

— Eh bien, figurez-vous, monsieur le bibliothécaire, que je suis venue pour en avoir le cœur net.

— Voilà bien un réflexe de policier.

— Auriez-vous un moment à m'accorder ? demanda Tara toute douce.

— Du temps, du temps, toujours du temps ! Voilà ce que tout le monde me demande et voilà donc ce qu'il me manque, déclama-t-il de sa voix nasillarde.

Du plat de sa petite main épaisse, il frappa sur un gros tas de documents jaunis tapés à la machine à écrire.

— Savez-vous ce que c'est ? demanda-t-il âprement.

— Non… répondit-elle avec une petite moue d'impuissance.

— Eh bien, il s'agit des thèses françaises écrites entre 1932 et 1979 qui traitent de la question kurde. Et savez-vous ce que j'en fais ?

— Non…

— Vous ne savez rien ! proclama-t-il vindicatif. Eh bien, je les rentre dans notre base de données. Donc capitaine, non, je n'ai pas de temps.

— Ah.

— Mais voyez-vous, chère madame, reprit-il calmement. Si je suis bien entendu un jouisseur de l'âme et en recherche de ses plaisirs, je n'en demeure pas moins un homme ! J'apprécie moi aussi la beauté et les charmes de l'être. Et je dois vous dire, capitaine, que votre présence exalte en moi les sentiments les plus doux. Alors, pour répondre à votre question, oui, je veux bien vous aider à en avoir le cœur net, tout en essayant de vous convaincre qu'il n'est nul besoin de choisir entre l'âme et le corps.

Tara regardait le bibliothécaire avec un large sourire. Il lui répondit par la complicité de son immense œil rond tout en tirant une chaise pour elle.

— Alors, capitaine, dites-moi tout, que puis-je faire pour vous ?

— Je cherche des informations sur des dates en lien avec Daesh et j'aimerais savoir ce qu'elles peuvent avoir en commun.

Charles transperça encore Tara du regard.

— C'est donc bien pour moi que vous êtes venue ! s'exclama-t-il.

— Pourquoi ?

— Dans le cas contraire, c'est évident, vous auriez pu faire cette recherche sur Internet.

— J'ai essayé, mais il y a trop ou pas assez de résultats et les deux dates associées ne donnent rien. Je me suis dit que ça irait plus vite de vous demander.

— Allez-y.

— Le 10 et le 29 juin.

— Dix juin 2014, prise de Mossoul en Irak par l'État islamique, 29 juin suivant, établissement du califat dans la même ville par l'autoproclamé successeur du prophète, feu Abou Bakr al-Baghdadi.

Tara regarda Charles la bouche entrouverte, surprise par la rapidité de la réponse.

— Merde alors, souffla-t-elle.

Elle se leva d'un bond et sauta au cou de l'homme tout rond pour l'embrasser sur la joue.

— Merci Charles, merci ! lança-t-elle en prenant la sortie. Et dites-moi ? se reprit Tara avant de quitter la pièce. Le 8 juillet, ça vous parle aussi ?

— Hier, vous voulez dire ?

— Oui.

Charles réfléchit un instant.

— Non, ça ne me dit rien. Mais si je trouve, je vous appellerai, capitaine.

Tara envoya un message à son patron dès qu'elle fut sur le trottoir.

J'ai des nouvelles, on se retrouve toujours tout à l'heure ?

Elle leva la tête au moment où un cycliste la frôlait en criant « Connard ! » à l'adresse de sa voiture mal garée. Elle regarda l'homme continuer son chemin, excédé. Elle rebaissa la tête vers l'écran qui tintait.

Oui dans vingt minutes, passez me prendre à la sortie du bureau

Elle téléphona à Medhi pour savoir s'il avait pu récolter des informations sur Belaj. Elle écouta son ami un moment sans rien apprendre de nouveau. Belaj semblait être un fantôme dans sa cité. Il ne parlait plus à ses voisins et ne fréquentait plus personne depuis sa sortie de prison. Il n'allait plus à la mosquée et évitait tous ses anciens amis. Personne ne semblait non plus savoir qu'il était marié. Il ne se montrait jamais en public avec sa femme entièrement voilée. « Un mec rangé », avait conclu Medhi. Mais si Belaj évitait volontairement tout lien avec l'islam, en se mariant pourtant uniquement devant Dieu, il fallait bien qu'il ait quelque chose à cacher, pensa Tara. Puis elle reprit quelques nouvelles de son ami et de sa famille avant de raccrocher.

Elle était maintenant certaine qu'Alami en savait plus qu'il ne paraissait. Il n'aurait eu aucun intérêt à la mettre sur la piste des dates des assassinats. C'était mince, mais c'était tout ce dont elle disposait. Elle hésita à appeler Benjamin, puis se ravisa. Elle ne faisait pas confiance au commissaire Renucci et Benjamin semblait bien trop attaché à obtenir les faveurs de son patron. Le bon élève commençait à exaspérer Tara. Elle remonta en voiture et alla directement au commissariat. Elle se gara devant l'entrée principale. Quelques minutes plus tard, Philippe Perret monta côté passager.

— Bonjour Dragon, entama-t-il sous sa moustache.

— Bonjour Patron.

— Dites, vous savez que c'est la première fois que je monte dans votre voiture ? remarqua Perret qui admirait l'habitacle.

— J'ai des nouvelles sur les dates dont a parlé Alami, enchaîna Tara en démarrant.

— Elle est de quelle année ?

— De quoi parlez-vous ?

— Votre voiture.

— 1987 ou 1988, je crois.

— Et les sièges en cuir ! C'est la classe. Mais vous ne trouvez pas qu'elle fait un peu macho, quand même, votre bagnole ?

— J'aime bien les contrastes. Vous m'écoutez ?

— Je vous écoute, Dragon, je ne fais que ça.

— Les dates des assassinats de Camille Martin et de Mohamed Belaj semblent correspondre à des évènements liés à l'État islamique.

— Et de quels évènements parlez-vous ?

Tara expliqua au commissaire l'entretien qu'elle venait d'avoir au Centre culturel kurde.

— C'est mince, Tara. L'État islamique a commis des horreurs pendant des années. Nous trouverons toujours des correspondances.

— Alors pourquoi Alami nous aurait-il donné cette indication ?

— Pour brouiller les pistes, certainement. Il a tout intérêt à nous éloigner le plus possible de ses compagnons djihadistes et à nous envoyer dans des impasses. De l'intérieur de sa prison, c'est tout ce qu'il peut faire. Alors il s'est jeté sur l'occasion. Écoutez, Dragon, renchérit Perret, soyons clairs. L'ambassadeur turc a été assassiné dans sa résidence et un haut responsable du contre-terrorisme d'Ankara y a réchappé miraculeusement. Quant au commissaire Renucci, il a pris une balle par-dessus le marché. Avec la pression qui pèse sur la DGSI, je ne vois vraiment pas comment nous allons garder cette affaire malgré ce que vous avez découvert. Croyez-en mon expérience et attendons-nous à être dessaisis.

— Mais Alami a accepté de nous parler, tout de même, s'énerva Tara.

— Oui, et c'est la seule raison pour laquelle nous avons conservé cette enquête. Mais le terrorisme ce n'est pas notre affaire, Tara. Il serait peut-être temps de prendre vos congés ou je vais finir par vous les imposer.

Les deux policiers demeurèrent silencieux un moment en entrant dans le centre de Paris.

— Vous savez où je suis née, commissaire ? demanda Tara.

— Non, Dragon. Mais il y a beaucoup de choses que j'ignore sur vous, ironisa Perret.

— En Irak.

— Votre mauvais caractère doit venir de là. Je ne savais pas, mais pourquoi me dites-vous cela ?

— Pour rien, laissez tomber, répondit Tara, pensive.

Elle aurait voulu lui expliquer pourquoi elle tenait tant à cette affaire qui la ramenait à sa mère. Mais cela aurait aussi justifié que Perret ne la laisse pas continuer. Pour son propre bien peut-être, pensa-t-elle.

— Nous y sommes, conclut Tara en se garant sur une place de livraison.

Le magasin devant lequel ils s'étaient arrêtés vendait toutes sortes de vêtements vintage de petits créateurs pour Parisiens branchés.

— Vous blaguez, là ? dit le commissaire.

— Votre femme va adorer, venez.

Philippe Perret resta sur le trottoir un instant, les mains sur les hanches. Il se décida à entrer dans le magasin après avoir regardé de gauche à droite comme pour s'assurer qu'il n'était pas vu. Il rejoignit Tara qui cherchait déjà le prix d'un chemisier quand un garçon longiligne vint les aborder.

— Je peux vous aider ? demanda-t-il en laissant traîner sa phrase.

— Bien sûr, répondit Tara. Nous cherchons une veste de blazer rose.

— Pour votre père ? enchaîna le vendeur avec un air malicieux. J'adore le rose, figurez-vous ! exulta-t-il. Venez, suivez-moi.

— Vous entendez, Dragon ? demanda le commissaire renfrogné. Il adore le rose…

— Allez, ne faites pas votre vieux.

Dix minutes plus tard les policiers sortaient de la boutique, un sac en carton dans la main du commissaire.

— Vous savez, patron, ce qui me plaît le plus dans cette histoire ?

— Je ne sais pas si j'ai envie de le savoir.

— C'est que maintenant vous allez devoir trouver le pantalon qui va avec. Je vous ramène chez vous ?

— Laissez tomber, Dragon, je vais me débrouiller.

— Comme vous voulez, commissaire.

— Vous ne travaillez pas demain ?

— Non, je suis de repos.

— Alors, profitez-en pour vous reposer, justement. Vous avez une tête affreuse ! À lundi, Dragon.

— D'accord, patron. Et n'oubliez pas votre veste en venant au bureau ! lança Tara hilare.

La policière resta plantée sur le trottoir. Elle sortit son portable et s'arrêta sur le contact de Baz. Elle hésita un moment, le pouce levé au-dessus de l'icône d'appel. Elle se décida à taper un message, hésita encore, effaça tout, retapa un mot avant d'annuler en soupirant. Elle monta finalement dans sa voiture, prête à démarrer, mais se renfonça dans son fauteuil. Elle avait faim et appela Lou, c'était plus facile.

— Salut ma belle… Oui ça va… Je me demandais si t'étais libre à dîner ?… Non ?… Ce soir ?… Rien de spécial, pourquoi ?… Chez Baz ?… Je ne sais pas… Euh… Non non rien… Bon d'accord… OK… À tout à l'heure alors.

Un peu plus tard Tara descendait sur le bassin de l'Arsenal par le quai opposé à celui de Baz. Elle avait chaud et tenait sa veste sur l'épaule. Elle marchait lentement sur les pavés arrondis et bruns. Ils lui faisaient déjà penser à des carapaces de tortues quand, petite, elle passait par ici avec sa mère. Elle tenait la main de Jeanne et s'amusait à sauter d'un caillou à l'autre assez vite pour ne pas réveiller les animaux. Elle imaginait alors les longs cous des reptiles sortir de terre, les yeux encore pleins d'un sommeil de mille ans. D'instinct, Tara sauta d'une bosse à l'autre en souriant. Puis elle marcha sur le rebord bétonné du quai pour ne pas déranger davantage les tortues. Sur les bateaux comme sur les bancs, les gens profitaient de la chaleur du soir. L'air sentait le charbon de bois et les saucisses grillées. Le ciel commençait à prendre une teinte dorée, et la vue des groupes de jeunes qui flirtaient sur les pelouses réjouissait Tara. Elle traversa la passerelle de l'écluse puis s'arrêta un instant. Elle pouvait encore partir en bifurquant par le passage qui rejoignait la Seine. Elle voyait l'eau après l'obscurité des arcades. De là, elle pourrait marcher aussi loin qu'elle le voudrait sans s'arrêter. Chaque instant serait celui d'une existence sans passé et d'un avenir incertain. Chaque inconnu croisé serait autant d'une vie à découvrir. Les images fixes qu'elle imprimerait sur la pellicule de son esprit s'enchaîneraient sans durée pour ne devenir que des peintures immobiles sur le mur de ses souvenirs. Il n'y aurait devant elle ni souffrance, ni aveux, ni bonheur, juste le choix du silence.

— Bon, tu viens ? entendit-elle.

Elle tourna la tête. Lou était plantée au milieu du quai, les mains sur les hanches. Ses longues jambes s'étiraient de ses espadrilles à talons compensés pour rejoindre un petit short en jean court. Son haut, retenu par de fines bretelles, faisait apparaître ses tatouages colorés.

— Je t'ai vu faire le tour du canal, reprit Lou. Allez, viens, et chasse-moi toutes tes mauvaises pensées.

Tara lui sourit. Décidément elle aimait bien cette fille. Elles s'embrassèrent et longèrent le quai à l'ombre du haut mur de pierre qui diffusait la chaleur accumulée de la journée. Sur une péniche, une femme arrosait ses plantes réparties dans des dizaines de pots en terre. Des enfants montaient et descendaient de la rampe d'un bateau en essayant de s'attraper. Sous un chapeau de paille, un vieil homme torse nu au soleil lisait un recueil de poésies de Pablo Neruda : *Vingt poèmes d'amour et une chanson désespérée.* Il quitta son livre des yeux et regarda le ciel sous ses sourcils blancs.

— Tu sors le rosé ? demanda une femme derrière la fenêtre ouverte d'une cuisine en contrebas d'un bateau.

En arrivant devant la passerelle de Baz, Tara s'immobilisa sur le quai en regardant Lou monter. La grande blonde se retourna et lui sourit. Une seconde passa avant que Tara prenne une inspiration et la suive. À la proue du bateau, Baz était assis sur une chaise, de dos, ses lunettes noires sur le nez, une cigarette entre les lèvres. Il grattait quelques accords sur une guitare sèche.

— J'ai invité une copine ! lança Lou.

Baz tourna la tête.

— Tiens... Tara... Salut... dit-il surpris en se levant, la guitare à la main.

— Oui, bon, j'ai oublié de le prévenir, pardon, enchaîna Lou sous le regard inquisiteur de Tara. T'es bien ma copine, non ?

— Salut, je ne dérange pas au moins ? continua Tara.

— Pour être exacte, il attend que tu l'appelles comme un idiot depuis deux jours assis à cette table, répondit Lou à sa place. Je te sers une bière, ma belle ?

— Je veux bien.

Baz, les mains sur les hanches, regarda son amie descendre dans la cuisine du bateau.

— Qu'elle m'énerve, des fois, celle-là, dit-il.

Il se tourna vers Tara.

— D'un autre côté, elle n'a pas complètement tort, conclut-il un sourire en coin.

Tara avança au bout du bateau pour profiter de l'eau. Baz n'arrivait pas à détacher son regard du dos de la policière, le dragon qui ressortait de son tee-shirt léger, ses épaules bien dessinées, ses fesses rondes moulées dans son jean. Il secoua la tête en soupirant et se rassit avec sa guitare. Tara continuait à profiter du moment. Elle était bien, la peur l'avait lâchée. Le ciel arborait une teinte d'un bleu profond. La vie autour du canal était joyeuse. Elle se retourna en entendant Baz qui parlait avec Jean-Marc, son voisin de péniche. Deux minutes plus tard, il l'invitait avec sa femme Nicole à les rejoindre pour l'apéritif.

— Voilà les bières ! lança Lou en sortant sur le pont avec un plateau couvert de bouteilles et d'amuse-gueules.

Baz arriva vers Tara en poussant le barbecue.

— Tu vas voir, Jean-Marc et Nicole sont fantastiques. Lui, c'est un ancien chef d'orchestre et elle, une photographe animalière. Un jour ils ont tout lâché pour partir à la voile. Ils sont rentrés dix ans plus tard avec mille anecdotes. Une autre voisine vient aussi, et mes potes musiciens nous rejoignent dans une heure. J'ai préparé des côtelettes marinées à la kurde et quelques beaux bouts de viande. Mais comme tu aimes les goûts prononcés, je vais te sortir une andouillette et des rognons.

— T'es gentil.

— Je suis content que tu sois là, murmura-t-il doucement en repartant chercher du charbon.

Tara le regarda s'éloigner et rejoignit Lou à table.

— Ça va, t'es contente, chérie ? demanda la blonde en lui passant une bière.

— Oui, ça va.

— À la tienne, beauté.

Les filles trinquèrent et commencèrent à papoter en riant. Elles furent bientôt rejointes par les voisins, des bouteilles de vin dans les mains. À l'avant, Baz soufflait sur le feu qui démarrait sous les morceaux de charbon. La fumée bleutée commençait à lancer ses signaux, accompagnée du grésillement des saucisses. Du quai d'en face, Marie débarqua avec un grand saladier en terre plein de saveurs exotiques et fraîches. Le bruit des bouteilles ouvertes résonnait sur l'eau.

Les copains rockeurs donnèrent la sérénade dès qu'ils montèrent à bord. Les signes d'amitié qui étaient lancés à Baz depuis les bateaux voisins recevaient en retour des invitations à boire un verre. Une guirlande aux ampoules colorées donnait à la scène un air de guinguette. La nuit tomba. Le moment était à la fête. Les corps bougeaient. Ceux de Baz et Tara ne se lâchaient plus au bout du bateau. Ils tanguaient lentement, face à face, au son d'un jazz enveloppant.

— Ils sont vraiment sympas, tes amis, lui dit Tara.

— Je les adore. Je crois que nous sommes une partie de ce qui nous entoure. Et moi j'ai envie d'être entouré de gens qui donnent le sourire.

— Moi, je ne fais pas trop sourire.

— Toi, tu me fais briller les yeux, tu sais, enchaîna Baz d'un air faussement sérieux.

Tara était contente qu'il reste léger. Elle ressentait chez lui une grande liberté, comme s'il voyait toujours plus loin, ne s'enfermant jamais dans les évènements du présent.

— C'est tout ? demanda-t-elle, un petit sourire au coin des lèvres.

Baz se colla à elle.

— Ah, tiens, non… fit-elle en jouant la surprise.

Tara l'entoura de ses bras et se leva sur la pointe des pieds.

— Embrasse-moi, dit-elle lascive.

Baz attrapa son visage dans ses mains. Ils restèrent un moment, serrés l'un contre l'autre, à profiter de ce baiser. Tara quitta ses lèvres pour plonger dans son regard vert.

— Embrasse-moi encore, dit-elle.

— Bon bah nous, on s'en va ! ordonna Lou en levant la voix, à l'attention des invités qu'elle commença à pousser vers la sortie. Allez ouste, tout le monde quitte ce bateau. Plus personne n'a l'âge de se coucher si tard ici. Et pour les plus vaillants, ils peuvent me suivre pour un dernier verre dans un bar.

— Nous, on vient ! lança, enjoué, un des musiciens avec sa guitare.

Un peu gênée, Tara se décolla de Baz en faisant un signe d'au revoir à Lou. Tous les invités quittèrent la péniche dans la joie et les rires.

— Tu restes ? demanda Baz.

— J'hésite, dit-elle, malicieuse. Je ne veux pas que ça devienne une habitude.

— Je te promets des secondes insouciantes au rythme de tes hanches…

— Non ! s'exclama Tara.

— Si !

— Tu cites Johnny maintenant, je n'y crois pas !

— Je ne veux pas d'habitudes et d'ennui. Je te promets juste un moment de fièvre et de douceur… dit-il en reprenant la chanson.

— Pas pour toute la vie alors.

— Non, juste pour quelques heures, répondit Baz en l'embrassant.

XIV

Je me rappelle là-bas, quand j'ai huit mois.
Elle monte vers l'astre la guerrière
Celle qui loin de moi nous libère.

Comme convenu, Ajda attendait Tara devant Le Bazar après le service de midi. Elle tenait son sac à main à bout de bras devant elle. Son foulard rouge noué sur la tête et son chemisier fleuri lui donnaient un air de gitane. Elle fut toute surprise quand la BMW noire s'arrêta à son niveau et que Tara en sortit pour la faire monter. Puis les deux femmes s'échappèrent vers le sud. Elles roulaient maintenant vers le village où Tara avait passé son enfance. Dans cette recherche mutuelle de compréhension de leurs origines, Tara laissait quelqu'un entrer pour la première fois dans son histoire. Elle regarda Ajda, le visage collé à la fenêtre, qui observait le défilé des immeubles. La Kurde découvrait un monde nouveau qui était celui de son avenir. Elle s'étonna de voir les campements de cartons et de tôles sur le bord de la route, les populations de Roms et de ferrailleurs. Elle resta silencieuse dans cet univers de béton et de verre, captant les regards dans les voitures perdues dans la circulation.

Tara sortit rapidement de l'autoroute pour emprunter les petites départementales qui parcouraient la campagne. Ajda lui avoua que c'était la première fois qu'elle sortait de Paris depuis qu'elle y était arrivée deux ans auparavant. Elles parlèrent de sa vie dans le Sinjar, cette région où vivent les Yézidis, l'arrivée de l'État islamique en 2014, le génocide, son mari et ses fils exterminés avec tous les hommes, sa fuite dans les camps de déplacés d'abord, puis vers l'Occident, en laissant la misère derrière elle. Tara l'interrogea sur son errance, le passage des frontières, les camps de transit, les passeurs et les longues marches, la police, la violence, le froid, la faim, la peur et la solitude.

La route continuait à serpenter. Des champs aux dos ronds avaient été moissonnés. L'air sentait la paille sèche. Les villages aux maisons basses qu'elles traversaient éclataient de la lumière d'été. Quand la voiture s'enfonçait à l'ombre des forêts, l'humidité dans l'air apaisait la chaleur. Tara s'arrêta un instant dans un virage qui ouvrait sur le paysage. Le ciel était parsemé de maigres nuages. Çà et là des clochers s'élevaient comme la promesse d'un refuge. Seules quelques éoliennes géantes qui faisaient tourner doucement leurs pales et la géométrie tranchante des lignes à haute tension marquaient le décor de modernité.

— C'est très beau, dit simplement Ajda.

Dix minutes plus tard la route s'enroula autour d'un bois, laissant de l'autre côté un champ au ras de l'asphalte. Le village de Tara se cachait juste derrière. C'était un gros bourg auquel la jeune femme aurait pu rapidement accéder depuis Paris en empruntant l'autoroute toute proche. Mais elle était contente de voir Ajda s'émerveiller des paysages et découvrir la nature qui entourait la capitale. Au centre du village, les dimanches matin, une vieille halle couverte abritait un marché entre ses épaisses poutres de bois. Tara gara sa voiture et les deux femmes continuèrent à pied. Les rues aux maisons de pierre blanche, gorgées de soleil, étaient désertes en ce milieu d'après-midi. Elles remontèrent vers la grande place qui surplombait le village. Les rares devantures de magasins étaient fermées, et personne n'aurait pu dire s'ils rouvriraient un jour ou si des logements les avaient déjà remplacés. Le village devenait un dortoir pour les nouveaux habitants qui travaillaient en journée à Paris. Tara montra à Ajda la devanture en bois écaillé d'une ancienne boulangerie. Avec le temps, les éclats de peinture bleue avaient pris la blancheur d'un ciel d'été. Devant le rideau qui pendait de la vitrine, un chat dormait, chauffé par le soleil comme un lézard sur une pierre. Quand elle était petite, Tara passait toujours dans cette boulangerie après l'école. Sa mère achetait une tablette de chocolat et un morceau de pain ou de brioche. Elles allaient ensuite goûter sur un banc devant l'église au beau clocher d'argile cuite. Elles y retrouvaient les enfants qui jouaient en sortant de classe. Mais Tara préférait souvent rester avec sa mère qui l'encourageait pourtant à les rejoindre. Elle n'avait jamais vraiment cherché la présence des autres.

Une fois sur la grande place, les deux femmes passèrent devant l'école vide. Ajda sourit, les mains accrochées à la grille, le front posé entre deux barres de métal peint. Elle regardait la cour et le bâtiment de brique. Les fenêtres des classes laissaient apercevoir les dessins accrochés aux murs, les traits de peinture, les guirlandes de papier. Elle ferma les yeux et tenta de voir Tara enfant. Elle la vit bien, dans sa petite blouse, un peu seule déjà, dans son coin de cour, les yeux levés vers les branches des platanes. Ajda rouvrit les yeux et sembla tout émue. Puis les deux amies longèrent un mur. Tout au bout, le chemin devenait poussiéreux. Il les mena d'un coup hors du village. Le sol sec avait gardé les empreintes de l'hiver. Les sillons creusés par les tracteurs descendaient dans un vallon qui formait un vol d'oiseau. Petite, Tara y partait à vélo. Elles décidèrent de marcher un peu sur ses traces et descendirent le chemin. La Kurde demanda si Tara avait été heureuse dans son enfance.

— Je crois, oui.

Ajda sourit.

— C'est bien, dit-elle.

Elles continuèrent à marcher en silence. Des hirondelles se mirent à planer dans le vallon.

— J'aime les oiseaux, dit Ajda.

Elle raconta comment les Kurdes appréciaient le chant des oiseaux et comme elle aimait les observer voler le soir, chez elle, assise sur un rocher. Puis les deux femmes remontèrent tranquillement vers le village. Tara proposa d'aller voir sa maison d'enfance, d'y boire un café avec son père qui serait tellement content de reparler du Kurdistan. Mais Ajda ne voulait pas déranger.

— Une autre fois peut-être ? proposa-t-elle.

Tara insista. Elle appela chez elle, Robert n'était pas là. Elle proposa tout de même de passer. Ajda se laissa convaincre. Dans la ruelle excentrée du village, Tara poussa la porte verte qui s'ouvrit comme toujours. Elles marchèrent sur le gravier jusqu'à l'entrée dans un bruit de maracas. Dans le salon où avait grandi Tara, tout était silencieux. Ajda respira l'odeur du lieu, caressa les livres de la main et s'arrêta sur la coupelle. Elle regarda longtemps la pierre bleue, puis attrapa la rose séchée.

— Chez nous on dit que les fleurs sont le langage des anges, dit-elle.

Elle glissa discrètement la fleur dans sa poche et suivit Tara dans la cuisine. Elle sourit devant les vitrines de faïences, les étagères à épices et les ustensiles sur les présentoirs. Comme la vieille Kurde, Robert Vaillant aimait cuisiner. Ajda voulut voir la chambre de Tara à l'étage. Elles montèrent le long de la rambarde en bois, les pas étouffés par la moquette. Dans la pièce, une fine couverture de laine blanche était posée sur le lit étroit. Ajda s'y assit. Elle attrapa le lapin en peluche sur l'oreiller, Tiko, le doudou de Tara. La chambre n'avait pas beaucoup changé depuis qu'elle avait quitté la maison. Elle n'était pas encombrée d'objets superflus ni d'affiches sur les murs. À quinze ans Tara était partie en pension, dans un lycée à quelques kilomètres. C'est elle qui avait réclamé l'internat. Fille unique, déjà rebelle, agitée, elle devait se confronter au monde, vivre en dehors de l'amour de ses parents et grandir.

— Il est peut-être temps d'aller voir ta maman, tu ne penses pas ? demanda Ajda.

Les deux femmes restèrent silencieuses. Tara sourit, les yeux humides. La Kurde lui rendit son émotion. Elles sortirent finalement.

Le cimetière, en retrait du village, n'était dominé que par le ciel d'un bleu intense. Le ventre de Tara se noua dès qu'elle y pénétra. Elle appréhendait de ne pas retrouver l'endroit et emprunta d'abord une mauvaise allée avant de retrouver le chemin. Ajda était contente en voyant les plaques de granit gravées d'or, les sculptures, les fleurs, les caveaux familiaux et ceux des amoureux.

— Les Français sont gentils avec leurs morts, fit-elle remarquer. Plus qu'avec les vieilles personnes.

Là d'où elle venait, les paysans donnaient tout ce qu'ils pouvaient aux anciens pour les aider. Ils n'avaient plus grand-chose pour les enterrer : une simple stèle de bois et quelques cailloux blancs suffisaient. Mais elle trouvait tout de même très joli tout ce qu'elle voyait, et elle se réjouissait de constater comment les habitants prenaient soin de leurs ancêtres. Les deux femmes arrivèrent bientôt devant la tombe de Jeanne. Elle était bien fleurie. Tara reconnut les roses du jardin de son père.

— Voilà, c'est là, dit-elle simplement en baissant la tête.

— Je suis contente que tu me présentes ta maman, petite fille.

Tara sourit, le regard triste. Ajda s'assit sur la tombe. Elle posa une main sur la pierre froide et lisse et commença à fredonner en passant ses doigts le long des écritures, sur le nom de Jeanne, les dates de son existence. Tara s'assit à son tour, dos à la stèle, les mains jointes.

— Elle devait beaucoup t'aimer, avança la Kurde.

— Oui. Enfin… je pense.

— Tu en doutes, ma fille ?

— Non, bien sûr. C'est juste…

— Oui ?

— J'ai parfois l'impression que je ne l'ai pas suffisamment connue.

— Pourquoi tu dis ça ?

— Comme si elle m'avait un peu caché qui elle était. Et que je le découvrais trop tard. Même pendant sa maladie, elle faisait comme si tout allait bien. Elle me souriait toujours.

— Elle voulait que tu gardes juste son amour, alors.

Tara leva la tête vers le ciel.

— Mais moi j'aurais voulu…

Sa voix tressaillit, et cette fois elle ne put retenir ses larmes.

— Moi j'aurais voulu…

Au bout de son souffle, envahie par la peine, elle tentait de résister encore.

— Dis ce que tu aurais voulu, ma fille.

— J'aurais voulu être avec elle. Être complètement avec elle, *daya gyan*.

Tara prit son visage dans ses mains. Elle pleura, incapable de contrôler les mouvements désordonnés de son diaphragme. Ajda posa une main sur son épaule.

— Et que te reproches-tu, ma fille ?

— Je lui en ai voulu, lâcha Tara. Voulu de ses silences, voulu de son amour, voulu d'être partie, cria-t-elle presque, le visage défait. Et quand elle est partie… Elle m'a appelée, je n'ai pas répondu… et… et… et elle est partie…

— Ça devait être une femme fantastique pour que tu l'aimes autant en retour.

Ajda fouilla dans sa poche et en sortit la petite rose séchée.

— Tiens, dit-elle. J'ai pris ça sur l'étagère de ton papa. Il ne m'en voudra pas, j'en suis sûre, si tu l'offres à ta maman. Chez moi, quand quelqu'un part pour un long voyage, on lui offre une petite fleur séchée. Comme ça, la personne garde notre amour avec elle partout où elle va.

Tara regardait toujours le ciel. Elle se sentait mieux d'avoir enfin pu mettre quelques mots sur sa peine. Elle attrapa dans le creux de sa main le bouton de rose que lui tendait Ajda. Elle l'observa un instant. Il semblait si fragile. Puis elle le posa sur la pierre lisse, à côté du nom de Jeanne, saisit une poignée de graviers et recouvrit la fleur pour qu'elle ne s'envole pas.

— Allons-y, dit-elle simplement.

Les deux femmes se levèrent et sortirent bientôt du cimetière pour reprendre la route vers Paris. Elles restèrent silencieuses un long moment.

— Merci, ma fille, pour ce que tu m'as donné, entama la Kurde. C'est un très beau cadeau que tu m'as fait aujourd'hui. Tu veux toujours voir le pays où tu es née ?

— L'Irak ? Peut-être.

— Je ne peux pas t'accompagner, mais j'ai encore des amis là-bas qui pourraient t'aider, si tu veux.

— M'aider comment, Ajda ?

— T'accueillir et te guider où tu veux. Voir nos montagnes et l'endroit où a travaillé ta maman ?

— Je ne sais pas, *daya gyan*. Et Daesh ? Ce n'est pas trop dangereux ?

— Daesh n'est plus vraiment un problème aujourd'hui. Au Kurdistan la situation est calme et mes amis veilleront sur toi, n'aie pas d'inquiétude.

Tara réfléchit un moment. Partir en Irak lui semblait impossible il y avait encore quelques heures. Maintenant cela lui paraissait être sa seule issue. Elle devait continuer à explorer le passé de sa mère pour mieux comprendre le sien. Les gens qu'elle rencontrait et qu'elle commençait à aimer, Baz ou Ajda, semblaient aussi là pour le lui rappeler. Et il y avait son enquête, sa difficulté à comprendre ce qui s'était passé si loin de la France, cette violence de Daesh qui avait diffusé son mal et lancé des millions de personnes sur les routes de l'exil.

— Et tu crois que je pourrais aussi poser des questions sur l'État islamique ? demanda-t-elle.

— Que veux-tu dire ?

— Sur les Français djihadistes qui ont combattu là-bas ?

Ajda regarda Tara, perplexe.

— Pourquoi ? demanda-t-elle.

— Par rapport à une enquête que je mène. J'aimerais mieux comprendre le contexte et ce qu'ils ont été faire en Irak.

— Ça doit être possible, répondit la Kurde après un moment. Tu pourrais rencontrer des personnes déplacées. Les Yézidis du Sinjar sont nombreux dans les camps, tu sais. Ils pourront te raconter ce qui s'est passé.

— Les Yézidis ? Ça fait plusieurs fois que tu en parles.

— Oui, c'est un peuple kurde qui a une religion particulière. Ils vivent près d'une montagne sacrée et vénèrent la nature et les astres. Pendant la guerre avec Daesh, ils ont été massacrés, génocidés comme les Kurdes sous Saddam. Les enfants et les femmes ont été enlevés et réduits en esclavage. Des milliers d'entre eux ont fui pour se réfugier au nord du Kurdistan dans des camps. Dis-moi quand tu veux partir et tu verras tout le malheur de notre peuple là-bas, ma fille.

Une heure plus tard Tara déposa Ajda devant une bouche de métro. Elle gara Princesse près de chez elle et hésita à aller boire un verre à L'Embuscade. Mais elle se sentait tellement vidée qu'elle décida de rentrer chez elle. Au moment où elle allait franchir la porte de son immeuble, Benjamin vint à sa rencontre.

— Qu'est-ce que tu fais là ? s'exclama-t-elle, surprise.

— Je devais te parler.
— Tu aurais pu m'appeler.
— Je trouvais ça mieux de venir te trouver.
— Vas-y, je t'écoute.
— Montons si tu veux bien ?

Tara hésita, et accepta sans conviction. Elle le regretta dès qu'ils s'engagèrent dans l'escalier. Elle n'avait envie que de solitude devant son piano. Une fois dans l'appartement, Benjamin refusa le verre de vin que Tara lui tendait. L'agent du renseignement resta debout tandis qu'elle s'affalait sur le canapé. La nouvelle tomba alors comme une sentence.

— Je ne vais pas tourner autour du pot, la PJ est dessaisie du dossier. La DGSI reprend l'affaire Belaj-Martin.

Tara ne montra aucune surprise, elle ne répondit rien. Le commissaire Perret l'avait prévenue. Benjamin observait l'appartement avec curiosité dans l'attente d'une réaction. Il s'approcha finalement du bureau pour regarder les photos qui y traînaient.

— Je ne savais pas que tu faisais de la photo, dit-il de dos.

— C'est à cause de l'attentat à l'ambassade ? enchaîna Tara.

— Oui, répondit-il en se retournant vers elle. Il ne nous est pas possible de laisser un dossier lié au terrorisme dehors, tu le comprendras.

— Et pour Alami ? Qui va reprendre les discussions ?

— J'ai demandé à le faire mais cela m'a été refusé. C'est Sarzinsky qui va s'en charger. Il est à Vendin-le-Vieil pour cela. Honnêtement, Tara, j'ai plaidé votre cause. Je pense que l'enquête avance grâce à toi. Et Alami parle enfin. Mais Renucci considère qu'Alami n'est pas un danger dans sa prison et que nous devons nous concentrer sur les menaces.

— Mais toi, si tu n'es pas de cet avis, laisse-moi lui parler une dernière fois.

Benjamin regardait Tara en silence, absorbé dans ses réflexions.

— Pourquoi ? finit-il par demander.

— Parce qu'il me parle, justement. Belaj et Martin ont été assassinés aux dates de la prise de Mossoul par l'État islamique et de la déclaration du califat et…

— Je sais tout cela, Tara, la coupa l'agent. J'ai visionné les images de votre dernier entretien avec Alami. Nous avons aussi fait le rapprochement, mais cela ne convainc personne à la DGSI. Nous nous méfions trop d'*Abou Mohamed al-Ghashima.*

Tara fut surprise que Benjamin utilise la *kounya* d'Alami avec un accent arabe parfait. Mais cela suffit à lui rappeler qu'elle parlait à un officier des renseignements qui connaissait ses dossiers dans les moindres détails.

— Écoute, le Moine, reprit-elle d'un ton ferme. Laisse-moi lui parler une dernière fois pour savoir s'il a autre chose à nous dire. Si ça ne donne rien, vous pourrez reprendre le dossier l'esprit tranquille.

Benjamin, le regard perdu par la fenêtre, se retourna finalement pour partir.

— D'accord, un dernier essai, conclut-il. Mais sache que cela ne changera rien au transfert de l'enquête, peu importe ce que te raconte Alami. Tu l'as compris ?

— Oui.

— La PJ ne sera prévenue officiellement du dessaisissement que dans l'après-midi de demain. J'enverrai la demande ce soir à Sarzinsky et tu te rendras à la prison dans la matinée.

Après le départ de Benjamin, Tara resta à observer son appartement et l'immobilité des objets. Le silence lui pesait malgré les bruits extérieurs de la ville. Les photos sur les murs lui devinrent presque insupportables. Elle avait l'impression qu'une partie d'elle-même lui avait été arrachée avec cette enquête qui était devenue autant son prétexte que son salut. Elle se retrouvait soudain sans but et l'angoisse du vide lui tordit le ventre. Elle repensa à sa journée avec Ajda, à la tombe de sa mère et à la grisaille des pierres. Il fallait qu'elle continue à avancer pour ne pas tomber. Elle se releva alors d'un coup pour appeler le commissaire.

— Patron, je viens d'apprendre par Benjamin Ferreira que nous allons être dessaisis de l'affaire demain après-midi.

— Je vous avais prévenue.

— Oui. Je me suis mise d'accord avec Benjamin pour voir une dernière fois Alami demain matin. Après c'est fini.

— C'est mieux comme ça, Tara, cette enquête nous posait déjà trop de problèmes.

— Est-ce que je peux prendre mes congés dans la foulée, commissaire ?

— Dans ces circonstances je n'ai aucune objection. Enfin, à la condition que vous ayez le temps de préparer votre absence avec Mancini.

Une heure plus tard, Tara finissait de réserver un vol pour Erbil, au nord de l'Irak, pour le lendemain soir. Elle ne savait même pas précisément où la ville se trouvait. Elle ouvrit une carte sur son ordinateur. En haut du navigateur internet il était écrit cinquante-deux degrés Celsius à côté d'un gros soleil rond tout jaune. Sherwan, un cousin d'Ajda, devait l'attendre à sa descente d'avion. Elle espérait que cela serait bien le cas. Une inquiétude la saisit, mais elle chassa immédiatement l'idée qu'elle faisait une bêtise. Puis Tara se leva et attrapa une bouteille de vin pour se rendre à dîner chez la Nouille. Elle irait voir son père tôt le lendemain matin avant de se mettre en route pour Vendin-le-Vieil.

Quand elle arriva chez les Mancini en banlieue parisienne, c'est Nadia, la femme de Jean, qui lui ouvrit la porte du petit pavillon.

— Comme je suis contente de te voir, exulta-t-elle en embrassant Tara.

La policière adorait cette femme aux longs cheveux noirs, heureuse et pleine d'énergie, qui avait toujours des attentions pour les autres. Ils formaient un couple inébranlable avec Jean. Nadia et leurs deux filles étaient l'ancrage qui permettait au policier d'affronter sans fléchir la difficulté de son métier.

— Jean est dans le jardin, continua-t-elle. Je vous rejoins tout de suite.

Tara alla retrouver son ami qui tenait d'une main un gros jambon cru en coupant des tranches de l'autre. Le colosse barbu, la bouche tordue par la concentration, lui fit penser à l'ogre doux d'un conte pour enfants.

— Salut, Jeannot.

— Salut, ma belle.

— Tes filles ne sont pas là ?

— Si, elles sont en haut. Collées à leur téléphone, j'imagine. Léonie ! Yasmine ! Venez dire bonjour à Tara ! hurla le grand policier. Je te sers quoi ?

— Une bière, s'il te plaît.

Ils s'assirent alors que Jean disposait du jambon à grignoter sur une planche.

— Je viens d'apprendre qu'on nous retirait l'affaire des djihadistes, entama la policière.

— Tu t'en doutais, non ?

— Plus ou moins. Alors j'ai décidé de prendre des vacances.

— Ce n'est pas trop tôt.

— Il faudra que tu gères pendant que je ne suis pas là.

— Pas de problème. Et tu vas faire quoi ?

— Je pars en Irak.

Jean faillit recracher sa bière.

— T'as pas trouvé mieux comme destination de vacances ? Ne me dis pas que c'est pour l'enquête ?

— Pas seulement.

— Pas seulement ? Non mais t'es dingue ! Le patron est au courant ?

— Non, je ne lui ai rien dit, il ne comprendrait pas.

— Je ne te raconte pas ce que tu vas prendre s'il l'apprend.

— Écoute, la Nouille, j'y vais surtout pour des raisons personnelles. Mais c'est difficile à expliquer.

— Comment ça ?

— Mes parents ont travaillé là-bas. Je n'y ai pas vécu mais j'y suis née.

Jean n'eut besoin que d'un regard fuyant de Tara pour comprendre ce qu'il se passait. Il la fixa un moment sans rien dire. La mort de sa mère avait été un déchirement. Depuis des mois, il observait impuissant la douleur de son amie. Il connaissait sa dépendance à la cocaïne, ses arrivées au bureau puant l'alcool, le visage défait de ses excès. Personne ne disait rien, et elle n'acceptait des remarques que de lui. Seule et égarée dans l'obscurité de sa peine, elle devait pourtant trouver un moyen d'en sortir. Au moins elle essaye, pensa Mancini.

— J'imagine que tu sais ce que tu fais.

— Pour tout te dire, je n'en suis pas vraiment sûre.

XV

Cette fois-ci Sarzinsky n'avait pas reçu Tara. Flanquée des deux policiers du renseignement pénitentiaire, elle attendait qu'on lui ouvre la porte de l'UDIA, son sac de voyage à ses pieds. L'attente était anormalement longue. Depuis son départ de Paris, elle ne cessait de ressasser la conversation qu'elle avait eue le matin même avec son père. Elle était passée très tôt pour lui annoncer qu'elle partait en Irak avant de prendre son TGV pour Vendin-le-Vieil. Robert lui avait envoyé par texto le lieu où le retrouver pour lui montrer une nouveauté, disait-il. Elle avait garé sa voiture au bout d'une route et avait continué à pied sur un chemin de labour. De chaque côté, des jardinets étaient plantés de légumes et d'arbres fruitiers. Des cabanons en bois permettaient de ranger les outils mais aussi tout ce qu'il fallait pour organiser l'apéritif entre voisins. Cinquante mètres plus loin, Tara avait retrouvé son père plié en deux, en short, un vieux bob sur la tête. Il était en train de récolter des courgettes sur le sol alors que de jolies tomates rouges clairsemaient une haie bien verte.

— Ma fille chérie ! avait-il lancé tout guilleret en apercevant Tara.

— Tu cultives, maintenant ? avait-elle répondu.

— Eh oui, on n'est jamais mieux servi que par soi-même. Je lorgnais sur cette petite parcelle depuis longtemps et elle s'est libérée il y a quelques mois. J'attendais de faire ma première récolte pour te faire la surprise.

Robert lui avait montré son potager. Dans un coin il cultivait des herbes aromatiques. Il en avait profité pour cueillir menthe, ail, aneth et ciboulette. Puis il lui avait montré fièrement ses tomates qu'il allait récolter pour la salade de midi, ses pieds de radis bien piquants, mais aussi ses concombres dont il comptait utiliser les jeunes pousses pour faire des cornichons au vinaigre. Tara ne lui avait pas encore avoué qu'elle ne resterait pas déjeuner. Elle savait qu'il serait déçu.

— Papa, je pars ce soir en Irak, avait-elle dit simplement.

Robert avait arrêté de sourire. Il était resté figé à regarder sa fille.

— Mais de quoi tu parles ? avait-il finalement demandé.

— J'ai posé des congés, je pars ce soir.

— En Irak ?... Mais... Pourquoi ?

— Pour plein de raisons. Tout s'est pas mal mélangé ces dernières semaines. Alors, j'ai pensé que ce serait peut-être l'occasion de voir où vous avez vécu. Je me dis aussi que je pourrai en profiter pour comprendre ce qui s'est passé sous Daesh, et trouver des réponses à certaines de mes questions pour mon enquête.

— Mais appelle l'ambassade, Tara, ils te renseigneront. Ce n'est quand même pas à toi d'y aller ! Et puis c'est extrêmement dangereux.

— Ne t'inquiète pas, papa, je resterai au Kurdistan. Les choses vont mieux maintenant. Et j'ai des amis qui peuvent m'aider. Ils m'ont trouvé les bonnes personnes pour m'accompagner.

— Tu es folle ! s'était énervé son père. Mais quel besoin tu as d'aller là-bas ? Tu crois que je n'ai pas assez de soucis comme ça ? avait-il continué, rageur.

— C'est important pour moi, papa.

— Pourquoi ? Je ne comprends pas, Tara. Et puis merde, avait-il lancé en partant.

Robert n'avait même pas pris la peine d'inviter sa fille à déjeuner. Tara pouvait comprendre son inquiétude, mais elle ne se doutait pas qu'il réagirait aussi durement. La policière chassa ses pensées en regardant sa montre. Elle avait deux heures devant elle avant de prendre le train direct pour Roissy, puis un départ dans la soirée pour l'Irak. La journée allait être très longue. La porte de sécurité commença finalement à coulisser. Tic et Tac la confièrent aux policiers de l'ERIS avec la désinvolture de l'habitude. Quand Tara sortit de l'ascenseur pour entrer dans l'UDIA, elle aperçut Alami à travers la grande glace ouvrant sur le puits obscur qui lui servait de cour de promenade.

— Il peut me voir ? demanda Tara.

— Non, répondit un agent.

Elle s'approcha pour observer le djihadiste. Il était debout, le visage levé vers les rares rayons de lumière qui entraient par le toit de plexiglas. À quelques mètres au-dessus de lui, un policier le tenait en joue par une trappe que Tara n'avait pas remarquée jusque-là. Partout, le béton humide et noir suintait, lui donnant un aspect vivant. Alami s'approcha d'un mur et y passa une main. Il resta un instant à jouer avec la saleté entre ses doigts. Puis il tourna la tête, observant la vitre sans tain derrière laquelle se tenait Tara.

— Vous êtes sûr qu'il ne peut pas me voir ? insista-t-elle.

— Certain.

Alami s'approcha et se figea juste devant la policière. Ils ne se trouvaient plus séparés que par quelques centimètres de verre blindé. Le visage du djihadiste était parfaitement immobile, comme figé dans la cire. Il émanait de lui un grand calme. Il se mit à chuchoter sans que Tara puisse entendre ce qu'il disait. Il posa une main sur la vitre et la fit glisser. Sa paume sale laissa une empreinte terreuse comme un coup de pinceau. Il leva un doigt et écrivit dans le noir : « 8.59 ». Puis il sourit. Tara recula d'un pas, comme frappée par la folie de l'homme qui lui faisait face.

— 8.59, qu'est-ce que ça veut dire ? demanda Tara.

— Un autre de ses délires, j'imagine. Venez, lui dit finalement l'agent de l'ERIS.

Les policiers d'élite accompagnèrent Tara au parloir où elle patienta sous son voile. Au-dessus de sa tête elle vit la lumière rouge de la caméra s'allumer quand le djihadiste entra dans la pièce, toujours couvert d'une cagoule opaque.

— *À salam aleikoum*, débuta Alami une fois accroché à sa chaise.

— Bonjour, répondit Tara.

— Alors capitaine, vous vouliez me voir ?

— Oui. Je suis venue vous dire que nous allons être dessaisis des meurtres de Mohamed Belaj et de Camille Martin. Nous ne nous reverrons plus, et vous aurez alors à continuer vos entretiens avec M. Sarzinsky.

— C'est tout ce que vous vouliez me dire ?

— Pas tout à fait. J'aurais voulu savoir aussi si vous aviez quelque chose d'autre à me préciser ? Vous aviez raison sur les dates des assassinats. Ils correspondent à la prise de Mossoul et à la déclaration du califat, n'est-ce pas ?

— Vous avez bien travaillé.

— Pourquoi m'avez-vous aidée ?

— À votre avis ?

— Je pense que vous essayez de me manipuler.

— Et comment, petite policière ?

— Je ne sais pas. En m'égarant peut-être ? Pour que je ne retrouve pas les coupables ?

— Et si, à l'inverse, j'avais tout intérêt à ce que vous les retrouviez ?

— Pourquoi ?

— À moi de vous poser une question. Pourquoi vous intéressez-vous tant à la mort de ces deux personnes ?

Alami dévisageait Tara de ses yeux ronds dont le blanc était parcouru de taches brunes. Il était nerveux comme lors de leur précédente rencontre et ne dégageait plus l'aspect tranquille qu'il avait quelques minutes auparavant dans sa cour. Tara eut l'impression que c'était sa présence qui l'excitait. Il suçait ses lèvres qui prirent une teinte rouge. Ses narines s'ouvraient à répétition comme une bête. Son œil gauche se mit à papillonner. Ses doigts épais, brûlés par les années de combat, s'agitaient. Tara sentit chez lui une excitation morbide qui la fit frissonner. Elle était certaine que, sans cette glace qui les séparait aujourd'hui, il tenterait immédiatement de la tuer. Pourtant elle n'arrivait pas à détacher son regard de cet homme. La noirceur de ses yeux était un trou béant dans lequel il était difficile de ne pas chuter. Elle se rappela aussi leur précédente conversation. Alami n'avait parlé que quand Tara avait ouvert son intimité. Elle devait essayer une dernière fois.

— Ces meurtres ont fait ressurgir un passé auquel je n'avais jamais vraiment réfléchi.

— À cause de votre petite maman ?

— Oui.

— Dites-m'en plus.

— Je suis née en Irak et… hésita Tara. Cette enquête me ramène à cette époque.

— Que faisait votre mère en Irak ?

— Elle était infirmière pour une ONG pendant la guerre entre l'Irak et l'Iran.

— Elle vous manque, n'est-ce pas ?

— Oui.

— Vous chassez des fantômes, Tara. Mais vous savez, il n'est pas si difficile de surmonter sa peine.

— Et comment ? demanda-t-elle en regrettant immédiatement sa question.

— Comme font tous les peuples en souffrance, comme ils surmontent la pauvreté ou la violence, comme je fais pour supporter ce que je vis dans la tombe qu'on m'a creusée pour m'enterrer vivant. Il suffit de croire, Tara. Pensez à vos retrouvailles avec votre mère plutôt que de vous concentrer sur votre séparation.

La pièce blanche autour d'Alami tranchait avec la pénombre qui régnait dans le parloir du côté de Tara. Elle comprit pour la première fois que c'était volontaire. Ainsi le djihadiste restait parfaitement visible alors que lui voyait le moins possible. Mais Tara eut l'impression que cette position renforçait aussi l'aura magnétique du tueur, qui avait réussi à la faire parler malgré elle.

— Pourquoi voulez-vous m'aider ? répéta Tara.

— Nous n'avons aucun intérêt à supprimer nos frères et sœurs, *Allah yarhmou*, quand bien même ils auraient quitté *Dawla*. Nous avons d'autres priorités.

— Qui alors ?

— Vous, peut-être ?

Tara resta un moment interloquée.

— Comment ça ?

— Quelle drôle de question ! Vous avez envoyé vos forces spéciales en Syrie et en Irak pour assassiner les Français de *Dawla*, les uns après les autres, et éviter de faire des prisonniers. Vous avez abandonné vos compatriotes, venus rejoindre nos rangs, aux Irakiens qui les ont condamnés à mort. Vous laissez leurs femmes et leurs enfants français mourir de faim et de maladie dans des camps en Syrie. La loi vous oblige pourtant à protéger ces enfants, non ? L'assassinat est proscrit par vos lois ? Vous avez aboli la peine de mort, n'est-ce pas ? Pourquoi alors laisseriez-vous nos frères et sœurs en vie sur votre sol ? Vous n'avez jamais réfléchi à cela, capitaine ?

— C'est impossible.

— Rien n'est impossible dans cette guerre. Vos politiciens prennent l'argent de nos dictateurs pour financer leurs campagnes électorales avant de les tuer. Vos gouvernements écrivent les conventions internationales contre les armes que vous produisez pour vous enrichir. Vous bannissez la torture alors que vous êtes les premiers bourreaux. Dois-je vous rappeler les expérimentations de la CIA que vous avez mises en œuvre à Guantanamo ? Là où ont croupi des innocents pendant des décennies, privés de lumière, de contacts sensoriels, cagoulés, les bras entravés, empêchés de sommeil, subissant à répétition la torture de la noyade, l'hypothermie, jusqu'à devenir fous, sans jamais l'espoir d'un procès digne ? Dois-je vous rappeler la prison d'Abou Ghraib, les rafles au hasard d'Irakiens finissant nus, entassés les uns sur les autres, forcés de mimer des coïts sous les aboiements de chiens enragés pour finir par être sodomisés malgré tout, humiliés, violés, détruits par vos soldats ?

— Vous parlez des Américains.

— Oui, je parle de vos maîtres. Mais regardez autour de vous, capitaine.

Alami leva ses mains dans un bruit de chaîne. Il plissa les yeux en observant la policière. L'image du djihadiste, la tête prisonnière d'une cagoule, revint d'un coup en mémoire de Tara.

— Je pourrais parler aussi de vous, les Français, reprit-il. Nous pourrions remonter loin sur les horreurs que vous pratiquez pour nous dominer tous. Alors le meurtre de nos frères et sœurs musulmans par votre gouvernement, en dehors des lois, vous semble-t-il si improbable ?

Tara essaya de ne pas laisser paraître la confusion qu'elle ressentait soudain. Cette théorie tentait de trouver sa place parmi les fils qu'elle avait tissés jusqu'à présent. Elle agissait comme un parasite sur tous ses cheminements intellectuels et ses certitudes morales. Elle repoussa violemment la tentative d'Alami et réagit d'un coup.

— Pourquoi avez-vous écrit 8.59 tout à l'heure sur la vitre ?

Le regard d'Alami s'éclaira d'un sourire.

— Il va falloir continuer à travailler, capitaine.

Il ne restait plus beaucoup de temps à Tara. Elle tenta le tout pour le tout.

— Puis-je trouver des réponses à mes questions en Irak ? demanda-t-elle subitement.

— Pourquoi donc ? répondit calmement Alami.

Tara hésita. Elle leva la tête vers la caméra qui les observait. Seuls Jean et son père savaient pour son voyage, et cela devait rester ainsi. Mais elle devait tout de même essayer. Elle prit un stylo et écrivit « Je pars en Irak » sur son cahier avant de le lever pour le montrer au djihadiste. Alami se figea en dévisageant la policière. Il resta un moment à l'observer en fronçant les sourcils. Tara comprit qu'elle avait dérapé. Sa question avait été trop directe et elle regretta d'avoir parlé de son départ.

— Tu sais, petit capitaine, tu n'es pas la première à venir m'interroger sur *Dawla*, d'autres avant toi ont essayé, lâcha Alami en serrant les dents.

Au tutoiement du djihadiste, Tara sentit que quelque chose n'allait plus.

— Je n'essaye pas d'obtenir de l'information sur autre chose que sur les meurtres de Belaj et Martin.

— Tu étais pourtant bien obéissante jusqu'à présent, ma sœur, dit-il ironiquement.

Alami leva les yeux un instant vers le voile de Tara. Elle fut piquée au vif. Le terroriste jouait avec elle. Il lui avait couvert la tête, l'avait sondée par des questions personnelles et s'amusait avec les incertitudes de la policière. Tara en échange n'avait obtenu que des pistes auxquelles personne ne pouvait croire.

— Je n'ai plus besoin de ça, dit Tara en retirant son voile.

— Remets ton voile, trancha l'assassin.

— Vous n'avez plus rien à m'offrir, le petit jeu est terminé.

— Remets ton voile, petite pute.

Tara se figea.

— Écoutez, Alami, les agents vont vous raccompagner gentiment en cellule où vous passerez le reste de votre existence à penser à moi comme à la dernière personne vivante que vous aurez vue et…

Alami se leva d'un bond. Prise de surprise, Tara recula en faisant tomber sa chaise. Elle eut le réflexe de porter sa main à l'étui vide de son arme. Le terroriste tira brusquement sur ses menottes. Tara sentit le sol vibrer quand la chaîne se tendit. Au fond de la pièce l'agent de l'ERIS dégaina en hurlant à Alami de se rasseoir. Mais le terroriste posa son front plissé sur la vitre en fixant la policière, les yeux grands ouverts, ivres de haine, alors que trois agents entraient dans le parloir d'Alami fusil à l'épaule.

— Petite chienne, je t'arracherai la tête et je te boufferai la langue, grogna Alami. Un jour, je te promets, je sortirai d'ici et tu iras retrouver ta salope de mère. Mes frères s'occuperont de toi. Tu m'entends ? Pose un pied au califat et tu mourras, beugla-t-il.

Le tueur donna un grand coup de tête dans la vitre où se forma un très léger impact. Il resta un instant surpris à regarder la fissure presque invisible. Puis il leva les yeux vers Tara. Tous les deux partagèrent une stupéfaction commune, comprenant au même instant que le verre de sécurité avait un défaut. Alors, subitement, Alami recula d'un pas et frappa encore avec sa tête, et encore, de toutes ses forces. Il se mit à cogner à répétition, le plus vite possible, laissant des traces sanguinolentes comme des coups de tampon sur la vitre. Les gardiens hurlaient pour qu'il s'arrête. Et tout à coup toute la superficie du verre se fendilla et devint trouble. Les chocs sourds continuaient à résonner dans le parloir. Tara ne voyait plus qu'une ombre derrière la vitre qui s'acharnait à vouloir l'atteindre et le sang qui coulait, noir, devant elle. Elle entendit l'ordre de tirer au taser. Elle comprit plus qu'elle ne vit Alami, recevoir une première décharge qui l'arrêta un instant. Mais il continua à cogner sans répit. Elle distingua enfin deux agents se jeter sur l'assassin. La bataille forma une masse devenue énorme qui gesticulait dans les hurlements des policiers. Elle vit cette ombre reculer un instant et revenir d'un coup. Le djihadiste réussit à faire exploser la vitre. Son crâne déchiqueté s'effondra sur le bureau du côté de Tara. Il tenait sous son bras une tête casquée qu'il avait utilisée comme bélier. Ses mains retenues par la chaîne, il leva son visage couvert de sang vers la policière. Seuls ses yeux blancs ressortaient de la bouillie rouge de ses chairs. Son visage était une plaie béante. Il fixait Tara, la bouche ouverte.

— Je n'en ai pas fini avec toi, petit capitaine, murmura-t-il.

La porte derrière Tara s'ouvrit violemment et un colosse de l'ERIS la tira hors de la pièce.

XVI

Tara se réveilla en sursaut. Elle suait abondamment. Le visage d'Alami était encore imprimé sur sa rétine. Le passager à côté d'elle lui sourit comme pour la rassurer. Sa bouche était asséchée par l'alcool, la peur et l'air pressurisé de la cabine. Sa main droite tremblait et elle fut prise d'un frisson glacé. Elle tourna la tête vers le hublot. Elle y revit ce qu'avait écrit Alami avec la boue de ses doigts sales : 8.59. Dehors, la chaleur couvrait la terre d'un voile blanchâtre. Les montagnes plus bas étaient rousses et rasées comme du velours. Des villages épars s'accrochaient aux pentes entre les plis de ruissellement qui veinaient les étendues de terre. Aussi haut l'univers semblait être la reproduction de modèles systématiques, de l'infiniment petit aux mondes immenses. Tara fit un signe à l'hôtesse et redemanda une mignonnette de whisky qu'elle but d'une traite. La petite bouteille vide alla retrouver ses consœurs dans la poche aumônière du siège devant elle.

Après l'incident avec Alami elle avait été conduite directement au bureau du directeur qui était fou de rage.

— Mais qu'est-ce que vous avez foutu, Vaillant, c'est quoi, ce bordel ? avait-il lancé, hargneux.

Tara n'avait aucune réponse à lui apporter. Elle ne comprenait pas ce qui avait pu déclencher la haine du djihadiste si ce n'est le mot qu'elle avait écrit sur le papier. Mais ce n'était pas maintenant, et encore moins à Sarzinsky, qu'elle allait parler de son départ en Irak. Alors elle avait contre-attaqué.

— Je n'y suis pour rien si votre système de sécurité est défaillant.

— Comment ça ?

— Le verre de sécurité du parloir s'est fendu au premier coup qu'il a porté. Quand il a compris ce qui se passait, il en a profité pour essayer de m'atteindre. Donc à moi de vous poser la question, monsieur le directeur : qu'est-ce que c'est que ce bordel ? Comment un des criminels les plus dangereux et les mieux gardés de ce pays peut-il réussir à briser une vitre de parloir blindée avec sa tête ?

Sarzinsky s'était mordu les lèvres en fixant Tara.

— C'est impossible, avait-il ruminé.

Tara n'avait pas répondu, en lui adressant juste une moue d'incompréhension.

— Bon, avait finalement lâché le directeur. Nous allons vérifier tout cela. En attendant, je vais aller voir dans quel état s'est mis Alami. S'il est encore vivant. Vous pouvez disposer.

Tara s'était levée rapidement

— Vaillant ? l'avait interpellée Sarzinsky avant qu'elle sorte. Je veux votre rapport sur ce qui s'est passé, demain matin au plus tard, c'est compris ?

La policière ne s'était même pas retournée. Elle avait été reconduite à l'entrée de la prison d'où un taxi l'avait emmenée directement à la gare TGV pour Roissy. Une fois dans le train, son téléphone avait commencé à vibrer à répétition. Benjamin ne cessait d'essayer de la joindre. Jusque-là elle ne risquait pas grand-chose. Elle n'était pas responsable de la folie d'Alami qui n'en était pas à son coup d'essai. Les images atroces du médecin de prison qu'il avait tué à coups de tête lui revinrent en mémoire et la firent frissonner. Et puis, Tara savait que le courriel officiel informant la PJ de son dessaisissement dans l'affaire Belaj-Martin était déjà dans la boîte du commissaire

Perret. Elle n'avait qu'à s'expliquer, et l'affaire pourrait s'arrêter là. Mais elle aurait dû annuler son départ en Irak. Elle avait hésité un moment. Ne pas partir maintenant, c'était peut-être ne jamais faire ce voyage qui continuait à la pousser en avant. Il y avait bien Baz, mais sinon, rien ne l'attendait vraiment en France que la douleur du passé. Alors elle avait expiré un grand coup pour chasser ses doutes. Elle avait mis son téléphone en mode avion avant même d'arriver à Roissy. Elle avait décidé de suivre son instinct et de réfléchir à la suite quand il serait temps.

L'avion amorça sa descente et au bout de dix minutes il vira au-dessus d'Erbil, la capitale de la région semi-autonome du Kurdistan d'Irak. La plaine qu'elle occupait était dominée par les montagnes qui s'élevaient vers la Turquie au nord, la Syrie à l'ouest et l'Iran à l'est. Au loin, Tara apercevait les flammes des torchères qui brûlaient le gaz des raffineries de pétrole. Au cœur d'Erbil, une citadelle dominait la vieille ville depuis sept mille ans du haut de son promontoire circulaire. Tout autour, de larges avenues s'enroulaient en anneaux concentriques, donnant à la capitale kurde l'aspect d'une toile d'araignée. Sur les extérieurs la ville était gagnée par la modernité. De hauts buildings y étaient plantés, formant des complexes de luxueuses résidences au pied desquelles commerces et restaurants faisaient clignoter leurs devantures. Après le dernier cercle à huit voies, le décor n'était plus qu'une vaste étendue poussiéreuse écrasée de chaleur. L'avion se posa aux abords de la ville. Le tarmac était longé par un mur piqué de miradors et couronné de barbelés. La chaleur faisait miroiter l'asphalte bleuâtre. L'hôtesse annonça l'arrivée sur Erbil et la température extérieure : quarante-neuf degrés. Tara, toujours collée au hublot, observait trois hélicoptères de combat américains stationnés devant un hangar de tôle. Un peu plus loin, un simulateur blanc était flanqué du logo bleu des Nations unies. À peine l'avion approchait du stationnement que les passagers se levèrent pour attraper leurs bagages dans les coffres sous le regard blasé des hôtesses de l'air. Quand les portes de l'avion s'ouvrirent enfin, une nuée brûlante gagna l'habitacle. Les passagers collés les uns aux autres commencèrent à suffoquer. La chaleur étouffa également toutes les conversations et la colonne dans l'allée se figea. Lorsque Tara finit par sortir de la carlingue, son sac sur l'épaule, elle s'arrêta une seconde en haut de l'escalier. En quelques heures de vol elle était passée de l'Occident à l'Orient et, soudainement, tout avait changé. La lumière blanche l'aveugla. L'air lourd sentait le kérosène et la poussière. Les discussions désordonnées se faisaient dans de multiples langues, entre hommes d'affaires, diaspora kurde de passage, expatriés de compagnies pétrolières ou de sécurité, militaires de la coalition arrivant ou revenant, humanitaires d'ONG débraillés et fonctionnaires des Nations unies aux cols blancs tachés. Elle contemplait du haut des marches, jusqu'à l'horizon, des terres ensanglantées depuis des décennies. Elle se rappela les images de la guerre du Golfe, les véhicules militaires devant les puits de pétrole enflammés, les hautes volutes de fumée noire au milieu du désert, les visages pleins de suie à vouloir sauver l'or noir tant convoité. Puis l'invasion américaine de 2003, les colonnes de blindés fonçant dans la circulation, les véhicules suicides soufflant toute vie, les hommes en blouse orange, les armes chimiques qui n'avaient jamais existé, les images en noir et blanc captées depuis les drones, les corps blancs des cibles révélés par les caméras infrarouges, les cris, la fureur et le sang des attentats sur les marchés publics. Et enfin, les tranchées des lignes de front avec Daesh qui subsistaient encore à quelques dizaines de kilomètres de là. Le conflit irakien n'était plus une peinture fauve sur un écran pixéllisé. Il était le pelage de la vie devant elle. Tara pensa à ses parents qui avaient découvert ce paysage de cendres plus de trente ans avant elle. Une autre guerre qui avait laissé un brûlis fertile à la haine.

Dix minutes plus tard Tara montait dans un bus qui traversa un no man's land interdisant l'accès des véhicules à l'aéroport. Après un kilomètre, elle descendit au terminal des passagers. Dans le hall, derrière les rambardes en métal, un homme de cinquante ans à moustache tenait une pancarte où le nom de Tara semblait écrit en grec ancien. Malgré la chaleur, il portait une veste de costume en laine sur une chemise claire auréolée d'humidité. En dépit de son âge ses cheveux restaient épais et bruns comme ses habits. Tara lui fit un signe discret pour s'assurer de ne pas se tromper. L'homme lui rendit un grand sourire en levant une main de paysan.

— *Hello !* entama Tara.

— Bonjour ! répondit-il joyeux avec un accent qui lui fit immédiatement penser à Ajda. Je m'appelle Sherwan.

— Vous parlez français ? C'est merveilleux, dit-elle.

— Je connais un peu mais je n'ai pas beaucoup utilisé depuis l'école. Il faudra parler lentement. Viens, ma voiture est dehors.

Au loin, derrière le parvis où s'alignaient les taxis, de grands immeubles modernes formaient une forêt de béton et de verre sur des terrains asséchés. Tara eut la vision futuriste d'une humanité colonisatrice sur une planète lointaine et poussiéreuse. Elle monta dans le pick-up de Sherwan qui prit la sortie de l'aéroport. La richesse de toutes ces constructions détonnait sur l'image que se faisait la policière d'un pays dévasté par la guerre. Erbil se voulait une cité nouvelle, née du pétrole jaillissant du désert. Pourtant, en s'approchant, beaucoup de ces hautes colonnes étaient toujours mortes, entourées de grues immobiles et hérissées de poutres en acier couvertes de poussière. Les étages supérieurs restaient souvent inachevés et les façades étaient encore ouvertes au vent de la plaine.

— Ça construit énormément, constata Tara, les yeux levés par la fenêtre.

— Oui, répondit Sherwan. Mais c'est beaucoup arrêté. À cause de la crise ! Je t'emmène à ton hôtel ?

Tara réfléchit un instant en regardant l'heure. Elle savait qu'elle devrait contacter Paris à un moment ou à un autre. Et une fois que cela serait fait, il lui serait impossible de faire la moindre recherche sur les djihadistes. Alors elle devait temporiser, le temps de se renseigner. Elle rechercherait son passé plus tard. Ça, personne ne pouvait le lui interdire.

— J'aimerais changer de programme, Sherwan, si c'est possible, dit-elle finalement. Pourrait-on d'abord se rendre dans les camps rencontrer des Yézidis avant d'aller vers les montagnes à l'Est ?

— Oui, c'est possible. Mais il faut que je prévienne l'ONG qui aide les déplacés. Quand tu veux partir ?

— Maintenant, c'est possible ?

— Je peux t'emmener à Dohuk, si tu veux. C'est plus près des camps. Nous dormirons là-bas ce soir et demain matin nous irons voir les Shingalis.

— Les Shingalis ?

— Oui, les habitants de Sinjar, la ville d'où les Yézidis ont fui Daesh. Tiens, j'ai ça aussi pour toi, poursuivit-il en lui tendant un téléphone portable. Il y a une puce locale et du crédit. Prenons la route de Dohuk maintenant.

Le pick-up blanc de Sherwan quitta Erbil en direction de l'ouest. À la sortie d'une zone industrielle il emprunta une petite route bientôt bordée par des champs. Elle serpentait sur le dos des collines et était parcourue par une file ininterrompue de camions qui roulaient à toute allure. Pour se croiser ils mordaient le bas-côté sans ralentir avant de remonter sur l'asphalte dans un nuage de poussière. Leurs cabines tanguaient comme en pleine tempête. Des taxis lancés à pleine vitesse les doublaient sans s'inquiéter des voitures arrivant en sens inverse. L'un d'eux déboîta face à Sherwan à plus de cent trente kilomètres à l'heure. D'un grand coup de volant, le Kurde jeta son pick-up sur le côté pour laisser passer le bolide. Tara se tendit. Elle agrippa la portière en serrant les dents. Les roues côté passager grognèrent en dérapant sur le gravier et Sherwan remonta sur le bitume dans une embardée qui leva l'estomac.

— *No worry*, lui dit-il en souriant.

À son tour, le Kurde poussa le moteur de son pick-up à plein régime pour entrer dans la course.

— Il y a énormément de camions, fit remarquer Tara nerveuse.

— Oui, ils sont turcs. Au Kurdistan, tous les produits viennent de là-bas. Mais on va bientôt prendre un autre chemin interdit aux camions.

Après quelques minutes, Sherwan tourna effectivement sur un autre axe, laissant les poids lourds livrer leur bataille de la route. Aux alentours, les champs de céréales étaient moissonnés. Les bergers y promenaient leurs troupeaux qui se nourrissaient de la paille restée au sol. Dans les villages qu'ils traversaient, des échoppes de viandes grillées, des mécaniciens et des commerçants de toutes sortes s'amassaient au bord de la route. Des enfants se pressaient vers les véhicules et tapaient sur les carreaux pour vendre de l'eau, des cigarettes ou des friandises. Sur un pont, des maraîchers alignaient leurs paniers pleins de légumes colorés. Sherwan en profita pour acheter des cives et une caisse de belles tomates bien rouges. Il prit également des grenades pour en offrir à Tara et lui en ouvrit une. Elle plongea une main dans les graines brillantes et suça ses doigts couverts de jus pourpre. Puis la voiture monta en altitude, longeant de hautes pentes de roche fissurée. Moins de trois heures plus tard, ils atteignaient un col contrôlé par l'armée. Derrière, en contrebas, Dohuk était blottie dans une cuvette qui remontait en pente douce vers les montagnes arides. Malgré l'altitude, la chaleur était étouffante en cette fin d'après-midi. La ville était couverte d'un voile blanc comme une nappe de lin qui s'assombrissait avec le soir. Le béton avait remplacé les matériaux des constructions anciennes. Mais Dohuk conservait cet aspect rectangulaire propre au Moyen-Orient, avec ses toits plats couverts de linge ou de réservoirs d'eau.

Sherwan s'arrêta dans un hôtel un peu excentré. Après avoir négocié le prix de la chambre, il donna rendez-vous à Tara pour le lendemain et quitta l'hôtel.

Debout devant sa fenêtre au cinquième étage de l'immeuble, Tara regardait la ville entre chien et loup. Elle posa ses mains sur la vitre, détendue, légèrement ivre de fatigue. Elle observait les arêtes des montagnes dans le dernier halo de clarté. Les étoiles scintillaient déjà au-dessus de la rumeur de la circulation, comme d'autres fenêtres dispersées dans le noir. Tara contemplait un monde qui ressemblait finalement beaucoup au sien, fait de lumières, de ronronnements de moteurs, de badauds et de vitrines colorées. Les photos chez Robert lui revinrent en mémoire. Sa mère sur un tirage sépia souriait, la main sur la jambe blessée d'un homme. Les maisons alors étaient en terre. L'éclairage était celui d'une lampe à pétrole. Tara se demanda si Jeanne aussi était venue chercher une forme de vérité dans ces montagnes. L'héritage du silence qu'elle avait reçu l'avait poussée dans une marche aveugle jusqu'ici, en Irak. Personne ne pouvait lui nier son droit à la vérité. Il lui fallait se libérer de l'obscurité d'un passé que sa mère avait emporté avec elle pour dépasser sa douleur et faire enfin son deuil.

XVII

Medhi repassa le joint à Ibrahim. Ils étaient assis devant l'entrée de l'immeuble de ses parents chez qui il vivait toujours à Aulnay-sous-Bois. Il y était seul maintenant qu'ils étaient repartis au bled. La haute tour de la cité de la Rose des vents était identique aux autres. Dans les halls, les portes vitrées étaient brisées. Des canettes de soda et des mégots de joints traînaient partout où les jeunes tenaient les immeubles à longueur de temps. Leurs journées étaient aussi abrutissantes que le nuage de haschisch dans lequel ils vivaient continuellement.

— Ça fait un bail que tu n'étais pas revenu à la cité ? demanda Medhi.

— Tu m'étonnes, mon frère.

— Pourquoi tu es là ?

— Rien de spécial. J'avais besoin d'un peu de matos. J'irai le chercher tout à l'heure. Viens, allons marcher, je veux voir la cité.

Ils se levèrent et partirent errer entre les tours. Ils s'arrêtèrent un instant devant celle où Ibrahim avait grandi. Il leva les yeux vers le douzième étage. Il aimait habiter aussi haut quand il était petit. C'était l'une de ses fiertés auprès de ses copains. Cela lui donnait le peu de sentiment de grandeur que la vie lui offrait. Mais rapidement, il avait compris que même là, il ne remportait rien. Avec les pannes d'ascenseur et l'absence d'entretien du bâtiment, les hauts étages étaient abandonnés aux plus miséreux qui devaient monter les courses à pied en rentrant chez eux. Quand cela se produisait, Ibrahim ne quittait plus l'appartement ou à l'inverse il traînait dehors le plus longtemps possible pour s'éviter la peine des escaliers.

— Comment va ta mère ? demanda Medhi.

— Je ne sais pas trop, répondit-il, la tête toujours levée. Elle vit à Saint-Étienne avec son nouveau keum.

— Et ton frère ?

— Ça va. Ça va.

Medhi comprit bien ce que cela voulait dire. Simplement qu'il était sorti de prison ou allait y rentrer. Plus loin, ils passèrent devant le terrain de sport grillagé. Avec les copains de la cité, ils avaient l'habitude de venir jouer au foot sur son bitume après l'école. La haute clôture avait été arrachée et pendait sur tout un côté. Les cages en acier des gardiens n'étaient plus là. Le panier de basket qui survivait encore dans leur jeunesse avait disparu. Au détour d'un parking, ils croisèrent un homme en train de faire un footing. Le coureur s'arrêta en les voyant. Il fixa un instant Ibrahim. Medhi eut l'impression de les voir échanger un signe de tête.

— Tu le connais ? demanda-t-il.

— Non, pas du tout, pourquoi ?

— J'ai cru. C'est un nouveau, il vit dans mon immeuble. Il n'est pas bavard.

— Viens, allons chez toi, dit Ibrahim.

Ils montèrent par l'ascenseur presque tout en haut de la tour. La cage d'escalier à cet étage était propre. Quelques plantes encombraient le couloir. Les parents de Medhi s'occupaient eux-mêmes des parties communes, délaissées depuis des décennies. À l'intérieur, Ibrahim fut immédiatement pris par l'odeur qui lui rappela des souvenirs doux de l'enfance.

C'était celle d'une famille, de ses membres, de leur promiscuité, de leurs objets, des habitudes de la cuisine. Il avait passé presque autant de temps dans cet appartement que dans le sien. Petit, il ne manquait jamais une occasion de venir ici et de rester dormir. Il entra dans le salon et se rappela les dîners autour de la table. Il laissait toujours les légumes, même ceux du couscous. Il faut dire que chez lui, sa maman ne cuisinait pas. Elle rentrait trop tard du travail. Avec son frère, ils étaient conditionnés au régime malbouffe : pizza, kebab, pâtes, soda et chips à tous les repas. Ibrahim était miraculeusement resté maigre. Il en avait pâti à la cité, subissant les railleries autant de son frère que des copains. Il prit une grande inspiration et gonfla sa poitrine déformée par la musculation. Dans cet appartement il n'avait jamais ressenti d'hostilité. Il venait même y fêter ses anniversaires ; jusqu'à ses premières gardes à vue, et l'abandon de l'école pour le bas des immeubles.

— Tu as toujours la même chambre ? demanda-t-il en empruntant un couloir.

— Oui, toujours, mais j'y suis seul, précisa Medhi en allant dans la cuisine.

Ibrahim passa la tête par la pièce exiguë que son ami partageait avec ses frères et sœurs quand ils étaient petits. Elle était plus ordonnée. Il y avait un bureau sur lequel était posé un ordinateur. Ibrahim adorait venir dormir ici avec eux. Ils se retrouvaient à plusieurs par matelas à se chamailler jusqu'à ce que le sommeil les gagne. Le matin, ils se réveillaient tous couverts de bras, de jambes et de têtes endormies. C'était un refuge chaleureux. Ibrahim repassa dans le salon et sortit sur le balcon perché en altitude. La vue était impressionnante. Après la cime des tours, il voyait les cités du Blanc-Mesnil à gauche, à côté les pistes de l'aéroport du Bourget et, dans le prolongement, les zones urbaines sensibles de Garges-lès-Gonesse et de Sarcelles. Au sud, c'était Paris et sa tour Eiffel.

Le pays des *kouffar*, pensa-t-il. « Fils de pute », prononça-t-il entre ses lèvres quand son ami le rejoignit.

— Pourquoi tu restes ici, chez tes parents, à la cité ? demanda Ibrahim.

— Où tu veux que j'aille ?

— Je ne sais pas, moi. Va au bled voir ton père s'il est malade.

— J'irai, mais j'ai encore un entretien à passer.

— Et s'il meurt avant ? T'as pensé à ça ?

— T'inquiète, Ibra. Mon père vit avec son cancer de la prostate depuis des années. Il peut m'attendre encore un peu.

— De toute façon, tu devrais te barrer de là. Rien de bon ne t'attend ici.

— C'est provisoire.

— Medhi, si tu veux, tu viens t'installer chez moi, au moins quelque temps. Je vais devoir partir un moment, je te laisse les clefs.

— Tu t'en vas où ?

— Je me casse, c'est tout. Pour le business.

— Tu ne vas pas faire de conneries, Ibra ?

— Mais non, t'inquiète. Au contraire, je suis sur un super coup, tu verras. Mais c'est mieux que tu quittes la cité.

— J'y penserai.

— Promis ?

— Oui, promis.

Dehors la nuit était tombée. C'était l'heure où les familles commençaient à rentrer chez elles et évitaient de traîner dans les allées. L'heure où les visages étaient toujours masqués sous les capuches.

— Écoute, il faut que j'y aille, enchaîna Ibrahim. J'ai des choses à faire. On se tient au courant.

En sortant, Ibrahim se vissa une casquette sur la tête et alla chercher la voiture de location qu'il avait laissée un peu plus loin. Il ne dépassa que trois autres immeubles avant de garer à nouveau l'utilitaire à côté d'une voiture cabossée. En se dirigeant vers la tour attenante, il fit un signe au garçon qui chouffait sur le trottoir pour surveiller les entrées et les sorties de la cité. Un groupe de jeunes en survêtement, capuche sur la tête, discutait devant l'entrée couverte de graffitis. Ibrahim les salua sans les regarder. Dans le hall au carrelage jauni, deux hommes encadraient l'ancienne loge du gardien. Sur le côté un écriteau indiquait les prix pratiqués par les dealers : dix euros le gramme de shit spécial de Hollande, le marocain en promotion à vingt euros les trois grammes, un gramme de coke offert pour cinq achetés, arrivage d'ecstasy extra-Punisher à sept euros. Ibrahim n'était pourtant pas là pour ça et il lui restait largement de quoi tenir chez lui. Il en profita tout de même pour prendre trois cents grammes d'herbe à un bon prix. Puis il se dirigea au fond du hall vers la porte des caves qui ne tenait que par un gond sans que personne n'y trouve à redire. L'interrupteur était cassé, il s'éclaira avec son portable pour descendre les escaliers. Les marches étaient couvertes de détritus. Au deuxième sous-sol il poussa la barre en acier d'une entrée qui ne fermait plus. Le long du mur en parpaing, une série de portes se perdait dans le noir. Il continua son chemin tout droit dans l'obscurité, puis vira à gauche. Il déambula encore et tourna dans une contre-allée quand il fut ébloui par le halo d'une lampe torche.

— C'est Ibrahim, dit-il en se protégeant les yeux.

— Oui, on sait. Viens.

L'homme baissa la lumière. Ibrahim ne distingua plus que les chaussures de sport des trois hommes qui l'attendaient.

— *Salam* Tony, salua Ibrahim en donnant l'accolade au premier trafiquant alors qu'en retrait, un grand noir body-buildé tenait un fusil à pompe.

Ils firent signe à Ibrahim d'entrer par une porte. Au fond de la cave le mur était percé et s'ouvrait sur le sous-sol d'un autre bâtiment. En cas de descente de police, les voyous du quartier se réfugiaient dans un véritable labyrinthe. Par sécurité ils changeaient régulièrement les chemins de leurs catacombes dont eux seuls connaissaient les secrets.

— C'est dans le sac, dit Tony.

— Tu as pu m'avoir quoi, cette semaine ?

— Six kalachs et quinze kilos de C4.

— C'est tout ?

— Vu tout ce que je t'ai déjà fourni, c'est déjà bien. Et puis je ne sais pas ce que tu fais avec tout ça, ce ne sont pas mes histoires, je ne te demande rien. Mais je n'ai pas envie de m'attirer des problèmes, tu vois ?

Ibrahim le regarda en silence, fier d'impressionner un voyou. Puis il se baissa vers deux grands sacs noirs posés sur le sol poussiéreux.

— OK, merci Tony, lâcha-t-il.

— Les clefs, enchaîna le trafiquant d'armes.

Ibrahim se releva et les deux hommes échangèrent leurs clefs de voiture.

— Thiam va t'amener jusqu'à la sortie du parking, dit Tony en désignant le colosse au fusil à pompe. C'est une Clio bleue. Tu as l'immatriculation sur le porte-clefs. Et ne fais pas comme la dernière fois, rends la voiture avant 9 heures demain. Je ne veux pas me faire encore facturer une journée.

— Pas de souci, mon frère.

Ibrahim attrapa les sacs et prit la suite de Thiam à travers l'ouverture dans le mur. Ils s'enfoncèrent dans le nouveau dédale de caves dont le sol était, là aussi, jonché de déchets de fast-food. Ils arrivèrent bientôt devant une porte de secours.

— Ça donne sur le parking à l'arrière de la cité. La Clio est juste devant, ajouta Thiam avant de repartir aussitôt.

Ibrahim entrouvrit la porte. Les ampoules des lampadaires n'étaient plus changées depuis longtemps. Le parking en hauteur sur le terre-plein était dans l'obscurité totale. Il sortit rapidement et monta l'escalier devant lui pour rejoindre la voiture. Il pénétra dix minutes plus tard dans un nouveau complexe d'immeubles. Une fois garé, il alla chercher les sacs dans le coffre. Les vingt kilos d'acier craquèrent quand il les lança sur son épaule. Ibrahim se sentait plus fort que jamais. Il voyait enfin le résultat de tout son travail. En portant les armes, il contractait les muscles qu'il avait développés à soulever de la fonte depuis des années. Il regarda autour de lui. Qu'ils viennent, se dit-il, j'ai ce qu'il faut pour les recevoir. Sa frustration des petites tâches qui lui étaient confiées et ses regrets de n'avoir jamais combattu l'abandonnaient. Il aurait presque voulu être surpris par une voiture de police. Il se serait retourné, une kalach dans les mains. Il aurait arrosé les flics en avançant vers eux. Il aurait vidé ses chargeurs, se serait nourri de la terreur sur leurs visages pendant que ces porcs auraient imploré sa clémence. Et il aurait appliqué la loi divine d'Allah, le très haut, le très grand, le miséricordieux. Il les aurait abattus au nom du Tout-Puissant, l'un après l'autre, comme des chiens d'infidèles pour rejoindre la cohorte des frères qui avaient combattu avant lui. Un frisson d'excitation le parcourut et il leva la tête comme sur son destin. Il regarda autour de lui, sûr de sa puissance, et referma le coffre. Dans le hall de l'immeuble où il rentra, il utilisa cette fois une clef pour descendre aux caves. Deux étages plus bas, derrière la porte du numéro 98, il rangea les armes.

XVIII

Le lendemain matin, Sherwan vint chercher Tara très tôt alors qu'elle était attablée et buvait un mauvais café lyophilisé. Ils prirent la route pour un camp de déplacés où ils avaient rendez-vous.

— Où m'emmènes-tu ? demanda Tara dans la voiture.

— Ce matin nous voyons Secours Yézidi, une ONG que je connais. Elle travaille dans le Sinjar et au Kurdistan pour aider les déplacés. Ils nous attendent au camp de Kabartu, plus au sud.

— Il y a beaucoup de déplacés ici ?

— Oui, beaucoup ! Plus de cent mille encore. Tu connais ce qui s'est passé ?

— Pas beaucoup.

— La terre des Yézidis, c'est le district de Sinjar, comme la ville. On dit Shingal ici. En 2014, Daesh a pris la ville et les gens ont dû fuir pour aller au Kurdistan. Depuis, ils vivent dans des camps comme celui où on va. Pour Daesh les Yézidis sont des infidèles, même des… comment tu dis déjà ? Tu sais, qui sont contre l'islam. Comme ceux que vous brûliez avant en Europe.

— Des hérétiques ?

— Oui, c'est ça. Parce que les Yézidis ils ont une religion à eux. Et ils vénèrent un ange, Tawûsê Melek, le dieu paon, le *sheytan* des musulmans, le Satan des chrétiens. Et ils vénèrent la nature. Alors Daesh a tué des milliers de Yézidis qui étaient restés dans la ville, surtout des hommes. Et ils ont enlevé les femmes et les enfants pour en faire des esclaves. Ils violaient les femmes et entraînaient les enfants pour devenir terroristes. Les femmes déplacées que tu vas rencontrer n'ont été libérées que récemment par Daesh.

— Comment ça, récemment ?

— Des milliers de femmes et d'enfants sont toujours prisonniers de Daesh.

— Mais je croyais que l'État islamique avait disparu ?

— Non, ils sont là ! Ils n'ont plus de territoire mais il reste encore beaucoup de djihadistes, dispersés, cachés dans les villes ou le désert. Et ils ont des esclaves.

— Et comment ces femmes ont-elles été libérées ?

— Des gens arrivent à entrer en contact avec Daesh et les familles les rachètent avec l'aide de Secours Yézidi.

— Et pourquoi les déplacés ne rentrent-ils pas chez eux maintenant à Sinjar ?

— Ce n'est pas facile. La ville est complètement détruite. Et il y a beaucoup de groupes armés et d'insécurité là-bas.

En sortant de la ville, le paysage devint monotone et poussiéreux. Les lits des cours d'eau secs étaient remplis de pierres blanches. Tara observait par la fenêtre les terres arides et les villages pauvres de paysans. Les chèvres maigrelettes sautillaient d'un caillou à l'autre à la recherche de quelques brindilles. Dans les campagnes, l'habit traditionnel des hommes, une chemise longue sur un pantalon bouffant beige ou vert olive, remplaçait la tenue à l'occidentale des villes. Ils portaient de larges moustaches sous leurs keffiehs, et les femmes des habits colorés et des foulards fleuris. Au loin se détachait le camp de déplacés. Il était entouré de grillages derrière lesquels s'alignaient des tentes jaunies et couvertes de poussière. Des blocs sanitaires ponctuaient les allées à espaces réguliers.

La partie du camp la plus ancienne était faite de préfabriqués surmontés d'antennes paraboliques cabossées. Des parpaings et des bâches renforçaient par endroits les fragiles constructions. La voie centrale du camp s'était transformée en marché. Des commerces de nécessité, un réparateur de motos et deux restaurants de sandwichs étaient alignés dans de petites échoppes bricolées. Au fil des années les déplacés s'organisaient. Les lieux évoluaient. Le camp s'ancrait dans le temps et l'espace. Il évoluait pour se transformer en ville de la misère.

Le pick-up passa l'entrée principale où de hauts panneaux indiquaient le nom des organisations humanitaires en charge des différents secteurs : la santé, l'eau, l'éducation. Les bureaux de l'administration du camp étaient peints aux couleurs du Kurdistan irakien. Sherwan gara sa voiture devant le centre communautaire à côté d'un véhicule flanqué du logo de l'ONG Secours Yézidi. Dans la cour, une foule d'enfants braillait dans tous les sens alors que des éducateurs essayaient sans beaucoup de succès de discipliner la marmaille.

— C'est là, dit Sherwan en sortant du véhicule.

Une femme dans un pantalon de toile vint à leur rencontre.

— Je m'appelle Firyal, entama celle-ci en anglais. Je travaille pour Secours Yézidi.

— Bonjour, je m'appelle Tara, répondit-elle en lui serrant la main.

— Venez, Syban vous attend.

— Attendez, je dois vous expliquer ma mission, enchaîna Tara, surprise par la soudaineté de la situation. Je suis policière et je cherche de l'information sur des anciens djihadistes de Daesh. Une femme et un homme français.

— Je sais. Sherwan m'a tout dit, répondit Firyal.

Tara se retourna vers son guide et l'interrogea du regard.

— Ma cousine Ajda m'a expliqué, lui répondit-il en souriant.

— Et cette femme ? Syban ? Elle peut m'aider ?

— Elle est de Sinjar, enchaîna Firyal. Elle a été enlevée par Daesh et envoyée à Mossoul. C'est bien là qu'ont vécu vos deux Français ?

— Je pense, oui.

Firyal s'apprêtait déjà à emmener Tara qui la retint, encore un peu déstabilisée.

— Et Syban ? Que dois-je dire ? Comment dois-je lui parler ?

— Ne t'inquiète pas, elle est prévenue, la rassura Sherwan. Pose les questions que tu veux et je traduirai.

Tara regardait les deux Kurdes qui souriaient avec gentillesse devant sa gêne. Elle les suivit en traversant le flot d'enfants qui se mirent à l'entourer en riant. Certains essayaient de passer la main sous son débardeur pour toucher le dragon qui ressortait en haut de son dos. Sherwan tentait de les faire fuir avec un air mauvais qu'aucun enfant ne prenait au sérieux. Il fit un clin d'œil à Tara en levant un coin de sa moustache.

— Ils se demandent si le dragon est vivant, dit-il, amusé. Ils veulent que tu enlèves ton tee-shirt pour le voir.

— Oh, les garnements, grogna-t-elle en levant des doigts crochus.

Tara était étonnée des physiques qu'elle découvrait, les cheveux blonds ou roux, les yeux clairs et la peau pâle. Ils longèrent un bâtiment bas dont l'intérieur était couvert de dessins d'enfants. Puis ils s'arrêtèrent en face d'une porte ouverte. Sherwan fit entrer Tara. Syban était assise sur une chaise en plastique, contre le mur en parpaing nu d'un petit local. Elle était enveloppée d'un grand tissu noir avec seulement quelques traits de bleu. Un châle de la même couleur entourait son visage, si bien qu'elle semblait prise dans une seule chrysalide. Elle tenait ses mains croisées sur ses cuisses. Quand ils entrèrent, elle leva la tête et regarda Tara. Ses yeux étaient d'un bleu clair de loup, tachés de blanc, comme un nuage sur l'air. Ses pupilles noires étaient grandes ouvertes et son regard immobile semblait traverser Tara sans la voir. Le contour toujours humide de ses yeux trahissait la douleur de cette âme percluse dans un corps mort qui ne lui permettait plus de hurler. Sa bouche entrouverte sur son beau visage délicat accentuait l'impression de cire figée. Tara resta paralysée sur le seuil de la porte. Jamais encore, malgré toutes les situations qu'elle avait traversées, tous les désespoirs dont elle avait été témoin, jamais elle n'avait fait face au malheur dans sa forme la plus brute. La femme devant elle était l'incarnation de la souffrance. Elle avait été retirée vivante du monde. Firyal prit Tara par le bras avec délicatesse. Elle croisa son regard. La Kurde souriait avec bienveillance. Elle comprenait ce que ressentait la policière.

— *Come*, dit doucement Firyal.

Elle l'accompagna jusqu'à une chaise en face de la Yézidie. Les gestes de Syban étaient imperceptibles mais brusques, comme ceux d'une bête apeurée, attendant à chaque instant les coups, sursautant au moindre son ou au plus petit mouvement. Tara avait l'estomac noué. Elle leva la tête vers Sherwan qui acquiesça.

— Bonjour, entama-t-elle, alors que Sherwan commençait à traduire en kurmandji. Je vous remercie beaucoup d'accepter de me parler.

— *Yê ku spasiya te dikim ez im*, répondit Syban.

— Elle dit que c'est elle qui vous remercie, traduisit Sherwan.

Tara sourit, un peu gênée.

— Je peux vous poser des questions sur votre histoire ? Avec Daesh ?

— *Ji min bipirse tu çi dixwazî xwişka min.*

— Demande-moi ce que tu veux, ma sœur, poursuivit le traducteur.

— Je… Enfin… Comment s'est passé votre enlèvement ? Que vous est-il arrivé ?

— C'était en 2014… Le 3 août… Daesh est arrivé à Sinjar… À ce moment-là beaucoup de Yézidis ont fui… Ils sont partis se réfugier dans la montagne… Mais mon père était vieux, il ne voulait pas abandonner sa maison… Alors avec ma petite sœur, mon grand frère et ma mère, nous sommes restés avec lui. Et puis les djihadistes nous ont dit qu'ils ne nous feraient pas de mal, que nous ne devions pas nous inquiéter.

Sherwan dut arrêter Syban pour avoir le temps de traduire. Elle leva vers lui ses yeux clairs, souriant comme pour s'excuser. Il lui fit signe de continuer.

— Nous sommes restés enfermés à la maison. Daesh se battait avec les peshmergas. Mais les peshmergas ont fui. Alors le PKK est venu défendre les Yézidis qui étaient réfugiés dans la montagne. Mais ils n'avaient rien à manger. Mon oncle est mort là-haut, de faim et de froid, comme beaucoup d'autres. À Sinjar, Daesh a commencé à rassembler les hommes. Ils voulaient les plus âgés. Ils sont venus prendre mon père. Et mon grand frère aussi car il avait quatorze ans. Alors ma mère a hurlé. Elle courait après eux. Elle demandait aux djihadistes qu'ils libèrent mon père et mon frère. Et avec ma sœur nous les avons suivis.

Syban parlait vite, avec urgence, mais sur un ton monocorde, décrivant les scènes presque mécaniquement. Sherwan n'essayait plus de l'arrêter et traduisait au fur et à mesure.

— Et ils ont frappé ma mère. D'abord avec les poings. Mais elle s'accrochait, elle s'accrochait. Et mon père lui hurlait de partir. Il disait que tout irait bien. Et *daya gyan* se relevait. Elle suppliait les hommes qui emmenaient mon père et mon frère. Et mon père demandait aussi qu'ils laissent partir mon grand frère. *Daya gyan* est encore revenue. Elle saignait et mon père hurlait encore qu'elle parte. Et moi je suivais toujours avec ma sœur. Nous avions peur. Et puis un homme a frappé ma mère avec la crosse de sa kalachnikov. Là, juste au-dessus de l'œil. J'ai su après que sa *kounya* était *Mohamed Al-Jizar*, Mohamed le Boucher. Il travaillait pour la police de Daesh. *Daya gyan* est tombée. Et l'homme l'a encore frappée avec son pied en l'insultant. Puis ils ont emmené mon père et mon frère. *Daya gyan* avait le visage dans la poussière, plein de sang collé. Les yeux fermés. Alors ma sœur et moi, nous avons couru vers elle. Elle a ouvert les yeux, et puis nous l'avons aidée à se relever. Ma petite sœur elle pleurait. Et ma mère nous a hurlé de retourner à la maison. De retrouver notre tante. Elle m'a poussée en criant. Elle m'a dit : « Il faut que tu t'occupes de ta sœur. » Et elle est repartie en courant. Mais nous avions trop peur. Alors nous l'avons suivie encore de loin. Et là, sur la place du village, ils ont rassemblé tous les hommes. Et aussi les garçons pas trop jeunes. Il y avait beaucoup de familles qui pleuraient. Et ma mère s'est encore jetée sur *Mohamed Al-Jizar* en suppliant. Elle lui a demandé de laisser partir mon frère, que c'était un enfant. Mais il s'est retourné. Il était énervé alors il l'a attrapée par les cheveux. Et il l'a frappée encore. Plein de coups de poing. Ma mère hurlait. Il l'a traînée par les cheveux. Il riait avec les autres de Daesh. Il disait qu'elle puait. Que les Yézidis ne se lavent pas. Comme les chiens. *Daya gyan* criait. Elle se débattait. *Mohamed Al-Jizar* l'a emmenée au milieu de la place. Elle était à genoux. Il a sorti un grand couteau. Ma mère pleurait. Alors mon grand frère s'est débattu. Et il a réussi à se libérer. Il a couru vers elle. Mais un autre djihadiste lui a tiré dessus. Et il est tombé. Et ensuite l'homme est venu lui tirer encore dans la tête, quand il était au sol. Ma mère ne bougeait plus. Elle est restée immobile à regarder notre frère mort. Puis elle a levé les yeux. Et elle nous a vues au loin. Elle nous a fixées. Sans bouger. Sans rien dire. Elle ne voulait pas qu'on nous voie. Je l'entendais parler avec ses yeux. Et puis *Mohamed Al-Jizar* lui a tranché la gorge. *Daya gyan* a continué à nous regarder. Ma sœur et moi. Jusqu'à la fin. Sans rien dire. Jusqu'à ce qu'elle tombe. Morte. Et puis ils ont emmené les hommes. Et ils les ont tous tués. Mon père aussi, là, derrière la maison et…

— *Spas* Syban [1], lui dit Firyal doucement pour arrêter la détresse et le flot de paroles qui commençait à s'emparer de la Yézidie.

Syban leva les yeux vers l'employée de l'ONG comme une enfant après une bêtise. Tara ne bougeait pas. Sa bouche était sèche. Ses yeux la piquaient. Elle prit une grande inspiration saccadée et brûlante. Elle voulut dire quelque chose, mais se retint de peur d'être envahie par l'émotion. Elle s'aperçut en ouvrant la bouche que sa mâchoire tremblait. Elle cligna des yeux et des larmes coulèrent. Syban la regardait fixement. La Yézidie inclina la tête sur le côté. Elle sourit à Tara.

— *It's OK*, dit Syban avec ses quelques mots d'anglais. *It's OK*, répéta-t-elle avec une grande douceur. *Everything is OK.*

La Yézidie avait parlé, encore et encore, avec précipitation, dans un besoin vital de partager son histoire, presque gênée d'en dire tant, de raconter ce qu'elle avait vécu, pour faire renaître les morts, pour être crue, pour qu'on se souvienne d'eux, comme se réveillant d'un rêve avant que tout ne s'efface. Et maintenant elle rassurait Tara avec beaucoup d'amour. Comment cette femme pouvait être si forte et accepter qu'on pleure à sa place ? se demanda Tara. Elle s'en voulait de s'approprier son malheur. Ce que Tara ne comprenait pas, c'est qu'ainsi, le temps d'une larme, elle avait apaisé la détresse de Syban.

Tara souffla et se reprit. Elle sourit en regarda Sherwan.

1. « Merci Syban. »

— Ça va, dit-elle avant de poursuivre. Quel âge avait-elle à ce moment-là ?

— Treize ans, traduisit Sherwan.

— Et qu'est-il arrivé après ?

— Daesh m'a emmenée avec les autres filles. Ils m'ont d'abord envoyée dans un *maqaar* à Mossoul.

— C'est quoi, un *maqaar* ? demanda Tara.

— Un centre de regroupement pour les femmes, expliqua Sherwan. Les femmes djihadistes qui étaient volontaires pour être mariées y vivaient. Des esclaves sexuelles y étaient aussi enfermées pour être vendues.

— Et ensuite, qu'est-ce qui s'est passé ?

— Je suis restée un long moment au *maqaar*, continua Syban. L'*almira* – la gouvernante du *maqaar*, précisa Sherwan – était la femme de l'homme qui a tué ma mère, de Mohamed le Boucher. C'est elle qui m'a testée pour savoir si j'étais vierge. Elle était très méchante... Elle me frappait beaucoup... Mais elle ne m'a pas vendue tout de suite. D'abord l'*almira* m'a offerte à son mari...

Sherwan, gêné, s'arrêta de traduire. Il expliqua la situation à Tara.

— Tu vois, Tara. La femme l'a donnée à son propre mari. Tu comprends ? Pour... la tester, finit-il par dire avant de faire signe à Syban de continuer. Au début elle a refusé. Elle s'est débattue. Et c'est l'*almira* qui l'a punie.

La Yézidie sortit son bras nu de sa tunique. Il était déformé par une immense brûlure qui avait dévoré sa chair.

— Elle a fait ça avec de l'huile bouillante, expliqua Sherwan apeuré. Pendant que les autres femmes djihadistes la tenaient.

Syban montra son autre bras couvert de cicatrices et de brûlures de cigarettes.

— *Karima Alfatat Al-Faransia* était la plus violente à qui elle ait jamais eu affaire, continua à traduire le Kurde. Au bout d'un mois elle a été vendue à un autre djihadiste qui l'a emmenée en Syrie, à Raqqa.

— Qui est *Karima Alfatat Al-Faransia* ? demanda Tara.

— C'était la *kounya* de *l'almira*. La gouvernante du *maqaar* dont elle parlait.

— Et ça veut dire quoi ?

— Karima la petite Française.

— Elle était française ? s'éberlua Tara.

— Oui, ils étaient tous les deux français, renchérit Sherwan.

— Comment ça, tous les deux ?

— Elle et son mari, Mohamed le Boucher.

Tara resta un moment interloquée. Elle tourna la tête vers Firyal. Puis elle se figea encore avant de sortir son portefeuille de sa poche. Elle en tira deux photos.

— Vous connaissez ces personnes ? demanda-t-elle en montrant des photos de Camille Martin et de Mohamed Belaj.

Syban baissa la tête vers les photos que lui présentait Tara. Son regard passa d'un visage à l'autre sans exprimer la moindre émotion. Puis elle s'immobilisa complètement. Elle pencha légèrement la tête sur le côté, et sortit son bras brûlé de sous sa tunique pour le gratter, comme s'il la démangeait. Elle leva les yeux vers Firyal, puis fixa encore les photos de Mohamed Belaj et de Camille Martin. Elle continua à se gratter, de plus en plus fort, de plus en plus vite. Ses ongles marquaient sa peau boursouflée de traits pourpres. Puis un filet rouge et épais s'écoula mollement le long de son bras alors qu'elle arrachait la peau fine de sa cicatrice. Tara se raidit et interrogea Firyal du regard. Mais Syban continuait à s'écorcher, frénétiquement, jusqu'à ce que sa chair soit à vif.

— *Syban* ? *Baş e* ? demanda l'employée de l'ONG inquiète en posant sa main sur son épaule.

La Yézidie ne répondit pas. Elle n'entendait plus rien. Elle porta les mains à son visage et ferma les yeux. Son voile glissa sur le sol. Des touffes de cheveux manquaient sur son crâne, formant par endroits des auréoles blanchâtres. Elle commença à frotter ses joues en les couvrant de sang. Dans la pièce, tous se regardaient, stupéfaits, quand Syban produisit un son terrifiant. Une plainte aiguë, sèche, coupant les tympans comme une flèche aiguisée, en s'arrachant des poignées de cheveux, ouvrant la plaie béante de sa douleur et de ses peurs. Tara se précipita vers elle et essaya de la retenir, l'entourant de ses bras et la serrant contre elle, le plus fort possible, dans l'odeur du sang, de la sueur et de la mort. Firyal à son tour accourut et se jeta sur Syban. Elle attrapa son visage et tenta de plonger son regard dans le sien, de la faire sortir d'elle-même, de la sauver des griffes de Daesh et de la ramener à la vie. Mais c'était trop tard, là où elle était, personne n'aurait pu venir la chercher. Et la douleur continua à produire son cri terrifiant, du plus profond de ce corps où elle était enfermée à jamais.

— Sortez ! Sortez ! hurla Firyal.

Sherwan enserra le dos de Tara pour la tirer à lui.

— Viens, tu ne peux rien faire, lui dit-il.

Tara se refusait à cette impuissance et continua à serrer Syban.

— Ça va aller, ça va aller, ça va aller, répétait-elle indéfiniment.

Puis elle sentit la main de Firyal sur elle. La Kurde tenait la tête de la Yézidie au creux de son épaule. Elle chantonnait à son oreille.

Dors, mon enfant, dors !
Dors devant le vent du Nord et devant Ziryan.
Apprends à être.
Apprends à vivre dans la chaleur de l'été.

Syban avait cessé de hurler. Elle tremblait, terrassée par les ténèbres. Tara se laissa tirer doucement par Sherwan et se leva.

Les deux femmes devant elle étaient enlacées au sol, comme une mère rassure son enfant terrifié. Firyal chuchota à l'oreille de Syban qui lui répondit doucement.

— Ne vous inquiétez pas, dit finalement Firyal avec douceur, en levant la tête vers Tara. Les deux personnes sur les photos sont *Karima Alfatat Al-Faransia* et *Mohamed Al-Jizar*. Syban a aussi précisé qu'ils travaillaient tous les deux à la police de l'*Amnyiat*. Je suis désolée, Tara, mais vous devez partir.

Tara voulut s'excuser. Mais elle n'aurait jamais pu trouver les mots justes. Alors elle se tourna et sortit en silence. Dehors elle alluma une cigarette et en proposa une à Sherwan. Ils fumèrent silencieusement en regardant les enfants jouer. Il était encore tôt mais le soleil était déjà haut dans le ciel. Son bras était marqué par le sang de Syban. Elle le frotta avec sa main. Il ne partait pas. Elle regardait les traces qui étaient devenues brunes quand Sherwan prit la parole.

— Tu as les renseignements que tu souhaites ou tu as besoin d'autre chose ? demanda-t-il. Tu veux rencontrer d'autres Yézidis ?

Tara tira de nouveau sur sa cigarette et réfléchit un moment. Mohamed et Camille se connaissaient, et bien plus encore. Elle venait de découvrir un lien entre les deux meurtres. Mais elle avait obtenu une autre information précieuse. Les deux Français n'étaient pas de simples repentis ayant eu un rôle mineur au sein du groupe terroriste. Leur responsabilité était beaucoup plus importante. Ils avaient travaillé dans la police de l'*Amniyat* et donc, à un moment ou à un autre, sous les ordres d'Akim Alami. Le terroriste lui avait menti, même s'il n'y avait rien de surprenant à ça. Tara se demanda comment une information aussi cruciale avait pu échapper à la DGSI. Et puis elle se rappela la date qu'avait prononcée la Yézidie quand elle avait parlé de l'arrivée de Daesh à Sinjar : le 3 août, dans près de trois semaines. Si la piste qu'avait ouverte Alami était vraie, la police pouvait s'attendre à un autre meurtre. Dans tous les cas, l'enquête allait prendre une tournure différente. Mais la question qui la taraudait le plus à cet instant était de savoir si les liens entre Alami et les deux victimes avaient été bien rompus.

— Non, j'ai tout ce qu'il me faut, Sherwan, finit par dire Tara. Peut-être juste une chose ? ajouta-t-elle.

— Dis-moi.

Tara hésita, ne sachant pas bien comment poser sa question.

— Je cherche la signification d'un chiffre : 8.59.

— C'est une drôle de devinette, pourquoi tu cherches ça ?

— C'est difficile de l'expliquer.

Sherwan réfléchit un court instant.

— Moi, je dirais 8 h 59, répondit-il, amusé par sa réponse.

Il regarda Tara avec insistance comme si elle allait lui donner la solution. Elle se sentit un peu idiote de sa question.

— Merci, Sherwan, peut-être, ce n'est pas grave, dit-elle en souriant.

— Ou peut-être la sourate 8 verset 59 du Coran ?

Tara s'immobilisa.

— Et c'est quoi ?

— Ne dis rien à personne mais je suis un mauvais croyant, chuchota-t-il sur le ton de la confidence. On va regarder sur Internet.

Il sortit son téléphone portable et pianota sa recherche.

— Ça y est, j'ai trouvé : *Wa la yahsabanna al-ladhina kafaru sabaqu innahum la Yu'jizuna.*

Sherwan chercha la traduction.

— « Que les mécréants ne pensent pas qu'ils Nous ont échappé. Non, ils ne pourront jamais Nous empêcher de les rattraper à n'importe quel moment. »

Tara fut convaincue qu'il s'agissait bien de ce qu'avait voulu lui dire Akim Alami. Le djihadiste n'avait pas besoin de se cacher pour la menacer et il ne faisait rien sans calcul.

— Nous faisons quoi, maintenant ? demanda Sherwan qui sortit Tara de ses pensées.

Elle vit passer un vieux Yézidi à moustache, dans un long qamis blanc. Puis elle balaya le paysage du regard et comprit soudain où elle se trouvait. Il ne s'agissait pas ici d'un décor de cinéma. Partout, les tentes, les préfabriqués, les constructions de tôles accueillaient les familles de toute une ville, arrachées de leurs racines. Elle réalisa dans quelle attente misérable elles se trouvaient, abandonnées, sans perspective. L'eau, la nourriture, les soins ne pouvaient leur rendre leur humanité. Qui était ce vieil homme qui, comme tant d'autres, errait dans la poussière du camp jour après jour ? Qu'est-ce qui faisait de lui un homme avant que Daesh ne fonde sur la ville ?

— Elle est loin, la ville de Sinjar ? interrogea Tara.

— Deux heures de route.

— Tu peux m'y emmener ?

— Pour quoi faire ?

— Je ne sais pas. Juste pour essayer de comprendre.

— C'est compliqué d'aller là-bas, tu sais.

— Comment ça ?

— C'est une zone contrôlée par le gouvernement central de Bagdad et par l'armée fédérale irakienne, pas par le Kurdistan. Et il y a toutes sortes de check-points de différents groupes armés dont le PKK et les milices shiites. Tu n'es pas autorisée à t'y rendre.

Tara fit la moue et tira à nouveau sur sa cigarette en observant les enfants. Sherwan la regarda souffler la fumée et jeter son mégot.

— Mais je peux au moins t'emmener jusqu'à la montagne si tu veux ?

— La montagne ?

— Oui, la montagne. Elle domine la ville et elle est sacrée pour les Yézidis.

— Et ce n'est pas compliqué ?

— Normalement si. Mais j'ai des contacts. Je connais des chemins plus faciles. Par contre il faut partir maintenant et revenir avant la nuit. Laisse-moi me renseigner.

Sherwan s'éloigna pour passer des coups de fil et revint quelques minutes plus tard.

— C'est bon, nous pouvons partir, dit-il avant de rejoindre sa voiture.

Tara se tourna vers la porte derrière elle. Elle était toujours fermée. Dedans, tout semblait silencieux. Elle hésita à s'approcher, à dire au revoir à Syban et à Firyal, à remercier au moins. Elle y renonça.

XIX

Dans le bureau du commissaire Renucci, Perret avait l'impression d'être grondé comme un écolier. Il jetait régulièrement des regards agacés à Benjamin Ferreira qui observait ses chaussures, debout à côté de son patron.

— Non mais tu te rends compte, Philippe ! s'énerva Renucci, le bras gauche en écharpe. Comment une chose pareille est-elle possible ?

— Je ne sais pas, Patrice, répondit Perret, impuissant. Comment va ton bras ?

— Ça va, ça va, la balle a traversé, je m'en remettrai. Mais vous devez bien avoir une idée d'où elle se trouve, tout de même ? Pourquoi ne répond-elle pas ?

— Son téléphone est éteint. Écoute, Philippe, Tara est l'une de nos meilleurs flics. Elle doit avoir ses raisons. Tout ça a juste vingt-quatre heures. Je suis sûr qu'elle va réapparaître.

— Et vous, Ferreira, pourquoi donc l'avez-vous autorisée à revoir Alami ?

— Une dernière tentative pour faire parler le djihadiste me semblait importante, commissaire.

— Bon, bon, maugréa le chef de la DGSI. En attendant il faut retrouver Vaillant pour savoir ce qui s'est passé à l'UDIA. Vous avez visionné les images, Ferreira ?

— Oui, patron. Tout se passait bien jusqu'à ce que Tara montre un papier à Alami. C'est là que ç'a dégénéré. Mais nous ne savons pas ce qu'il y est mentionné.

— Tu vois, Philippe, s'agaça Renucci. Elle n'est pas nette. Elle a des choses à cacher. N'est-ce pas, Ferreira ?

— Euh... peut-être, commissaire, répondit le capitaine un peu chiffonné.

— Et si Tara avait des problèmes ? s'énerva Perret. S'il lui était arrivé quelque chose ? Vous avez pensé à ça ?

Les trois policiers restèrent silencieux un moment.

— Le commissaire Perret a peut-être raison, entama mollement Benjamin. Laissez-moi interroger Alami.

— Non, Ferreira, répliqua Renucci. Et vous le savez bien. Sarzinsky a été spécialement formé pour cela. Il sait ce qu'il doit faire avec Akim Alami.

— Écoutez, chef. La mission de Sarzinsky, c'est de le faire parler sur son passé pour déjouer la menace terroriste. Cette enquête ne l'intéresse pas. Par ailleurs, Alami le déteste, nous le savons tous. Il n'a rien tiré de lui depuis des années. Laissez-moi l'interroger sur Tara.

— Mon cher Ferreira, expliquez-moi pourquoi Alami vous parlerait plus à vous ?

— Tout est négociable, commissaire. Tara est la première personne avec laquelle il accepte d'échanger depuis son incarcération. Ça ne coûte rien d'essayer.

— Il n'a pas tort, renchérit Perret.

Le commissaire de la DGSI dévisagea Perret avant de lever les yeux au plafond.

— Voilà que tu t'y mets aussi, Philippe... enchaîna-t-il, agacé. Si ça ne tenait qu'à moi, je remettrais la Brute au fond de son trou. Mais c'est d'accord, Ferreira. Allez-y, je préviens Sarzinsky. Et n'y passez pas la journée. Si ça ne donne rien, vous rentrez immédiatement, nous avons d'autres djihadistes à débusquer.

Akim Alami était allongé sous une fenêtre grillagée de l'infirmerie de Vendin-le-Vieil, au deuxième étage de la prison. Des sangles en cuir le maintenaient au lit pour l'empêcher de bouger. Son crâne était entouré d'un bandage qui avait pris la couleur du sang. Un pansement couvrait son nez qui avait explosé quand il avait brisé la vitre du parloir avec sa tête. Il avait les yeux fermés sous ses paupières violacées. Le reste de son visage était une bouillie tuméfiée. Ses blessures étaient trop graves pour qu'on le garde à l'UDIA, il était en observation dans une chambre isolée de la clinique. Derrière une paroi vitrée, deux agents de l'ERIS le surveillaient en permanence.

— Eh bien, je suis ravi de vous voir, Alami, entama Sarzinsky debout à côté du lit.

Le djihadiste ouvrit ses yeux injectés de sang et tourna la tête vers l'homme qu'il détestait tant.

— Je viens vous prévenir que la PJ est dessaisie du meurtre de vos anciens camarades. Eh oui, Alami, vous allez devoir cesser ces entretiens avec le capitaine Vaillant. Mais n'ayez pas de regret, la Brute. De toute évidence cela ne vous a pas réussi. D'ailleurs nous discuterons plus tard des raisons qui vous ont poussé à vous mettre dans un état pareil. Je pense aussi que cela vous permettra d'arrêter ce petit jeu avec cette policière. Je vous connais, Alami. Aider est un verbe qui ne fait pas partie de votre vocabulaire. À moins que vous ayez cédé aux charmes du capitaine ?

Akim Alami sourit en fixant toujours le directeur. Il lui manquait deux dents qui s'étaient brisées dans sa tentative d'atteindre Tara.

— J'ai été chargé de reprendre entièrement votre dossier. Alami, vous êtes dorénavant tout à moi, sourit le directeur.

— La DGSI n'enquête plus sur les meurtres ? articula difficilement le terroriste.

— Si, mais cela passera désormais, ou à nouveau devrais-je dire, par moi. Et ne soyez pas idiot. Vous savez bien que ces meurtres ne sont pas notre priorité. Nous aimerions plutôt cerner les raisons pour lesquelles vous avez accepté de voir le capitaine Vaillant ?

— Peut-être me plaît-elle vraiment, monsieur le directeur.

— Ne jouez pas avec moi. Dites-moi pourquoi vous avez fait cela ?

— Fait quoi ?

— Vous aimez répondre par des questions, mais je vous connais. Pourquoi vous êtes-vous infligé ces blessures ?

Le djihadiste serra les poings. Les lanières de cuir craquèrent.

— Je sais à quoi vous pensez, la Brute, dit Sarzinsky. Mais n'y songez pas. Vos sangles tiennent bien, nous les avons vérifiées plusieurs fois. Nous savons que Tara Vaillant vous a montré un papier. De quoi s'agissait-il ?

— Moi aussi, je suis content de reprendre mes entretiens avec vous, Sarzinsky. J'aime participer à l'inutilité de votre vie.

Le djihadiste referma les yeux.

— Et vous savez que moi, je peux faire de votre vie un enfer, enchaîna le directeur. Il serait préférable pour vous de m'aider.

L'officier du renseignement pénitentiaire s'approcha du djihadiste et se plaça juste au-dessus de sa tête.

— Voulez-vous que je commence maintenant ? demanda-t-il.

Sarzinsky posa sa main sur le front bandé du prisonnier. Avec son pouce il tâtonna pour y trouver une zone molle. Il sentit finalement des sutures sous un pansement au milieu de deux boursouflures et commença à y enfoncer son ongle. Il fixait Alami derrière ses lunettes rondes en souriant alors que le bout de son doigt entrait lentement dans la plaie. Alami lui sourit en retour. Soudain les points de sutures cédèrent sous la pression dans un bruit sec. Sarzinsky mima la surprise et le plaisir. Une auréole rouge s'élargit autour de son pouce en imbibant le bandage. Les deux hommes se fixaient intensément. Quand le sang arriva au bord de la bande, il commença à ruisseler sur le visage du djihadiste.

— Encore, chuchota la Brute, les yeux brillants, sans quitter le directeur du regard.

Sarzinsky déglutit lourdement. Sa pomme d'Adam fit un va-et-vient sur son cou décharné. Le bout de sa langue était posé sur sa lèvre supérieure. La sueur commençait à poindre sur ses tempes creusées. Il s'appliquait avec la concentration d'un chirurgien jouissant de la puissance de son travail. Bientôt c'est toute la largeur de son pouce qui pénétra les chairs d'Alami.

— Ça vous plaît, hein, susurra-t-il. Ne vous inquiétez pas, mon ami, je n'ai pas fini.

Il commençait à frotter l'os du crâne du prisonnier quand on frappa à la vitre blindée derrière lui. Un agent pénitentiaire lui fit signe. Sarzinsky essuya le sang sur sa main avec un mouchoir avant de se diriger vers la porte.

— Qu'est-ce que c'est ? demanda-t-il à l'interphone.

— Le capitaine Ferreira de la DGSI est arrivé, lui répondit le gardien.

— Déjà ?

— Oui, monsieur.

Sarzinsky pinça les lèvres. Il pensait avoir plus de temps pour faire parler le djihadiste. La visite de cet agent lui était insupportable. Autant que l'avait été celle de cette policière de la PJ. Il était d'ailleurs certain qu'Alami avait parlé au capitaine Vaillant juste pour le contrarier. Il ne voulait pas que le djihadiste fasse de même avec Ferreira dont il était hiérarchiquement le supérieur. « Comme si j'avais encore besoin d'un petit agent de la DGSI dans les pattes », dit-il tout haut.

— Faites-le venir, se décida-t-il à répondre.

Il se tourna vers Alami.

— Vous avez de la visite.

Le sourire du djihadiste l'avait quitté. Il regardait le directeur les yeux grands ouverts. Le sang gouttait maintenant de ses cils sur le drap blanc de son lit.

— Vous ne voulez pas savoir de qui il s'agit, la Brute ?

— Mais si, répondit Alami.

— Un agent de la DGSI.

— Pourquoi ?

— Il a des questions à vous poser. Profitez-en, bientôt vous ne verrez plus que moi.

Quelques minutes plus tard, Benjamin entrait dans la chambre d'Alami. Les deux hommes se dévisagèrent un long moment alors que Sarzinsky allait s'adosser contre un mur. Le djihadiste commença à s'agiter.

— Que voulez-vous ? entama le terroriste.

— Comprendre ce qui s'est passé avec Tara Vaillant, répondit Ferreira.

— Vous avez fait tout ce chemin pour me poser cette question à votre tour ? s'exclama le djihadiste.

— Oui.

— Elle m'a contrarié, répondit Alami amusé.

— Ne dites pas n'importe quoi.

— Demandez-lui vous-même.

— Nous aimerions, mais nous ne savons pas où elle se trouve.

Alami resta figé par la surprise.

— Comment cela ? finit-il par demander.

— La capitaine Vaillant devait prendre ses congés le jour même de votre rencontre. Après avoir quitté la prison, elle n'a pas repris contact avec nous.

Adossé au mur, Sarzinsky observait nerveusement la discussion en se rongeant les ongles. Il fut surpris par le goût ferreux sur sa langue. Il regarda le bout de ses doigts encore tachés de sang. Alami parlait, et cela l'insupportait.

— C'est vous le service de renseignement, non ? reprit Alami.

— Nous saurons rapidement où elle se trouve si nous le voulons. Mais vous pouvez me faire gagner du temps.

— En échange de quoi ?

— Que voulez-vous ?

— Ça suffit ! s'énerva Sarzinski. Il est hors de question d'entreprendre la moindre négociation avec cet homme, capitaine. Il ne fait que se jouer de vous.

Benjamin ne broncha pas. Il regarda le directeur froidement jusqu'à ce qu'il se calme.

— Monsieur Sarzinsky, reprit-il. Je suis ici avec la bénédiction de notre hiérarchie commune. Écoutons ce qu'Akim Alami a à nous dire.

Alami leva les yeux vers le directeur en souriant.

— Ne vous inquiétez pas, Sarzinsky, fit-il. Je ne vous ferai pas de longues infidélités.

Il tourna de nouveau la tête vers le capitaine de la DGSI.

— Je veux passer les deux prochains mois dans cette chambre à me remettre de mes blessures. Je veux être détaché et qu'on m'installe la télévision.

— Je négocierai avec le juge, répondit immédiatement Benjamin.

— Ferreira ! s'exclama Sarzinsky.

Benjamin regarda le directeur avec assurance. Son silence signifiait qu'il avait déjà reçu l'autorisation de négocier et qu'il obtiendrait gain de cause au besoin. En retour, le directeur se contenta de serrer les dents.

— Je vous écoute, reprit Benjamin.

— Le petit capitaine est parti en Irak, lâcha le djihadiste.

Les deux agents du renseignement restèrent sonnés par l'information.

— En Irak ? insista Benjamin.

— Oui.

— Mais pourquoi ?

— Le petit capitaine en a gros sur le cœur. Elle a besoin de découvrir l'origine de tout, là où tout a commencé, *Dawla, fi sabil illah*[1].

Alami regardait maintenant Benjamin avec une intensité de loup. Le sang séché avait formé des rivières craquelées sur son visage.

— Et pourquoi vous en êtes-vous pris à elle ? demanda Benjamin.

— Une *kâfir* n'a rien à faire en terre sainte. *Wa la yahsabanna al-ladhina kafaru sabaqu innahum la Yu'jizuna*[2].

— Vous vouliez l'empêcher d'aller en Irak, c'est cela ? poursuivit Benjamin.

— Oui, répondit simplement Alami. Maintenant que vous avez ce que vous voulez, respectez votre promesse, conclut-il en tournant la tête.

Les deux agents quittèrent la chambre sécurisée. Dans le couloir, Sarzinsky attrapa Benjamin par le bras.

— Vous faites une bêtise, Ferreira, lui lança-t-il. La Brute a toujours une idée derrière la tête. Il ne faut rien lui accorder car nous le regrettons toujours.

— Écoutez, Sarzinsky, Alami est enfermé à vie. Lui accorder deux mois dans cette chambre avec une fenêtre n'est absolument rien. Par contre je suis surpris de voir l'état de son bandage et ce sang sur son visage. Est-il le seul qui mérite le surnom de Brute ?

— Je vous aurai prévenu, capitaine.

---

1. « Dans le chemin de Dieu. »

2. « Que les mécréants ne pensent pas qu'ils Nous ont échappé. Non, ils ne pourront jamais Nous empêcher de les rattraper à n'importe quel moment. » (Sourate 8, Al-Anfal, verset 59.)

XX

Me rappellerai-je le cours des rivières,
Les drames, les fleuves et les pierres,
De cette terre qui me fit naître ?

Plutôt que de rejoindre la voie principale, la voiture quitta le camp par de petits axes secondaires qui serpentaient entre des villages presque vides. Après une demi-heure sur des routes délabrées, Tara et Sherwan gagnèrent une plaine aride. Elle était parcourue de canaux d'irrigation qui délimitaient de grandes parcelles brûlées par le soleil.

— Ici, il y a de l'eau, ils cultivent le coton, précisa Sherwan.

Par endroits, des bâtiments détruits répandaient leurs gravats sur le sol, percés par des tirs d'artillerie. Les zones que traversait la voiture avaient été contrôlées par Daesh en 2014, quand le groupe islamiste était remonté vers le Kurdistan irakien. Beaucoup d'habitants n'étaient jamais revenus vivre dans la région. Leurs maisons étaient comme ils les avaient laissées, les ruines et les pillages en plus. Les terres agricoles n'étaient plus que poussière sans l'eau de l'irrigation. De nombreux terrains étaient encore pollués par les mines de Daesh et les restes d'explosifs. La vie avait disparu avec la guerre.

— Sans l'intervention aérienne de la coalition internationale, les djihadistes seraient remontés jusqu'à Erbil, expliqua Sherwan avant de s'arrêter au bord de la route à quelques centaines de mètres de l'entrée d'un gros bourg.

Il lui désigna par la fenêtre un bâtiment en ruines.

— Tu vois cet immeuble en béton là-bas ? C'est l'ancien hôpital. Des snipers de Daesh s'étaient réfugiés en haut. Ce sont vos Rafales français qui les ont bombardés. Là, plus loin, c'est la route principale pour Shingal. Mais il y a un checkpoint de l'armée irakienne. Sans autorisation spéciale, tu n'as pas le droit d'aller à Sinjar. Nous allons passer par un autre endroit.

Sherwan s'engagea sur la route principale avant de tourner sur un chemin de terre troué d'ornières. La voiture bringuebalait de droite et de gauche sur ses suspensions. Tara se tenait comme elle le pouvait pour ne pas se cogner la tête contre la cabine. Les zones qu'ils traversèrent semblaient complètement vides. Seuls des bosquets d'épineux croissaient çà et là. Des oueds à sec formaient des cicatrices profondes sur le sol. Au loin, Tara aperçut une colonie de dromadaires.

— Il y a des chameaux ! s'amusa-t-elle.

— Oui, ce sont des Bédouins. Ils vivent entre ici et la Syrie. La frontière est toute proche.

— Sherwan, là, devant ! s'exclama soudain Tara.

Dans la lumière éblouissante de midi, deux hommes armés de kalachnikovs apparurent sur la route entre deux barils à essence cabossés, à cinquante mètres devant eux.

— J'ai vu, ne t'inquiète pas, ça va aller, la rassura Sherwan en ralentissant.

Les soldats portaient le grand pantalon bouffant des hommes kurdes enfoncés dans leurs hautes chaussures militaires. Ils ressemblaient à des fantassins ottomans tout droit sortis d'une gravure à l'eau-forte jaunie par le temps. Pour se protéger du soleil, leurs têtes étaient entourées d'un foulard vert aux motifs de fleurs colorées. En s'approchant, Tara vit qu'il s'agissait en réalité d'un homme et d'une femme. Elle surtout avait un air sévère, la peau lisse et tannée entre des rides profondes. Sherwan ouvrit sa fenêtre en s'arrêtant à leur niveau. Une discussion en kurde débuta à laquelle Tara ne comprit rien, si ce n'est que le ton était amical et tourna rapidement à la plaisanterie. Sherwan leur distribua quelques cigarettes. Puis il leur serra la main et se remit en route.

— Qui était-ce ? demanda Tara.

— Ce sont des combattants du PKK.

— Le PKK ?

Sherwan regarda Tara un peu étonné.

— Tu ne connais pas ce parti ?

— Pas trop.

— C'est un mouvement révolutionnaire qui défend les Kurdes et lutte pour notre indépendance en Turquie.

— Tu avais l'air de bien les connaître ?

— Je suis connu ici, tu sais. Comme te l'a expliqué Syban, quand Daesh a pris Sinjar, des milliers de Yézidis sont allés se réfugier dans la montagne. Le PKK est descendu de la frontière turque pour leur venir en aide et couvrir leur fuite. Mais Daesh les a encerclés et ils se sont tous retrouvés bloqués là-haut dans la montagne. Alors, je traversais presque tous les jours la ligne de front pour évacuer les Yézidis qui mouraient de faim.

— Ça devait être terriblement dangereux.

— Oui, surtout que Daesh bougeait tout le temps les check-points. Et je ne pouvais prendre que quelques Yézidis à la fois.

— Et tu ne t'es jamais fait attraper ?

— Si, une fois. Je suis arrivé à un barrage de Daesh que je n'avais pas vu. Ils m'ont arrêté. Alors j'ai beaucoup parlé, et j'ai inventé toute une histoire. J'ai dit que j'habitais dans un village tout proche, que j'avais perdu deux ânes et que je les cherchais. J'ai raconté aussi que je faisais partie d'une tribu arabe importante ici. C'était des jeunes djihadistes qui venaient de Syrie. Ils ne connaissaient pas du tout la région. J'ai distribué des cigarettes. Ces hommes ne voulaient pas de problème avec les clans de la région. Alors ils m'ont laissé repartir. C'étaient eux, les ânes ! conclut Sherwan en riant.

Tara se rendit compte que son guide n'était pas simplement le monsieur débonnaire, prévenant et attentif qu'il paraissait être. Il avait vécu de l'intérieur cette guerre avec l'État islamique qui avait poussé sa cousine Ajda à fuir vers l'Europe. Elle regarda les alentours, elle était sur une zone de guerre, là où avaient été commises toutes les atrocités de l'État islamique. Son périple vers Sinjar prenait soudain une dimension plus inquiétante.

— Regarde ! lui dit Sherwan en pointant le doigt face à eux. C'est le mont Sinjar.

Loin au-dessus de l'horizon, la montagne apparaissait comme un dos d'éléphant surgissant de la brume. Sa base avait disparu dans l'air chaud, si bien qu'elle semblait suspendue dans le ciel, isolée au milieu de l'immense étendue fauve et désertique qui l'entourait. Au fur et à mesure que la voiture s'approchait, la montagne se fit plus nette. C'était une longue crête rocheuse sortie de terre comme un coup de hache. Le sable sur ses flancs formait des gencives de géants d'où émergeaient des pics usés par le temps. Sa crête semblait un mur infranchissable. Sherwan se pencha et ouvrit la boîte à gants. Il attrapa une radio et Tara eut le temps d'y voir un pistolet.

— C'est un M17 que tu as là ? demanda-t-elle, surprise.

— Un M18. C'est pour la sécurité, répondit Sherwan en souriant.

Il alluma son talkie-walkie pour passer un appel. On lui répondit et, après un bref échange en kurde, il rangea la radio à côté du frein à main. Puis la voiture emprunta une route bitumée qui longeait la montagne vers l'est. Tara était fascinée par la muraille de pierre qui s'élevait à près de mille cinq cents mètres d'altitude au centre du plateau de Jazira. Mais elle n'y discernait aucun accès. Aucune perspective ne laissait penser à autre chose qu'à un rempart.

— Et maintenant ? demanda-t-elle.

— Tu vas voir.

Arrivée à l'extrémité du massif, la voiture emprunta une route qui se dirigeait vers le rocher comme si elle s'arrêtait net à sa base. Le pick-up approchait, mais l'impression qu'il allait s'écraser contre la montagne ne passait pas. Tara était mal à l'aise. Elle essaya de regarder ailleurs pour rétablir sa vision. Devant elle, le mur ne faisait qu'approcher. Elle tourna plusieurs fois la tête vers Sherwan qui roulait, l'air de rien. Elle se tendit sur son siège alors que la roche n'était plus qu'à vingt mètres. Au dernier moment, la route plongea dans la montagne par une faille jusque-là invisible. Ils entrèrent dans un canyon étroit où toutes les perspectives étaient en deux dimensions, comme s'ils faisaient face à un dessin. La bande de bitume qui serpentait devant eux était peinte sur la paroi et il eût été impossible de dire si elle montait ou descendait. Tara avait beau se concentrer, elle n'avait plus de repère, sa tête lui tournait et elle commença à avoir mal au cœur. Puis la voiture ralentit à l'arrivée d'un nouveau check-point du PKK. Le portrait d'un homme rond et moustachu avait été peint sur la roche derrière eux. Haut de dix mètres, il avait le regard sévère. Des inscriptions en kurde étaient dessinées un peu partout. Sherwan ne fit que ralentir cette fois. Il salua les deux hommes d'un geste de la main, lança un mot amical par la fenêtre et poursuivit sa route.

— Qui est l'homme sur le rocher ? demanda Tara.

— C'est Apo, notre leader.

— Apo ?

— Abdullah Öcalan, le chef du PKK.

Des portraits de martyrs du mouvement kurde étaient plantés tout le long de la route, toujours accompagnés de l'étoile du mouvement révolutionnaire. Les photos peintes des hommes et des femmes tués au combat conféraient aux visages l'immobilité des idoles, figées pour l'éternité dans l'ombre des montagnes. La voiture commença à grimper. La vallée s'élargit et la pente se radoucit. La route formait maintenant de larges lacets, dans des va-et-vient qui donnaient la sensation de toujours revenir sur ses pas. Ce serpent géant montait, au loin, vers le ciel immense, immobile, parsemé de nuages soyeux. Un village s'accrochait sans tomber sur une pente. Il donnait l'impression de se déplacer en revenant régulièrement à son emplacement. L'air était transparent, la lumière douce et constante. Il n'y avait pas de soleil dans le ciel et aucune ombre derrière les pierres. Le monde entier tournait autour de Tara. Elle se sentait aspirée vers l'éther, comme transportée dans un songe primitif. La montagne était un parloir avec l'univers où aucune règle de l'homme ne semblait tenir : le temps, l'espace, la gravité étaient ceux des astres. Tara n'aurait su dire au bout de combien de temps la voiture atteignit le col. Elle ne s'était même pas rendu compte que Sherwan avait arrêté le véhicule et qu'elle en était sortie, les yeux figés dans l'azur. Elle sentit sous ses pieds la planète tout entière, et elle eut conscience de sa petitesse et de sa fragilité. Elle baissa finalement le regard. Devant elle s'étendait un grand plateau, couvert d'herbe rase, qui formait une légère cuvette.

— Pour les Yézidis, dit Sherwan, l'arche de Noé s'est échouée ici.

Tous les deux restèrent silencieux un moment. Tara était incapable de parler.

— Pour nous tous, comme pour toi, tout a commencé ici, ajouta Sherwan en contemplant la vaste étendue. Viens, je t'emmène voir quelqu'un.

Ils remontèrent en voiture et prirent la route qui traversait le plateau parcouru de troupeaux. Ils croisèrent des femmes uniquement vêtues de larges tissus blancs et d'autres parées de bijoux colorés. Les hommes aux grandes moustaches marchaient avec des bâtons, la tête enroulée de chèches.

— Où allons-nous ? finit par demander Tara.

— Je t'emmène dans un endroit sacré. Regarde sur les sommets, que vois-tu ?

Tara tourna la tête. Au loin elle aperçut des constructions blanches et pointues sur les sommets, dans toutes les directions.

— Qu'est-ce que c'est ? demanda-t-elle.

— Des *mazars*. Les tombes des saints yézidis. Ceux que tu vois sur les sommets de Shingal ont été créés par Dieu pour maintenir l'équilibre de la montagne.

De l'autre côté du plateau, la route remontait vers un col où Sherwan s'arrêta un instant. Il dominait la ville de Sinjar, posée en contrebas sur le flanc de la montagne. La plaine s'étendait ensuite jusqu'à la Syrie toute proche à l'est et le désert al-Jazeera au sud. Des carcasses de véhicules rouillés jalonnaient la route qui serpentait en descendant vers la ville.

— Ces voitures de Daesh ont été détruites par le PKK quand elles essayaient de conquérir la montagne, expliqua Sherwan. Tu vois la grande ligne noire au sud de la ville, là-bas ? C'est l'ancienne ligne de front avec Daesh. Elle fait des centaines de kilomètres de long. Ici les combats ont été terribles.

Sherwan redémarra et bifurqua vers un sommet légèrement arrondi, surplombé d'un *mazar* carré. La voiture s'y arrêta. Le dôme pointu du mausolée était composé de multiples arêtes qui représentaient les rayons du soleil illuminant l'humanité. Une flèche en bronze à son sommet figurait le cosmos créé par Dieu. Plus loin, un arbre isolé tendait ses branches noueuses et grises au bord de la falaise. Il était couvert de morceaux de tissus colorés qui volaient au vent. Au pied du tronc, un homme entièrement vêtu de blanc priait à genoux, face au soleil. Tara et Sherwan marchèrent jusqu'à lui.

— Les Yézidis prient d'abord pour les autres avant de prier pour eux-mêmes. Et toujours face au soleil, expliqua Sherwan tout bas.

Le vieil homme embrassa la terre, attrapa sa canne en bois sur le sol et se leva. Quand il se tourna, ses yeux bleus firent écho au ciel. Ils brillaient de tout le soleil qu'ils venaient de recevoir. Sa peau ridée avait la couleur de la terre. Le vieux mystique ne semblait faire qu'un avec les éléments. Il regarda fixement Tara avant de s'approcher. Sans un mot il attrapa sa main qu'il conserva dans les siennes et posa une question à Sherwan.

— Il me demande qui tu es. Il t'appelle petite sœur, car il pense que tu es yézidie.

— Je m'appelle Tara, dit-elle.

Le vieil homme la regarda en souriant.

— Il dit qu'il a prié pour toi, continua à traduire Sherwan. Il demande aussi ce qu'il peut faire encore ?

Tara regarda Sherwan, un peu perdue.

— Demande ce que tu veux, dit-il.

— Je… J'aimerais qu'il m'explique ses prières.

Le vieux sage la fixait toujours du regard, au-dessus de ses moustaches blanches comme un nuage. Puis il emmena Tara par la main vers l'entrée du mausolée. Ils se déchaussèrent devant une grande ouverture barrée au sol par un linteau de pierre.

— Ne marche pas dessus, dit Sherwan. Il faut l'enjamber pour entrer.

L'intérieur était nu. Les vieux murs de brique perdaient par endroits leur enduit à la chaux blanche qui tombait sur le sol par petites plaques. Au fond, une structure rectangulaire était invisible, couverte de tissus de soie bariolés.

— C'est la sépulture de *Cheich Hasan*, un saint très important pour les Yézidis, expliqua Sherwan.

Au-dessus de la tombe, de petites fleurs violettes étaient collées au mur par un mélange de terre, de paille et d'œufs dont subsistaient les coquilles symbolisant la terre des origines. Le feu sacré était entretenu dans une alcôve projetant des ombres sur les murs. Des amphores noires et brillantes conservaient l'huile d'olive utilisée pour les cérémonies religieuses. L'ermite les fit asseoir sur le sol. Il garda la main de Tara dans la sienne.

— Je t'écoute, dit le sage.

— En quoi croyez-vous ?

Le Yézidi commença à parler, traduit par Sherwan.

— En *Xodê*, notre Unique adoré. Au commencement, le monde était couvert par la mer. Dieu éleva un arbre dans l'océan où il se posa sous la forme d'un oiseau. *Tawseh Melek* aussi était un oiseau. Il avait parcouru le monde vide et voulut également se poser sur une branche. Dieu accepta de l'accueillir sur l'arbre une fois que *Tawseh Melek* se fut incliné devant lui. *Tawseh Melek* expliqua qu'en voyageant dans l'univers, il avait croisé Hewa, la première femme. Dieu créa alors la mer, les cieux et la terre. Il façonna Adam, car Hewa ne servait à rien sans un homme. Un jour, en se réveillant, Adam suivit des pas dans la neige, et il rencontra Hewa. Puis, sur les conseils de Dieu, *Tawseh Melek* fit manger du froment interdit à Adam pour le faire sortir du paradis car il devait se multiplier. Et Dieu mit ainsi quarante filles et quarante garçons dans le ventre de Hewa.

— Qui est *Tawseh Melek* ? demanda Tara.

— Nous avons sept anges et *Tawseh Melek* est l'un d'entre eux.

Ils restèrent silencieux un moment. Le vieil homme tenait toujours la main de Tara dans les siennes. Il l'observait intensément.

— Pourquoi Daesh veut-il vous détruire ?

— Une fois, Mahomet monta au paradis. Il y trouva Dieu et les anges qui discutaient. Mais *Tawseh Melek*, le meilleur de tous les anges, lui demanda de partir car il était mortel. Mahomet s'énerva. Alors *Tawseh Melek* se mit en colère à son tour, et il jeta Mahomet sur terre. Fou de rage, Mahomet lui donna le nom de *Seytan* le Maudit. Depuis, beaucoup d'hommes nous accusent d'être les adorateurs du diable.

— *Tawseh Melek* n'est pas le mal, alors ?

— Le mal ou le bien, qu'importe, nous respectons l'un et l'autre également, car le mal existe par la volonté de Dieu. En cela *Tawseh Melek* est son plus fidèle serviteur. Tu sais, ma fille, le temps n'est pas encore venu où le vent soufflera sur la terre et égalisera sa surface comme un œuf. Dans le *djebel*, les *Feqiran* continueront de chanter et de respecter la vie, pour longtemps encore. Comme toi, ils se préserveront de souiller leurs mains du sang des innocents.

La lumière sacrée continuait de projeter des combats d'anges sur les murs. Sherwan au bout de la pièce était assis sur le sol et observait la scène sans bouger. Le vieil homme frottait maintenant doucement la main de Tara. Elle sentait sa peau semblable à un cuir lisse qui chauffait la sienne, comme le serpent noir, symbole de la sagesse des Yézidis. Il la regardait avec l'intensité d'un loup, captivant son âme. Encore une fois Tara se sentit soulevée de terre et elle eut l'impression de voir à travers l'ermite.

— Tu dois préserver la vie, ma fille, assura-t-il. Les morts disparus récolteront la peau de la bête qu'ils ont été. Ta maman aussi existe à nouveau. Dans cet oiseau peut-être, et tu dois la chérir.

Un petit oiseau vint se poser sur leurs mains. Le bout de ses ailes était jaune et bleu. De fines taches blanches coloraient sa tête qui s'interrogeait en mouvements saccadés.

— Regarde l'Ange Paon car toi aussi tu as un frère de l'Autre Monde, petite sœur, lui apprit le vieil homme qui chantait maintenant et n'avait plus besoin d'être traduit.

Tara plongea dans les yeux bleus du sage, immenses comme la mer. Elle se posa délicatement sur une branche de son esprit.

— Tu viens ? lui dit Jeanne en lui prenant la main.

Sa mère souriait. Elle l'emmena au bout de la falaise.

— Regarde, murmura-t-elle avec douceur.

Tara se vit toute petite, comme dans un vieux film de vacances usé et silencieux. Elle était assise en pyjama devant la tente pointue et venait juste de se réveiller. Ses cheveux étaient hirsutes. Sa mère riait de son petit air perdu. Son père en maillot de bain faisait chauffer difficilement une casserole sur un réchaud à gaz pour lui servir un chocolat au lait. Il plaisantait, hilare de sa propre maladresse. Jeanne lui préparait des tranches de pain. Sa mère s'appliquait à réaliser la plus belle tartine qui soit, avec le beurre et la confiture bien répartis sur toute la surface. Tara aimait tant que son papa la fasse voler dans les airs quand ils allaient se baigner ! Elle avait un peu peur chaque fois, mais elle savait qu'elle retrouverait toujours la protection de ses bras. Ensuite, Robert lui faisait de gros bisous piquants dans le cou qui lui donnaient encore plus de frissons. Elle rentrait alors la tête dans les épaules avec des : « Arrête papa ! » qui signifiaient le contraire. Et après, tout excitée, elle courait nue sur la plage et tombait mouillée sur sa maman sans même ralentir sa course.

— Et le piano, tu t'en souviens ? lui demanda Jeanne.

Quand elle entendait sa maman jouer dans le salon depuis sa chambre, elle descendait discrètement en essayant de survoler la moquette dans l'escalier comme Peter Pan. Elle rampait ensuite pour s'approcher silencieusement, et finissait par écouter la musique sous les jambes de Jeanne qui feignait de ne pas l'avoir vue. Après un long moment, sa mère la saisissait en criant et Tara se débattait pour se libérer du dragon. Sa maman lui apprenait alors les notes, assise sur ses genoux, la joue posée contre la sienne. Quand Tara grandit, Jeanne tournait les partitions, la bouche toujours en mouvement, récitant silencieusement les notes. Encore plus tard elles jouèrent ensemble, à quatre mains. Et c'est Jeanne qui se faufilait discrètement pour écouter sa fille sans qu'elle s'en aperçoive.

— Tu te rappelles le conservatoire ? lui demanda encore Jeanne.

Tara passait son examen. Elle jouait le *Concerto n° 2* de Chopin. À peine avait-elle terminé qu'elle entendit des hourras dans la salle, et quelqu'un qui sifflait. Elle n'en crut pas ses yeux d'apercevoir sa mère, debout, les doigts dans la bouche. Tara ne savait pas qu'elle savait siffler. « J'ai appris pour l'occasion », lui avait-elle dit avant de l'emmener déjeuner.

— C'était bien, quand même, non ? lui demanda Jeanne tout à coup.

— Oui maman. C'était bien.

— Alors pourquoi m'en veux-tu autant ?

— Parce que tu es partie et que tu n'étais pas que ça.

— Mais c'était le mieux que j'avais à t'offrir. Tu as vu comme la mer est belle ?

Tara attrapa le bras de sa mère et posa sa tête sur son épaule. Devant les deux femmes, l'étendue bleue était parcourue d'une houle légère. Le soleil faisait crépiter ses mouvements. Il n'y avait pas de vent. Tara leva le bras pour caresser de la main la courbe de l'horizon. Et le petit oiseau s'envola.

— Il est temps, lui dit Sherwan.

Il était accroupi devant elle et lui secouait doucement l'épaule pour la faire sortir de son rêve.

— Il faut partir, maintenant, insista-t-il.

Tara regarda autour d'elle. Elle se trouvait toujours dans la pénombre du sanctuaire. Le *mazar* sentait l'encens.

— Où est le vieil homme ? demanda-t-elle.

— Il est parti.

— Qu'est-ce qui s'est passé ?

— Tu t'es endormie.

— Longtemps ?

— Une heure peut-être. Viens vite, il est tard.

Dehors, le soleil commençait à être bas. Sherwan voulait rejoindre le Kurdistan irakien avant la nuit. La voiture et ses phares attireraient l'attention. Tout était plus dangereux dans l'obscurité. Ils prirent la route et rebroussèrent chemin. Après avoir repassé les check-points, ils foncèrent plein nord. Sherwan faisait voler le pick-up sur la piste au-dessus des bosses, si bien qu'ils ressentaient à peine les cahots. Mais en contrepartie il devait éviter les nids-de-poule dans de grandes embardées en jouant avec le volant pour compenser les glissades.

— Je roule vite, mais j'ai l'habitude.

— Pas de problème, j'ai confiance, répondit Tara.

La policière regardait le paysage défiler. Elle tourna une dernière fois la tête vers la montagne suspendue qui disparaissait dans le soir. Elle ressentait encore ce sentiment un peu vaseux après un sommeil profond et plein de rêves. Pourtant elle n'avait pas l'impression d'avoir dormi dans ce mausolée. Elle pouvait encore sentir la main de sa mère dans la sienne et le parfum de Jeanne sur ses vêtements. Elle espérait que cette sensation ne la quitterait plus. La radio grésilla à côté de Sherwan alors que quelqu'un appelait. Il attrapa le talkie-walkie, mais ne distingua pas ce qu'on lui disait. Il tenta alors sans succès de faire répéter le message. L'homme qui le contactait parlait fort, mais sa voix était étouffée par les interférences. Tara sentit immédiatement que quelque chose n'allait pas. Elle n'avait pas besoin de comprendre les mots pour saisir ces intonations d'alerte auxquelles elle était habituée. Elle continua à regarder Sherwan, impuissante, suspendue à la communication. « Channel 4 », entendit-elle. Sherwan posa la radio entre ses jambes pour tourner la molette des fréquences tout en conduisant de l'autre main, les yeux rivés sur la route poussiéreuse. Il roulait de plus en plus vite, conscient lui aussi d'un danger. Il bascula sur le canal 4. Le premier mot que Tara distingua fut « Sherwan », que l'homme appelait à répétition. Quand son chauffeur confirma qu'il était en ligne, Tara ne décrypta qu'un seul mot prononcé en boucle dans une phrase : Daesh. Au moment où Sherwan comprit le message, Tara vit le visage du chauffeur se figer, les yeux grands ouverts. Subitement, il donna un brusque coup de volant, le pied enfoncé sur le frein. Le pick-up dérapa à toute allure, glissant en travers de la route dans un grondement. Tara fut projetée contre la portière. Sherwan contre-braqua pour maintenir la voiture en biais alors qu'elle manquait de partir en tonneau. Tout vola dans l'habitacle. Le pare-brise explosa sans raison et la cabine se remplit de poussière. Les deux roues gauches se soulevèrent tandis que le pick-up était prêt à se coucher sur le flanc. Mais la voiture arrêta sa glissade. Elle resta un moment suspendue et retomba mollement sur ses roues dans un nuage brun. C'est là que Tara entendit les coups de feu d'AK-47 et les impacts sur la carrosserie.

— Vite ! Sors ! cria Sherwan qui s'éjectait du véhicule.

Tara se pencha sur la boîte à gants pour saisir le pistolet. Une balle frôla son visage et fit vibrer son tympan. Sherwan se précipita de nouveau dans l'habitacle. Il saisit Tara par le bras, l'arracha de son siège avant de la jeter au sol.

— Reste couchée ! hurla-t-il en ouvrant la portière arrière du pick-up.

Les claquements de mitrailleuse s'intensifièrent. Tara arma son pistolet et roula sur le côté pour se protéger derrière le pneu du pick-up. Les balles ricochaient sur la voiture dans un bruit de marteau sur la tôle. Allongée en position de tir, elle prit une grande respiration pour se calmer et analyser la situation. La route se poursuivait en ligne droite devant elle. De chaque côté s'élevaient des talus d'où la fumée et les flammes trahissaient la présence des assaillants. Elle sursauta d'un coup, surprise par des détonations à côté d'elle. De l'autre côté du véhicule, Sherwan tirait au coup par coup avec une kalachnikov.

— Qu'est-ce qui se passe ? cria Tara dans le vacarme.

— Une embuscade de Daesh, lui répondit-il, rivé à l'œilleton de son fusil. Ne les laisse surtout pas s'approcher, il y a toujours des kamikazes.

Il arrêta de tirer pour regarder rapidement derrière lui. Il attrapa sa radio et passa un appel en urgence.

— Couvre-nous à l'arrière, il peut y en avoir d'autres, ordonna-t-il en lançant deux chargeurs à Tara.

Elle se retourna dos au pneu, le pistolet en joue entre ses jambes. Devant elle tout était jaune, sec et immobile. Les tirs diminuèrent. Puis le silence s'installa sous les derniers rayons du soleil.

— Comment va-t-on se sortir de là ? lui lança-t-elle, des mèches de cheveux collées par la transpiration sur son visage.

Sherwan jeta encore un œil aux alentours. Ils se trouvaient sur un terrain plat qui n'offrait aucune protection. L'embuscade était parfaite. Si des djihadistes arrivaient en tenaille par l'arrière, ils n'avaient aucune chance d'en réchapper.

— Je ne sais pas encore, finit-il par dire. Ils ont arrêté de tirer, ils préparent quelque chose. Il faut tenir.

— Tu as vu quoi ? demanda Tara.

— Deux hommes à droite et deux à gauche.

— Trois à droite, répliqua Tara.

— Cinq en tout, alors.

Tara s'essuya le front du revers de la main. La sueur coulait dans ses yeux. Le soleil bas l'éblouissait. Soudain les djihadistes se remirent à tirer. Tara entendit les balles siffler de chaque côté de la voiture et creuser des traits au sol dans le sable. Une détonation la fit sursauter. Le pneu dans son dos venait d'exploser. Elle plongea la tête entre ses épaules pour se faire la plus petite possible. Sherwan répliqua à nouveau, au coup par coup, pour économiser ses balles. Tara n'était protégée que par la roue du pick-up derrière elle. Elle pouvait se faire tuer à n'importe quel moment sans rien voir venir. Une balle ricocha contre la carlingue et un éclat de métal brûlant lui coupa la peau de l'épaule.

— Tara, j'ai besoin de toi ! hurla Sherwan. Je n'y arrive pas seul, dit-il en rechargeant son arme.

Elle se contorsionna comme un serpent pour remettre en joue sur le sol. Elle visa et tira au moindre mouvement avec le plus de précision possible. Au bout de dix-sept coups, elle se retourna pour changer de chargeur. Elle croisa le regard de Sherwan qui lui montra son dernier magasin, appuyé contre le pneu. C'est là qu'elle vit la voiture arriver au loin derrière eux.

— Sherwan ! hurla-t-elle.

Le Kurde se retourna. Un pick-up approchait à toute allure, levant des vagues de poussière.

— Si c'est Daesh, il faut les arrêter ! Couvre-moi ! hurla Sherwan.

Il se leva malgré les tirs des djihadistes dans son dos. Les balles soulevaient en vaguelettes le sable autour de lui. Il avança, courbé, le fusil en joue, vers le véhicule qui venait, pour les protéger d'une attaque suicide. Alors Tara se retourna et tira de nouveau, à droite, à gauche, dans une lutte impossible, tentant d'atteindre toutes les ombres qu'elle percevait, pour arrêter un ennemi invisible. Elle saisit le dernier chargeur dans sa poche avant l'éjection de la dernière douille et l'arma, dans un geste instinctif, plus rapidement qu'elle ne l'avait encore jamais fait. Dans le vacarme, elle n'entendait plus les tirs de Sherwan derrière elle. Peut-être était-il déjà mort, elle n'aurait su le dire. Mais peu importait, cela ne changeait rien pour elle. Cette situation aurait une fin dans tous les cas. Pour l'instant elle était toujours vivante, c'est tout ce qui comptait. Alors elle continua à tirer, méthodiquement. Les chiffres défilaient dans sa tête à rebours. Chaque balle en moins était une chance de plus de vivre ou une de plus de mourir. C'est à cinq qu'elle vit une ombre se dégager du talus devant elle. Un homme se mit à courir dans sa direction en balayant l'espace de sa kalachnikov. Ce qui surprit d'abord Tara, dans cet instant si court, c'est que l'homme n'avait ni barbe ni tenue salafiste ou signe distinctif. Il était rasé, portait un jean, un tee-shirt, des baskets certainement, et ressemblait à n'importe quelle personne qu'elle aurait pu croiser dans le monde. Mais lui hurlait en voulant la tuer. Elle tira une première fois, et le rata. Le djihadiste se mit à faire de grandes embardées et Tara appuya sur la détente une seconde fois. Elle le manqua encore. Alors elle sauta sur ses jambes et s'appuya sur le rebord en acier de la benne du pick-up. Cette fois-ci elle prit son temps pour viser. Quand la balle atteignit le djihadiste, l'explosion fut immédiate. Tara fut projetée en arrière par le souffle.

La seule chose dont elle se souviendrait des deux minutes qui suivirent, c'est que sa tête lui faisait mal, ses oreilles bourdonnaient affreusement et qu'elle ne savait pas encore si elle était en vie. Puis elle vit Sherwan au-dessus d'elle qui lui demandait si ça allait. Tara cligna des yeux pour reprendre ses esprits, le visage couvert de poussière et noirci par la poudre.

— Tu es blessée ? demanda Sherwan inquiet en cherchant du sang sur elle.

— Non, je ne crois pas.

Il l'aida à se relever. À côté de leur voiture un autre véhicule barrait la route, et derrière encore deux pick-up étaient arrêtés. Une mitrailleuse de gros calibre était fixée dans la benne de l'un d'eux. Des miliciens du PKK étaient postés un peu partout.

— Qu'est-ce qui s'est passé ? demanda-t-elle à Sherwan.

— Un djihadiste s'est fait sauter.

— Je crois que c'est moi qui l'ai fait sauter.

— Quoi ? s'étonna Sherwan.

— Je lui ai tiré dessus et il a explosé.

Sherwan la regarda, amusé.

— Avec eux il faut faire attention où tu vises.

— Et le PKK ?

— Le pick-up qui se dirigeait vers nous était celui des camarades qui venaient pour nous aider.

— Des camarades ? Ce n'est pas la première fois que tu utilises ce mot.

Sherwan ne répondit pas. Il donna à Tara une bouteille d'eau avec laquelle elle s'aspergea le visage.

— Et les djihadistes ? poursuivit-elle.

— Ils n'ont pas tenu longtemps contre nos soldats.

— Ils sont tous morts ?

— Non, il y a un prisonnier. Et tu avais raison, ajouta-t-il en souriant. Ils étaient bien cinq.

Tara avait agi par réflexe, prise dans l'urgence de la situation, folle d'adrénaline, et elle réalisait encore difficilement ce qui venait de se passer. Des combattants s'affairaient partout. Le pick-up de Sherwan était criblé de balles, les pneus en lambeaux. Plus loin sur la route, une femme du PKK agenouillée grattait le sol avec précaution. Elle se pencha en avant et souffla. Une plaque de métal émergea de la poussière.

— Qu'est-ce que c'est ? demanda Tara.

— Un IED [1], répondit Sherwan. Une bombe artisanale qui explose au passage d'un véhicule.

Sherwan regarda Tara et semblait embêté.

— Ce qui veut dire, finit-il par ajouter, qu'ils n'étaient pas là par hasard, et qu'ils n'étaient pas venus pour nous kidnapper.

— Comment ça ?

— Ils étaient là pour nous tuer.

Tara resta figée.

— Viens, nous discuterons de tout ça plus tard. Le PKK va nous prêter une voiture et nous escorter jusqu'à ce que nous soyons en sécurité au Kurdistan.

---

1. *Improvised Explosive Device* (EEI : engin explosif improvisé).

XXI

J-25 jours

En banlieue parisienne, Ibrahim attendait dans une cuisine démodée. Il était assis à une table en bois calée contre un mur. Les chaises étaient couvertes de coussins jaunes décorés d'oiseaux. La crédence beige au-dessus de l'évier rappelait le carrelage au sol, vieux comme le pavillon. Ibrahim jouait avec son briquet, nerveux, une jambe trépidant en continu. Il attendait depuis plus de trois heures maintenant. La veille il s'était occupé de récupérer les clefs auprès du fils de la propriétaire. Ensuite il avait fait des courses pour remplir le frigo et les placards. Plus tard il était revenu avec une grosse voiture de location afin de déposer le matériel. Il y en avait beaucoup, mais Ibrahim était habitué à déposer des armes dans des planques. La maison disposait d'un garage fermé, ce qui était pratique et discret. Il avait suivi les instructions et ne l'avait louée que pour un mois. Quelque chose se préparait. Ibrahim enrageait de ne rien savoir encore. Il attrapa ses cigarettes, un paquet de feuilles et commença à se rouler un joint. Il regarda le cône de papier parfait avant d'éteindre la lumière et de se mettre à la fenêtre. La première bouffée l'irradia. Il se sentit immédiatement mieux. La cuisine donnait sur le jardinet devant la maison. Derrière, la rue était cachée en partie par les branches d'un prunier. Ibrahim vit une vieille dame passer avec son chien sur le trottoir d'en face. Il garda son joint entre ses lèvres et fit mine de lever un fusil en visant. Il plissa l'œil en suivant l'avancée de la promeneuse qu'il distinguait par moments dans le feuillage. Il attendit un instant que sa tête soit parfaitement dans la ligne de mire. Mais le risque était trop grand de la rater. Il pensa alors à tirer dans les jambes pour ensuite l'achever par terre. Une vieille femme laide comme elle ne mettrait de toute façon pas longtemps à mourir une fois vidée d'un ou deux litres de sang. Son cœur ne tiendrait pas la douleur. La vieille dame s'arrêta entre deux feuilles pour laisser son animal renifler le mur. Ibrahim la balaya des pieds à la tête avec son fusil imaginaire. Finalement il eut envie de tuer son chien en premier, pour voir la réaction de la grand-mère devant son petit animal éclaté contre le mur, au milieu d'une tache rouge. Il pouffa de rire. Alors il tira une première balle invisible en recrachant sa fumée. « *Pouf* », souffla-t-il dans un nuage de haschisch, « *pouf* », « *pouf, pouf* ». Il visa la tête de la femme allongée au sol dans une mare de sang et allait l'achever quand on sonna à la porte. Il éteignit avec précipitation son joint sous le robinet, hésita un instant, et se décida à le jeter par la fenêtre. Puis il sortit de la maison, traversa le jardinet et alla ouvrir la porte donnant sur la rue. Un couple assez banal d'une quarantaine d'années se tenait à côté de deux valises à roulettes. L'homme en chemise avait les yeux légèrement bridés derrière des lunettes rondes qui lui donnaient un air de comptable. Sa femme aux cheveux noirs portait un pantalon de toile sur des chaussures bon marché.

— Bonsoir mon oncle, entama Ibrahim en attrapant une valise. Vous êtes enfin arrivés. Le voyage n'était pas trop long ?

— Non, tout va bien, répondit l'homme avec un accent slave.

— Bien, suivez-moi alors.

Ibrahim les conduisit dans la maison. À peine avait-il fermé la porte d'entrée que l'homme l'attrapa par le cou et le plaqua contre le mur.

— Tu veux faire venir la police, c'est ça ? fulmina-t-il, la mâchoire serrée.

— Quoi ? Je ne comprends pas, balbutia Ibrahim.

— Tu fumes du haschisch, et à la fenêtre en plus !

— Non, non, je t'assure, mon frère…

— Arrête ça, nous l'avons senti depuis la rue. Et tu ne m'appelles pas mon frère, tu entends ?

L'homme dévisageait Ibrahim d'un regard noir. Il finit par lâcher prise. Puis il entra dans le salon avant de se rendre dans la cuisine. Il jeta un œil par la fenêtre et ferma les volets.

— L'emplacement est parfait, dit-il. Nous pourrons tout observer d'ici. Et les propriétaires ?

— Ce sont des retraités, répondit Ibrahim. Ils ne viennent que pour visiter leurs enfants. Le reste du temps ils vivent au Portugal. Il n'y a aucun risque que vous soyez dérangés. J'ai fait des courses et j'ai mis des draps dans les chambres à l'étage.

L'homme ouvrit le frigo et se retourna vers Ibrahim, un saucisson de bœuf dans la main.

— Qui t'a dit de prendre du halal ?

— Personne, mais je croyais…

— Ça suffit, le coupa l'homme. Tu ne dois pas éveiller l'attention, tu le sais. Où sont les armes ?

— Venez, répondit Ibrahim, penaud.

Il ouvrit une porte qui donnait directement dans le garage.

— C'est la voiture, dit-il en montrant le véhicule de location qui y était garé.

Il se baissa et souleva une trappe en bois dans le sol en béton. Au centre, entre des casiers à bouteilles, trois sacs étaient empilés.

— Tout est là ? demanda l'homme.

— Oui, six kalachs, des pistolets, les munitions et les explosifs. Il y a aussi les gilets pare-balles et la quincaillerie. C'est pour quand ?

— Tu sauras tout en temps utile. Rien ne presse pour l'instant. Rentre chez toi et attends les instructions.

⁂

Trois heures après l'attaque de Daesh dans le Sinjar à l'hôtel de Dohuk, Sherwan quittait Tara pour se rendre dans une chambre attenante. Il n'était plus question pour lui de la laisser seule. La discussion avait été tendue et Tara était complètement épuisée. Elle s'allongea sur le lit à regarder le plafond pour tenter de reprendre le fil de l'histoire. La rencontre avec Syban ne cessait de la questionner. Les informations avaient été trop faciles à trouver. La première Yézidie qu'elle rencontrait lui donnait exactement ce qu'elle recherchait, le lien entre Camille Martin et Mohamed Belaj. Plus que cela, elle découvrait que tous deux avaient joué des rôles importants au sein des services de renseignement de l'État islamique. Elle obtenait ainsi des réponses cruciales à l'enquête. De quoi se sortir également de la situation complexe qui l'attendait en France à la suite de l'incident avec Akim Alami et son départ discret en Irak. Toutes ces coïncidences dérangeaient la policière. Pourtant Sherwan lui avait expliqué que beaucoup d'esclaves sexuels étaient passés par les mêmes centres, ces *maqaar* où le viol et la torture étaient menés sous bonne garde par les femmes de l'État islamique. Là où les djihadistes nourrissaient leurs perversions en se repaissant de l'innocence. Il avait argumenté que de nombreux Yézidis avaient dû être victimes de Mohamed Belaj et de Camille Martin. Pour lui la coïncidence n'était peut-être pas si exceptionnelle. Tara avait insisté par d'autres questions et Sherwan, agacé, s'était renfermé. Sur son lit la policière repensa au témoignage de Syban et eut un frisson d'horreur. Elle se frotta les oreilles qui lui faisaient encore mal, ce qui la ramena à l'attaque de Daesh.

Elle se leva alors pour prendre une bière dans le grand sac en plastique noir posé à côté du bureau. Elle ouvrit la bouteille en verre et en but la moitié d'une traite. Elle n'avait d'abord pas compris comment Sherwan avait pu leur faire traverser une région où l'État islamique était présent. Mais il lui avait répondu que les djihadistes n'avaient rien à y faire. Ils étaient arrivés de Syrie par le désert et avaient pris d'énormes risques pour traverser cette zone contrôlée par les Irakiens et les Kurdes. Leurs chances de s'extraire de là étaient presque nulles. Il s'agissait donc pour le commando d'une mission sans retour. Tara et Sherwan devaient leur survie à un berger qui avait remarqué la voiture des terroristes dans la plaine et les avait observés préparer l'embuscade. Il avait pu prévenir à temps des combattants du PKK qui avaient alerté Sherwan à leur tour. L'expérience du Kurde les avait ensuite sauvés. Remarquant la terre remuée sur le sol, il avait arrêté le pick-up avant de rouler sur la bombe. Les armes cachées dans sa voiture, sa connaissance de la zone et des soldats du PKK, sa capacité à se battre, tout faisait penser à Tara que son guide était un combattant aguerri.

— Nous vivons dans la guerre depuis longtemps, tous les Irakiens savent se battre, s'était-il justifié.

Sherwan était convaincu que les djihadistes visaient Tara. Et s'ils connaissaient leur route vers Sinjar, c'est qu'ils étaient bien renseignés.

— Qui sait que tu es en Irak ? avait-il demandé.

Elle avait alors énuméré les noms de trois personnes : son père, Jean et Ajda. Puis son sang s'était glacé en pensant à Akim Alami. Mais si le nom du terroriste ne lui était pas immédiatement venu à l'esprit, c'est qu'il était à l'isolement absolu. Surveillé en permanence, il n'avait aucune possibilité de communiquer avec l'extérieur. Sherwan avait alors longuement insisté pour que Tara reparte en France. Si l'État islamique en avait après elle et si Alami en était la source, le danger était bien trop grand. La tête basse, elle s'était rappelé la conversation avec son père. « Jamais tu ne devrais aller là-bas », avait-il dit en s'énervant. Les images du Sinjar lui étaient revenues en tête, la montagne magique, l'arbre à prières, le vieux sage. Mais surtout sa mère qu'elle avait la sensation d'avoir pu revoir ici. Elle avait regardé sa main qui tremblait encore et avait pensé à Baz. Elle aurait voulu se trouver avec lui à cet instant précis.

— C'est d'abord pour découvrir ce qu'a vécu ma mère en Irak que je suis venue ici, avait-elle argumenté. Je ne peux pas repartir avant ça.

Sherwan l'avait regardée sévèrement. Puis il s'était levé.

— Très bien. Il faut que tu dormes, alors. Demain nous partirons très tôt pour Halabja.

— Halabja ?

— Si tu veux découvrir ce qui s'est passé à l'époque, c'est par là qu'il faut commencer. Garde ça avec toi, avait-il conclu en lui tendant le pistolet M18.

Tara reposa la bouteille de bière sur sa table de nuit. Elle s'assit sur son lit et alluma son téléphone. Dès qu'il capta le réseau, il se mit à tinter à répétition. Elle avait reçu soixante appels du commissariat et de Benjamin depuis qu'elle était arrivée en Irak la veille. Elle parcourut ses messages et ouvrit ceux de Perret. Elle n'eut pas la force de tous les lire. Elle avait bien compris la situation et savait qu'elle allait vraiment passer un mauvais moment. Elle souffla en regardant le plafond. Il était tard et elle ne se sentait pas du tout capable d'affronter ce qui l'attendait en France. Elle se décida finalement à appeler Baz.

— Salut, Tara, c'est gentil de m'appeler.

Elle aimait sa voix, son énergie, sa gentillesse, sa simplicité. Elle se sentit déjà un peu réconfortée.

— Salut.

— Alors ce voyage, ça se passe bien ?

— Ça va.

— Tu es où ?

— À Dohuk.

— Qu'est-ce que tu fais à Dohuk ?

Tara réfléchit une seconde avant de parler.

— Je suis venue voir des Yézidis.

— C'est un peuple fascinant, n'est-ce pas ?

— Oui, avait-elle répondu, songeuse.

— Et que vas-tu faire après ?

— Je pars demain sur Halabja. Baz ?

— Oui ?

— Je...

Les larmes lui montèrent aux yeux sans prévenir. Elle bloqua sa respiration.

— Tara ? Ça va ?

— Qu'est-ce que tu fais ? demanda-t-elle, le ventre serré, pour s'extraire des pensées qui la submergeaient.

— Figure-toi que je me cuisine des pâtes à la Baz, en buvant un saumur-champigny bien boisé. Et je pensais à toi aussi. Je me disais que tu avais de la chance. Je n'ai pas revu le pays de mon enfance depuis bien longtemps.

Elle sourit, les yeux toujours brillants.

— Tu es né où ? demanda-t-elle.

— À Diarbakir, au Kurdistan turc. Mes parents sont arrivés en France j'avais dix ans.

— Baz ?

— Tara ?

Elle posa sa main sur son visage.

— Tu... Elle serra les dents.

— Toi, ma belle, il y a quelque chose qui ne va pas. Qu'est-ce qui se passe ?

— Je...

Elle se retint de parler pour ne pas pleurer. Elle leva les yeux en l'air et les premières larmes coulèrent. Deux gouttes épaisses et salées dévalèrent lourdement le long de ses joues, laissant deux traits foncés sur sa peau mate. Elle tenta d'avaler sa salive. Sa bouche était sèche. Elle souffla longuement l'air de ses poumons en regardant le plafond.

— Tara, dis-moi ce qui se passe, s'il te plaît, insista Baz.

— Tu…

Sa bouche se crispa. Elle serra les dents aussi fort qu'elle put. Tara pleurait maintenant, la main sur ses lèvres ouvertes qui tremblaient.

— Tu crois…

Elle hoqueta.

— Tu crois qu'aimer… essaya-t-elle dans une plainte. Tu crois qu'aimer, c'est ne donner que de l'amour ?

— Je ne sais pas, Tara, répondit Baz après un silence. Je crois qu'aimer, c'est être libre, et peut-être juste regarder l'autre tel qu'il est.

XXII

Halabja était une bourgade de province aux maisons basses, entourée d'une chaîne de montagnes qui délimitaient la frontière avec l'Iran. Sherwan et Tara étaient partis dans la nuit et avaient roulé vers l'est sans s'arrêter. La jeune policière dormait, la tête contre la fenêtre. Malgré la climatisation, elle transpirait adossée au siège. Elle ouvrit des yeux lourds et secs quand le soleil tapa contre la vitre. Son corps la faisait souffrir. La blessure de son épaule engourdissait son bras. Elle se releva et se frotta le visage.

— Nous sommes arrivés ? demanda-t-elle, les cheveux hirsutes.

— Oui, c'est Halabja. J'ai faim, allons manger quelque chose, je connais un endroit.

Sherwan vira dans une petite rue pleine de réparateurs de toutes sortes. Des hommes s'affairaient partout à donner des coups de marteau, à souder dans des jets d'étincelles ou à bricoler des vélos du bout des doigts.

— Tu nous emmènes où ?

— Manger quelque chose de spécial. Un ragoût d'ici comme tu n'en as jamais goûté. Mais c'est particulier, si tu n'aimes pas, tu pourras prendre autre chose.

— Tu m'emmènes manger un *patcha* ?

Sherwan tourna la tête vers Tara en ouvrant des yeux ronds.

— Tu connais le *patcha* ? rugit-il presque.

— J'adore, lança-t-elle en laissant traîner sa phrase comme une bourgeoise. Surtout les petites boules blanches.

— Et les yeux ? demanda Sherwan, guilleret.

— Ah non, tout sauf les yeux !

Sherwan partit d'un rire franc et grave en tapant du plat de la main sur le volant. C'était la première fois que Tara le voyait détendu depuis les évènements de la veille. Il était devenu soucieux, et toujours en alerte. À présent il n'essayait plus de cacher la kalachnikov sur le plancher à l'arrière de la voiture ni le pistolet qu'il avait en permanence à la ceinture, dissimulé par sa veste.

Deux minutes plus tard ils s'assirent à l'extérieur du restaurant, de chaque côté d'une table en bois tachée du gras de viande qui semblait la nourrir depuis des siècles. L'intérieur de l'échoppe était semblable à celui des mécaniciens alentour sauf qu'à la place de vieux moteurs rouillés, deux énormes marmites noircies fumaient sur des braises. Et au lieu de pièces détachées, le comptoir était encombré de têtes de mouton et d'intestins qui dégoulinaient en langues roses comme du chewing-gum. Sherwan commanda deux plats et du thé d'un geste de la main.

— Mais comment tu connais le *patcha* ? demanda-t-il.

— C'est Ajda qui m'a fait goûter. Elle en cuisine au restaurant où elle travaille.

— Chez Baz, compléta-t-il.

— Tu connais Baz ? demanda Tara un peu surprise.

— Ma cousine m'en a parlé. Et puis chez les Kurdes, tout le monde connaît tout le monde, tu sais.

Le serveur déposa du pain et deux grands bols débordants de bouillon. Les abats y nageaient au milieu de halos de graisse jaunâtre. Il plaça également au milieu de la table une tête de mouton bouillie. Affamés, Tara et Sherwan se lancèrent à l'assaut de leur plat dans un silence rompu par leurs mastications bruyantes. Le Kurde émiettait du pain qui gonflait dans la sauce. Par moments, la bouche pleine, il déposait ses beaux morceaux de viande dans le bol de Tara. Elle lui souriait pour le remercier. Leurs lèvres brillaient de jus gras. Ensuite, Sherwan attaqua la tête de mouton au milieu de la table. Il la saisit et l'ouvrit en deux dans un craquement. Il arracha la langue qu'il proposa à Tara. Puis il écarta l'os du crâne. La puissance du Kurde rappela à la policière le combat de la veille et la facilité avec laquelle il l'avait extraite de la voiture. Sherwan lui servit de la cervelle en tenant le morceau d'un doigt pour qu'il ne tombe pas de sa cuillère. Il le fit disparaître au fond du bol de la policière. Enfin, avec son index, il retira un œil qu'il aspira avec gourmandise.

— Alors ? demanda-t-il. Il est bon, ce *patcha* ?

— *Mmmmm*, ne dis rien à ta cousine, mais je crois qu'il surpasse mes rêves les plus fous ! J'avais une faim terrible.

Sherwan, le ventre plein, attrapa son thé brûlant pour en aspirer bruyamment le liquide du bout des lèvres. Il fit un signe au serveur pour payer.

— Qu'est-ce qu'elle a de spécial, cette ville, Sherwan ?

— C'est ici qu'a eu lieu un des plus gros massacres pendant l'Anfal. Tu connais l'Anfal ?

— Ajda m'en a parlé. C'est le massacre des Kurdes par Saddam Hussein à la fin des années 1980.

— C'est ça. En 1988, pendant la guerre avec l'Iran, les peshmergas se sont alliés ici avec les Iraniens. Le 16 mars, en représailles, Ali Hassan Al-Majid, le cousin de Saddam, a attaqué Halabja.

— Ali le chimiste, c'est ça ?

— Oui. Il était responsable de la campagne de l'Anfal. C'est lui qui a organisé le génocide. Il a bombardé Halabja au gaz sarin tuant plus de cinq mille personnes. En tout, plusieurs centaines de milliers de Kurdes ont été massacrés pendant cette période. Ta mère travaillait ici à cette époque, c'est bien ça ? demanda Sherwan.

— Oui. Tout ce que je sais, c'est qu'elle était infirmière, dans les montagnes, à la frontière avec l'Iran. Dans une clinique qu'ils avaient montée avec leur association, Docteurs de l'urgence. Mon père s'est souvenu que le village s'appelait Aziti. Tu connais ?

Sherwan fit la moue.

— Non, ça ne me dit rien, mais je ne suis pas d'ici. Je vais demander.

Il fit signe au serveur et commença à lui poser des questions. Le jeune homme ne semblait rien savoir. Il disparut dans la gargote en interpellant un vieil homme à la barbe blanche, affairé à blanchir des tripes. Le Kurde arrêta son travail pour sortir, son foulard enroulé sur la tête. Sa chemise déchirée était couverte d'auréoles de graisse. Elle était enfoncée dans son large pantalon qui était remonté haut sur son ventre. Il portait de gros godillots en cuir d'un autre âge. Sa moustache était jaunie par le tabac mais ses yeux restaient lumineux sous ses paupières fatiguées. Il arriva, un torchon sale dans les mains, en essuyant ses doigts tailladés de traits noirs.

— *Salam baba*, entama Sherwan.

Il commença à interroger le vieil homme qui rapidement fit demi-tour pour retourner dans sa cuisine.

— Il dit qu'il connaît bien la région, résuma Sherwan. Il était même là pendant l'Anfal. Mais il ne connaît aucun village du nom d'Aziti. Je sais qui peut nous renseigner. Finis ton thé et je t'emmène voir Bazan, le responsable d'une association de victimes. Il a toute la mémoire de l'époque, il saura peut-être.

Dans une ruelle d'Halabja, Sherwan gara la voiture devant un bâtiment en pierre de taille blonde. Une plaque en cuivre indiquait les bureaux de l'Association des victimes d'Halabja. Le portique finement sculpté de l'entrée était supporté par d'étroits piliers de brique sur lesquels s'enroulait du jasmin. Au-dessus, une fresque représentait un homme allongé face contre terre tenant deux enfants dans ses bras, bouches ouvertes et visages tournés vers le ciel.

— Qui est-ce ? demanda Tara.

— Une des victimes de l'attaque, morte en voulant sauver ses enfants. La ville a été entièrement rasée par l'armée irakienne après l'attaque chimique. Mais on pense qu'il est mort juste ici, dit Sherwan en pointant le trottoir du doigt.

Tara fit quelque pas dans cette direction.

— Ici ? demanda-t-elle, surprise, en observant le sol autour d'elle.

Sherwan la regarda avec intensité.

— Oui Tara, répondit-il gravement.

Tara était debout au milieu du trottoir. Des herbes poussaient par petites touffes le long du mur en pierre qui le bordait. Elle regarda derrière elle, la route vide, les petits commerces de quartier, les voitures garées, les fils électriques qui pendaient. Elle vit des enfants passer à vélo au loin. Il faisait très chaud et les rues étaient vides. Elle regarda à nouveau le sol à ses pieds. Juste à l'endroit où elle se trouvait, un père était mort avec ses enfants. Il ne restait rien de lui qu'un trottoir et la mémoire de quelques-uns. Jour après jour nous foulons du pied un passé qui nous échappe, les évènements de notre histoire et les pas qui nous ont précédés. Elle s'agenouilla et posa sa main sur le sol. Il était chaud. Les corps massacrés avaient bâti ici la ville nouvelle d'Halabja. Ils en étaient le terreau, obligeant les descendants à la mémoire comme des tiges solidaires de leurs racines. Tara sentait chaque aspérité sous ses doigts. Elle avait la sensation de pouvoir caresser la tête des enfants. Elle devinait la présence du corps lourd de ce père posé sur le sol. « J'aurais dû apporter des fleurs », murmura-t-elle en se relevant. Sherwan l'observait toujours sans bouger. Elle se tourna vers lui et sourit. Lui continuait à la regarder immobile, comme possédé par cet instant.

— Qu'y aura-t-il après nous ? demanda Tara.

— Ce que tu décideras, lui répondit Sherwan. Tu te souviens de ce que t'a dit le prêtre dans le Sinjar ?

Tara hésita.

— « Les morts disparus récolteront la peau de la bête qu'ils ont été », récita-t-elle alors, surprise de se rappeler si bien la phrase. C'est ça ?

— Oui. Tu comprends ce qu'il a voulu dire ?

— Je crois.

— Les Yézidis croient en la réincarnation. Des actes de notre vie présente dépendra l'animal dans lequel nous nous réincarnerons. Nous sommes responsables aujourd'hui de qui nous serons demain.

— Nous sommes des semeurs.

— Oui, des semeurs, c'est ça, Tara. Allez, viens.

Ils passèrent le portail et sonnèrent à la porte. Un homme d'une soixantaine d'années vint leur ouvrir. Ses cheveux blancs étaient élégamment coiffés. Il portait une veste de costume sur une chemise claire et un jean. Son regard fixe et humide trahissait les conséquences de son exposition aux gaz chimiques. Passé les salamalecs, Bazan fit entrer Sherwan et Tara. Des cartons envahissaient le hall. Des restes de bombes posés sur leurs ailettes avaient été recyclés en pots de fleurs. Ils montèrent à l'étage et entrèrent dans un bureau surchargé. Une table avait disparu derrière des piles de dossiers multicolores qui s'élevaient en colonnes précaires. Bazan les fit asseoir sur un canapé devant son bureau. Tara se présenta et Sherwan expliqua le but de leur visite.

— Tu peux poser les questions que tu veux, Tara, conclut Sherwan quand il eut fini.

— Se souvient-il d'une ONG qui s'appelait Docteurs de l'urgence ?

— Ça ne lui dit rien, traduisit Sherwan. Mais le nom était peut-être différent en kurde. Il a rencontré pas mal de médecins français à l'époque. Mais il ne se rappelle pas quelle ONG.

— Et elle, il l'a connue ? dit Tara en sortant une photo de sa mère.

Bazan observa l'image en plissant ses yeux fatigués. Il la rendit à Tara en prononçant un « *Na* » que n'eut pas besoin de traduire Sherwan.

— Et le village d'Aziti, il sait où c'est ? demanda encore Tara.

Cette fois, Sherwan et Bazan commencèrent à s'entretenir plus longuement.

— Alors ? demanda Tara impatiente.

— Attends, dit son traducteur pour laisser l'homme finir.

Finalement Sherwan le remercia avant d'enchaîner.

— Le village dont tu parles n'existe pas. Il connaît parfaitement la région et il en est certain.

— Mince.

— Attends, ce n'est pas fini. Par contre, il se rappelle bien d'un hôpital tenu par les Français dans les montagnes qui s'appelait l'hôpital Aziti. Aziti, ça veut dire « la paix ».

— Et où était-il ? demanda Tara, toujours impatiente.

— Dans un village pas très loin d'ici, dans les montagnes en direction de l'Iran. Je t'emmène, si tu veux.

— Parfait, merci. Je peux lui demander ce que contiennent tous ces dossiers qui traînent partout ?

— Ce sont les dossiers des victimes des attaques de l'Anfal, traduisit Sherwan.

— Et qu'est-ce qu'ils en font ?

— L'association essaye de leur obtenir réparation. Il y a eu beaucoup de morts, mais aussi de nombreux blessés. Des gens souffrent encore aujourd'hui de handicaps ou de traumatismes. Lui-même était peshmerga à l'époque. Ses yeux ont été brûlés par les gaz et il continue à avoir besoin de soins trente ans après.

— Mais ils espèrent obtenir réparation auprès de qui ? Saddam Hussein et Ali le Chimiste ont été condamnés, non ?

— Oui, ils ont été condamnés à mort et pendus, notamment pour ce qu'ils ont fait pendant l'Anfal, continua à traduire Sherwan. Mais il reste toutes les sociétés européennes qui ont participé aux massacres en vendant les armes et les produits chimiques ou en aidant le régime de Saddam à produire les gaz.

— Comment ça ? s'indigna Tara.

Bazan se lança dans une longue explication. Dès le début des années 1970, Saddam s'était tourné vers des entreprises étrangères pour développer un programme d'armement chimique prohibé. Au prétexte de vouloir produire des insecticides, il avait d'abord fait appel à une entreprise américaine. En se rendant en Irak, les ingénieurs s'aperçurent que les plans de l'usine qui leur avaient été fournis étaient faux. Le régime demandait des capacités de production beaucoup plus importantes que prévu. L'entreprise comprit l'objectif militaire du projet et refusa le contrat. Dès lors, le gouvernement irakien arrêta de prendre des précautions pour obtenir ce qu'il voulait. Il démarcha une entreprise allemande bien connue en ne cachant plus sa volonté de produire des armes chimiques. Les plans des salles d'expérimentation mesuraient trois mètres sur trois, de quoi tester le gaz non pas sur des moustiques, mais sur des ânes. L'entreprise agrochimique ne posa pas de questions. Elle aida à la construction de l'usine et fournit les consommables et les machines nécessaires à produire autant d'insecticide en un an que la planète en avait besoin pour dix.

— Et personne n'a rien dit ? s'offusqua Tara, atterrée.

— Le Conseil de sécurité des Nations unies ne mena pas d'enquête, pas plus que le gouvernement allemand. Mais le secrétariat général des Nations unies lança tout de même ses propres investigations. Les résultats étaient sans appel sur les objectifs militaires de Saddam Hussein. Pourtant il fallut attendre le génocide et qu'un ambassadeur américain fasse tester en Suisse des prélèvements pour que les États-Unis réagissent et demandent des comptes à l'Irak.

— Et l'entreprise a été condamnée ?

— Jamais. Les autorités allemandes lui ont simplement demandé d'arrêter le soutien au programme chimique irakien.

— Et ensuite tout s'est arrêté ?

— Non, le soutien aux Irakiens s'est poursuivi. Tout a été dissimulé via des filiales ou des sous-traitants d'autres pays européens. Pendant des années ils ont été jusqu'à falsifier les papiers d'exportations en mentant sur le contenu des cargaisons à destination de l'Irak, remplaçant par exemple des matériels de haute technologie par de simples équipements de sécurité comme des extincteurs. En tout, ce sont plus de deux cents entreprises qui ont participé de près ou de loin à fournir le programme d'armement chimique.

— Mais les autorités ne pouvaient pas l'ignorer ! s'exclama Tara.

— À votre avis ? répondit Bazan.

Tara resta muette.

— Dans toutes ces complicités étrangères, il y a également des établissements publics européens, poursuivit Sherwan.

— Et où sont aujourd'hui les responsables de tout ça ? demanda Tara.

— Quand ils ne sont pas morts ou ne vivent pas une retraite dorée, ils sont toujours dans les instances dirigeantes de grandes entreprises, félicités d'avoir fait gagner autant d'argent à leurs sociétés.

— Mais vous disiez que vous essayez d'obtenir une compensation pour les victimes ?

— Oui. Après des années de travail, le premier procès d'un responsable de cette société allemande et de ses filières françaises va s'ouvrir en Europe dans quelques semaines. Et nous espérons que ce ne sera que le premier.

— Et qui est cet homme ?

— Il ne peut pas te le dire, il est tenu par le secret de l'instruction, finit Sherwan.

Tara en avait presque oublié qu'elle était policière. Elle comprenait le problème et n'insista pas. Puis ils se levèrent et sortirent de la maison pour retrouver le village où sa mère avait vécu et travaillé.

En quittant la ville, le goudron disparut rapidement de la route. La piste s'enfonça dans une vallée verdoyante. Sur les côtés, de grands vergers de grenadiers étaient couverts de filets protecteurs. Les fruits déjà bien formés étaient beiges. Ils ne portaient pas encore le violet des fruits bien mûrs du début de l'automne. Ici l'irrigation combattait la chaleur. Les feuilles vertes des arbres fruitiers tranchaient sur le jaune éblouissant de l'environnement. Le thermomètre indiquait quarante-deux degrés à l'extérieur. La voiture bifurqua pour gravir les rochers. Elle serpenta longuement vers le pays des éleveurs de chèvres. Par moments Sherwan s'arrêtait pour que Tara contemple le paysage.

— L'Iran est juste là, lui montra-t-il du doigt.

Après une heure à s'élever en altitude, un village apparut à la sortie d'un virage, accroché aux pentes de la montagne. Il en avait la couleur. Les constructions de terre et de brique s'élevaient en terrasses comme des champignons sur un tronc. Tout semblait désert. Sherwan et Tara ne croisèrent d'abord que quelques maigres chiens aux paupières pendantes qui se traînaient à la recherche d'ombre. Sherwan s'arrêta finalement devant deux enfants qui jouaient à lancer des cailloux, assis sur le pas d'une porte. Ils étaient tout poussiéreux. Leurs cheveux bruns en bataille avaient des reflets blancs. Des plaques plus sombres étaient collées sous leur nez. Sherwan ouvrit sa fenêtre et demanda à voir le chef du village. Puis il alla garer la voiture devant la maison qu'ils lui indiquèrent. C'était la seule qui disposait d'un étage. L'homme qui leur ouvrit était jeune et habillé à l'occidentale. Il se présenta comme l'unique personnel médical sur des kilomètres à la ronde, faisant office de médecin, infirmier, sage-femme et pharmacien. Après les politesses d'usage, Sherwan expliqua la raison de leur présence. L'hôte les fit entrer dans son salon dont le mobilier était une marque de richesse dans ce village de bergers. Sherwan et Tara s'assirent dans des canapés épais aux accoudoirs en bois brillant. Après quelques instants la femme du médecin passa une tête par l'encadrement de la porte. Elle était jeune, apprêtée, avec de beaux cheveux noirs tirés en arrière. Elle disparut à nouveau pour revenir avec un plateau couvert de tasses de thé et de biscuits secs qu'elle posa sur la table basse devant les invités. Puis elle s'installa à côté de Tara et entreprit de lui parler en kurde, les yeux brillants, tout heureuse de rencontrer une étrangère. Tara mima son impuissance à comprendre ce qu'elle lui racontait. La jeune femme essaya alors quelques phrases maladroites en anglais. Le mari proposa des cigarettes à tout le monde, sauf à sa femme, et ils se mirent à fumer. Sherwan commença ses explications en kurde sur le but de leur visite.

— *Where are you from ?* demanda la femme à Tara.

— *France*, répondit-elle.

— *Paris ?*

— *Yes.*

— *Oh Parisss*, s'exclama-t-elle. Les Champs-Élysées, Chanel, l'arc de Triomphe, répéta-t-elle enthousiaste, avec son fort accent.

— Pigalle, murmura Tara, complice.

— *Oh yes*, répondit la femme gênée. *Come*, dit-elle en attrapant la main de Tara.

Elle se leva et la tira derrière elle sans lui laisser d'autre choix que de la suivre. Elles entrèrent dans la cuisine attenante au salon et la femme referma la porte.

— *You like Kurdistan ?* entama-t-elle.

— *I love Kurdistan !*

Elle s'approcha et prit la cigarette de la main de Tara. Elle tira deux longues bouffées épaisses. Elle voulut rendre la cigarette à Tara qui refusa et s'en alluma une autre.

— Et toi ? Tu aimes le Kurdistan ? demanda Tara toujours en anglais.

— Non, chuchota la femme en riant. Ennuyeux, tellement ennuyeux. Moi j'aime Paris.

— Tu es déjà allée à Paris ?

— Non. Un jour peut-être. Tu m'invites ? fit-elle joyeusement. Comment t'appelles-tu ?

— Tara, et toi ?

— Awaz.

La Kurde tira de nouveau sur sa cigarette. Son expression devint soudain plus grave. Elle regardait par la fenêtre entrouverte, immobile, perdue dans ses pensées. Tara l'observa recracher doucement la fumée par les narines. Awaz était parfaitement maquillée. La ligne de ses sourcils épilés mettait en valeur la profondeur de ses grands yeux bruns. Tara la trouva très belle. Elle s'imagina ce qu'aurait pu être cette femme ailleurs, dans un autre monde, une autre culture. Leurs regards se croisèrent. Awaz sourit. Elle éteignit sa cigarette sous l'eau du robinet et la jeta par la fenêtre.

— J'ai envie de voir ! lança-t-elle à nouveau tout excitée.

— Quoi ?

— Le dragon… répondit Awaz tout bas pour ne pas être entendue, tout en désignant du doigt les pattes de l'animal qui émergeaient du tee-shirt de Tara.

Puis elle saisit la policière par les épaules et la fit tourner sur elle-même. Elle l'aida à remonter son tee-shirt jusqu'en haut de son dos.

— Oh. C'est magnifique, s'émerveilla-t-elle.

Awaz observa le tatouage, ses belles mains manucurées posées sur les épaules de la policière. Elle commença à caresser l'animal, suivant ses contours du bout des doigts. Tara frissonna au passage délicat des ongles de la Kurde. Elle les sentit parcourir la tête de la bête, s'arrêtant sur ses dents acérées, appuyant sur la base des écailles chatoyantes, la chair du doigt remplaçant par moments la dureté de l'ongle.

— C'est magnifique, répéta doucement Awaz pour elle-même, fascinée par le tatouage.

Tara sentit la pression délicate commencer à descendre avec lenteur le long du corps de l'animal, suivant ses mouvements, virant sur ses omoplates, se perdant parfois dans le creux de la colonne vertébrale du dragon. Soudain, les ongles s'enfoncèrent plus profondément dans la peau, sur les flancs, prêts à griffer. Tara tressaillit, parcourue par une onde glacée et apaisante. Puis Awaz relâcha la pression. Elle reprit sa caresse et s'arrêta au milieu du dos de Tara.

— Tu n'as pas de soutien-gorge ? demanda-t-elle.

— Je n'aime pas trop ça. Et il fait tellement chaud ici.

Tara se sentit un peu idiote. Awaz posa le plat de sa main au milieu de son dos, là où aurait dû être attaché son sous-vêtement. Elle profita un moment de sa peau brûlante. Puis doucement elle tourna la policière face à elle. Tara hésita à redescendre son tee-shirt, mais elle n'en fit rien. Elle était face à la Kurde, torse nu, ses tétons durcis par les caresses, sa poitrine ferme au-dessus de son ventre bien dessiné. Awaz regardait les seins de la policière avec admiration, sans bouger. Tara l'observait avec la même fascination. Elle sentait combien le corps, la nudité, l'envie, les pulsions devaient être interdits à cette femme. Awaz n'avait que ce bref instant avec Tara pour se rappeler qui elle était, ce moment unique et passager pour toucher du doigt une liberté qui lui manquait. Elle effleura le ventre de Tara.

— Tu n'as pas d'enfant, constata-t-elle.

— Non.

— Moi j'en ai quatre déjà.

— Tara ! entendirent-elles appeler dans le couloir.

Awaz baissa doucement le tee-shirt de Tara et la regarda en souriant.

— Je dois y aller, dit délicatement la policière.

— Oui, oui, se reprit la Kurde en clignant des yeux.

Les deux femmes sortirent sur le palier.

— Le monsieur nous emmène voir une vieille dame, entama Sherwan qui attendait dehors. Elle a vécu la période où il y avait la clinique des Français. Nous pourrons lui poser des questions.

Le sourire d'Awaz était toujours figé sur son visage. Elle regardait Tara avec émotion et jetait parfois quelques coups d'œil gênés vers son mari. Tara s'approcha et la serra dans ses bras.

— Merci beaucoup, Awaz, lui chuchota-t-elle à l'oreille. Tu es très belle, tu sais.

— Merci Tara, Merci. Tu es la bienvenue quand tu veux.

— Je suis certaine que l'on se reverra un jour. Peut-être à Paris ? dit Tara avec un sourire en desserrant son étreinte.

— Oui, peut-être, peut-être, répondit Awaz émue et certaine que jamais cela ne serait possible.

Tara aurait voulu la prendre par la main, l'emmener avec elle, loin d'ici, là où son regard s'était perdu dans la cuisine. Mais elle savait que c'était impossible, que toutes leurs paroles étaient déjà des promesses déçues. Elle sourit une dernière fois à Awaz et se retourna.

Ils montèrent en voiture avec le médecin pour atteindre l'extrémité du village. La vieille femme vivait dans une maison très modeste dont les murs étaient enduits d'argile craquelée. Les carreaux des fenêtres en bois avaient été remplacés par du film plastique au fur et à mesure des années. Des rideaux étaient tirés à l'intérieur pour conserver la fraîcheur. Des chèvres déambulaient dans l'enclos d'une petite étable accolée à la maison.

— *Kaja ! Daya !* appela fort le chef du village pour être entendu tout en tapant sur la vieille porte fendue.

Une voix, comme sortie de terre, lui répondit depuis la maison.

— Apparemment, elle est un peu sourde, précisa Sherwan. Mais elle a toute sa tête.

Finalement la porte s'ouvrit. Tara baissa les yeux pour apercevoir la petite femme toute courbée qui se tenait dans l'obscurité. Sa tunique foncée était couverte de poussière. Une mèche de cheveux blancs pendait de sous son fichu. Sa peau ridée et parcourue de tatouages tribaux indéchiffrables semblait avoir fondu comme de la cire. Soixante ans de contraintes et de douleurs en faisaient mille. Car les années avaient pesé plus lourdement sur elle, l'usant à l'excès.

Après quelques explications, ils entrèrent dans la maison. L'intérieur pauvre n'avait rien à envier à l'étable attenante. Des casseroles noircies étaient entreposées près d'un âtre. Un métier à tisser en bois encombrait un coin de la pièce. Ils s'assirent sur un épais tapis de laine pressé. La vieille femme rinça des petits verres dans une bassine. Elle y jeta quelques généreuses cuillerées de sucre avant d'attraper la théière cabossée sur le poêle à bois. Quand tous eurent un thé bouillant en main, Sherwan reprit ses explications. Chaque fois que le nom de Tara apparaissait dans la conversation, la vieille dame jetait des coups d'œil malins à la policière. Puis elle se mit à parler.

— Elle a bien connu la période, commença à traduire Sherwan. Elle a perdu l'audition d'une oreille dans un bombardement. Son mari était un peshmerga. Il est mort au combat. Et ses deux enfants sont morts aussi pendant l'Anfal. À cause des gaz, continua-t-il. Elle dit qu'elle aurait préféré mourir aussi, mais Dieu en a voulu autrement. Elle est âgée maintenant, et elle ira bientôt les retrouver.

Il y eut un silence.

— Et la clinique ? Elle s'en souvient ? demanda Tara fébrilement.

— Elle s'en rappelle très bien. Elle était installée non loin d'ici, dans une ferme. Son mari a été soigné deux fois par les Français car il était blessé. Les étrangers vivaient ici avec eux, et les villageois les aimaient beaucoup. Et puis juste avant l'Anfal, Saddam leur a interdit l'accès au Kurdistan. Les médecins sont partis et la clinique a fermé.

Tara écoutait la traduction sans quitter des yeux la petite bonne femme assise en tailleur. Dans la pièce obscure, un trait de lumière caressait son dos et venait finir sa course sur le sol en terre. Sa mèche de cheveux blancs semblait en être le reflet. Tara observa la main usée de la femme porter le thé à sa bouche. Elle croisa le regard de la Kurde et s'y sentit aspirée un instant.

— Comment s'appelait ta mère ? demanda Sherwan.

— Jeanne, répondit Tara.

Sherwan reprit son récit et, très vite, Tara perçut un « Yanne » enthousiaste répété à plusieurs reprises par la vieille dame. Le visage de Tara s'illumina.

— *Yanne, Yanne, bélê*, confirmait la femme. *Ohhhh Tara ! Tara !* s'exclama-t-elle en se levant difficilement.

Elle se jeta sur Tara les bras grands ouverts en la serrant contre elle. La Kurde sentait la chèvre, la laine et la paille. Ses vêtements étaient râpeux. Son dos était tout courbé par l'effort. À ce moment Tara eut la sensation qu'elle serrait toute une histoire contre elle, une vie passée dont elle faisait aussi partie.

— Elle a très bien connu ta mère, poursuivit Sherwan ému. Je viens de lui dire que tu étais sa fille.

Tara profita longuement de l'étreinte, un large sourire aux lèvres. Puis la paysanne se rassit juste en face d'elle, tenant les mains de Tara dans les siennes. Ses doigts noueux rappelèrent à Tara ceux du mystique Yézidi. La Kurde se mit à lui parler.

— Elle te demande comment va ta maman, reprit Sherwan, un peu gêné.

Tara tourna un instant la tête vers lui en hésitant.

— Elle est morte, *daya gyan*, finit par répondre Tara.

La vieille dame resta silencieuse en la regardant. Puis elle reprit la parole.

— Elle dit qu'elle est bien désolée. Bientôt elle ira la retrouver, et elle sera heureuse de la revoir. Elle demande ce que tu veux savoir.

— J'aimerais qu'elle me parle de ma mère, de ce qu'elle faisait ici, comment elle était à l'époque ?

— C'est elle qui est restée le plus longtemps parmi nous, traduisit Sherwan. Les médecins venaient quelques semaines et repartaient... Mais elle, elle a vécu plus d'un an ici... Il y avait souvent des bombardements... C'était très dangereux... Et elle était souvent seule à tout faire... Elle était très courageuse... Elle a sauvé beaucoup de gens. Parfois elle partait avec les peshmergas sur les zones de combat pour soigner les blessés qui ne pouvaient pas être transportés. Une fois, il n'y avait pas de médecin... Et elle a opéré une femme enceinte pour sortir le bébé, sinon ils allaient mourir tous les deux. Et finalement ils ont survécu...

Tara écoutait les histoires fantastiques de la vieille femme. Elle découvrait tout un pan de la vie de Jeanne qui lui était inconnu, des exploits qu'elle n'avait jamais racontés, des vies sauvées et tant de moments de partage. Tara n'était plus seulement le réceptacle de ce trop-plein d'amour maladroit qu'elle avait reçu. Il ne s'agissait plus d'une mère et d'une fille séparées par les tâtonnements de l'éducation, par ce que l'une désire être pour celle qu'elle aime, par la pudeur ou les secrets. Elle reconstruisait ici la personne qu'avait été sa mère par le regard de ceux qui l'avaient connue. Et la vieille femme faisait passer Tara des larmes à la joie, des rires au milieu des combats. Leurs yeux s'ouvraient grands. Et Tara écoutait cette femme qui redevenait une fière peshmerga, couvrant les épaules de Jeanne d'un foulard en signe d'amour et de respect.

— Elle veut te montrer quelque chose, dit Sherwan.

La paysanne alla chercher une boîte en métal élimée sur une étagère. Elle revint s'asseoir devant Tara. Elle ouvrit le couvercle et sortit des photos qu'elle parcourut l'une après l'autre. Elle en tendit finalement une à Tara. La policière reconnut immédiatement sa mère qui semblait maigre dans ses habits d'homme, avec un pantalon de toile et une chemise trop larges. Un joli foulard était posé sur ses épaules. L'assemblée tout autour applaudissait joyeusement Jeanne qui dansait les bras levés, souriant à une femme qui l'accompagnait en lui tenant la main. Le visage de celle-ci lui sembla familier et elle leva les yeux vers la vieille Kurde pour y distinguer ses traits.

— C'est vous ? demanda Tara en montrant la petite jeune femme à côté de sa mère.

— Non, traduisit Sherwan. Elle est juste derrière.

La vieille dame lui désigna du doigt où elle se trouvait. Alors Tara la regarda longuement et se pencha en avant pour la serrer contre elle. Elle replongea dans la photo. Jeanne avait l'air heureuse. Elle était si jeune, se dit Tara.

— Quand la photo a-t-elle été prise ? demanda-t-elle.

— Juste avant qu'elle quitte l'hôpital. C'était sa fête de départ.

Tara resta un moment perplexe. Quand Jeanne avait quitté le Kurdistan elle était enceinte d'elle. Elle observa de nouveau la maigreur de sa mère sur la photo, sa chemise qui ne laissait deviner aucune forme.

— C'était pour sa fête de départ ? C'est ce qu'elle a dit ?

— Oui, répondit Sherwan. Et elle veut te donner la photo en souvenir.

— Merci, ça me fait vraiment plaisir, répondit Tara bouleversée. Mais tu peux lui demander si elle est sûre que…

Elle fut interrompue par un grondement inhabituel et sourd dans le silence des montagnes. Des véhicules arrivaient à vive allure. Leurs moteurs de huit cylindres vrombissaient dans la vallée, toujours plus bruyants en approchant.

— Des 4 × 4, dit Sherwan. Puissants, ajouta-t-il.

Les voitures étaient maintenant entrées dans le village. Elles ne semblaient pas ralentir. Sherwan tourna la tête vers le médecin kurde qui paraissait aussi inquiet que lui. Il se leva alors d'un bond et sortit immédiatement son revolver de sa ceinture.

— Tu as le tien ? demanda-t-il à Tara.

— Non, répondit-elle en se levant à son tour. Il est dans la voiture.

Sherwan s'approcha de la porte et se plaça à l'abri du mur. Il s'apprêtait à sortir quand ils entendirent les véhicules déraper et s'arrêter devant la maison. Sherwan s'adressa un instant à la vieille femme avant de se tourner vers Tara.

— L'autre porte au fond donne sur l'étable, dit-il en faisant un signe de tête à Tara. Derrière il y a une clôture puis un chemin qui descend dans la vallée. Il faut partir d'ici.

Tara se dirigea immédiatement vers la porte arrière. Elle se retourna vers Sherwan en entendant des bruits de pas qui approchaient.

— Tara Vaillant ? entendirent-ils appeler. Capitaine Tara Vaillant ?

Elle hésita mais Sherwan lui fit signe de s'en aller. Elle resta pourtant figée à observer la scène. L'arme au poing, Sherwan commença à entrouvrir doucement la porte. Une main lui saisit le poignet pour le tirer violemment à l'extérieur. La porte s'ouvrit d'un coup de pied. Une lumière éblouissante entra dans la pièce. Tara eut juste le temps de voir Sherwan plaqué au sol, un homme sur le dos. Elle se précipita dans l'étable et courut tout droit en bousculant les chèvres qui bêlaient. Mais elle trébucha sur l'une d'elles et s'effondra. Au moment de se relever, elle fut attrapée par la cheville et tirée en arrière. Sans avoir le temps de se retourner, elle s'effondra de nouveau. Un genou s'enfonça dans son dos pendant qu'un autre se posait sur son cou et qu'on lui tordait le bras.

— Du calme ! entendit-elle au-dessus d'elle. Qu'est-ce qui vous prend, capitaine ?

— Qui êtes-vous ? marmonna Tara, le visage écrasé dans la paille et les crottes de chèvre.

— Consulat de France. Lieutenant Cazeneuve de la garde de sécurité diplomatique. Le GIGN, si ça vous est plus familier.

Tara fut remise sur ses pieds en un instant pendant que deux colosses l'époussetaient de leurs mains épaisses.

— C'est bon, je vais y arriver, lieutenant, s'énerva Tara en fixant le militaire enveloppé dans son épais gilet pare-balles. Je peux savoir ce qui se passe ?

— Nous vous cherchions, capitaine. Suivez-nous, le consul va vous expliquer.

— Le consul ?

— Oui.

Tara emboîta le pas aux deux hommes. Devant la maison, plusieurs 4 × 4 noirs aux vitres teintées étaient alignés. Sherwan était allongé au sol, les mains liées dans le dos.

— Non, mais, ça ne va pas ? s'énerva Tara. Libérez-le tout de suite.

— Qui est-ce ? demanda Cazeneuve.

— Sherwan. Mon guide. Qu'est-ce que vous croyiez ?

— Rien, capitaine. Mais ce monsieur nous a fait face avec une arme. Vous pouvez nous expliquer ça ?

— C'est mon guide et il assure ma sécurité. Votre arrivée tonitruante dans le village nous a fait peur, voilà tout. D'ailleurs avez-vous déjà vu un Irakien sans une arme, lieutenant ?

Le militaire voulut répondre mais se trouva à court d'argument.

— Bon, d'accord, finit-il par concéder. Libérez-le !

Cazeneuve fit signe à Tara d'avancer vers une des voitures blindées.

— Allez-y, montez, dit-il. Il vous attend.

— Mais qui ?

— Le consul, bien sûr.

À son tour Tara resta interloquée.

— Vous voulez dire que le consul est ici ? se reprit-elle.

— Il est dans la voiture.

Que le consul se soit déplacé en personne pour la trouver n'augurait rien de bon. Le lieutenant ouvrit la portière. De l'autre côté de la banquette, un homme petit, au crâne rasé, attendait en suant dans son costume noir.

— Montez, dépêchez-vous, capitaine, j'ai chaud, lui dit-il en s'épongeant le front au-dessus de ses petites lunettes rondes. Et, lieutenant Cazeneuve ! poursuivit-il, auriez-vous l'amabilité de rallumer le moteur pour la climatisation, s'il vous plaît ?

Tara prit place sur la banquette. Le consul avait un visage anguleux et blanc. Les épaulettes de sa veste trop large lui donnaient l'aspect d'un vampire dans une grotte obscure.

— Que me vaut une visite de votre part pendant mes vacances, monsieur le consul ? entama Tara.

— Déjà, permettez-moi de vous dire que peu de nos compatriotes viennent passer des vacances dans ce coin du monde. Par ailleurs, j'aurais aimé que vous veniez vous signaler au consulat lors de votre arrivée. Ainsi, à défaut de nous assurer que vous alliez bien, vous nous auriez évité de vous chercher pendant deux jours.

— Comment cela ?

— Vous ne consultez pas votre téléphone ?

— Je suis en vacances à l'étranger, et j'ai une puce locale. Donc non, je ne le consulte pas, mentit Tara.

— Vous devriez l'éteindre, alors, car il est pourtant allumé, capitaine. Et c'est d'ailleurs comme cela que nous vous avons trouvée.

Tara resta silencieuse. Elle sentait qu'elle allait droit vers les problèmes.

— Vos supérieurs vous cherchent, continua le consul. Apparemment vous avez provoqué pas mal de grabuge avec Akim Alami en quittant la France, n'est-ce pas ? Eh bien, Paris s'interroge sur le déferlement de haine de la Brute. Les renseignements intérieurs m'ont chargé de vous transmettre le message et de faciliter votre retour. Vous êtes en effet attendue dans les plus brefs délais en métropole. Vous avez de la chance, un avion décolle ce soir. Nous avons pris la liberté de vous réserver un siège.

— J'ai le temps de récupérer mon sac dans la voiture et de dire au revoir à mon guide ?

— Je vous en prie, capitaine.

— Mais dites-moi, monsieur le consul, pourquoi vous être déplacé en personne ?

— Par curiosité, madame Vaillant. Pour discuter avec vous. J'ai envie que vous me donniez des nouvelles d'Akim Alami sur la route du retour.

— Vous connaissez Alami ?

— Disons que j'ai facilité sa capture et son transfert sur notre territoire. Et pour tout vous dire, depuis la fin de la guerre, mon poste est devenu d'un ennui mortel. Alors cela me fait voir un peu de pays. Allez, en route !

XXIII

Comme à son habitude, Tara descendit par l'escalier de secours pour quitter le commissariat. Elle poussa la porte de la rue et faillit bousculer un couple qui semblait chercher son chemin sur le trottoir.

— Je peux vous aider ? demanda-t-elle après s'être excusée. Vous cherchez quelque chose ?

— Non merci, ça va, répondit l'homme à l'accent slave qui reprit rapidement son chemin.

Jean l'attendait un peu plus loin le long de la chaussée pour la ramener chez elle. Ils quittèrent Bobigny et s'engagèrent rapidement sur le périphérique parisien. Tara regardait la ville défiler sous ses yeux. Le ciel avait la grisaille des immeubles en béton qui longeaient la voie rapide. La température était plus supportable à Paris qu'en Irak, pensa-t-elle.

— Alors, comment ça s'est passé ? demanda Jean.

— Mieux que prévu. Je n'ai finalement pas été sanctionnée. J'avais vu Alami avec l'autorisation de Benjamin et rien ne m'interdisait d'aller en Irak pendant mes congés. Renucci ne m'aime pas et c'est réciproque. Le patron n'était pas content que je ne lui aie rien dit pour l'Irak. Mais il m'a soutenue comme toujours.

— Et tes vacances en zone de guerre se sont passées comment ?

— Mouvementées, répondit Tara. Et toi, tu n'as pas été trop embêté ?

— J'ai fait la Nouille, c'était facile. J'ai dit que je ne savais pas où tu étais, et que je n'avais pas de raison de t'embêter pendant tes congés.

— Tu es gentil, mon Jean. Au fait, j'ai aussi demandé à reprendre l'enquête sur Camille Martin et Mohamed Belaj.

— Tu plaisantes, là ? s'esclaffa Jean.

— Non.

— Et pourquoi la DGSI accepterait une chose pareille ?

— Pour les mêmes raisons que je n'ai pas été sanctionnée en ayant tout de même caché mon départ en Irak. Je ne t'ai pas tout raconté mais j'avais quelques arguments. Et Benjamin m'a soutenue. Il faut que je t'explique ce que j'ai découvert sur nos deux djihadistes.

Tara avait été récupérée dès sa sortie de l'avion par une voiture de la DGSI pour être entendue dans le bureau du commissaire Perret. Quand elle était entrée, Benjamin s'était levé, Renucci n'avait pas pris la peine de se retourner et Perret l'attendait debout, l'air sévère, sa veste rose sur le dos. Tara n'avait pu retenir un sourire et s'était approchée immédiatement du bureau.

— Bonjour chef, je suis contente de vous voir, je...

— Fermez-la, Vaillant, l'avait coupée sèchement son patron. Enlevez-moi ce petit sourire et asseyez-vous, avait-il ordonné.

Tara avait été arrêtée net. Elle s'était assise en silence. Il était rare que Perret soit aussi dur avec elle. Pourtant, en croisant le regard du commissaire, elle avait senti comme un encouragement qui l'avait rassurée dans l'ambiance glaciale de la pièce.

— Pouvez-vous nous expliquer votre disparition pendant près d'une semaine ? avait immédiatement entamé Renucci.

— Je suis arrivée en Irak le 12 juillet, nous sommes aujourd'hui le 15. J'ai passé moins de trois jours là-bas. Par ailleurs je n'ai pas disparu.

— Le consul nous a déjà briefés sur vos arguments, avait enchaîné Renucci. Mais ne comptez pas me faire manger ces salades. Qu'est-ce que vous foutiez en Irak, nom de Dieu ?

— Je suis partie pour des raisons personnelles, commissaire. J'y serais allée dans tous les cas, même sans mon enquête.

— Ce n'est plus votre enquête, dois-je vous le rappeler ? Qu'est-ce que vous cachez ?

— Rien.

— Alors, expliquez-nous ce qui s'est passé avec Akim Alami. Nous discuterons après des conséquences de votre initiative.

— Akim Alami est devenu fou quand je lui ai dit que je partais en Irak.

— Non, quand vous le lui avez écrit sur un papier, l'avait coupé Renucci. Pourquoi vouloir nous le dissimuler ?

— Personne n'aurait cru les raisons qui me poussaient à aller là-bas et on m'en aurait dissuadée.

— C'est certain, avait ronchonné Perret qui la regardait avec un certain soulagement et une moue de reproche.

— Et pourquoi y êtes-vous donc partie ? avait renchéri Renucci.

— J'y suis née. C'est un pays où mes parents ont travaillé. J'avais besoin de le découvrir.

Tous étaient restés silencieux un moment.

— Je n'ignore pas où vous êtes née, capitaine, c'est mon métier, avait enchaîné le commissaire. Vous vous doutez que nous nous sommes bien renseignés sur vos antécédents avant de vous laisser voir Alami à l'UDIA. Alors pourquoi s'est-il mis dans un état pareil, d'après vous ?

— Il voulait peut-être m'en dissuader ? Il redoutait que je découvre quelque chose en Irak ?

— Vous pensez vraiment qu'Alami vous craint ?

— Je pense qu'il a peur de cette enquête.

— Et pourquoi ?

— Je sais maintenant que Mohamed Belaj était connu sous le nom de *Mohamed Al-Jizar*, Mohamed le Boucher, et que la *kounya* de Camille Martin au sein de l'État islamique était *Karima Alfatat Al-Faransia*, Karima la petite Française.

— Merveilleux capitaine, vous ne cessez de me surprendre, avait réagi le commissaire Renucci, narquois. Il y a cinq minutes vous étiez en pèlerinage en Irak et maintenant vous nous informez sur les petits surnoms délicats qu'aiment à s'attribuer les djihadistes. Tu vois, Philippe, que j'avais raison. Elle nous cachait la vérité sur son voyage au Moyen-Orient.

— Je n'ai pas fini, avait répliqué Tara. Je sais aussi qu'ils se connaissaient très bien. Bien plus que cela même, car Mohamed et Camille se sont mariés en Irak.

Les deux agents de la DGSI s'étaient figés. Renucci avait plissé les yeux en dévisageant Tara.

— D'où sortez-vous une absurdité pareille ? avait-il demandé, glacial.

— J'ai interrogé des Irakiens qui me l'ont confirmé. J'ai notamment rencontré une Yézidie qui a été leur esclave sexuelle.

— La DGSE nous aurait prévenus, c'est absurde.

Benjamin n'avait rien dit, la tête toujours basse depuis le début de l'entretien. Tara avait pensé à ce qu'il lui avait expliqué sur les débuts de Daesh et les revenants dont beaucoup étaient passés entre les mailles de la justice. Elle espérait maintenant que Benjamin la soutiendrait. Car elle l'avait toujours tenu informé et n'avait rien fait sans son accord. Ferreira avait finalement levé la tête et s'était décidé à intervenir devant le regard insistant de Tara.

— Cela a pu nous échapper, commissaire, c'était au début du conflit, avait-il fini par dire. La DGSE n'a pas pu interroger les centaines de milliers de victimes irakiennes. Personne ne le peut d'ailleurs. Et la coordination entre nos services n'a pas toujours été aussi efficace qu'aujourd'hui.

Tara avait sabré les certitudes des deux agents qui en avaient oublié de la questionner sur ses recherches en Irak. Que les informations sur les deux djihadistes aient échappé à la DGSI était embarrassant, mais cela s'expliquait. Il était difficile de tout savoir sur les vies des djihadistes en pleine zone de guerre pendant des années de conflit. D'autant plus que Camille et Mohamed étaient revenus à un moment où les autorités françaises ne saisissaient pas encore l'ampleur du problème. Et il avait fallu des années pour que les services de renseignement arrivent à faire face à la complexité du phénomène djihadiste. Ils continuaient à en apprendre tous les jours sur les fidèles de Daesh. Sinon la menace aurait été éliminée depuis longtemps. Mais dans le contexte des attentats récents, tous les moyens étaient donnés aux services de renseignement dans la lutte antiterroriste. Et il était délicat que ces informations soient révélées par un service de police comme la PJ, Tara l'avait bien compris. Perret l'avait invitée à poursuivre d'un hochement de tête.

— Nous pouvons donc établir le lien entre les meurtres des deux victimes. Mais ce n'est pas tout. Vous aviez raison sur un point. Camille Martin n'était pas une petite oie blanche. Avec Belaj, ils travaillaient tous deux pour l'*Amniyat*, donc sous les ordres d'Alami.

— Comment savez-vous cela ? s'était exclamé Renucci.

— Il suffit de se renseigner.

Philippe Perret avait froncé les sourcils devant l'arrogance de son agent.

— Mais peut-être que je ne vous apprends rien, commissaire, avait-elle continué.

— Que voulez-vous dire ?

— Que la DGSI est peut-être impliquée dans les meurtres de Camille et Mohamed ?

— Tara ! s'était indigné le commissaire Perret.

Renucci était parti d'un rire grave. Il avait grimacé en attrapant son bras blessé qui le faisait souffrir. Benjamin, lui, avait semblé encore plus gêné qu'auparavant en gardant la tête basse.

— Laisse, Philippe, avait poursuivi Renucci en reprenant son calme. Dites-moi ce que vous avez en tête, capitaine ?

— Eh bien, je pense que nous tous, c'est-à-dire vos services, les nôtres et Akim Alami, jouons au chat et à la souris. Akim Alami est peut-être sincère quand il essaye de nous aider à trouver les meurtriers de ses anciens comparses. Mais en même temps, il nous ment et tente de nous manipuler car il a des choses à cacher. Et dans ce petit manège vous n'êtes pas les derniers à jouer avec la vérité. Vous avez eu accès aux enregistrements de mes entretiens avec Alami. Vous êtes au courant de tout. Vous savez donc que sa théorie, c'est que vous êtes responsables de ces assassinats.

— Ces accusations contre nous sont stupides, avait rétorqué Renucci. Et si Alami arrive à vous mettre des idées aussi saugrenues en tête, c'est que vous êtes bien naïve, jeune fille.

— Non, ces idées ne sont pas stupides. Tout le monde a intérêt à ce que ces djihadistes disparaissent. Et jusqu'à preuve du contraire, c'est une théorie comme une autre dans la résolution de ces deux assassinats.

Les agents de la DGSI étaient restés silencieux un moment.

— Trois meurtres, avait finalement dit Renucci.

— Pardon ?

— Dites-lui, Ferreira.

— Si nous excluons les morts de l'ambassade, il y a eu trois assassinats, avait expliqué Benjamin. Tu as peut-être entendu parler d'un homme brûlé vif à l'essence dans Paris, porte de La Chapelle, il y a quelques semaines ?

— Oui je m'en souviens, avait répondu Tara.

— Eh bien, nous l'avons identifié comme un ancien membre de l'État islamique entré en France avec le flot de réfugiés. Nous avons donc trois anciens membres de Daesh assassinés en un peu plus d'un mois.

Tara s'était tournée vers son patron qui avait acquiescé.

— Et à quelle date ?

— Le 3 juillet, avait précisé Benjamin. Et...

Il avait hésité à poursuivre devant l'air embêté de Renucci.

— Allez-y, Ferreira, dites-lui, l'avait encouragé le commissaire à contrecœur.

— Eh bien, le 3 juillet 2015, l'État islamique a assassiné un pilote jordanien qu'il tenait prisonnier. Les djihadistes l'ont brûlé vif dans une cage en diffusant son exécution sur Internet.

— Capitaine Vaillant, avait repris Renucci, vous avez raison sur un point. Nous avons tous intérêt à ce que ces djihadistes disparaissent. Mais nous ne sommes pas des assassins. Jusqu'à preuve du contraire, l'attentat à l'ambassade de Turquie est un acte terroriste lié à un groupe islamique. Soyez sûre que je n'ai pas demandé à me faire tirer dessus. Nous avons remonté la piste de deux assaillants morts lors de l'attaque. Tous deux sont également arrivés en France depuis le Moyen-Orient par la route des migrants. Leurs empreintes digitales ont été relevées par l'agence Frontex en entrant sur le territoire européen. Nous continuons à remonter leurs traces pour les identifier. Une chose est certaine, nous devons craindre le pire et nous attendre à d'autres attaques terroristes.

— Et si Camille Martin et Mohamed Belaj n'étaient pas des repentis mais toujours des agents de Daesh ? avait entrepris Tara. Si c'était cela qu'essayait de cacher Alami ? S'il s'agissait plutôt d'une vengeance contre l'État islamique ? Et si c'était la raison pour laquelle Alami nous aidait à arrêter les meurtriers ?

— C'est une possibilité. Comme celle pour Daesh de vouloir se débarrasser de déserteurs qui pourraient nous aider à remonter le réseau. Pour l'instant il ne sert à rien d'extrapoler.

— Dans trois semaines, c'est l'anniversaire de la prise de Sinjar par l'État islamique, enchaîna Tara. Ne pensez-vous pas qu'on doive s'attendre à un nouvel assassinat ? Y a-t-il un évènement marquant le 3 août qui doive attirer notre attention ?

Benjamin n'avait cette fois pas mis longtemps à réagir.

— J'y ai déjà réfléchi. C'est l'une des nombreuses dates qui doit effectivement attirer notre attention. Le 3 août, ce sera le premier jour du procès devant la cour d'assises spéciale de Samir Mahmoud. Après Akim Alami, c'est le membre le plus important de l'organisation État islamique jamais jugé en Occident. Il est actuellement emprisonné à Fleury-Mérogis en attente de son procès. Mais il y a eu tellement d'évènements liés à Daesh qu'il est difficile de se focaliser sur l'un d'entre eux en particulier.

— Il y a autre chose, avait précisé Tara. La dernière fois que j'ai vu Alami, il a écrit avec son doigt sur une vitre le chiffre 8 suivi de 59. Je suis convaincue qu'il s'agit de la sourate 8 et du verset 59 du Coran : « Que les mécréants ne pensent pas qu'ils Nous ont échappé. Non, ils ne pourront jamais Nous empêcher de les rattraper à n'importe quel moment. » Je ne sais pas ce que ça veut dire, mais je suis certaine qu'il essaye de me dire quelque chose.

— Il menace, c'est tout, avait répondu Renucci. Il ne faut pas rentrer dans son jeu.

— Peut-être. Dans tous les cas je veux reprendre mon enquête, avait conclu Tara.

— Vous plaisantez ? s'était exclamé Renucci. Je vous signale tout de même que nous sommes là pour discuter des conséquences de vos exploits à la prison de Vendin-le-Vieil. Sans parler du fait que vous avez continué à mener une enquête dont vous étiez dessaisie.

Tara n'avait pas réagi immédiatement. Elle savait que personne ne soutiendrait une sanction alors que c'était elle qui faisait avancer le dossier.

— À ce stade nous recherchons un meurtrier en série, pas des terroristes. La PJ est légitime et moi aussi, je pense.

Elle avait attendu la réaction de Renucci qui avait secoué la tête sans rien dire comme s'il avait entendu la plus grosse des absurdités.

— Il faut aussi que je revoie Akim Alami, avait-elle ajouté.

— C'est hors de question.

— Commissaire ? avait tenté Benjamin comme un écolier qui lève le doigt.

— De quoi s'agit-il, Ferreira ?

— Eh bien… je dois reconnaître que Tara nous a fait beaucoup progresser jusqu'à présent. Je pourrais peut-être enquêter plus précisément sur le passé de Mohamed Belaj et de Camille Martin pendant que Tara m'aiderait à résoudre les assassinats ?

— Vous me surprenez, Ferreira, avait répondu Renucci en levant un sourcil. Je ne pensais pas que vous aviez besoin d'aide pour résoudre les enquêtes que je vous confiais. Êtes-vous en train de me dire que je me suis trompé sur vos capacités ?

Benjamin avait baissé la tête vers ses chaussures.

— Ce n'est peut-être pas si bête, Patrice, était intervenu Perret qui avait assisté à tout l'entretien sans rien dire. Tara connaît bien le dossier. Elle pourrait être utile.

— Tu t'y mets aussi, Philippe, ça recommence, avait lancé Renucci en levant les yeux au ciel.

Le commissaire de la DGSI s'était levé de sa chaise, prêt à partir.

— Voilà ce que je vous propose, capitaine Vaillant, avait-il concédé avant de quitter la pièce. Si vos craintes se révèlent fondées et qu'il se passe quelque chose d'anormal lors du transfert de Samir Mahmoud, nous rediscuterons de votre implication. Mais soyez sûre que je n'y crois pas. Ça te va bien le rose, Philippe, avait-il conclu avant de sortir.

— Il a raison, patron, avait chuchoté malicieusement Tara une fois les agents partis. C'est pour moi que vous avez mis votre veste ?

— Ne rêvez pas, Dragon. Je suis inaccessible. Par ailleurs, j'honore toujours mes promesses. Je porte donc la veste depuis votre départ. Je ne voulais pas vous faire le plaisir de profiter du flot de quolibets déversé dans le service quand je l'ai mise sur le dos. Certains agents continuent à me siffler dans les couloirs. Sérieusement, Tara, vous ne vous en êtes pas mal sortie. Mais Renucci ne vous loupera pas la prochaine fois. Il vous reste près de deux semaines de vacances, je ne veux pas vous revoir d'ici là.

— Et pour le transfert du djihadiste ?

— Les agents pénitentiaires n'ont pas besoin de vous pour sécuriser un convoi. Bonne journée, Tara.

Jean se gara devant chez Tara alors qu'elle finissait de lui raconter l'entretien.

— Et tu crois vraiment que la DGSI va nous laisser participer à l'enquête ? demanda-t-il.

— Nous verrons bien. Dans tous les cas il faut que nous arrivions à suivre le convoi de Samir Mahmoud.

— Tara, si tu désobéis aux ordres là-dessus, tu n'échapperas pas à la sanction.

— Il ne fallait pas venir me chercher en Irak. Essaye de voir ce que tu peux faire. Je t'ai rapporté des petits cadeaux, continua-t-elle en fouillant dans son sac.

Elle en sortit un chèche brodé noir et blanc. Elle l'entoura autour du cou du grand Jean.

— C'est beau, merci ma belle, dit-il.

— Et ça, c'est pour les filles, elles choisiront, rajouta Tara en jetant plusieurs foulards colorés sur la banquette arrière. J'ai rapporté aussi des pâtisseries kurdes.

— Nadia sera contente.

Tara sortit de la voiture et monta chez elle. Les derniers jours avaient été les plus denses qu'elle ait jamais vécus. Elle s'effondra habillée sur son lit et s'endormit immédiatement. Dans son rêve, elle se trouvait dans le salon, chez ses parents. Elle observait la scène alors qu'elle se voyait enfant sur les genoux de sa mère. Robert jouait joyeusement du piano en chantonnant. Tara et Jeanne parcouraient un livre ancien couvert de gravures d'oiseaux multicolores. Jeanne avait levé la tête et lui avait souri avant de replonger dans le livre.

— C'est tellement beau, les oiseaux, répétait sa mère. Regarde, lui disait-elle en montrant au loin.

Quand Tara se réveilla, elle voyait encore la mer à l'infini qui avait remplacé le plafond de sa chambre. Le vent chassait les embruns en volutes sur la houle. Des oiseaux blancs planaient au-dessus de l'horizon au gré du vent. Elle observa sa main, la fit tourner, essaya de retrouver les sensations, plia les doigts. Elle eut l'impression que tout son voyage en Irak n'avait été qu'un songe comme celui qu'elle venait de faire. « Vous chassez des fantômes », lui avait dit Alami. C'est effectivement ce qu'elle faisait, chasser des fantômes, se battre contre la peine, essayer de vivre. « Maman », chuchota Tara. Elle referma les yeux. C'est presque fini, pensa-t-elle. Bientôt elle ne garderait plus au fond d'elle qu'un héritage, celui que sa mère avait passé sa vie à construire. Et pour cela elle avait besoin de la vérité pour en finir avec les doutes qui la rongeaient. Tara prit son portefeuille de sa poche et en sortit la photo que la vieille Kurde lui avait donnée. Elle se rappela toutes celles qu'elle avait feuilletées sur le canapé avec son père. Sur aucune d'entre elles Jeanne n'était enceinte. D'ailleurs, elle n'avait jamais vu de photo de sa mère enceinte. Elle fut prise d'une évidence, de celle de secrets trop longuement gardés qui pèsent sur les âmes, dans l'inconscient, et qui restent une blessure empêchant de vivre. Elle rangea la photo et alla dans le salon. Le rideau se soulevait devant la fenêtre ouverte. Elle s'assit à son piano, une main suspendue au-dessus de l'instrument. Les touches luisaient. Elle savait ce qu'elle devait jouer. Ce morceau qu'elle avait composé et que Jeanne aimait écouter debout derrière elle. Elle ne l'avait jamais rejoué depuis la disparition de sa mère, comme un nom qu'il n'est plus possible de prononcer tant il provoque un déchirement. Elle posa finalement ses mains sur le clavier. De l'une, elle laissa quelques notes résonner délicatement dans la pièce jusqu'à ce que les vibrations disparaissent. Puis de l'autre, elle développa une mélodie fragile. Juste quelques accords qui portèrent la musique comme le vent dans les voiles. Et chaque fois qu'une corde tremblait d'un son pur, qu'elle emplissait la pièce d'une nappe grisante, Tara laissait les silences accompagner la musique avec la même force. Elle n'avait pas besoin de regarder ce qu'elle jouait. Les yeux grands ouverts et le regard fixe, les images qui traversaient son esprit étaient bercées par cette mélodie. Elle vit défiler tous les moments heureux de son existence jusqu'à ce fameux jour où elle n'avait pas su répondre à sa mère. Jusqu'à ce message sur son répondeur. Cette nuit où la maladie avait fini par l'emporter, si vite, en un instant, et qui avait plongé Tara dans l'obscurité. « On n'enterre pas l'amour, tu sais, mon amour », lui avait dit Jeanne. Elle voulut appeler son père mais se ravisa. Tout se bousculait dans sa tête et elle avait tant de choses à faire, se disait-elle quand la sonnerie de l'interphone la fit sursauter. Cela faisait bien longtemps qu'elle ne l'avait pas entendue. Elle décrocha et reconnut la voix d'Ajda.

— Je suis venue te voir car je m'inquiétais, entama la petite dame.

— Je t'ouvre, c'est au quatrième.

Dans l'encadrement de la porte Ajda portait une jupe longue et tenait son sac à l'épaule. Ses yeux brillèrent de plaisir en voyant Tara. Elles se prirent dans les bras.

— Tu ne travailles pas au restaurant ce soir ? demanda Tara en la faisant entrer.

— Non, je suis de repos. C'est beau, chez toi, enchaîna la Kurde dans le salon. Mon cousin m'a dit que tu étais rentrée et je m'inquiétais beaucoup. Alors j'ai décidé de passer.

— C'est gentil, *daya gyan*, mais comment sais-tu que j'habite ici ?

Elle se retourna en souriant.

— Baz me l'a dit.

Tara eut un moment d'hésitation et voulut parler, mais Ajda enchaîna.

— C'est toi qui as fait ces photos ? demanda-t-elle en observant les clichés sur le mur.

— Oui, répondit Tara qui s'asseyait sur le canapé.

— Tu es très douée.

Ajda attrapa la photo de Tara et Jeanne qui traînait toujours sur le bureau.

— C'est ma maman, dit Tara.

— Oui, souffla Ajda. Et tu joues du piano aussi ? demanda-t-elle en regardant l'instrument.

— Un peu.

— Tu sais, j'ai appris pour le Sinjar et ce qui vous est arrivé. C'est aussi pour te parler de ça que je suis venue. Je suis vraiment désolée pour ce qui s'est passé. Sherwan n'aurait jamais dû t'emmener là-bas.

— C'est moi qui ai demandé à y aller. Tu sais, moi aussi je voulais te parler, *daya gyan*.

— De quoi, ma fille ?

Tara hésita une seconde.

— Sherwan m'a emmenée rencontrer une Yézidie qui a été esclave sexuelle de Daesh à Mossoul. Elle m'a donné des informations précieuses concernant des djihadistes sur lesquels j'enquête.

— Je sais cela aussi. C'est ce que tu voulais, non ?

— Oui, Ajda. Mais comment est-ce possible ?

— Je ne comprends pas ta question.

La Kurde s'appuya contre le bureau. Ses yeux noirs et fatigués luisaient en regardant Tara. La policière hésita devant ce regard qui s'était assombri.

— Comment est-il possible que je tombe immédiatement sur les réponses que je cherche ? demanda Tara froidement en fixant maintenant Ajda avec la même dureté.

L'air dans la pièce avait pris soudain la lourdeur d'un jour d'orage. Les deux femmes s'observaient silencieusement.

— Je voulais que tu saches, lâcha finalement la Kurde.

— Comment cela ?

— Tara, ma fille. Nous avons vécu les horreurs de Daesh et de tous vos Français venus tuer nos hommes, torturer et violer nos femmes et nos enfants. Mon peuple les a côtoyés, combattus et finalement défaits. Vous seuls vous êtes apitoyés jusqu'à leur rendre leur liberté, protégés que vous êtes derrière vos frontières qui vous rendent aveugles aux réalités du monde qui vous entoure. Crois-tu qu'il nous a été difficile de retrouver les victimes innombrables de Camille Martin et Mohamed Belaj ?

Ajda s'était exprimée avec une gravité inhabituelle qui ne faisait plus d'elle la petite réfugiée fragile cuisinant illégalement dans un modeste restaurant. Tara se rendit compte de tout le poids des épreuves qu'elle avait subies et de la force qui lui avait été nécessaire pour en sortir.

— Comment savais-tu que j'enquêtais sur eux ? demanda la policière.

— J'en ai discuté avec Charles au Centre culturel kurde. Tu lui as parlé de ton enquête et les meurtres étaient dans les journaux. Il m'a donné les noms des djihadistes. Je les ai juste transmis à mon cousin. Il lui a été facile de retrouver des victimes de ces deux monstres.

— Sherwan est un soldat, n'est-ce pas ? enchaîna Tara.

— Oui, c'est un combattant, ma fille, avoua-t-elle. Tu l'avais déjà compris. Il est avec le PKK. Je voulais que tu sois en sécurité pendant ton voyage en Irak, c'est tout. Alors je lui ai demandé de s'occuper de toi.

— Tu as bien fait, Ajda, finit par dire Tara. Et toi aussi tu es au PKK ?

— Moi, je suis juste kurde, Tara, et je suis bien loin de chez moi. Et grâce à toi je me sens à nouveau vivante dans mon exil. Mais tu dois faire attention, ma fille. J'ai discuté avec Sherwan. Il est toujours certain que c'est toi que visait Daesh. C'est pour te passer son message que je suis venue. Je ne sais pas si c'est lié à ton travail ou à cette enquête que tu mènes sur les djihadistes. Mais il est convaincu qu'ils en ont après toi.

Le visage d'Ajda avait repris cette douceur que Tara lui connaissait. Ses petites rides autour des yeux illuminaient son regard. Son sourire était de nouveau plein d'affection. Elle quitta le bureau, alla s'asseoir à côté de Tara et attrapa les mains de la policière.

— Je suis fière de toi, lui dit-elle tendrement. Tu es très courageuse. As-tu trouvé là-bas ce que tu cherchais vraiment ? demanda-t-elle encore après un silence.

Tara sourit. Elle sortit de sa poche la photo de sa mère et la tendit à Ajda qui l'observa un long moment.

— Elle était belle, n'est-ce pas ? releva la vieille femme.

— Oui.

— Maintenant tu devrais aller voir Baz. Il sera très content.

— Il sait que je suis rentrée ?

— Non, pas encore. Vas-y maintenant, et fais-lui la surprise.

Trente minutes plus tard, Tara garait Princesse devant Le Bazar à côté d'une vieille moto café-racer stationnée sur le trottoir. Elle aimait ce restaurant qui cachait un univers mystérieux derrière sa façade et ses carreaux de verre opaque. Il était de ces lieux, étranges et attirants, dont les passants se demandent toujours ce qu'ils renferment. Ceux qui font imaginer des mafieux obèses mangeant des pâtes sur des nappes à carreaux rouges ou des parties fines pleines d'hommes politiques véreux. Elle poussa la porte. À près de 23 heures, le restaurant était encore comble entre les étagères pleines de babioles et les murs couverts d'affiches. Les Rolling Stones jouaient *Gimme Shelter* en fond sonore. Tara ne vit pas Baz. Elle se dirigea vers le petit comptoir, enleva sa veste dans laquelle elle glissa son arme et s'assit sur un tabouret de bar. Les bouteilles brillaient contre le mur sous les suspensions. À sa droite, la porte de la cuisine était ouverte et elle pouvait entendre siffler les fumerolles des fourneaux. Elle observa les clients dans la salle, imagina la vie de chacun et placarda des images dans son esprit comme un patchwork de toutes ces existences. Nous ne sommes que ce que nous voulons être, pensa-t-elle. C'est si dur d'imaginer que tous ces visages disparaîtront un jour. Qu'ils seront remplacés par d'autres, à travers lesquels nous vivrons encore. Nous ne sommes finalement que les parties d'un tout, chacun jouant son rôle, pour construire une humanité qui nous prive de la mort et nous offre une petite éternité. Peut-être avons-nous autant besoin d'Alami que d'Ajda, se dit Tara.

Baz sortit de la cuisine avec son grand tablier bleu, des plats plein les mains. Ses cheveux longs poivre et sel étaient tirés en arrière en un chignon serré.

— Tara, mais qu'est-ce que tu fais là ? s'exclama-t-il surpris, le front couvert de sueur. Tu ne devais pas rentrer dans plusieurs jours ?

— J'ai été rappelée pour le boulot.

— Je suis désolé, je suis complètement sous l'eau. Ajda n'est pas là et je suis seul à tout faire.

— Oui, je sais. Tu as besoin d'aide ?

— Évidemment ! Alors tu te sers un verre toute seule et tu fais comme chez toi. Je fais au plus vite.

Baz alla déposer les plats entre trois clients. Malgré son retard, il s'attardait aux tables, discutait avec tout le monde et riait aux plaisanteries. Rien ne semblait pouvoir atteindre sa joie tranquille. Les problèmes semblaient glisser sur lui sans l'attrister. Tara passa derrière le comptoir où brillait une belle collection de whiskies. Elle attrapa une bouteille d'Islay écossais et se servit un verre avant d'aller se rasseoir sur son tabouret. Le liquide avait une jolie couleur paille avec des nuances de vert. Il sentait la tourbe et l'iode. Un cadre sur un mur attira son attention entre des photos de rockers en cuir. Abdullah Öcalan avec ses grosses moustaches y regardait au loin, au centre d'une étoile rouge. Le chef du PKK et son mouvement restaient une énigme pour Tara. Elle repensa à l'attaque du Sinjar. Elle ne savait vraiment pas comment elle allait expliquer à sa hiérarchie qu'elle y était allée illégalement avec un membre du PKK et que par ailleurs elle était tombée dans une embuscade de Daesh ! Et elle ne pourrait le cacher longtemps. Pourtant cet évènement était une autre énigme qu'elle devait résoudre pour démêler tous les fils de son enquête. Enfermé sous terre, Alami ne pouvait être responsable de l'attaque. Elle devait tenter de le revoir par tous les moyens. Elle se servit un nouveau whisky et regarda la salle à travers ses ondulations dorées. Le restaurant commençait à se vider alors que Baz continuait ses va-et-vient.

— Attends-moi pour finir la bouteille ! entendit-elle dans son dos.

Baz encaissa les derniers clients et les accompagna à la porte. Puis il alla s'asseoir sur un tabouret à côté de Tara.

— Comment s'est passé ton voyage ? demanda-t-il.

— J'ai retrouvé le village où a travaillé ma mère.

— Qu'est-ce que ça t'a fait ?

— C'est difficile à dire. À la fois j'ai la sensation de mieux la connaître, mais en même temps tout se brouille. Ajda est passée chez moi tout à l'heure.

— Ah bon ?

— Elle ne te l'a pas dit ?

Baz hésita un instant.

— Non. Je ne savais même pas que tu étais rentrée.

Tara resta pensive. Elle faillit lui demander si c'était bien lui qui lui avait donné son adresse. Mais elle préféra ravaler sa méfiance de policière.

— Tu connais bien le PKK ? enchaîna Tara pour changer de sujet. J'ai vu le portrait d'Öcalan sur le mur.

— Bien sûr que je connais, je suis kurde de Turquie. Pourquoi tu poses cette question ?

— J'ai croisé des combattants en allant au Sinjar. J'ai du mal à comprendre pourquoi ils se battent.

— Pour libérer notre peuple.

Tara sentit dans sa voix une conviction et un engagement politique qu'il ne dévoilait jamais. Il lui sembla entendre Sherwan.

— Raconte-moi, demanda-t-elle.

— Je commence par quoi ? répondit Baz en souriant.

— Déjà, pourquoi le peuple kurde est aussi divisé ?

— Nous ne l'avons pas toujours été. Après la Première Guerre mondiale et la chute de l'Empire ottoman, les vainqueurs nous avaient promis un État indépendant. Mais ils ont été trahis et se sont retrouvés séparés par les nouvelles divisions établies dans la région entre Turquie, Syrie, Iran et Irak. C'est pour cela que tu trouves certaines frontières aussi droites : elles ont été tracées à la règle sur une carte par les Français et les Britanniques !

— Et Öcalan là-dedans ?

— Öcalan a créé le PKK en 1978 pour lutter contre l'État turc jusqu'à son arrestation et sa condamnation à l'emprisonnement à vie. Sa doctrine était d'abord marxiste-léniniste. Puis il a fait évoluer ses idées depuis la cellule où il se trouve toujours. Son idéologie est devenue plus communautariste, écologique et féministe. C'est elle que le PKK a commencé à mettre en œuvre en Syrie.

— Comment ça ?

— Eh bien, avec l'arrivée de Daesh, les Kurdes de Syrie se sont organisés au Rojava pour combattre les djihadistes. Le PKK a créé une organisation sœur, le PYD, qui a pris son autonomie avec le départ du gouvernement de Damas. Le parti a commencé à appliquer les idées d'Öcalan. Il a organisé administrativement le territoire par communes avec des institutions représentatives et paritaires. C'est surtout les unités de combattantes YPJ qui ont été médiatisées, mais il y a une vraie idéologie derrière tout ça. Déjà dans les années 1990, des organes exclusivement féminins avaient été créés avec des centres de formation spécifiques et des unités de combattantes pour lutter contre le système patriarcal de la société kurde et l'oppression des femmes.

— Ça paraît bien beau, tout ça. Mais c'est un mouvement terroriste, non ? répliqua Tara sans ménagement.

— Tara, c'est le PKK qui s'est battu contre Daesh à Kobané et ailleurs. Il ne faut pas l'oublier. Ce sont les Kurdes qui ont payé le prix. Partout tu trouveras des cimetières remplis des combattants morts en affrontant l'État islamique. Alors oui, il y a eu des attentats et des morts. Beaucoup d'innocents ont perdu la vie. Mais la révolution est souvent à ce prix.

— Tu as l'air de très bien connaître tout ça, fit Tara doucement pour ne pas envenimer la discussion.

— Mes parents ont été très proches du PKK, répondit-il. Ils ont toujours adhéré au parti.

Tara resta silencieuse un moment. Elle ne voulut pas aller plus loin et gâcher leurs retrouvailles.

— Et Ajda, tu la connais bien ? demanda-t-elle.

— Pas tant que ça, hésita Baz. Pourquoi tu me demandes ça ?

— Son cousin m'a servi de guide en Irak. C'est un combattant du PKK.

Baz se tut.

— Tu en penses quoi ? insista-t-elle, intriguée.

— Je ne sais pas, dit-il encore en se servant un verre. C'est possible. Je suis crevé, j'ai besoin de soulager mes yeux et mes oreilles.

Il se leva pour changer la musique. Un jazz aux sonorités électroniques envahit la pièce d'une nappe chaude. Puis il éteignit les lumières de la salle et se rassit à côté de Tara. Ils n'étaient plus prisonniers que du halo orangé des suspensions au-dessus du comptoir. Et c'est comme s'ils étaient soudain hors du monde, dans ce restaurant réduit à une scène de l'intime, là où seule leur histoire se jouait. Baz lui sourit. Elle lui semblait tellement fatiguée, mais si belle. Il laissa traîner son regard sur tous les détails de son visage, ses cheveux dorés sous la lumière, son nez délicat, ses sourcils fins, son âme derrière la profondeur de ses yeux noisette, sa bouche sensuelle, ses épaules d'où les griffes du dragon émergeaient comme s'il essayait de gravir son dos. Et Baz eut la sensation que la créature était bien vivante, qu'elle changeait d'un jour à l'autre, accompagnant Tara malgré elle, à la fois intrus et gardien, bête fauve autant attachée à Tara que prête à la dévorer. Ils parlèrent peu, se regardèrent beaucoup, échangèrent des sourires et des pensées silencieuses. Ils s'étaient manqués. Tara avait envie d'être dans ses bras. Elle se leva pour l'embrasser et se colla à lui un long moment. Il sentait bon malgré le travail. Baz glissa ses mains sous son tee-shirt pour mieux la serrer encore, sentir la douceur de sa peau, la fermeté de ses formes.

— J'ai envie de danser, lança-t-il.

Il alla de nouveau changer la musique derrière le bar. Il en profita pour allumer deux lumières qui suffirent à projeter des halos colorés dans l'obscurité. Les carreaux de la façade couvraient l'espace d'un voile vert d'eau. Un rythme de basse commença à faire vibrer l'air.

— J'adore ce morceau, glissa Baz à l'oreille de Tara en la prenant par la main pour la mener au milieu des tables.

Puis il leva les bras et se mit à danser, la tête basse, les yeux fermés pour se laisser envelopper par la musique. Une ritournelle électronique monta, de plus en plus forte, de plus en plus entêtante. Baz paraissait bien, tapant des mains par moments, ouvrant les yeux un instant, un grand sourire aux lèvres, en regardant Tara, pour partager avec elle son plaisir avant de repartir dans sa transe. Son corps ne trichait pas, et Tara le trouvait tellement désirable. Elle ferma les yeux à son tour et se laissa aller. Ses hanches et ses épaules roulaient avec le rythme. Ses cheveux brillants commencèrent à fouetter l'air. Elle leva les bras, abandonna ses repères, libre dans l'espace, lâchant prise dans le plaisir de l'instant, enfin, en souriant pour la première fois depuis longtemps. Elle ne pensait plus. Les mouvements de leurs corps se répondaient dans un écho frénétique et charnel, libéré de la conscience. Le monde tournait autour de leur amour et rien d'autre n'avait d'importance. La ritournelle continua à les emporter, toujours plus loin, leurs corps de plus en plus proches et, quand la musique s'arrêta, Baz l'attira à lui.

— Il faut trouver la joie, lui murmura-t-il. Peu importe ce qui nous entoure, peu importe ce qui nous arrive.

Elle lui sourit.

— Allons à la péniche, proposa-t-elle.

Sans dire un mot, Baz alla chercher son blouson et deux casques de moto.

— Et ma voiture ?

— Tu la récupéreras demain, j'ai besoin de prendre l'air.

La moto poussa un grognement sourd en démarrant. Tara se colla à Baz et l'enlaça fort. Elle posa sa tête de côté sur son dos. Encore bercée par l'ivresse de la danse, elle observait les images de la ville comme des photographies. Les passants semblaient monter les trottoirs à la verticale. Les bruits de moteur glougloutaient. Les voyants des passages piétons passaient du rouge au vert. Le vent mouillait les yeux de Tara qu'elle gardait grands ouverts. Les trottoirs se succédaient et viraient dans les rues à angle droit. Les voitures garées enchaînaient leurs côtes métalliques. La ville défilait sa vie en accéléré. Elle serra Baz encore plus fort.

— Nous sommes arrivés, dit-il simplement après un moment, en se garant sur la chaussée au-dessus des quais.

Tara se détacha douloureusement de lui pour rejoindre la péniche. Elle alla s'asseoir sur le pont, à l'avant du bateau. Baz remonta deux whiskies. Ils restèrent un moment à regarder l'eau, fumant sans parler. L'air était doux. Des groupes de jeunes plaisantaient sur les pelouses de l'autre côté du canal. Tara vint s'asseoir à califourchon sur Baz. Elle prit son visage dans ses mains. Elle lui avouait tant de choses dans ces regards. « Ne nous faisons jamais souffrir », chuchota-t-elle. Elle l'embrassa. Pour la première fois, Baz n'eut pas peur de la voir s'enfuir. Il attrapa son visage à son tour, quitta le baiser pour la regarder encore. Jamais, répondit-il. Ils descendirent dans la cabine et firent l'amour doucement, serrés l'un à l'autre, dans une promesse. Puis ils restèrent allongés, nus, l'un en face de l'autre, à se regarder. Tara posa sa main sur le visage de Baz. Elle caressa sa joue rugueuse, enfonça ses doigts dans l'ondulation de ses cheveux.

— Promets-moi de ne pas me mentir, Baz.

— Pourquoi me demandes-tu ça ?

— Je n'arrive pas à affronter les mensonges.

— Je te le promets, Tara.

XXIV

J-5 jours

Il était 5 h 30 quand Jean gara la voiture en face de la prison de Fleury-Mérogis. À côté de lui, Tara, engoncée dans son gilet pare-balles, se servait du café d'une Thermos, un fusil à pompe entre les jambes. Le transfert du prisonnier était prévu à l'aube pour éviter la circulation.

— Comment tu t'es débrouillé, Jean ? demanda Tara.

— Quand j'ai appris qui était chargé du transfert, j'ai appelé un ancien collègue de la BAC qui a intégré le RAID. Il a discuté avec l'officier en charge du convoi qui a donné son accord pour que nous puissions suivre. Mais c'est officieux et nous devons rester à bonne distance pour ne pas interférer dans leur protocole. En tout cas, ils connaissent la voiture et ne nous tireront pas dessus. Ils m'ont aussi donné la fréquence radio pour communiquer.

— Le RAID a été informé pour le risque sur le convoi ?

— Oui, la DGSI les a prévenus. Ils ont renforcé le dispositif.

— Et le patron ?

— Je ne lui ai rien dit. Mieux vaut qu'il ne l'apprenne pas.

Tara réfléchit une seconde, le regard fixe. Elle regarda l'heure puis sortit son portable pour appeler Perret.

— Mais qu'est-ce que tu fais ? s'inquiéta Jean.

— Je dois lui dire. Nous ne pouvons pas lui cacher ça, d'autant plus si ça tourne mal.

Le commissaire décrocha au bout de quatre sonneries.

— Allô ? prononça-t-il d'une voix pleine de sommeil.

— C'est Tara, commissaire.

— Non, mais, vous avez vu l'heure, capitaine ?

— Je suis désolée, je dois vous parler.

— Vous avez décidé de me mettre de mauvaise humeur dès le réveil ?

— Je suis avec la Nouille, patron. Nous allons suivre le convoi de Samir Mahmoud pour le tribunal. Je voulais que vous le sachiez.

Perret resta silencieux alors que Tara attendait sa réaction en regardant Jean, la tête enfoncée dans les épaules.

— Tara, finit par dire le commissaire, j'aurais préféré ne pas le savoir. Mais j'imagine qu'il est maintenant trop tard pour vous en dissuader. Vous n'avez pas suivi mes instructions, et cela, je ne le supporte pas. Vous allez trop loin. S'il arrive quoi que ce soit, sachez que je ne pourrai rien faire pour vous.

— Je suis désolée, patron.

— Nous en discuterons au bureau dans la matinée.

— D'accord, au revoir, commissaire.

— Et Dragon ? dit-il avant de raccrocher. Faites attention à vous.

— Ne vous inquiétez pas, conclut Tara.

Elle tourna la tête vers Jean.

— Espérons que je me sois trompée, dit-elle simplement.

Tara se resservit un café. Les policiers étaient encore beaucoup trop loin des meurtriers. Tara savait qu'ils devaient s'en rapprocher. Le transfert en était peut-être l'occasion. Car le parcours ainsi que les horreurs commises par Samir Mahmoud étaient bien connus et en faisaient une cible évidente. Le terroriste français avait toujours exposé ses exploits sur Internet. Il avait été instructeur sur une base secrète de l'*Amnyiat* du côté du barrage d'Al-Thawra à l'ouest de Raqqa en Syrie. Daesh y avait formé ses combattants d'élite. Akim Alami et lui étaient donc très proches. Ils avaient commandité et planifié ensemble les attentats en France. Pourtant Samir Mahmoud était un déserteur du groupe terroriste. Après la chute du califat, il s'était rendu de lui-même à la police turque avant d'être transféré en France comme Akim Alami. Depuis son arrestation il gardait le silence. Les parties civiles comme tous les médias l'attendaient à la cour d'assises spéciale établie pour juger des crimes de terrorisme. À Paris, l'île de la Cité était bouclée pendant toute la durée du procès qui devait durer plusieurs mois.

— T'en veux ? demanda Mancini en lui tendant un sac en papier auréolé de beurre.

Tara y plongea la main pour prendre un croissant.

— T'as l'air crevée, continua Jean.

— Ce n'est pas ce que tu crois. Je n'ai pas fait la fête.

— Ah. C'est quoi, alors ?

— Tu es bien curieux, la Nouille.

— Je me soucie de toi, c'est tout.

Tara regarda son ami qui arborait un large sourire.

— Alors ? dit-il malicieusement.

— Je vois quelqu'un.

Le policier, la bouche en cœur, ouvrit de grands yeux ronds de poisson.

— Pas possible, mon capitaine ! Mais c'est une excellente nouvelle, ça ! Qui a réussi à faire chavirer le cœur du Dragon ?

— J'ai juste mentionné que je voyais quelqu'un. Pas que j'avais commencé à lui tricoter des moufles pour l'hiver.

— Tu es amoureuse ? demanda Jean, un sourire en coin.

— Que tu m'énerves, Jeannot ! Tiens, regarde plutôt, ils arrivent, déclara-t-elle en voyant les lourdes portes en acier commencer à coulisser. Ils ne nous attendront pas, ne les perds pas de vue.

Des agents pénitentiaires armés se placèrent de chaque côté de la chaussée et donnèrent le départ du convoi. Deux motos bondirent hors de la prison en déclenchant leur sirène. Une voiture de la police nationale les suivait pour ouvrir la marche, les gyrophares tournoyants. Derrière, le minivan aux vitres teintées du djihadiste était encadré de trois autres véhicules banalisés entièrement noirs. À l'intérieur, le groupe d'intervention était en alerte maximum, fusils d'assaut en joue. Le convoi s'élança à pleine vitesse, suivi par Jean et Tara. Ils filèrent droit sur la départementale pour rejoindre l'autoroute toutes sirènes hurlantes. Les motards debout sur leurs cale-pieds ouvraient la circulation par de grands gestes de la main.

— PJ, reculez, entendit Tara à la radio.

— Je vais les perdre si je m'éloigne trop, dit Jean.

— Fais comme tu peux, lui répondit Tara.

Derrière le pare-brise noir de la voiture devant eux, un agent en position de tir vérifiait les distances de sécurité de tous les véhicules qui approchaient. Le stress du transfert gagna immédiatement les deux policiers. Des automobilistes pilaient devant le passage du convoi qui prenait les sens uniques ou passait les feux rouges. Un motard dut faire une embardée et frôla un piéton qui traversait, le nez sur son téléphone portable. La première voiture évita de justesse un scooter qui se coucha. Tout était fait pour que le convoi ne s'arrête jamais car tout ralentissement le mettait en danger. Au bout de quelques minutes, ils s'engagèrent enfin sur l'autoroute.

— PJ, reculez ! entendirent-ils encore à la radio.

Le convoi fonçait maintenant sur la voie de gauche. À cette heure-ci la route était dégagée même si la circulation restait dense, tous les automobilistes essayant d'éviter les bouchons du matin. Mais au bout de deux kilomètres les trois voies ralentirent. Plus loin, les voitures avançaient au pas, feux de détresse allumés, sur toute la largeur de l'autoroute.

— Bouchon, constata simplement Jean.

Le convoi vira sur la droite pour rejoindre la voie d'arrêt d'urgence. Une berline tenta de s'y engager mais un motard la fit dégager d'un grand coup de poing sur le toit. Puis ils longèrent à toute allure la file de véhicules arrêtés dans un hurlement de sirènes. Cent mètres plus loin, deux voitures s'étaient percutées, bloquant la circulation. Derrière, l'autoroute était complètement vide. La colonne reprit sa course à toute allure, seule au milieu des voies. Tara se détendit un peu. Elle relâcha son fusil qu'elle tenait toujours serré entre ses jambes.

— Laisse encore un peu d'espace, dit-elle.

Jean ralentit pour garder cent cinquante mètres de distance. L'autoroute monta une rampe en se resserrant sur deux voies pour franchir un carrefour en contrebas. Mais au bout d'un kilomètre ils tombèrent à nouveau sur un mur de véhicules à l'arrêt. La circulation sur l'autoroute était de nouveau bloquée. Jean regarda instinctivement dans son rétroviseur. Tout était dégagé.

— C'est bizarre, remarqua-t-il.

— PJ, prenez encore vos distances, ordonna un agent dans le talkie-walkie.

— Arrête-toi, demanda Tara.

Jean stoppa son véhicule à bonne distance pour laisser le convoi se frayer un passage. Les motards plongèrent dans la circulation pour ouvrir la voie. Mais la colonne de l'escorte dut s'immobiliser. Immédiatement les commandos bleus du RAID sortirent des véhicules et prirent position armes au poing autour des voitures.

— Jean, à droite ! hurla Tara en distinguant du mouvement derrière les rambardes de sécurité.

Ils virent alors des hommes se lever d'un coup avec des kalachnikovs pour mitrailler le convoi. Tara saisit la radio et hurla : « Attaque ! Attaque ! »

— À couvert ! cria-t-elle à Jean en s'extrayant de la voiture avec son fusil.

Les deux policiers se jetèrent hors de leur voiture à l'abri de la carrosserie. Devant eux les commandos du RAID livraient déjà un combat de feu. Le bruit des armes de guerre grondait comme un orage. Une grêle d'acier percutait le métal des deux côtés de la chaussée dans des gerbes d'étincelles. Entre les véhicules arrêtés, les automobilistes fuyaient alors que les tirs se concentraient sur le van blindé du djihadiste.

— Qu'est-ce qu'on fait ? cria Jean, impuissant face aux combats à l'arme lourde.

Tara hésita. Elle se sentait aussi démunie qu'en Irak, derrière sa voiture immobilisée au milieu de la chaussée. Elle se leva et vit un quatrième homme rejoindre les assaillants avec un bazooka RPG.

— Merde ! jura Tara en se remettant à l'abri. Lance-grenade ! Lance-grenade ! hurla-t-elle encore à la radio.

Les deux policiers se levèrent de nouveau contre la carrosserie pour tirer. La scène s'imprégna alors au ralenti sur la rétine de Tara. À gauche les agents du RAID tiraient, protégés par des boucliers en kevlar. L'un d'entre eux extrayait le djihadiste menotté de la cabine du van sur lequel étincelaient les impacts de balle. À droite elle vit l'assaillant poser le lance-grenade sur le rail de sécurité. Il ne bronchait pas malgré les tirs, visa calmement et éjecta le projectile dans un nuage de poudre. La charge tira une ligne blanche jusqu'au van. Tara se baissa sans pouvoir prononcer un mot. Les commandos du RAID disparurent dans un flash blanc. Des éclats de métal tranchants volèrent sur des centaines de mètres, perçant la carrosserie des policiers. Dès que Tara releva la tête, elle vit la carcasse éventrée et fumante. Les commandos étaient allongés au sol ou agenouillés derrière les boucliers. Le djihadiste gisait au milieu des débris.

— Ils partent ! cria Tara en voyant les assaillants disparaître.

Tara sortit son pistolet de la ceinture et s'éjecta avec Jean vers la rambarde de sécurité. Elle jeta un coup d'œil rapide par-dessus la balustrade. Une rampe en béton amenait au niveau d'une impasse. Derrière, trois fuyards entraient par la grille ouverte d'une friche industrielle. Tara enjamba la barrière et se jeta dans la pente. Elle glissa en essayant de retenir sa vitesse et arriva brutalement sur le bitume. À sa suite, Jean percuta le sol dans un bruit sourd en poussant un grognement de douleur. Ils traversèrent la rue et s'arrêtèrent devant l'entrée de la friche. Au loin les tueurs passaient derrière un hangar délabré.

— Attendons le RAID, dit Jean qui boitait.

— Ils vont extraire le prisonnier, ils ne viendront pas.

Tara s'élança à découvert sur le vaste terre-plein. Au bout de cinquante mètres Jean s'arrêta en clopinant.

— Je n'y arrive pas, souffla-t-il.

— Appelle les renforts ! lui lança Tara tout en continuant de courir.

Elle s'arrêta en arrivant à l'angle du bâtiment. Devant elle, une allée était bordée par une clôture métallique prise dans les ronces. À son extrémité, une porte d'accès était entrouverte dans le grillage au milieu des herbes folles. Tara longea le bâtiment l'arme au poing. Le sol était jonché de débris et de machines qui rouillaient comme des épaves. Elle s'engouffra par l'ouverture dans un tunnel végétal pour ressortir sur le parking d'un entrepôt couvert de graffitis. Elle eut juste le temps de tourner la tête pour voir l'homme accroupi lui tirer dessus. La balle d'AK-47 la percuta en pleine poitrine. Elle fut projetée au sol. Sa tête rebondit violemment contre le bitume. Le souffle coupé, elle resta immobile, la bouche grande ouverte dans l'espoir d'une respiration. Le ciel au-dessus d'elle était d'un bleu primaire, pur, sans nuage. Elle sentait qu'elle allait mourir mais n'avait pas le temps d'en prendre vraiment conscience. Elle ne paniquait pas. Son cerveau ne le lui permettait pas. Il lui laissa juste ressentir des impressions, cette dernière image au-dessus d'elle, la chaleur du soleil, la douceur de l'air. Puis elle entendit les pas qui s'approchaient. Le visage de l'homme apparut. Il avait les yeux très noirs, le regard profond et déterminé, une légère barbe drue, des lèvres sombres et épaisses. La vie de Tara s'arrêtait là. Mais elle ne partirait pas avec ce visage, son esprit ne l'acceptait pas non plus. Dans ces deux secondes qu'allait durer sa mise à mort, il lui offrit ceux de ses parents pour remplacer celui de son assassin. Robert et Jeanne semblaient heureux. Ils se souriaient, et riaient malicieusement en la regardant. Comme ils l'avaient aimée ! Personne ne peut aimer autant. Ils n'y étaient pour rien si elle avait tant souffert. Tara sourit à son tour. Elle était apaisée maintenant. « Merci », réussit-elle à chuchoter. Le tueur leva le canon de son arme pour viser son visage.

— *Rawestand*[1] ! hurla quelqu'un.

L'homme tourna la tête, le canon de la kalachnikov toujours pointé vers Tara. Puis son visage disparut du bleu du ciel. L'air entra d'un coup dans les poumons de Tara comme un espoir. Elle réussit à lever la tête. Le tueur courait vers un autre assaillant qui tenait sa kalachnikov pointée vers le sol. Tara ne pouvait voir son visage sous la capuche maintenue par le foulard fermement enroulé autour du cou. Instinctivement elle essaya de garder en mémoire tous les détails possibles, ses chaussures de sport usées, ce pantalon large de toile et cet ample sweat-shirt. Elle constata sa petite taille quand le tireur passa à son niveau. Puis tous deux disparurent derrière

1. « Arrête ! »

le bâtiment. Tara entendait maintenant les sirènes. Et tout s'agita autour d'elle. Elle aperçut d'abord Jean penché sur elle. Elle ressentit sa panique alors qu'il tentait de savoir où elle était blessée. Il lui parlait mais elle avait encore du mal à répondre.

— Ça va, murmura-t-elle alors qu'elle n'en savait encore rien.

Elle sentait qu'elle respirait mieux et s'assit.

— Ça va, répéta-t-elle à Jean quand elle vit l'ambulance se garer pour l'emmener aux urgences.

À l'hôpital, en prenant des notes, le grand Jean avait grise mine. Son corps semblait soudain trop imposant pour lui. Il n'arrivait pas à rendre ses sourires à Tara. Il jeta un coup d'œil gêné à sa collègue qui lui répondit par un clin d'œil pendant que le médecin finissait de l'ausculter. Sur le flanc droit de Tara, un hématome formait une large auréole colorée qui s'assombrissait vers le centre. Une mèche de cheveux à l'arrière de son crâne se dressait en épi là où elle venait de se faire coudre trois points de suture.

— Vous êtes une miraculée, vous pouvez partir, déclara le docteur avant de sortir de la pièce.

— Il a raison, enchérit Jean. La balle de kalach aurait dû traverser ton gilet comme du papier.

Le projectile avait glissé sur la plaque de kevlar en y creusant seulement une rigole. Tara n'avait que deux côtes cassées.

— C'est parce que tu es mon porte-bonheur, la Nouille, dit-elle tendrement.

— Tu parles, grogna-t-il. C'est ma faute. Si je ne t'avais pas laissée seule…

— Tu aurais voulu me défendre, enchaîna Tara. Et nous serions certainement morts tous les deux, mon Jean.

Elle regarda son ami avec affection.

— Bon, tu te rappelles autre chose ? demanda-t-il.

— Oui, celui qui a arrêté le tueur a prononcé un mot, « *ragestan* » ou « *rayestand* », quelque chose comme ça.

Ils furent interrompus par le commissaire Perret qui entrait dans la chambre. Tara et lui s'observèrent silencieusement.

— Bonjour, commissaire, finit par dire Tara. Je suis désolée.

— Nous verrons ça plus tard. Comment allez-vous ?

— Ça va. Je n'ai presque rien.

— Vous avez eu de la chance, Dragon. Samir Mahmoud est mort. Trois agents du RAID sont également gravement blessés.

— J'avais raison, patron.

— Je sais, Tara, mais cela ne change rien. Vous allez faire l'objet d'une mesure disciplinaire.

Il voulut rajouter quelque chose mais se ravisa, jeta un dernier regard à ses policiers et s'en alla. Il se retourna tout de même une dernière fois vers Tara avant de sortir.

— Moi aussi je suis désolé, Tara.

XXV

Immobile à l'arrière de sa voiture, Sherajin regardait Robert Vaillant courbé sur un plant de haricots verts dans son potager. Une kalachnikov était posée à ses pieds derrière le siège du conducteur où son complice à la peau brune conservait son regard inflexible. Un pistolet automatique était calé, prêt à servir entre le frein à main et le siège du chauffeur. Les tueurs savaient que le temps passé les rapprochait de la fin de leur mission et qu'elle finirait bientôt par leur mort à tous. Il n'y avait aucune autre issue possible. Robert rangea ses outils dans sa cabane. Puis il prit son panier plein de légumes et alla récupérer sa voiture. Il ne vit pas les tueurs qui l'observaient à quelques mètres. Une fois qu'il fut parti, Sherajin donna une tape sur l'épaule de son complice qui démarra. Ils suivirent Robert Vaillant jusque chez lui et se garèrent à quelques dizaines de mètres de l'entrée de la petite maison en meulière. Sherajin sortit de la voiture avant de glisser une arme sous son sweat-shirt et de s'approcher de l'entrée, les mains dans les poches et la tête basse. Le quartier était vide, les trottoirs déserts. La porte s'ouvrit d'une simple poussée. Sherajin le savait déjà. Ce n'était pas sa première visite ici. Une fois le battant de fer refermé avec précaution, Sherajin longea les bas-côtés pour éviter le gravier et s'arrêta un instant devant l'entrée principale. Robert sifflotait à l'arrière de la maison, concentré sur ses rosiers. Une fois les quelques marches du perron gravies, Sherajin entra par la porte principale et se figea en regardant le salon. Peut-être à cause de sa petite taille, des couleurs neutres de ses vêtements, de son attitude et de sa totale détermination, Sherajin semblait une ombre plaquée sur le décor. À tel point qu'il aurait été possible de rentrer dans la pièce et de passer à côté sans l'apercevoir. Sur la table basse, les albums photo étaient toujours empilés. Sherajin commença à se déplacer le long de la bibliothèque en passant sa main flétrie sur les livres. En effleurant la coupelle ses doigts jouèrent avec le lapis-lazuli avant de le glisser dans une poche, laissant la petite plume à sa solitude. Le secrétaire était toujours couvert de photographies. Il s'agissait cette fois de souvenirs de famille, de Jeanne et Robert avec Tara encore bébé, de clichés de vacances, d'évènements de la vie : des anniversaires, des diplômes, des concerts de piano. Sherajin tourna les pages des albums un long moment avant de passer dans le hall. Robert entra dans la cuisine depuis le jardin et l'ombre s'immobilisa en l'apercevant par l'entrebâillement de la porte. Le vieux monsieur posa ses légumes sur la table avant de se laver les mains dans l'évier. L'âge commençait à former une bosse entre ses épaules, pliant son cou en avant. Sherajin en profita pour monter par l'escalier, ses pas atténués par la moquette. Robert se rendit dans le salon sans l'apercevoir en passant en bas des marches. Au premier étage, sur le palier, la porte de la chambre de Tara était ouverte. Sherajin observa la pièce un moment, immobile. Robert s'activait toujours au rez-de-chaussée en chantonnant. Sherajin souleva son sweat et prit son pistolet automatique dans la main pour aller s'asseoir sur le lit de Tara. Son autre main se mit à caresser la jolie couverture blanche en laine parfaitement pliée au bout du lit. Robert s'engagea dans les escaliers d'un pas lourd. La main armée passa dans le dos de Sherajin qui attendait avec l'immobilité des pierres. En haut des marches, le père de Tara vit la porte entrouverte. Il voulut la refermer et passa instinctivement la tête par l'entrebâillement de la chambre. Là, il se trouva nez à nez avec l'assassin.

Tara roulait à toute allure sur l'autoroute, la sirène en alerte. Elle voulait absolument passer chez son père avant de se rendre au bureau pour son entretien avec le commissaire. Les questions restées en suspens sur sa naissance l'obsédaient. Et elle n'aurait pas d'autre occasion de voir Robert dans les jours qui allaient suivre. Une vérité après l'autre, avait-elle pensé en se levant le matin. Son téléphone se mit à sonner.

— Oui, Benjamin ? répondit-elle, en décrochant, à l'agent de la DGSI.

— J'ai appris que tu fais l'objet d'une procédure de mise à pied ?

— Oui, et ton patron a tout fait pour. Mais j'ai bien l'intention de me défendre.

— Je m'en doute. Je voulais te dire que j'étais désolé. Nous cherchions tous les deux la même chose, Tara : arrêter ce massacre. Et je sais ce que je te dois sur cette enquête. Mais cette fois-ci personne ne peut rien pour toi.

Tara vira sur la voie d'arrêt d'urgence et gara Princesse. Elle réfléchit un instant avant de parler. Cette enquête n'avait été finalement qu'un prétexte pour retrouver son passé. Elle devait oublier Akim Alami et les autres car elle ne pouvait pas tout porter. Le plus important était devant elle maintenant.

— Je te remercie, Benjamin. De toute façon il fallait que j'arrive à passer à autre chose, d'une manière ou d'une autre. J'ai juste essayé de faire ce qui me semblait juste. Est-ce que je peux encore t'être utile ?

— Je suis preneur de toute l'aide que tu pourras m'apporter, notamment des détails pour identifier les assaillants du transfert de Samir Mahmoud.

Tara tenta de réorganiser toutes les informations dont elle disposait. Elle modifiait ses hypothèses, comme dans des mots fléchés, pour que les réponses forment une géométrie de lettres intelligibles liées les unes aux autres. Et soudain, le mot sortit de sa bouche sans même qu'elle le réalise.

— *Rawestand.*

— Pardon ? dit Benjamin.

— Je te rappelle, dit-elle en raccrochant immédiatement.

Elle appela le Centre culturel kurde.

— Oui ? grinça le bibliothécaire en décrochant.

— Bonjour Charles, c'est le capitaine Vaillant.

— Bonjour capitaine. Savez-vous que si j'arrive ici aussi tôt, c'est pour trouver la tranquillité des bureaux vides. Vous avez donc de la chance que je décroche. Certains parleraient même de harcèlement, vous savez. Que me vaut votre appel ?

— Vous parlez kurde, non ?

— J'en parle même plusieurs dialectes, capitaine, répondit vexé l'homme à l'œil de hibou.

— Savez-vous ce que signifie *rawestand* ?

— Cela veut dire « Arrête », en sorani.

— C'est du kurde ?

— Oui, chère madame, c'est du kurde. Vous ne m'appelez pas pour une traduction en mandarin, j'imagine ?

— Ils se vengent, murmura-t-elle.

— Je vous demande pardon ?

— Non, rien. Merci Charles, à bientôt.

Elle ne lui laissa pas le temps de répondre et raccrocha pour rappeler immédiatement Benjamin. Ceux qui avaient attaqué le convoi étaient kurdes et elle était désormais convaincue qu'il s'agissait d'une vengeance.

— C'est là qu'il faut chercher, le Moine, avait-elle conclu.

Elle retomba d'un coup dans son siège. Elle ressentit une grande lassitude et alluma une cigarette. Tout se mélangeait dans son esprit. C'était là, depuis le début, et elle n'y comprenait rien. Comme si sa naissance en Irak était à l'origine de tout. Comme si elle portait la responsabilité des attentats, des assassinats et de la bête puante qui croupissait à Vendin-Le Vieil. Alors que cherchait-elle donc en allant chez son père aujourd'hui ? Quel nouveau monstre espérait-elle y trouver ? Car même si un secret existait bien dans son histoire, de quel droit voulait-elle le déterrer alors que sa mère était morte en l'emportant avec elle ? Tara souffla longuement la fumée. Elle regarda les voitures filer sur le bitume. Le soleil était déjà haut et la lumière blanche comme le lait. Elle savait qu'elle n'arriverait pas à faire autrement. Car c'est bien ce qu'avait toujours été Tara, une femme éprise de justice et, de ce fait, de vérité. C'est pour cela qu'elle était devenue policière, en rébellion contre le triomphe du mensonge. Et c'est de là que venait aussi cette peine qu'elle endurait dans la solitude. Elle relança le moteur. Les six cylindres vrombirent. Tara laissa Princesse attaquer le bitume.

Quinze minutes plus tard, elle arrivait devant sa maison d'enfance. Comme toujours elle rangea son pistolet dans la boîte à gants avant d'entrer. Elle passa par le jardin mais son père n'y était pas. Elle alla respirer les roses un instant. Dans la cuisine, les fleurs fraîchement coupées étaient encore posées sur la table. Elle pensa que son père devait être à l'étage. Elle savait qu'il n'allait presque plus dans le salon. Mais elle ne l'appela pas tout de suite. Avant de lui parler, elle voulait vérifier une dernière fois les albums d'époque et les photos de sa mère au Kurdistan. Elle se rendit au salon. Elle vit d'abord son père sur un fauteuil, face à elle, le visage sombre. Tara sourit en l'apercevant. Au moment où Robert leva les yeux, elle vit qu'il discutait avec une personne de dos assise en face de lui sur le canapé. Elle se figea en reconnaissant le sweat-shirt, la capuche sur la tête, les vieilles baskets et le pantalon de toile de l'inconnu.

Tara ? lança Robert, les yeux ébahis.

Sherajin ne bougea pas. La première pensée de Tara fut qu'elle n'avait pas son arme.

— Tara ! s'exclama Robert en se levant.

Sherajin leva la main pour arrêter le vieil homme. La policière tourna la tête instinctivement pour s'assurer qu'elle n'avait personne derrière elle. Tous ses muscles se tendirent. Elle disposait d'un instant pour saisir le tueur et permettre à son père de fuir. Les poings serrés, elle allait se jeter sur Sherajin quand celle-ci parla.

— Laisse, Robert, il est temps qu'elle sache, entendit Tara.

C'était une voix familière, dont seul le ton déterminé et tranchant l'empêcha de réaliser immédiatement à qui elle appartenait. Le ventre de Tara se noua. Sherajin se leva doucement. Puis elle se tourna et leva la tête. La policière ne vit d'abord que deux points luisants dans l'obscurité de sa capuche. Ensuite la pénombre laissa paraître la courbe maladroite d'un menton fatigué. Quand son visage apparut, Tara resta pétrifiée par l'incompréhension. La vieille Kurde était là, devant elle. Son visage était grave. Il avait perdu la douceur de ses sourires. Ses yeux malins étaient maintenant si profonds qu'ils transformaient la lumière en abîme. Ses mains n'étaient plus creusées par le labeur, mais par la brûlure de la poudre. Les sillons sur son visage n'étaient plus les marques de l'âge, mais les cicatrices des combats.

— Ajda ? fut le seul mot que Tara put prononcer.

La jeune femme regarda son père qui l'observait, immobile, les yeux brillants. Il lui sourit, incapable encore de dire un mot, anéanti lui-même par la vérité émergeant du fond de leur histoire.

— Sîbel, précisa la vieille femme. Mon véritable prénom est Sîbel. Sîbel Sherajin. Sherajin, c'est mon nom, mais c'est aussi comme cela qu'on me connaît au PKK. Sherajin, la Lionne en kurde, comme toi, ma Tara.

— Je ne comprends pas, dit-elle.

— Assieds-toi, s'il te plaît.

Robert, toujours immobile, regardait fixement sa fille. Il lui fit un signe de tête et lui tendit la main.

— Viens, dit-il.

Tara alla vers son père, instinctivement, attirée par le refuge qu'il représentait et qui, alors, était sa seule certitude. Elle attrapa sa main tendue sans pouvoir quitter des yeux Ajda, cette femme qu'elle avait vue la veille, et l'assassin qu'elle recherchait depuis des semaines. Robert la tira doucement vers elle et la fit asseoir sur son siège. Tara leva encore les yeux vers lui, redevenant une enfant perdue en quête de réponse.

— Ne t'inquiète pas, murmura-t-il. Je suis là, tout ira bien. Je t'aime.

La vieille Kurde la fixait, assise en face d'elle sur le canapé. Dans ce salon où Tara avait passé son enfance, le temps s'étirait. Les années de secret prenaient la place des secondes de l'instant. Tara aurait pu entendre les battements de tous les cœurs résonner indéfiniment dans la pièce. Elle sentait le sien sourdre dans sa poitrine avec une telle lenteur qu'elle crut qu'il pourrait s'arrêter. Enfin le temps et l'espace s'immobilisèrent complètement, comme si Tara devenait le témoin de sa propre vie.

— Je vais maintenant te parler de ton histoire, Tara Sherajin, dit Sîbel. C'était il y a longtemps, en 1998, l'année de ta naissance, à Halabja, où tu es allée. J'étais une jeune femme de vingt-deux ans et tu étais ma dernière fille. Dans cette cave où j'étais réfugiée avec tes grands-parents paternels à cause des bombardements, je te chantais cette berceuse pour nous réconforter tous les deux alors que Baram, ton père, était parti chercher mes parents et les jumeaux, tes deux frères…

Dors, mon enfant, dors !
Dors devant le vent du Nord et devant Ziryan.

Apprends à être.
Apprends à vivre dans la chaleur de l'été.
Apprends à vivre tout seul dans le froid de la montagne.
Apprends, mon enfant, apprends.
La vie, c'est cela.
C'est cela, la vie.
Calme-toi ! Dors bien, mon enfant !

Et Sîbel récita encore la berceuse. Et encore. Personne n'aurait pu dire combien de fois dans cette cave gelée elle la récita. Et c'était comme si le temps s'était arrêté. Et au fur et à mesure, les oreilles sifflèrent moins, la vibration dans les murs s'atténua et l'air perdit de sa densité.

— Ça se calme, dit le vieux paysan au bout d'un moment.

Les avions étaient partis. Quelques explosions de mortiers se faisaient encore entendre au loin. L'attaque avait duré longtemps, mais elle semblait prendre fin.

— J'y vais, répondit calmement Sîbel.

— Tu n'y penses pas. C'est trop tôt, la coupa son beau-père.

— Il a raison, c'est trop dangereux, renchérit sa femme.

— Je ne peux pas rester à attendre, il faut que je retrouve Baram et les petits. À tout à l'heure mon amour, dit-elle en embrassant Tara et en la confiant à sa belle-mère.

Le vieux paysan kurde n'eut pas le temps d'essayer de la retenir. Sîbel s'était déjà précipitée sur la porte pour s'extraire de la cave. Une épaisse chape noire s'était formée dans le ciel au-dessus des plantations, nourrie de toutes les colonnes de fumée montant de la ville. La jeune femme s'engagea par le chemin aussi vite qu'elle put. Une pluie fine et glaciale se mit à tomber. Après un virage, elle aperçut les premières maisons en périphérie de la ville, à plusieurs centaines de mètres devant elle. Des flammes s'élevaient partout. L'air était plein de cendres. Son cœur battait vite mais elle ne sentait pas l'effort. Elle courait presque sans respirer, dans l'urgence. Elle savait qu'elle avait encore deux kilomètres à faire.

Le nord de la ville continuait à être bombardé mais elle n'allait pas si loin. Dès qu'elle atteignit le bitume, elle croisa des voitures abandonnées toutes portières ouvertes. Après les premières habitations une maison avait été touchée par un obus. En la dépassant, Sîbel tourna la tête dans une ruelle adjacente. Elle s'écarta, terrorisée, trébucha et tomba au milieu des débris de béton. Un corps brûlait au sol dans la lumière blanche et aveuglante du phosphore qui dévorait sa chair nue. L'homme encore vivant eut un dernier sursaut et s'immobilisa. Une plainte apeurée monta des entrailles de Sîbel, la mâchoire serrée, et elle vomit sur le sol. Elle réussit à se relever, se projetant en avant comme un sprinter. Quelques mètres plus loin elle dut s'arrêter pour vomir à nouveau. Les jambes flageolantes, elle reprit sa course. Une maison s'était effondrée au milieu de la route. Sîbel s'engouffra alors dans de petites ruelles étroites. Elle remonta une allée à contre-courant des habitants qui commençaient à sortir de chez eux pour s'enfuir. Partout les gens hurlaient de terreur ou de souffrance. Puis elle reprit vers le nord, tentant d'éviter les débris qui jonchaient le sol. Elle croisa une femme accroupie qui geignait devant un cadavre en se balançant d'avant en arrière comme pour remonter le temps. L'air commença bientôt à sentir le fruit pourri. Cela lui rappela immédiatement la cave où elle était enfermée peu de temps auparavant. L'odeur était de plus en plus forte. Des hommes et des femmes descendaient vers elle en toussant, un linge sur le visage. Les peshmergas tentaient d'évacuer les habitants comme ils pouvaient. Les hurlements se transformèrent en plaintes, puis en râles, et bientôt Sîbel n'avança plus que vers le silence. Un peu plus haut dans la rue, la carcasse du pick-up du vieux Bâbir fumait encore. Sa voiture n'avait pas su le conduire assez vite hors de la ville. Son cadavre carbonisé était toujours accroché au volant. Les chairs brûlées de son visage avaient cessé de sourire. Sîbel baissa les yeux, et continua d'avancer. Mais l'odeur était de plus en plus suffocante, l'empêchant maintenant de courir. Elle enleva son chandail pour s'entourer le visage et avança courbée.

Elle leva la tête vers un homme désorienté qui délirait de façon incompréhensible. Quand Sîbel arriva à sa hauteur, il tomba à genoux, et vomit un flot de sang avant de succomber. Elle continua, essayant de ne pas regarder autour d'elle, sur le pas des portes où des centaines de cadavres, l'écume aux lèvres, étaient maintenant recroquevillés. Des familles entières avaient été surprises par les gaz mortels sans pouvoir aller plus loin. Le crachin glacial ne cessait de tomber et nettoyait l'air. Sîbel y était presque. Plus que cent mètres et elle retrouverait ses enfants. Ils étaient là, tout près, à l'attendre. Baram s'en occupait. Il était fort. Rien ne pouvait l'atteindre. Et les jumeaux ne craignaient rien avec lui. Son amour était plus fort que la guerre. Tout allait bien. Elle en était sûre. Et il était encore temps de partir, de fuir, loin, tous ensemble. Ils laisseraient tout derrière eux. Ils n'emporteraient rien. Ils quitteraient la maison, sans un regard et sans un regret. Peu importe ce qu'ils avaient été. Ils seraient réunis. Ensemble ils iraient au-delà des montagnes. Ils seraient libres dans l'air et heureux comme le monde, et là-bas les rivières seraient bleues. Ils recommenceraient et ils s'aimeraient toujours, et les enfants grandiraient, et avec Baram ils vieilliraient à les voir embrasser la vie. Encore cinquante mètres et ils seront tous libérés. J'arrive, mes amours, vous verrez, tout ira bien. Rien ne nous atteindra jamais. N'ayez pas peur. Et Sîbel se mit à chantonner.

Dors, mon enfant, dors !
Dors devant le vent du Nord et devant Ziryan.
Apprends à être.
Apprends à vivre dans la chaleur de l'été.
Apprends à vivre tout seul dans le froid de la montagne.
Apprends, mon enfant, apprends.
La vie, c'est cela.
C'est cela, la vie…

Plus que dix mètres. Sîbel tourna à droite et se retrouva devant la façade de sa maison. Elle hurla comme elle put entre deux quintes de toux. Baram ! Baram ! Les enfants ! Elle tapa sur la porte qui était verrouillée. Papa ! Maman ! appela-t-elle encore. Puis elle longea la façade pliée en deux en se tenant au mur. Elle allait les chercher. Baram ! Les enfants ! C'est maman ! cria-t-elle encore. Ça y est, je suis là. Venez ! Venez, mes amours ! Elle contourna la maison et leva la tête. De l'abri aménagé dans le sol, un corps émergeait à moitié, le torse et le visage plaqué contre le sol couvert de poussière, les jambes encore emprisonnées dans la cuve, arrêté net par la mort. Sous chaque bras il tenait un petit garçon inerte, le visage bleu pâle. Baram était mort là, dans un dernier effort pour extraire ses deux enfants de cette cave où le gaz lourd avait plongé. Le visage de Sîbel se déforma et elle ne put bouger. En un instant le monde l'abandonna. Elle tomba, délaissée, dans l'immensité noire de l'univers. Non. Non. Non, geignit-elle. Elle secouait la tête pour que la scène disparaisse de son esprit, les yeux fermés et les mâchoires serrées. Non, mes amours ! hurla-t-elle. Une écume blanche se formait déjà sur ses lèvres, elle pleurait les yeux rouge sang, la bouche ouverte, la salive lui coulant du menton en longs filaments. Non ! hurla-t-elle de toutes les forces qui lui restaient. Et elle se précipita sur les corps inertes, s'effondra sur eux, les enserra de ses bras, pour leur dire combien elle les aimait. Tu m'avais promis, Baram ! Tu m'avais promis ! souffla-t-elle en suffoquant. Elle ferma les yeux et serra les trois corps aussi fort qu'elle put, pour que cet instant soit le dernier.

Elle respirait à peine quand elle fut attrapée par la ceinture et tirée violemment en arrière. Un soldat avec un masque à gaz lui ordonnait de le suivre, mais elle ne comprenait rien. Ne touchez pas les cadavres, il faut partir ! criait-il. Elle ouvrit de nouveau les yeux. La vue des corps de son mari et de ses enfants la ramena à la vie. Sîbel se débattit pour se libérer de l'emprise du soldat qui la tirait. Non, laissez-moi ! Laissez-moi ! hurlait-elle en tentant de rejoindre ses amours dans la mort. Baram ! Les enfants !

hurla-t-elle dans un dernier effort en tendant les bras vers eux. Rendez-les-moi ! implora Sîbel avant de s'effondrer.

Dans le salon, quand elle eut fini de parler, tous restèrent silencieux. Robert avait la main posée sur l'épaule de Tara qui tenait son visage dans ses mains. Sîbel en face était impassible. Elle avait raconté une histoire qui faisait partie d'elle, intégrée par le temps et digérée par la vie qui avait suivi.

— Et ensuite ? avait demandé Tara.

Sîbel avait repris le cours de leur histoire. Son mari, ses deux fils et ses parents étaient morts dans l'attaque. Il ne lui restait plus que Tara. Mais elle n'avait pas perdu qu'un mari, épousé par amour. Elle avait également perdu l'idée qu'il avait pour elle, celle d'être extraite des mœurs d'un autre temps, de la société patriarcale dans laquelle elle avait grandi et où une femme n'avait de place qu'au foyer. C'est grâce à lui qu'elle avait pu travailler en dépit des réticences et du poids des traditions. C'est ainsi qu'elle s'était engagée dans cette association humanitaire où elle avait appris le français au contact de Jeanne. Désormais seule, elle avait dû s'installer chez ses beaux-parents, vivre selon leurs règles et leurs décisions. La famille décida vite de lui trouver un nouveau mari. La tradition voulait qu'elle épouse son beau-frère. Il fallait aussi venger le passé, museler celle qui ne se voilait pas et se croyait au-dessus des lois archaïques et divines. Épouser le frère de l'homme qu'elle avait aimé était insupportable à Sîbel. Jamais elle n'aurait réussi à vivre dans la prison qui lui était promise après s'être émancipée d'elle. Mais si elle devait fuir avec Tara, elle savait aussi que nulle part sa fille trouverait la paix. Dans les montagnes, le PKK combattait l'oppression turque, défendait le communisme et la parité. Des unités combattantes entièrement féminines commençaient à se former. Pour retrouver sa liberté Sîbel n'avait d'autre choix que de se battre pour elle.

— Et d'abandonner son enfant, grinça Tara qui commençait à comprendre.

— Tara, nulle part là-bas je n'avais d'avenir à t'offrir. Et je ne pouvais pas t'emmener.

Alors elle avait recontacté Jeanne et Robert. Elle savait qu'ils n'arrivaient pas à avoir d'enfant. Elle leur confia Tara, enroulée dans sa petite couverture en laine blanche, leur faisant promettre de lui faire oublier tout cela, la mort, les souffrances, l'oppression. Et pour cela il fallait que Tara l'oublie aussi. Car Sîbel devait renoncer à sa vie en entrant au PKK. Le groupe armé avait ses règles imposées par son chef tout-puissant, Abdullah Öcalan. Il fallait se couper de la société, devenir un Homme nouveau, émancipé, entièrement fidèle à la révolution.

— J'ai d'abord été formée dans l'académie *Mahsum Korkmaz*, dans la Bekaa au Liban, poursuivit Sîbel.

Là, il avait fallu à la jeune femme détruire son ancienne vie féodale, faire son autocritique pour appartenir entièrement au parti. La famille et le mariage étaient niés, les relations sexuelles interdites comme l'alcool ou la cigarette. Tous devaient s'habiller de la même manière, sans distinction de sexe. La désertion était punie par la mort. Puis Sîbel avait combattu dans les montagnes et la nature qu'il fallait aimer comme un socle de l'identité kurde.

— Rapidement j'ai dirigé une unité de combattantes. J'ai été arrêtée et emprisonnée plusieurs années en Turquie. Une fois libérée, j'ai encore rejoint la révolution. Et quand Daesh est arrivé, je suis allée combattre en Syrie. Là, j'ai été chargée de fonder les YPJ, l'Unité de la protection des femmes, la branche armée féminine de l'administration kurde syrienne.

— Sîbel est une combattante très connue, intervint Robert qui n'arrivait pas à soutenir le regard de sa fille.

Tara leva la tête vers lui, des larmes plein les yeux.

— Pourquoi m'avoir caché tout ça, papa ?

Robert garda la tête basse.

— Il avait promis, répondit Sîbel pour lui. Tes parents ont respecté leur promesse. Ils t'ont aimée en échange.

— Ta mère m'a fait promettre de t'en parler, poursuivit Robert. J'essayais de nous préparer à ça, comme je le pouvais.

— Les albums, les histoires de maman, c'était pour ça ?

— Certainement, oui, répondit-il.

— Et pour ma naissance, comment as-tu fait ? demanda Tara, la voix tremblante.

— Je travaillais à l'ambassade. J'ai payé un employé de l'état-civil pour qu'il me fasse les papiers comme quoi tu étais bien née à Bagdad. Et nous sommes rentrés avec toi.

— Et tu as toujours su ce qu'était devenue Sîbel ?

— Après l'Irak, jamais plus nous n'avons eu de contact avec elle. Je te le promets, Tara.

Les coudes posés sur ses cuisses, Tara plongea son visage entre ses mains, tête basse. Tout était silencieux dans la pièce. Sîbel et Robert échangèrent un regard. Le vieil homme se leva et vint s'accroupir à côté de sa fille. Il lui posa doucement une main sur l'épaule. Cette marque d'amour lui devenait brutalement aussi insoutenable que son histoire. Elle avait pourtant cherché cette vérité, espérant ainsi se réconcilier avec la disparition de sa mère. Mais l'injustice de ce secret l'en éloignait encore plus et elle en refusait les conséquences. Accepter la réalité, c'était perdre Jeanne une deuxième fois.

Tara leva alors la tête. L'émotion avait disparu de ses traits maintenant creusés de dureté. Elle fixait Sîbel, les sourcils froncés.

— Baz est au courant ? Il sait qui tu es ?

— Laisse Baz où il est, répondit Sîbel. Il n'a rien à voir dans cette histoire.

— Il sait pour les meurtres que tu commets ?

— Tara, je…

— Que fais-tu ici ? trancha la jeune policière avec froideur.

Les deux femmes se fixaient avec détermination. Une tension animale venait de naître entre elles. Elle rappela à Tara le moment où la Kurde était venue chez elle. Elle était si forte que Robert retira sa main de l'épaule de sa fille comme d'un chien qui grogne. L'air de la pièce obscure vibrait. Le visage de Sîbel redevenait celui d'une combattante ayant vécu trois décennies de batailles, celui d'une vie rocailleuse et ascétique où Ajda n'avait pas sa place. Son visage était impassible et ses yeux sans fond avaient cessé de briller. Elle baissa doucement la tête de côté en observant sa fille. Ses yeux de prédateur se plissèrent légèrement. En face, Tara avait les mâchoires crispées, les muscles de son dos étaient tendus, ses poings serrés. Les lionnes se dévisageaient, tournant autour de la bête agonisante, excitées par l'odeur du sang. Elles se jaugeaient, prêtes à bondir, scrutant les forces et les faiblesses de l'autre, attentives à la moindre attitude.

— J'ai été envoyée pour nous protéger définitivement de ces monstres, coupa Sherajin.

— L'ambassade de Turquie, c'était toi aussi ?

— Oui.

— Pourquoi ?

— Nous visions le responsable de la sécurité d'Ankara. Il a mené les opérations de la Turquie contre les Kurdes en Syrie en 2019 quand ils ont bombardé nos villes, quand ils ont envoyé leurs mercenaires assassiner notre peuple, quand la France et le reste du monde nous ont abandonnés par lâcheté après des années à nous laisser combattre Daesh. Quand vous avez courbé l'échine devant un président islamiste qui vous déshonore et vous crache au visage.

— Et pourquoi les dates anniversaires, alors ?

— Nous voulions que les bouchers de Daesh comprennent, qu'ils sachent que jamais ils ne seraient en sécurité et qu'ils seraient punis pour chacune de leurs horreurs.

— Alors pourquoi m'as-tu aidée dans mon enquête en Irak ? coupa Tara. Pourquoi m'as-tu fait rencontrer Syban ?

— Je voulais que tu saches qui sont ces gens. Car nous voulons la même chose, Tara. Tu veux arrêter ces monstres autant que moi.

— La haine n'est pas la justice. Tu ne les arrêtes pas, tu es un assassin.

— Mais eux ne s'arrêteront jamais, Tara ! s'exclama Sherajin. Tu crois qu'Akim Alami est inoffensif parce qu'il est enfermé ? Tu crois que Camille Martin et Mohamed Belaj regrettaient ce qu'ils ont fait ? Non, Tara. L'histoire se répète et nous ne la laisserons pas faire.

— C'est toi que je ne peux pas laisser faire. Tu n'es pas la solution. Tu es la cause, Sîbel. C'est sur nos actes que grandissent les monstres comme Alami. Ils naissent sur nos décombres et tu en fais des martyrs.

Sherajin se raidit. Elle se releva en scrutant Tara de ses yeux sans âge. Robert regardait la scène avec effroi.

— Fais ce que tu as à faire, ma fille, répondit la vieille Kurde en retrouvant son calme. Je sais que ma mission est sans retour et qu'elle finira bientôt. Mais pas ici. Pas dans cette maison.

Puis Sîbel remit doucement sa capuche sur sa tête en observant la réaction de Tara.

— Merci pour tout, Robert, ajouta-t-elle alors que le vieil homme était toujours agenouillé la tête basse. Je suis heureuse de t'avoir revu une dernière fois.

Sîbel se retourna et sortit. Tara serrait les dents, prête à exploser.

— Non ! cria-t-elle finalement en bondissant.

Elle se précipita à l'extérieur de la maison et courut sur les graviers alors que Sherajin s'engageait déjà dans la rue. Elle s'engouffra dans sa voiture pour saisir son arme. La boîte à gants était vide. Sîbel l'observait à quelques mètres de là, son soldat debout derrière elle, le pistolet de Tara dans les mains. Il retira le chargeur et jeta l'arme sur le sol.

— Une autre fois, Tara, dit Sherajin.

Tara bondit comme un chat dans sa direction, les mains comme des griffes. Mais la Kurde tourna sur elle-même avec une vivacité inattendue. Elle attrapa le poignet de Tara et d'un coup de hanche lui fit perdre l'équilibre. La policière s'effondra la tête en avant, son arcade sourcilière percuta le bitume alors que sa mère l'immobilisait en lui tordant le bras.

— Tara, chuchota Sîbel à l'oreille de sa fille. Ta mère est morte. Rien ni personne n'arrêtera ma mission, dit-elle avant de disparaître.

Oui maintenant enfin je me rappelle.
Je suis née là-bas et je n'oublie pas
Sîbel aussi loin et rebelle
Qui la première m'appela Tara.

XXVI

J-3 jours

La poussière au sol était si fine qu'elle couvrait les baskets de Tara d'un voile blanchâtre alors qu'elle y traçait des lignes de la pointe de son pied. Elle entendit une sirène dans la nuit qui lui fit lever la tête. Une voiture de police passait en hurlant. Derrière le terrain de pétanque où elle se trouvait, sur un autre banc, des sans-abri se disputaient dans un langage connu d'eux seuls. Tara attrapa la bière à côté d'elle et la leva comme pour trinquer avec eux. Puis elle en but une grande gorgée. Le liquide était fort en alcool et la soulagea. Elle rit en voyant trébucher un SDF qui s'écroula dans un fourré en voulant uriner. C'est tout ce qu'elle voulait, brouiller ses pensées. Elle avait l'impression de revenir exactement là où tout avait commencé, comme un grimpeur sur une falaise dont l'extrémité des doigts glisse avant le dernier relais. Elle avait perdu le peu de certitudes qui lui restaient.

Robert était sorti dans la rue, l'avait aidée à se relever alors que Sîbel s'éloignait avec sa bande de tueurs. Depuis quand savait-il ? Depuis quand Sîbel Sherajin lui rendait-elle visite ? Aujourd'hui seulement. Savait-il ce qu'elle faisait en France ? Non, il ne le savait pas, il le promettait. C'était pour cela qu'il ne voulait pas qu'elle parte en Irak ? Remuer le passé était tellement difficile alors que Jeanne était morte il y avait si peu de temps. Comment lui dire qu'elle ne l'avait pas mise au monde ? Comment lui expliquer ce secret qui avait pesé sur eux sans même qu'il le comprenne ? Il voyait pourtant sa fille souffrir, tout comme lui. Alors il avait su que le temps de la vérité était venu. Qu'il ne se libérerait jamais de la peine sans cela. Il aurait tout dit à Tara, il le promettait. Et même si Sîbel s'y opposait en rappelant à Robert sa promesse, elle qui voulait rester Ajda et disparaître. Tara ressentait une déchirure en repensant à cette femme kurde pour laquelle elle avait eu tellement d'affection, qu'elle appelait maman et qui l'appelait ma fille.

Sur ce trottoir devant chez Robert, elle était remontée en voiture sans un mot, laissant Robert seul la regarder s'éloigner. Elle avait tourné la tête en passant devant le cimetière. Elle voulait quitter son village et partir le plus loin possible. Il fallait fuir. Et puis, lasse, elle s'était arrêtée le long de la route, à côté d'un champ de blé ras. Elle avait fumé des cigarettes en observant les collines au loin, parsemées de bois touffus. Elle avait laissé les évènements et les sentiments se battre entre eux sans intervenir. De son portefeuille elle avait sorti la photo de Jeanne que la vieille Kurde lui avait donnée en Irak. C'était bien Sîbel qui dansait avec sa mère. Au bout d'un long moment elle avait tourné la tête vers le village qu'elle apercevait encore au loin. Robert devait être dans le salon. Peut-être parcourait-il les albums de cette époque irakienne. Et puis peut-être irait-il au cimetière simplement dire à Jeanne que leur fille savait, et qu'il avait respecté sa promesse quand celle faite à Sîbel était enfin brisée. À l'opposé, la combattante kurde roulait vers un futur sans Tara, vers d'autres meurtres, pour faire taire les fantômes du passé. Tara avait compris qu'elle ne pouvait pas fuir à son tour vers une autre direction. Elle avait perdu une mère pour en retrouver une autre, et elle ne la laisserait pas s'échapper comme elle avait l'impression d'avoir perdu Jeanne. Elle ne partirait pas ainsi, sans qu'elles puissent se dire les mots qui comptent. Tara ne voulait plus des regrets. Alors elle avait pris sa décision, une des plus difficiles qu'elle ait eue à prendre dans sa vie. Elle était remontée en voiture et avait foncé voir Benjamin et le commissaire Perret.

— Tout s'embrouille, gémit Tara en jetant sa cigarette et en baissant la tête. Pourquoi ? Pourquoi ? baragouina-t-elle perdue dans ses pensées et le flux d'alcool. Pourquoi, Baz, tu m'as menti ? hurla-t-elle d'un coup sur son banc.

Elle avait regardé Benjamin la gorge nouée. Elle ne pouvait s'empêcher de douter de ce qu'elle faisait. En dévoilant la véritable identité d'Ajda, elle lançait les renseignements français à la poursuite de sa mère. Mais cela lui donnait aussi une chance de rester en vie.

— Sîbel Sherajin ? Tu es sûre de toi ? avait demandé Ferreira.

— Oui. Sîbel Sherajin. Une combattante du PKK qui se fait appeler la Lionne.

— Oui, je sais qui elle est.

Tara était resté surprise.

— Comment ça ?

— Si c'est elle, c'est une cadre bien connue du mouvement kurde. Et ce fameux informateur qui t'a renseignée, il est dans nos bases de données ?

— Pas encore. Je l'ai rencontré au Centre culturel kurde très récemment. Et…

Tara hésita.

— Oui ? insista Benjamin.

— Si Sîbel Sherajin est connue, le bibliothécaire sait forcément qui elle est. Peut-être même la protège-t-il. Il faut perquisitionner le centre et l'interroger.

Ensuite il y avait eu son entretien avec le commissaire.

Tara attrapa encore sa bière, en descendit une lampée et alluma une nouvelle cigarette. Elle se mit à chantonner en chœur avec les SDF qui faisaient des pas de danse dans leurs jeans tachés de jaune qui pendaient sur leurs hanches.

— Et je ne vous ai pas tout dit sur mon voyage en Irak, avait-elle dit à Perret après avoir raconté l'entretien qu'elle avait eu avec Benjamin.

Debout derrière son bureau, le commissaire l'avait regardée fixement comme s'il avait voulu qu'elle se taise.

— Je sens que cela ne va guère me plaire, Vaillant, avait-il soufflé avec lassitude.

— J'ai eu un problème.

Tara ne savait pas comment aborder l'évènement.

— J'ai eu un incident. Je… J'ai été prise dans une embuscade de Daesh, avait-elle lâché d'un coup.

Perret était resté abasourdi, la bouche grande ouverte sous sa moustache.

— Sur la route… En voiture… Je suis tombée dans une embuscade. Je… Bref, commissaire, je pense que les djihadistes m'attendaient à mon arrivée en Irak et que c'est Alami qui les a prévenus.

Le commissaire s'était assis sur son siège avec lenteur. Il l'avait dévisagée incrédule, comme s'il s'agissait d'une folle. Puis, les coudes sur son bureau, il avait posé son front entre ses mains.

— Commissaire, ça va ? avait fini par demander Tara.

Perret était resté silencieux avant de relever la tête.

— Non, ça ne va pas, Dragon. Je suis un peu perdu, là. Développez, s'il vous plaît.

Tara avait donné les détails sur son voyage et sur l'attaque sur la route du retour du Sinjar. Elle pensait juste avoir fait une erreur en se rendant au Sinjar et que l'embuscade était le fruit du hasard. Qu'elle avait été au mauvais endroit au mauvais moment. Ensuite elle n'avait pas su comment en parler à son retour.

— Et pourquoi pensez-vous qu'Alami soit derrière tout ça ?

— Les gens avec qui j'étais là-bas sont certains que j'étais visée. Seuls lui et des personnes en qui j'ai toute confiance savaient que j'allais en Irak.

— Vous auriez pu être surveillée par d'autres terroristes ? Alami est à l'isolement total et vous enquêtez sur les assassinats d'anciens djihadistes. C'est une explication, non ?

— C'est pour cela que je voulais revoir Alami. Je suis certaine qu'il ne pourrait pas s'empêcher de lâcher quelque chose. C'est sa manière de me montrer sa supériorité.

— Ça commence à faire beaucoup, Tara. Vous imaginez ce qui va se passer quand la DGSI l'apprendra ? Vous avez déjà une procédure disciplinaire sur le dos. Avec ces nouvelles informations, vous êtes cuite.

— Nous verrons, commissaire.

— Je vais devoir informer Renucci, vous en êtes consciente ?

— Oui, commissaire.

— C'est une question de sécurité nationale, Tara, je suis désolé.

— Je sais, commissaire.

— Pourquoi alors êtes-vous venue me le dire maintenant, Tara ?

— Je ne veux rien vous cacher. Et il faut que tout cela s'arrête.

Le commissaire Perret avait fixé le mur devant lui. Tara, silencieuse, avait regardé son patron qu'elle aimait tant. Elle s'était sentie complètement vide. Tout avait été dit. Peu importait ce qui se passerait ensuite. Sa tête s'était affaissée avec lenteur, comme si elle était trop lourde pour elle. Elle avait regardé ses mains posées sur ses cuisses. La seule chose dont elle avait eu envie c'était de boire, de se saouler pour arrêter les pensées et la douleur.

— J'ai besoin de réfléchir, Tara. Renucci peut attendre. Rien ne presse à ce stade, avait conclu le commissaire.

Sur son banc, Tara jeta sa canette vide derrière elle et en ouvrit une autre. « À vous, commissaire », dit-elle tout haut. Elle leva la tête vers le ciel. Entre les branches des arbres n'apparaissait aucune étoile. Elle sortit son téléphone portable et envoya un texto à Medhi.

Tu peux m'avoir quelque chose ?

En guise de réponse son téléphone sonna. Tara hésita à décrocher, mais elle était trop mal pour lui parler. Elle écouta tout de même le message de son ami.

« Bien sûr que non je n'ai rien capitaine de police. Bon... Tu ne réponds pas c'est que ça ne doit pas aller. Je suis à Aulnay mais si tu veux discuter, on peut se retrouver au bar de mon oncle. Et c'est couscous ce soir. Comme tous les soirs d'ailleurs... Donc comme je me doute que tu n'as pas mangé, ça te fera du bien. N'hésite pas Tara et rappelle-moi. Fais pas la conne. »

— Tara, nous avons dépêché une équipe de la BRI, lui avait dit Benjamin au téléphone trente minutes plus tard. Nous allons perquisitionner le Centre culturel kurde à 18 heures. Dans les circonstances actuelles ça m'ennuie de te demander ça, mais ça me serait utile que tu viennes. Tu connais les lieux et le bibliothécaire. Est-ce que tu peux nous rejoindre ?

— Je suis toujours en fonction, Benjamin. Donc bien sûr, avait-elle répondu.

Tara et Benjamin s'étaient garés devant le centre à 17 h 30. Toutes les voitures étaient en poste. Des camions banalisés de la BRI s'étaient positionnés de chaque côté de la rue. Des tireurs d'élite avaient pris place sur les toits en face du bâtiment. Si le Centre culturel kurde était impliqué, les policiers pouvaient y croiser le commando. Charles, lui, restait travailler tard. Tara le savait. Pour éviter un carnage, les policiers devaient attendre la fermeture. Depuis leur rencontre du matin, Tara se doutait que sa mère commençait à effacer ses traces. La DGSI devait donc faire vite pour éviter que les assassins se réorganisent. Sîbel n'était pas une simple combattante et une héroïne de la bataille de Kobané contre l'État islamique. Elle était une idole des militants du PKK, une cadre du parti et une de ses idéologues. Et si le PKK était considéré comme une organisation terroriste par beaucoup d'États, c'est parce qu'il utilisait bien la violence comme principe. Tout cela, Charles ne pouvait l'ignorer. Il devait savoir qui elle était quand elle venait au centre.

— C'est l'heure, avait annoncé Benjamin.

— Je te suis, avait-elle répondu en enfilant un brassard de police.

Ferreira avait donné le top départ à la radio. Les hommes de la BRI étaient sortis des camions et avaient pris place le long des façades. Les deux policiers avaient alors quitté leur voiture, l'arme au poing, et s'étaient placés derrière un des groupes d'intervention. Puis les deux colonnes de la BRI s'étaient mises en mouvement avant de s'engouffrer dans la cour du centre. Ils s'étaient engagés d'un coup dans le hall en hurlant. Un groupe avait investi le rez-de-chaussée alors que l'autre montait dans les escaliers, suivi par Tara et Benjamin. Dans le couloir qui menait à la bibliothèque, un premier policier avançait derrière un bouclier. Arrivés au niveau du bureau de Charles, deux agents cagoulés y étaient entrés. À l'intérieur, malgré les fusils pointés et les hurlements qui lui demandaient de s'allonger, l'homme hibou était resté assis, immobile, les mains posées en évidence sur son bureau. Il était parfaitement calme, comme posé sur une branche, et ne montrait ni peur ni surprise. Son sourcil formait une flèche au-dessus de son gros œil rond qui fixait Tara par-dessus ses lunettes.

— À terre, avait encore hurlé un policier qui s'était approché pour le saisir.

— C'est bon, brigadier, était intervenue Tara. Je m'en occupe, avait-elle ajouté pour Benjamin derrière elle.

Ferreira avait acquiescé et demandé au groupe d'intervention de continuer à explorer le bâtiment. Tara et Charles se jaugeaient, le temps que le calme revienne dans la pièce.

— Décidément, capitaine, notre relation est de plus en plus tumultueuse, avait glapi le bibliothécaire entre ses épaisses lèvres tordues.

— Charles, je compte sur vous. Vous n'allez pas faire de bêtises ?

— Mademoiselle Vaillant, vous ne risquez de moi que du mépris.

— Vous savez pourquoi nous sommes ici ?

— Le savoir est bien tout ce que je possède, capitaine.

— Nous recherchons une femme. Sîbel Sherajin. Une combattante du PKK qui fréquente le centre. J'imagine que ce nom ne vous est pas étranger ?

Charles n'avait pas répondu. Son visage rond était redevenu impassible. Il s'était obstiné dans le silence.

— Charles, nous allons tout fouiller. Si vous savez quelque chose, cela ne sert à rien de me le cacher.

— Tout ce que je vous demande, chère capitaine, c'est un peu de rigueur dans votre travail pour soulager ma peine. J'ai ici une organisation bien à moi, des milliers de feuillets classés après de longues années de travail. Si vous deviez les parcourir, auriez-vous l'obligeance de bien vouloir les remettre à leur place ?

— Nous ferons notre possible, Charles.

C'est alors qu'un policier de la BRI avait surgi dans le bureau.

— Capitaine Ferreira, venez vite, il se passe quelque chose en bas, avait-il dit avant de faire demi-tour.

Soudain le bibliothécaire avait eu l'air inquiet.

— Reste avec lui, avait-elle lancé à Benjamin sans lui laisser le temps de répondre.

Puis elle s'était jetée dans les escaliers à la suite du policier de la BRI.

— Qu'est-ce qui se passe ? avait-elle soufflé en dévalant les escaliers quatre à quatre.

— Une porte à la cave, verrouillée de l'intérieur. Il y a du bruit derrière. Nous essayons de la forcer.

Ils entendaient déjà les chocs qui résonnaient dans tout le bâtiment. Quand ils étaient arrivés en bas, la brigade tentait d'ouvrir le battant en acier par tous les moyens. Mais les béliers rebondissaient contre le métal comme sur des tambours sans pouvoir le faire céder.

— Vous en savez plus ? avait hurlé Tara au-dessus du vacarme.

— Il y a des gens derrière la porte, avait répondu le chef de brigade. Ils ne répondent pas aux ordres. Reculez, nous allons la faire sauter.

Tara s'était mise à l'abri d'un mur alors qu'un policier installait une charge de plastique. Tous les agents s'étaient protégés derrière les porteurs de boucliers. Les quelques grammes d'explosif avaient suffi à faire trembler les fondations de l'immeuble et à projeter la porte à l'intérieur de la pièce où le groupe d'intervention s'était rué. Les occupants avaient fui par une seconde porte ouverte sur une rue passante à l'arrière du bâtiment. Les policiers s'étaient dispersés pour les retrouver, mais il n'y avait plus aucune trace des fuyards. Dans la pièce du sous-sol, un mur était couvert d'étagères supportant des cartons d'archives. Au centre, une table avait été nettoyée à la hâte. Quelques documents perdus dans la fuite traînaient un peu partout. Dans un coin, l'atelier d'électronique était encore en place.

Tara était ensuite remontée à l'étage du bâtiment. Charles était toujours assis derrière ses piles de papiers, l'œil inquisiteur. Benjamin avait déjà commencé son interrogatoire. Tara s'était alors approchée de lui sans un mot. Elle avait posé ses mains sur le bureau en le regardant fixement.

— Charles, il va falloir me parler. Où est parti le commando ?

— Capitaine, ce fut un plaisir de faire votre connaissance, avait-il gémi. Mais j'ai bien peur que nos confidences doivent cesser.

— Charles, dites-moi où se trouve Sîbel Sherajin. Vous n'imaginez pas la gravité de votre situation.

— Je le sais, bien au contraire. Et j'y suis préparé. De toute façon, c'est bien la première fois que je n'ai pas de réponse à vos questions.

Tara avait dévisagé le bibliothécaire avec tristesse. Elle éprouvait de la peine pour ce monsieur tout rond tant elle lui portait d'affection. Elle aurait voulu que son instinct se soit trompé et que rien ne puisse le lier à sa mère. Benjamin avait alors notifié la garde à vue. Charles s'était levé pour qu'il lui passe les menottes.

— Vous risquez la prison, vous savez, avait-elle soufflé. Je suis désolée.

Charles avait souri en coin. Son œil était redevenu malin. Il brillait au-dessus de sa joue levée en un pli dodu et rouge.

— Il ne faut pas, capitaine, avait-il dit avec douceur en passant à côté d'elle alors que Benjamin l'emmenait par le bras. Il faut continuer à croire en la justice, comme vous le faites, ma petite Tara. La nôtre est peut-être moins belle que la vôtre. Elle est faite d'os et de sang. Mais c'est celle que nous avons choisie, et la seule qui nous reste.

Ses pensées la ramenèrent alors à ce qui avait suivi sa sortie du commissariat et la tristesse la submergea encore. Elle se sentait profondément trahie. Elle serra l'assise du banc aussi fort qu'elle le put jusqu'à ce que les jointures de ses mains blanchissent. Elle leva les yeux pour les perdre encore plus dans la nuit. Puis elle termina sa canette d'une traite et la jeta à ses pieds au milieu de celles qu'elle avait déjà bues. L'alcool gonfla ses veines et amplifia d'un coup son ivresse. Il transformait sa réalité en fiction, comme un film qui ne laisse que des impressions vagues. Dès qu'elle avait quitté le Centre culturel kurde, elle avait foncé au Bazar. Il fallait défaire le dernier menteur. Il avait promis, gémit-elle sur son banc alors que les pensées refluaient encore.

— Est-ce que tu savais ? avait-elle lancé d'une voix blanche à Baz en arrivant au restaurant.

— Quoi ? Mais de quoi tu parles, Tara ?

— Est-ce que tu savais ? avait-elle encore crié dans sa rage.

— Tara, qu'est-ce qui se passe ?

— Est-ce que tu sais qui est Ajda ?

Il l'avait regardée un moment, interloqué. Puis il avait baissé les yeux dans un aveu. Tara avait compris.

— Est-ce que tu sais ce que Sîbel Sherajin fait en France ?

— Oui, avait-il murmuré.

Depuis le début elle s'agitait, naïvement, dans les remous de son histoire. Elle essayait de s'octroyer la possibilité d'un bonheur. Mais elle se démenait dans une quête de vérité que tous sabotaient par leurs lâchetés.

— Tu m'avais promis de ne pas me mentir. Tu m'avais promis de ne pas me faire souffrir ! avait-elle hurlé.

— Tara, écoute-moi, laisse-moi t'expliquer, avait-il dit calmement. Je…

— Non, toi, tu m'écoutes, l'avait-elle coupé. Je ne veux plus jamais te revoir ! Jamais ! Et estime-toi heureux que je ne t'embarque pas par-dessus le marché !

Elle avait fui dans la nuit, erré de bar en bar, sans d'autre but que de se perdre. Retrouver les abîmes d'où elle était pourtant prête à sortir. Elle n'aurait su se rappeler à ce moment-là où elle était allée. Elle se souvenait juste d'être passée à L'Embuscade. Elle avait émergé de son ivresse dans les toilettes au moment où, derrière elle, un homme lui baissait le pantalon pour la pénétrer. Elle s'était retournée et lui avait lancé un coup dans le menton, du plat de la main, comme Jean lui avait appris à le faire. L'homme, surpris, était tombé en arrière, le souffle court. Elle l'avait regardé gigoter par terre et tenter de se rhabiller en geignant. Elle s'était alors rappelé tous les verres partagés au bar, ce garçon qui l'avait draguée, et elle qui s'était laissée embrasser sans aucune retenue. Elle avait eu envie de vomir et s'était précipitée dehors pour encore étreindre la nuit.

Sur son banc elle regarda sa montre et appela Lou.

— Salut, ma belle, entendit-elle.

— Lou, j'ai besoin d'un truc, je peux passer chez toi ? avait-elle demandé sans égard.

— Tout va bien ?

— Je peux passer ? insista Tara.

— Bien sûr.

Quand Lou lui ouvrit, Tara resta sur le pas de la porte.

— J'ai juste besoin d'un peu de coke, je ne reste pas, lança-t-elle.

— Je ne suis pas un drive in, lui répondit la grande blonde tatouée. Ni une dealeuse, si jamais tu l'avais pensé. Rentre, ma beauté.

Tara se laissa convaincre. Dans le salon, elle s'assit sur le canapé rouge vif sous la lumière tamisée d'une grande suspension.

— Tu as quelque chose à boire ? demanda la policière.

— Tu sais que tu as l'air déjà bien attaquée. Tu sens fort l'alcool.

Tara leva les yeux au plafond en soufflant d'exaspération.

— D'accord, d'accord. Pardon de m'inquiéter pour toi, dit la blonde tatouée en partant dans la cuisine.

Deux minutes plus tard, elle revint avec une bière fraîche dans une main et un thé fumant dans l'autre. Puis elle déposa un petit sachet de cocaïne devant Tara qui se mit immédiatement à tracer des lignes sur la table basse. Lou regarda la policière respirer la drogue. La coke sortit Tara de l'ivresse vaseuse dans laquelle elle se trouvait.

— Tu peux me raconter ?

— C'est trop long.

Tara se pencha pour sniffer un autre trait de coke et avala une gorgée de bière à la bouteille.

— Ça n'a pas de rapport avec Baz, au moins ? insista Lou.

— Ç'a un rapport avec tout. Quant à Baz, c'est terminé.

Lou se figea un instant. Puis elle reposa sa tasse sur la table alors que Tara finissait déjà la bière, prête à repartir.

— Tara, tu déconnes. Ton histoire avec Baz est faite pour marcher, tu le sais.

— Et moi, Lou, j'aimerais une histoire qui m'aide à vivre, rugit Tara, les yeux rouges. J'aimerais une histoire sans violence, sans mensonge, où l'on se regarde dans les yeux et où l'on voit de la lumière. Mais Lou, qu'est-ce qui se passe à la fin ? hurla-t-elle. Pourquoi personne ne m'aide à sortir de la nuit ? Est-ce que je ne vaux que ça ? Est-ce que je ne suis que ça ? cria Tara en se levant et en claquant la porte derrière elle.

Deux heures plus tard, elle arrivait devant son immeuble. Elle tenta de glisser la clef dans la serrure mais n'y parvint pas. Alors elle tapa le code pour entrer. Elle monta difficilement les étages, accrochée à la rampe en bois. Il ne fallait pas qu'elle dorme avant de repartir au commissariat, sinon elle ne se réveillerait pas. Elle avait un entretien avec l'IGPN et elle allait passer un très mauvais moment avec la police des polices à tenter d'éviter sa mise à pied. Elle devait dessaouler le plus vite possible. Il lui restait de la coke pour tenir la journée. Quand elle parvint à son palier, Baz était enroulé dans sa veste en cuir au pied de la porte. Il s'était endormi en l'attendant une bonne partie de la nuit.

— Merde, grommela Tara dans son ivresse.

Elle commença à l'enjamber pour rentrer chez elle, il se réveilla.

— Tara ?

— Va-t'en, mâchonna-t-elle en ouvrant sa porte.

— Je m'en irai, mais tu dois au moins écouter ce que j'ai à te dire.

— Je suis fatiguée, laisse-moi, rétorqua-t-elle en entrant.

— Tara, écoute, s'il te plaît.

Elle se retourna en tanguant dans l'entrebâillement de la porte. Baz la regardait les mains sur les hanches en mordant ses lèvres d'impuissance. Il voyait son état, toute la peine qu'elle transportait et il ne savait pas quoi faire. Il n'avait pas d'emprise sur elle et il n'en voulait pas. Mais il l'aimait trop pour faire partie de sa douleur.

— Je savais qui était Sîbel mais j'ignorais d'abord pourquoi elle était en France, souffla-t-il. Je ne l'ai compris que très tard, et je n'en étais même pas certain.

— Laisse-moi, Baz.

— Écoute, Tara, je suis militant du PKK depuis toujours, comme mes parents. J'ai ma carte du parti car je soutiens la cause kurde. Mais je ne suis pas un combattant. Je suis un sympathisant comme des milliers d'autres. Alors j'ai fait ce qui m'a été demandé, j'ai accueilli Sîbel au restaurant. Mais je te jure que j'ignorais pourquoi elle était là.

— N'essaye pas de passer pour une victime.

— Non, mais tu crois que j'avais le choix ?

— Nous avons toujours le choix.

— Pas avec le PKK, Tara, tu ne connais pas le parti. Personne ne lui désobéit et personne ne le quitte.

— Ce n'est pas le problème. Il fallait me le dire, il ne fallait pas me mentir. Pas en sachant ce que je faisais.

— Tara, je nous aurais mis en danger tous les deux.

— J'aurais pu l'arrêter avant, lui cria Tara

— Mais pourquoi ? s'énerva Baz. Pour sauver les bouchers de Daesh ? Qui les a arrêtés, eux ? Qui a rendu justice à toutes leurs victimes ? Personne, Tara !

— Ce n'est pas le problème de Daesh. J'aurais pu l'arrêter avant qu'il soit trop tard, murmura Tara pour elle-même, les yeux dans le vague.

— Je ne comprends pas, Tara. Avant qu'il soit trop tard de quoi ?

Elle leva finalement les yeux vers lui. Elle hésita à tout lui raconter, lui avouer qui était Sîbel Sherajin pour elle, lui parler de toute son histoire. Mais elle se sentait assez trompée comme cela, par lui autant que par les autres.

— Pardonne-moi, reprit Baz. Je ne t'ai pas menti. Pas comme tu l'entends. Je ne veux que ton bonheur, je te le promets.

Tara lui sourit finalement, les yeux pleins de larmes.

— Je veux juste être seule, Baz, lâcha-t-elle d'une voix lasse. Je suis fatiguée, tu sais. J'aimerais tellement tout réécrire mais je ne le peux pas.

— Bien sûr que tu le peux. Et moi j'aimerais réécrire tout ça avec toi.

Ils se regardèrent un moment. Baz eut envie de s'approcher. Mais il s'arrêta quand Tara baissa les yeux.

— Ce n'est pas possible, dit-elle en fermant la porte.

XXVII

J-1 heure

Tara se tenait debout derrière son bureau et lisait des documents pour son entretien. Jean avait tenu la permanence de nuit et il était seul avec elle ce matin-là. La jeune femme se sentait mieux que prévu. Mais elle savait que la drogue n'y était pas pour rien. Dans deux heures elle avait rendez-vous avec les policiers de l'IGPN. Elle devrait aussi parler de l'attaque au Sinjar. La pression de la Turquie pour résoudre l'affaire était encore plus forte depuis que le PKK était officiellement identifié. Ankara demandait à la France d'y mettre tous les moyens disponibles et cachait peu sa volonté d'impliquer ses propres services de renseignement. La perquisition au centre kurde avait permis de récolter les preuves nécessaires de l'activité terroriste du commando. La police scientifique dirait bientôt si l'équipement électronique était celui qui avait été utilisé lors de l'assaut à l'ambassade. Personne n'en doutait. Mais à ce stade, peu d'informations permettaient de remettre la DGSI sur la piste de la Lionne. Les discussions allaient aussi porter sur Akim Alami qui était dorénavant installé dans sa chambre à l'infirmerie de la prison de Vendin-le-Vieil. Tara ne savait pas encore comment le commissaire Perret avait présenté les choses sur les évènements en Irak. Tout était allé si vite. Elle leva la tête un instant quand le téléphone sonna. Jean décrocha alors que Tara se replongeait dans ses documents.

— Tara, c'était Aulnay-sous-Bois, dit Mancini en raccrochant après quelques minutes. Ils demandent si un officier de la PJ peut passer pour une histoire d'armes découvertes par un habitant dans une cave.

— J'ai rendez-vous avec l'IGPN, je ne peux pas y aller. Demande à une autre équipe.

— Je m'en charge, alors.

— Jeannot, tu dois être épuisé et tu finis bientôt ton service. Laisse faire une autre brigade.

— Ça me fera un prétexte pour partir plus tôt, j'en ai marre du bureau.

— Bon, d'accord. Les autres reprennent à quelle heure ?

— Thomas et Julie sont de repos. Karim arrive à 14 heures. Et toi, tu t'arrêtes quand ? Tu as encore ta tête des mauvais jours.

— Tout va dépendre de mon entretien.

Jean s'en voulut de sa remarque maladroite.

— Désolé, dit-il.

— Ne t'inquiète pas, mon Jean.

— Quand toute cette histoire sera finie, je te parlerai d'un petit riad à Essaouira où tu vas te faire dorloter comme un nouveau-né. L'endroit idéal pour un séjour romantique entre amoureux.

— Plus d'amoureux, la Nouille. Mais merci quand même.

— Plus d'amoureux ?

— N'insiste pas.

— Comme tu veux. Viens au moins dîner à la maison ?

Tara lui sourit.

— Allez, demain soir, insista-t-il. Et je demande à Nadia de te faire un tajine aux citrons confits comme tu aimes.

— Si tu me prends par les sentiments…

— Vendu alors ! On t'attend pour 20 heures.

Mancini prit son pistolet dans un tiroir de son bureau et enfila sa veste.

— Viens là, beauté, s'écria-t-il en ouvrant grands ses bras pour serrer Tara contre lui avant de partir.

Tara se laissa faire. Elle profita de l'étreinte réconfortante de son ami et ferma les yeux avec l'impression qu'enfin rien ne pouvait lui arriver.

— Heureusement que tu es là, mon Jean, souffla-t-elle.

— T'inquiète, ça va bien se passer, dit-il avec tendresse. Tu vas tous les avoir, j'en suis certain. Allez, je file. Et ne sois pas en retard demain, lança le policier en passant la porte.

Tara le regarda partir. Les yeux dans le vague, elle songea qu'il lui restait cette amitié, et que c'était bien. Elle pensa à Baz. Jusqu'à présent il avait été une force pour elle. Jamais il ne l'avait contrainte, la laissant libre et lui ouvrant toute sa générosité. Puis, brutalement, il avait fait partie des secrets enfouis. Elle aurait tellement voulu qu'il reste un refuge à sa douleur et que jamais il ne soit mêlé à cette histoire. Mais y pouvait-il vraiment quelque chose ? Tara savait bien que non, et qu'elle lui en demandait trop. Mais c'était trop tard, se disait-elle quand elle aperçut son patron par les panneaux vitrés qui passa une tête dans son bureau.

— Vous êtes prête pour l'entretien, Tara ? demanda-t-il.

— Oui patron.

— Vous avez bien un représentant syndical avec vous ?

— Oui.

— Vous êtes sûre qu'il sera à l'heure ?

— Oui.

— Bon, bon. Et…

— C'est bon, commissaire, ne vous en faires pas, le coupa Tara. Je maîtrise mon dossier.

— Bien, bien. Avec vos états de service ça devrait bien se passer. Je vous laisse, alors. Et vous venez me voir dès que c'est fini, promis ?

— Oui bien sûr.

Tara regarda le commissaire disparaître dans un autre bureau et se replongea dans ses documents.

8 août, 8 h 59, premier jour de l'ère nouvelle,
calendrier hégirien

Son café était froid quand elle tendit la main pour l'attraper. Tara n'avait pas levé la tête depuis près de quarante-cinq minutes. Elle porta le gobelet en carton à sa bouche et s'arrêta net en entendant une détonation qui fit trembler l'immeuble. La vibration sourde lui souleva le cœur. Elle se figea, le ventre noué, aussi surprise qu'effrayée. Elle pensa d'abord aux explications les plus communes, l'accident de gaz ou la grenade anti-émeute déclenchée par erreur. Mais soudain des tirs d'armes automatiques claquèrent, suivis de hurlements de terreur. Tara fit un pas vers l'armoire sécurisée pour y prendre un fusil quand une explosion sèche souffla les vitres de son bureau. Deux éclats de grenade transpercèrent le métal du meuble devant elle. Derrière Tara, le souffle avait balayé les tables. Les feuilles de papier volaient encore, comme tombées d'un arbre. En se retournant, dans la fumée blanche, elle aperçut un collègue sortir dans le couloir avec son arme. Il eut juste le temps de lever un bras devant son visage pour se protéger de la rafale de kalachnikov qui coupa l'air de traits sombres jusqu'à lui. Tara, stupéfiée, le vit s'effondrer. Elle se jeta alors sur la serrure à code de l'armoire pendant que les combats s'ébrouaient maintenant à tous les étages. Elle dut s'y reprendre à trois fois avant d'ouvrir le cadenas. Elle sortit un fusil à pompe et fit tomber la boîte de munitions. Dans son dos, certains collègues ripostaient déjà contre un ennemi qui lui était toujours invisible. Mais les pistolets des policiers claquaient comme des pétards face aux détonations répétitives des armes de guerre. Elle se baissa pour ramasser ses cartouches et des balles ricochèrent au-dessus de sa tête. Alors elle rampa avec son arme vers la porte du bureau, se déchirant les avant-bras sur les bris de verre. Le cadavre désarticulé de son collègue restait inerte dans le couloir. « Grenade ! » hurla quelqu'un. Tara se recroquevilla. Cette fois-ci l'explosion pulvérisa la cloison de son bureau. Un rail métallique vint lui ciseler le crâne en tombant. L'air vibrait, empli d'une poussière de plâtre qui couvrait tout. Tara repoussa un morceau de cloison et tâtonna pour récupérer son fusil. Elle était déjà une bête blessée et vulnérable, errant dans les débris sans avoir encore pu identifier le danger alors que l'odeur de poudre se chargeait de celle du sang. La main arrachée d'un corps gisait au milieu des débris. Tara crut voir les doigts bouger. Folle de peur, elle ne fit qu'imprimer la scène et avança. Elle regarda brièvement par l'embrasure de la porte. Le couloir ne ressemblait à rien de ce qu'il était une minute auparavant. Tout était blanc, ponctué de noir et de rouge. Les lampes pendaient au bout des fils électriques. Les faux plafonds étaient arrachés comme les cloisons des bureaux. Quelques cadavres encore mous étaient recroquevillés entre les décombres. Elle tourna la tête. De l'autre côté du couloir, du côté des assaillants, le commissaire Perret était assis à l'entrée d'un bureau. Il tenait un fusil à pompe entre les jambes et suait, la respiration courte. À ses côtés gisait un policier, les yeux vides. Le corps avait laissé une traînée de sang au sol quand le patron l'avait tiré à l'intérieur du bureau. La veste rose du commissaire était tachée de pourpre. Il croisa le regard de Tara et lui fit un signe de la main en désignant le crâne de la policière. Il murmura :

— Ça va, Tara ?

Elle porta la main à son front où collait du sang moite. Elle lui fit signe que tout allait bien.

— Et vous ? chuchota-t-elle.

Le commissaire sourit et lui montra une large déchirure sur sa veste rose. Il leva les épaules comme pour s'excuser d'avoir abîmé son vêtement. Puis il lui désigna le bout du couloir. Deux, montra-t-il de ses doigts. Il souriait toujours sous sa moustache, les yeux brillants. Tara eut un mouvement pour se relever mais Perret lui fit signe de s'arrêter. Il désigna son arme du doigt et pointa l'autre bout du couloir.

— Vous, courez ! chuchota-t-il.

— Non ! répondit-elle doucement en fronçant les sourcils.

Perret tapota son épaule comme pour montrer ses galons. Elle vit cet homme qui détestait tant les armes attraper des cartouches dans ses poches et les charger dans son fusil à pompe. Le cliquetis qu'il émit provoqua une réplique de kalachnikov. Tara baissa la tête et se fit toute petite pour éviter les billes d'acier qui rebondissaient partout comme dans un flipper fou. Perret, lui, continuait à rentrer les munitions alors que les balles sifflaient autour de lui. Puis les tirs s'arrêtèrent. La policière leva la tête. Le commissaire lui fit un clin d'œil. Il était pâle. L'auréole de sang sur sa veste s'était élargie. Tara comprit qu'il s'agissait du sien. Alors elle se tourna d'un coup sur le dos pour l'aider. Car s'il couvrait sa fuite en premier, il se retrouverait seul et démuni face aux assaillants. Elle inspecta son fusil et chargea une cartouche d'un coup sec. Au moment où Tara allait se lever, Perret bondit dans le couloir, la crosse de son fusil contre la hanche.

— Bougez-vous, Dragon ! hurla le commissaire qui commença à tirer pour faire barrage.

C'était trop tard. Tara se précipita hors de son bureau. Elle visa une autre porte ouverte, le corps plié en deux, prête à plonger. Mais elle trébucha. Dans sa chute, le temps s'arrêta, comme si son esprit voulait imprimer la scène pour pouvoir mieux se souvenir. Elle tourna la tête, vit les balles qui traversaient le patron, son allure de pantin désarticulé alors qu'il était déchiré par l'acier, la veste en flanelle rose percée de taches noires, ses bras qui vibraient sous les impacts et la douleur, cette main qui éclata finalement au bout de la manche. Et puis ce crâne, emporté par une balle, et le sang qui couvrit le mur. La vie réduite à des tissus suintants. Le commissaire Perret qu'elle aimait tant. Plus tard, quand elle revivrait cette scène, elle aurait toujours la nausée et serait prise de tremblements. Tara percuta le sol juste avant que le commissaire ne s'écroule. Elle entendit d'autres tirs derrière elle. Les policiers répliquaient. C'est là qu'elle vit l'ombre noire d'un homme apparaître de l'autre côté du couloir, au milieu des détonations et des flammes. Elle comprit que les assaillants étaient montés à l'étage par l'issue de secours et qu'ils étaient certainement entrés dans le commissariat de la même manière. C'est tout de même stupide, se dit-elle. La police alertait sur ce problème depuis des années. Il allait falloir qu'ils meurent tous pour que la porte soit verrouillée et les entrées protégées. À part eux, personne, surtout pas les politiciens qui se presseraient pour déposer des fleurs à leur enterrement, ne serait condamné. C'est vraiment dégueulasse, pensa-t-elle encore. L'homme qui venait d'apparaître ne reculait pas malgré les répliques d'armes à feu des collègues de Tara. Elle le vit au contraire sortir de l'obscurité, et courir dans sa direction en hurlant sous les balles. Tara sut qu'elle n'aurait pas le temps de saisir son pistolet. Mais elle savait aussi que cela ne lui servirait à rien. Elle était trop proche de la bombe cachée sous la chemise à carreaux rouge et blanche de celui qui approchait en hurlant *Allah akbar*. Elle apercevait la commande de la ceinture d'explosifs dans sa main et son pouce appuyé sur le détonateur qui se déclencherait dès qu'il lâcherait la pression. Elle se rappela l'Irak et la déflagration quand une balle avait touché le djihadiste. Elle savait qu'ici, au milieu de ce couloir, il n'y avait pas d'issue. Tout s'arrêta d'un coup. Elle n'entendit rien, ne vit rien, comme frappée par l'éclair. Le blanc éblouissant de l'explosion laissa place à des traits d'encre. Puis des ombres apparurent, qui se transformèrent à leur tour en couleurs, en formes et, enfin, en une image douce et reposante. Tara était devant la maison d'Halabja en Irak, là où elle avait vécu les premiers instants de sa vie. Baram, son père, était sur le pas de la porte. Elle tourna la tête et vit la cave sur le côté de la maison où lui et les jumeaux étaient morts lors de l'attaque chimique.

— Viens, entre, lui dit Baram. Tu ne dois pas te rappeler la maison ?

Elle le regarda en silence. Il était beau avec sa peau mate, pensa Tara qui y reconnut certains de ses traits. Elle leva la tête vers la modeste maison de plain-pied entourée d'un petit bout de jardin et d'arbustes qui fleurissaient au printemps. Par endroits, la peinture blanche laissait apparaître le béton. Des jouets d'enfants traînaient dehors. Tara regarda Baram pousser la porte. Elle hésita un moment, ne sachant si elle devait plonger plus loin encore dans ce songe et se rappeler cette vie oubliée. Mais elle n'avait plus rien à perdre. Quand elle vit l'intérieur modeste, elle prit une première inspiration et tout lui revint en mémoire. L'odeur, se dit Tara. Elle se rappelait l'odeur. Et son esprit s'ouvrit sur les images troubles du quotidien par ses yeux encore bleus de nouveau-né, sur les visages flous au-dessus du berceau, les pleurs et les cris de ses frères, les rires de sa mère, le sein réconfortant de *daya gyan* et la barbe drue de *baba gyan* sur sa joue. Elle se rappelait maintenant de Sîbel. Tara tendait sa petite main vers le visage souriant de sa mère, le caressant maladroitement comme un aveugle. Puis elle sentait le baiser sur le bout de son nez, les lèvres douces. Et elle comprit enfin qu'il est possible d'abandonner par amour.

Dans le salon, Rojan et Heval jouaient avec des voitures sur le tapis, absorbés par les aventures de l'enfance. La lumière était basse. Les ombres s'étiraient comme des troncs au milieu d'une forêt. Tara regarda ses frères jouer un long moment.

Elle se rappelait maintenant quand ils venaient l'observer avec curiosité dans ce berceau qui était toujours au bout de la pièce. Elle s'en approcha. Il était vide. Du bout des doigts, elle caressa la couverture blanche qui s'y trouvait.

— Cette couverture a été tissée par ta grand-mère maternelle pour ta naissance, lui dit son père. Tu vois, c'est là que tout a commencé.

Les enfants jouaient toujours. La lumière dorée entrait par la fenêtre et caressait les murs comme celle d'un phare. Le temps faisait passer les heures, les jours, les années en un instant.

— Si tu savais comme Sîbel t'aimait, commença-t-il. Toute sa vie, tous ses combats ont été menés pour que tu puisses devenir ce que tu es aujourd'hui. Pour que toi aussi tu croies qu'un autre monde est possible. Sîbel a fait ce qu'elle avait à faire, mais son innocence est morte. Et il faut qu'elle s'arrête. Tu comprends ?

— Je crois.

— Alors, tu dois la libérer, Tara. Toute cette histoire t'appartient maintenant.

Dans sa cellule médicalisée de la prison de Vendin-le-Vieil, Akim Alami priait à genoux, les mains jointes, paumes ouvertes vers Dieu. Son crâne était toujours enturbanné d'une bande blanche et les ecchymoses sur son visage avaient viré au jaune. Derrière la baie vitrée, deux agents de l'ERIS discutaient, assis sur des chaises. Dans un angle de la pièce, prisonnière d'une boîte de métal, une télévision diffusait en bleu des informations continues. Quand il eut fini ses incantations, le terroriste leva les yeux vers la fenêtre aux carreaux épais. Il voyait le ciel à travers les filets anti-évasion, au-dessus des derniers étages de la prison. En regardant les miradors qui s'élevaient comme des minarets à la gloire de Dieu, il pensa que pendant toutes ces années, ils avaient réussi à faire de ces prisons des mosquées. Ils y avaient prié, prêché, converti, banni le porc, imposé le ramadan et la loi divine, appliqué leur courroux aux mécréants et remis les musulmans sur le droit chemin. La prison n'avait pas été une sanction mais un catalyseur, un passage obligé du djihad, et une porte vers le champ de bataille. Chacune d'elles était une *katiba* où résonnaient des milliers d'*Allah akbar* à la mort d'un seul infidèle. *Fi sabil illah* [1], murmura le Boucher, et il pensa à tous ses compagnons de *Dawla*, aux zélotes et aux émirs, enfermés derrière leurs barreaux, lisant les textes de la *salaffyia*, soulevant de la fonte en attendant la reprise du combat, plus formés et *ghoulat* que jamais. Bientôt ils passeraient à l'action. Toutes les années de travail avec l'*Amnyiat* en Syrie l'avaient amené à ce moment précis. Alami sourit en se disant que revenir en France avait été le plus facile. Il avait simplement demandé à rentrer comme les autres. Certains n'étaient même pas passés par la prison, et il repensa à son frère, *Mohamed Al-Jizar*, et à sa sœur *Karima Alfatat Al-Faransia*. Eux n'auraient pas le plaisir d'assister à la prochaine bataille, *Allah y rhamhoum*. Mais ils avaient bien travaillé. Bientôt le monde découvrirait la raison de leur présence ici et leur victoire inéluctable dans les pas de Dieu.

Soudain le reportage à la télévision fut interrompu et l'image repassa au direct sur le plateau.

« Mesdames, messieurs, entama le présentateur. Nous interrompons nos programmes pour un flash spécial Urgence Attentats. Nous apprenons à l'instant que le commissariat central de Seine-Saint-Denis à Bobigny vient de faire l'objet d'une attaque armée d'une extrême gravité. Nous ne connaissons pas encore les motivations de l'attaque mais… s'interrompit le présentateur avec qui l'on communiquait par l'oreillette. Excusez-moi… je… »

---

1. « Dans le chemin de Dieu. »

Alami fixa l'écran et se releva pour s'en approcher. Un frisson d'excitation le parcourut.

« On me communique à l'instant qu'il ne s'agit pas d'une attaque mais de deux attaques, mesdames et messieurs. Deux commissariats seraient actuellement la cible de groupes armés, le commissariat de Bobigny mais aussi celui de Garges-Lès-Gonesse. Nous ne savons pas encore si ces attaques sont coordonnées mais nos équipes ont été dépêchées sur le terrain et nous devrions bientôt pouvoir vous en dire plus. Il s'agirait d'attaques à l'arme lourde, et on m'indique que de nombreuses explosions ont été entendues par les habitants du voisinage. Nous vous... s'interrompit à nouveau le présentateur. Mais... Attendez... On me transmet à l'instant une nouvelle information, je... »

En bas de l'écran la mention « Attaques terroristes dans le 93 » se mit à défiler en lettres capitales.

« Mais je... mesdames et messieurs, il ne s'agirait pas de deux, mais de trois... Pardon ? s'inquiéta le journaliste en communication avec la régie. Quoi ? Stains, oui, Pierrefitte, Arnouville, Gonès... Attendez, coupa le présentateur. Mesdames et messieurs, je vous annonce qu'une attaque sans précédent est en train d'avoir lieu en Seine-Saint-Denis contre un nombre indéterminé de cibles dont de nombreux commissariats de police. Et je... Pardon ? Où cela ? demanda le journaliste avant de reprendre l'antenne. Si les informations qu'on me communique à l'instant sont exactes, des attaques auraient également lieu sur l'aéroport du Bourget. De fortes explosions ont aussi été entendues sur l'autoroute A1. Il pourrait s'agir de la plus importante attaque terroriste à laquelle notre pays ait jamais eu à faire face. Nous avons en ligne un habitant de Bobigny qui va témoigner en direct de la situation autour du commissariat central où l'attaque serait toujours en cours... »

Alami abandonna l'écran et se dirigea alors vers la fenêtre sur laquelle il posa ses mains épaisses. Il ferma les yeux et commença à chuchoter des sourates du Coran. Un ronronnement de plus en plus sourd se fit entendre. Il ouvrit les yeux au moment où un avion passa dans un tonnerre au-dessus de la prison. Le jet privé remonta dans le ciel à pleine vitesse. « *Bismillahi rahmani rahim*, le moment est venu pour tes serviteurs, mon Dieu », chuchota Alami. Le djihadiste se retourna. Les deux agents de sécurité s'étaient levés et s'interrogeaient du regard. Alami s'assit calmement en tailleur au pied de son lit et se recroquevilla sur lui-même. L'avion arriva si vite que personne ne put comprendre ce qui se passait. Le kamikaze lança son jet à plus de cinq cents kilomètres à l'heure sur l'entrée principale et l'aile du personnel administratif. L'explosion pulvérisa un tiers de la prison, laissant un cratère béant là où s'élevaient les bâtiments. Les milliers de litres de kérosène incandescent formèrent une boule de feu qui déclencha un incendie géant à Vendin-le-Vieil. Le mur extérieur de la cellule d'Alami se fendit mais le terroriste ne bougea pas. Il attendit qu'un petit avion de tourisme s'écrase moins d'une minute plus tard sur l'enceinte arrière de la prison. Il savait déjà que des frères lourdement armés allaient pénétrer par la brèche et que lui devait tenir le plus longtemps possible. Les deux policiers de l'ERIS s'étaient jetés au sol, accrochés à leurs armes. Ils se relevèrent et passèrent des appels à la radio. Mais personne ne pouvait leur répondre. Des dizaines d'employés pénitenciers étaient déjà morts, dont la plupart de leurs collègues de l'ERIS broyés par l'explosion ou enterrés vivants dans l'UDIA toute proche. Alami pensa au directeur. Il espéra qu'il était encore vivant pour ne pas lui avoir offert une mort aussi rapide. La surprise générale avait laissé place à des hurlements incessants. Des hommes brûlaient vifs, d'autres agonisaient. Tous les prisonniers encore vivants tentaient de s'enfuir, seuls ou libérés par les assaillants qui avaient pénétré la prison. Le personnel pénitentiaire encore présent perdait déjà tout espoir de survivre aux émeutes. Au milieu des tirs, Alami reconnut le bruit caractéristique des AK-47. Ils devinrent aussi incessants que le bourdonnement d'une mouche. Puis plusieurs explosions retentirent quand les terroristes attaquèrent les miradors au lance-roquette. Akim Alami voyait la terreur gagner les policiers derrière le panneau de plexiglas. De la fumée commença à entrer dans le couloir. Alami se jeta alors sur la vitre.

— Sortez-moi de là ! hurla-t-il aux policiers. Je vais brûler vivant, sortez-moi de là !

Les agents commençaient à paniquer.

— Ne bouge pas, Alami, tu restes où tu es ! lui ordonna finalement l'un d'eux.

Le terroriste continua à crier. La rumeur de la violence faisait de la prison un enfer dont n'importe qui aurait voulu sortir. La fumée se fit soudain plus dense.

— Ne me laissez pas crever ici ! hurla encore Alami.

Les deux agents se regardèrent, totalement démunis. Le risque était très grand de sortir le djihadiste de sa cellule. Ils n'étaient pas assez nombreux pour sécuriser son transfert. Mais les policiers ne pouvaient le laisser là alors que la prison était en feu. Jamais leur hiérarchie ne l'aurait compris.

— D'accord, finit par répondre l'un d'eux. Nous allons t'extraire, mais tu restes tranquille, tu m'entends ? Sinon je te promets qu'on t'abattra sans hésiter.

— Vous croyez peut-être que j'ai envie de brûler ici ?

— Tu te retournes et tu mets tes mains dans le passe-menottes, somma le policier.

Il ouvrit la trappe métallique alors que son collègue levait déjà son arme automatique. Dès que le premier poignet d'Alami fut menotté, le terroriste saisit la main du policier et tira violemment son bras à l'intérieur de la cellule. La tête casquée de l'agent percuta la porte.

— Aide-moi ! supplia-t-il à son collègue, le bras pris dans la gueule du passe-menottes.

— Lâche-le ! ordonna ce dernier en posant le canon de son arme contre le plexiglas blindé.

Alami relâcha la pression un instant, laissant l'agent commencer à s'extraire, puis il tira de nouveau le bras du policier qui cogna une nouvelle fois la porte dans un bruit sourd.

— Aide-moi ! implora encore l'agent désespéré.

Le terroriste reprit sa manœuvre faisant rebondir à répétition l'homme contre la porte en métal, de plus en plus vite, avec toutes ses forces, avec toute sa rage. Puis il sentit le bras de l'agent se détendre. Alors dans un dernier effort, il tira encore et sentit l'épaule de l'homme se déboîter. De l'autre côté le policier hurlait autant de peur que de douleur, incapable de résister. Son collègue se décida à lâcher son arme et se précipita pour le tirer à lui. Mais Alami ne faiblissait pas. Incessamment il faisait des va-et-vient, trimballant les policiers comme des pantins. L'articulation du coude de l'agent lâcha à son tour, et Alami se demanda s'il arriverait à lui arracher le bras. Un dernier choc dans le métal fit perdre connaissance au policier. Au même moment un homme avec une kalachnikov surgit par la porte du sas. Alami reconnut Ayoub. Il lâcha immédiatement sa prise et les deux agents s'effondrèrent au sol. Le djihadiste les aspergea de plusieurs rafales de mitrailleuse avec autant de nonchalance qu'en arrosant des fleurs. Puis il ouvrit la cellule d'Alami, rejoint par d'autres terroristes.

— *A salam aleikum* mon frère, lança-t-il.

— *Maleikum salam* Ayoub, répondit Alami en allant récupérer le fusil d'assaut et les munitions d'un policier. Comment cela se passe ?

— Comme prévu, *Mash'Allah*. Mais il faut faire vite, l'incendie gagne toute la prison et l'armée ne va pas tarder.

— Vous avez récupéré les armes ?

— Oui, c'est en cours. Viens vite, Abou Mohamed.

Akim Alami n'avait pas été appelé par sa *kounya*, *Abou Mohamed al-Ghashima*, depuis des années. Il se sentit plus fort qu'il ne l'avait jamais été. Pourtant il ignorait encore si le plan qu'il avait minutieusement travaillé depuis l'Irak, anticipant la perte du territoire de l'État islamique au Moyen-Orient face à la puissance de feu de la coalition internationale, avait réussi. Car l'Occident, tellement sûr de lui, avait cru à une victoire consacrée par la mort de leur calife Abou Bakr al-Baghdadi. Mais Daesh avait déjà décidé d'ouvrir d'autres fronts, au cœur même du territoire des *kouffar*, là où tout avait commencé pour eux, sur le terreau de la misère, après les camps de réfugiés afghans ou palestiniens, les ruines irakiennes et syriennes, la pauvreté des déserts et des bidonvilles, et maintenant dans les cités de l'abandon.

Quand les djihadistes sortirent de l'infirmerie vidée de ses malades, ils jouirent du spectacle terrifiant devant eux. La fumée commençait à devenir irrespirable mais le feu n'avait pas encore embrasé leur quartier. Sur les passerelles et dans le hall gisaient des dizaines de cadavres de prisonniers et de gardiens. Les terroristes finissaient d'ouvrir les dernières cellules. Dans un coin, trois détenus achevaient à coups de pied un gardien qui ne respirait déjà plus. Un peu partout les soldats du califat récupéraient les armes. Puis le groupe d'Abou Mohamed sortit dans la cour. Au-dessus d'eux, les miradors n'étaient plus que des cheminées fumantes. L'attaque avait été tellement violente que les agents pénitentiaires étaient morts sans résistance. Alami se laissa guider jusqu'au mur éventré de la prison. Les débris de l'avion étaient éparpillés. Des morceaux du kamikaze traînaient sur le sol. Alami leva le doigt au ciel en marmonnant. Ils traversèrent les gravats et franchirent l'enceinte derrière laquelle une dizaine de voitures les attendaient, moteur tournant. Alami se fit conduire à l'arrière d'une berline puissante tandis qu'Ayoub montait à la place du passager. Toutes les voitures se mirent en mouvement.

— Abou Mohamed, je te présente Ibrahim, lui dit Ayoub en désignant le chauffeur.

— *A salam aleikum*, Ibrahim.

— *Maleikoum salam, Abou Mohamed al-Ghashima.*

— Ibrahim a beaucoup travaillé pour nous, précisa Ayoub. Il a été très précieux pour trouver les armes et installer nos frères en France toutes ces dernières années.

— Je sais, répondit Akim Alami. Je te connais bien, Ibrahim. Depuis le début je suis ton engagement pour *Dawla* et je suis très fier de toi, mon frère.

Ibrahim gonfla la poitrine d'orgueil. Après tout ce temps et ces efforts, il était enfin récompensé. Cette reconnaissance du chef lui permit de dépasser la peur qui le tenaillait jusque-là, accroché nerveusement au volant. Il leva la tête vers le rétroviseur mais baissa les yeux en croisant le regard parfaitement noir de son émir.

— Merci, Abou Mohamed, dit-il.

— As-tu une *kounya*, Ibrahim ?

— Non, pas encore.

— À partir de maintenant tu t'appelleras *Ibrahim Zil Aljihad*, Ibrahim l'ombre du djihad. Tu me conduiras et resteras à mes côtés.

— Je suis très honoré, Abou Mohamed.

— Bien. Alors dis-moi, Ibrahim, que fait-on ? Ne va-t-on pas prendre un avion ?

— Non, émir. L'armée ne tardera pas à envoyer ses chasseurs. Pour faire diversion plusieurs frères vont décoller d'ici en direction du Bourget pour faire croire que tu es à bord. Ils mourront en martyrs pour toi.

— Pas pour moi, Ibrahim. Pour Allah ! *Bi-ismi Allahi ar-Rahmani ar-Rahim* !

— Oui émir. Nous allons rejoindre nos frères en Seine-Saint-Denis par la route. Ici nous ne risquons pas les drones, plaisanta Ibrahim maladroitement. Nous y serons dans moins de deux heures, se reprit-il. Les *kouffar* sont débordés, nous ne devrions pas avoir de problème sur la route.

— Bien. Et comment se passe notre plan, Ayoub ?

— Comme prévu, Abou Mohamed. Tous les commissariats à l'intérieur du califat sont attaqués, ainsi que tous ceux situés dans un périmètre de plusieurs kilomètres. Des frères ont lancé l'assaut sur la caserne militaire de Saint-Denis et l'aéroport du Bourget. Nous coupons aussi les voies d'accès avec des explosifs et nous installons les check-points pour arrêter les fuyards.

— Combien de frères sont au combat ?

— Près de deux mille. Et nous aurons l'appui de certains jeunes des cités. Ce n'est qu'un début, Abou Mohamed.

— Et le commissariat de Bobigny ?

— L'attaque est en cours.

— Et pour la fille ?

— Nous allons essayer de la ramener vivante comme tu l'as ordonné. Mais ce ne sera pas facile pour nos frères de ressortir de là-bas.

— Qu'ils essayent. Sinon tant pis, qu'ils la tuent.

À Aulnay-sous-Bois, Jean venait d'entrer sur le parking de la cité quand il vit au loin devant un immeuble deux gardiens de la paix agenouillés à côté de leur voiture. Ils étaient menottés dans le dos et surveillés par des hommes armés de kalachnikovs. Mancini se réfugia immédiatement sur une place libre entre deux voitures et éteignit le moteur. De là il pouvait observer la scène à travers l'enfilade de voitures. Il pensa d'abord qu'il s'agissait d'une bande du quartier venue récupérer son armement dans la cave. Avec son pistolet, il n'avait aucun moyen d'intervenir. Et il risquait de déclencher une fusillade en sortant de sa voiture. Il appela alors Tara pour obtenir du renfort. Mais elle ne répondit pas. Ensuite il composa trois fois le numéro du commissariat sans résultat. « Ce n'est pas vrai… » grommela-t-il. Il cherchait le numéro du commissariat le plus proche quand un autre homme sortit de l'immeuble et s'approcha des policiers. Sans une seconde d'hésitation, il leva une arme, abattit le premier agent d'une balle dans la nuque, passa au second et l'exécuta à son tour. Jean resta tétanisé. « Merde, merde, merde », se mit-il à répéter en plongeant paniqué sur son portable. Il tenta d'appeler Sevran, Villepinte, Aulnay, le Blanc-Mesnil. Personne ne répondait. Les tueurs montèrent dans la voiture de police et, comme dans un film de guerre, s'assirent sur le rebord des fenêtres les armes à la main. Jean se recroquevilla sur son siège pour les laisser passer. Les rues étaient désertes. Quelques visages fantomatiques apparaissaient aux fenêtres des immeubles. Jean se décida à sortir, l'arme au poing. Il longea la file de voitures pour rejoindre les policiers qui gisaient dans leur sang. Il prit le pouls des deux hommes, mais leurs cœurs ne battaient plus.

— Monsieur ? entendit-il chuchoter.

Jean leva la tête et aperçut un homme âgé sortir sa tête de l'entrée de l'immeuble.

— Mais qu'est-ce qui se passe ? demanda Mancini.

— Parlez moins fort. Vous êtes policier ?

— Oui, répondit-il tout bas.

— Vous êtes venu nous chercher ?

— Quoi ? mais non… balbutia Jean. Mais qu'est-ce qui se passe à la fin ?

— C'est les terroristes. Ils font le tour des immeubles pour nous dire de rester chez nous. Ils disent que c'est l'État islamique maintenant, et que tous ceux qui veulent s'enfuir seront tués. Il faut vous cacher.

Jean resta un moment interloqué. Puis il se releva comme si c'était un canular.

— Non mais c'est ridicule. Vous...

Il fut interrompu par des tirs de kalachnikovs tout proches.

— Ils tuent ceux qu'ils prennent pour des policiers ou des fonctionnaires, continua le vieux monsieur. Ils ont tué mon voisin parce qu'ils l'ont accusé d'être shiite.

— Appelez des renforts, demanda Mancini.

— C'est impossible. Ils ont attaqué tous les commissariats. C'est à la télé !

— Quoi ? Attendez...

Mancini fut cette fois-ci interrompu par la sonnerie de son téléphone. C'était Karim. Le vieil homme en profita pour disparaître dans son immeuble.

— Karim, mais qu'est-ce qui se passe, je n'arrête pas de...

— Attends, Jeannot, écoute-moi, le coupa son collègue en panique. Tu es où ?

— Je suis à Aulnay.

— Il faut que tu viennes immédiatement, le commissariat est attaqué par des terros !

Mancini percevait le vacarme des combats derrière Karim.

— Attends, ici j'ai deux policiers qui ont été exécutés par un groupe d'hommes armés de kalachnikovs.

— Mais tu es où exactement ?

— Cité des 3000.

— Jean, il faut que tu sortes de là au plus vite, tu m'entends ? Il y a des attaques djihadistes partout dans les cités. L'aéroport du Bourget est attaqué aussi. Tu dois partir immédiatement.

Jean n'en revenait pas.

— Où est Tara ? demanda-t-il.

— Elle est dans le commissariat. Je n'en sais pas plus.

— D'accord, j'arrive, conclut Jean en raccrochant.

Il rejoignit sa voiture en courant et démarra en trombe, le pistolet entre les cuisses. À peine était-il sorti du parking que deux voitures bloquaient déjà la route à cent mètres devant lui. Sur les côtés des hommes armés avaient pris position. Jean fit demi-tour. Mais il aperçut un autre barrage. Alors il vira dans le dédale des cités au milieu des parkings. Il se mit à rouler au pas, le plus silencieusement possible, aux aguets, toutes fenêtres ouvertes. Il entendait encore des tirs qui résonnaient dans la cité. Par moments il s'arrêtait pour évaluer la situation. Çà et là des voitures avaient été abandonnées. Il croisa des cadavres de fuyards, criblés de balles. Puis il tomba sur une famille dont les enfants gisaient sans vie dans le sang de leurs parents. Il arrêta la voiture et posa sa tête sur le volant. Comme ces gens, il s'apprêtait à rentrer chez lui une demi-heure plus tôt. Et il se retrouvait subitement projeté à Raqqa, Mossoul ou Sinjar, dans les forêts du Nigeria, les déserts du Mali ou du Niger, les montagnes d'Afghanistan ou de Kabylie. Tout lui revint en mémoire, *Charlie Hebdo*, le Bataclan, la promenade des Anglais à Nice, et il se demanda comment tout cela était encore possible. Il se releva et appela sa femme.

— Salut chérie.

— *Salam* mon nounours, ça va ?

— Tout va bien, dit-il pour la rassurer. Tu as suivi les infos ?

— Non, je cuisinais pour ce soir.

— Où sont les filles ?

— Dans leur chambre, pourquoi ? Quelque chose ne va pas ?

— Écoute, mon amour, il y a des attentats en cours un peu partout sur la région parisienne. Vous devez absolument rester à la maison, tu m'entends ? Regarde les infos et surtout ne sortez pas.

— Quoi ? Mais toi, tu es où ?

— Je suis à Aulnay. J'étais en route pour la maison, mais je ne vais pas pouvoir rentrer tout de suite.

— Quoi ? Jean, dis-moi ce qui se passe, s'il te plaît. Tu me fais peur, là.

— Tout va bien, Nadia mais je n'ai vraiment pas beaucoup de temps. Je voulais juste te prévenir que tu risques de ne pas avoir de mes nouvelles pendant un petit moment.

— Jean…

— Laisse-moi parler, Nadia. Je te promets de revenir bientôt à la maison. En attendant je veux que tu prennes bien soin de vous. Je t'aime, tu sais. Et les filles aussi, plus que tout. Alors je te jure que je vais rentrer. Quoi qu'il se passe, je vais rentrer. Tu m'entends ?

— Bien sûr, Jean, répondit Nadia la voix chevrotante. Nous aussi on t'aime fort. Rentre vite, s'il te plaît, on t'attend.

Jean raccrocha et se remit en route. Il aurait fallu des centaines d'hommes pour contrôler une commune comme Aulnay-sous-Bois, et Jean se dit qu'il trouverait forcément un moyen de sortir de là. Ensuite il devait se rendre à Bobigny pour aider ses collègues. Il accéléra et gagna finalement une zone commerciale d'où il espérait rejoindre la zone pavillonnaire toute proche. Un mur était couvert de sang. Des corps gisaient sur le sol. Soudain un jeune homme bondit vers la voiture de Jean en braquant un AK-47.

— Arrête-toi ! Arrête-toi, putain ! ordonna-t-il, prêt à tirer. Montre tes mains ! continuait à crier l'homme aux yeux révulsés.

Jean s'arrêta. Il laissa son pistolet glisser entre ses cuisses et leva les mains. Deux autres terroristes apparurent au coin de la rue devant lui. Le djihadiste contourna la voiture en pointant son arme sur lui.

— Qu'est-ce que tu fais là ? demanda-t-il à la fenêtre.

— Rien, je venais faire des courses, répondit Mancini calmement en évitant son regard.

— Y a pas de courses, t'es pas au courant ?

— Au courant de quoi ?

— C'est *Dawla* qui dirige ici maintenant. C'est la *charia* ! Tu comprends, sale *kâfir* ?

— Je ne savais pas, désolé.

— Demandez aux jeunes de vérifier la plaque ! ordonna le djihadiste aux hommes derrière lui. Et toi, maintenant, tu descends.

Jean savait que les jeunes des cités répertoriaient les plaques d'immatriculation de la police. Sa voiture était peut-être connue.

— Il n'y a pas de problème, dit Jean calmement. J'habite à côté, je veux juste rentrer chez moi.

— Tu descends ou je te fume ! hurla le terroriste en bavant de rage.

Jean baissa lentement les bras. Il ouvrit la porte d'une main et plongea l'autre entre ses jambes. Puis il commença à sortir en poussant la portière. Le djihadiste recula et baissa un instant le canon de son arme. Mancini leva le bras et tira deux fois en pleine poitrine. Sans attendre, il se retourna pour fuir à toutes jambes. Il entendit d'abord les hurlements des djihadistes derrière lui. Les tirs arrivèrent juste après, comme une vague qui déferle. Jean aimait l'océan. Presque tous les étés, il y passait deux semaines avec sa famille en visitant parents ou amis, au Maroc ou au Pays basque. Depuis toujours il profitait de son grand corps pour faire barrage aux bouillons des vagues. Il soulevait les filles en l'air, au dernier moment, pour qu'elles ne soient pas emportées. Et parfois, quand elles le taquinaient trop, il les jetait au loin, derrière l'écume, les récupérant toujours avant qu'une autre vague ne déferle. Ses filles avaient grandi mais elles ne s'étaient jamais lassées de ce jeu. Et cette place de héros, grand et fort, lui servait de prétexte pour cajoler encore ses enfants ou serrer sa petite femme contre lui. En fuyant, Jean pensa qu'il partait en vacances dans quinze jours et que c'était peut-être le dernier été qu'il passerait avec ses filles qui devenaient grandes. Il était impatient de courir à nouveau sur la plage pour se jeter le premier dans l'eau. Alors il allait courir maintenant, le plus vite possible, pour arriver le premier et respecter sa promesse. Quand les balles sifflèrent trop près, il se mit à zigzaguer, concentré sur son objectif. Il devait atteindre cet angle d'immeuble juste là devant lui, où il serait à l'abri. Après, ça irait. Il connaissait le coin comme sa poche à force de poursuivre les jeunes dans les allées, les couloirs et les caves. Il s'en sortirait. Il en restait certain, même quand une balle lui traversa le bras gauche. Il sentit tout de suite le choc, et ce membre qu'il ne pouvait plus bouger. Mais il courait encore, c'était l'essentiel. Il réussit à passer l'angle du bâtiment et ne s'arrêta pas pour autant. Il avait de l'avance sur les djihadistes, mais cela ne suffisait pas face aux armes de guerre. D'ailleurs les tirs reprirent dans son dos et Jean continua à courir.

Tara ouvrit les yeux. Elle se sentait oppressée et comme ensevelie. Des mèches de cheveux étaient collées par le sang sur son front. Il lui fallut un moment pour s'habituer à l'obscurité et pour comprendre où elle se trouvait. Quand le kamikaze avait explosé, le sol s'était rompu et l'avait entraînée à l'étage inférieur. Une partie du plancher la recouvrait maintenant. Elle tenta de bouger et sentit une douleur dans le bas de sa jambe gauche coincée par les débris. Elle leva alors la tête pour voir d'où entrait la lumière. Par l'ouverture elle vit Mikaël, un collègue, recroquevillé par terre contre un mur en face d'elle. Il la regardait fixement, les yeux emplis d'effroi, pâle, se tenant le ventre transpercé par une balle. Tara réussit à lui faire un signe de la main. Il ne bougea pas, mais elle comprit par un changement imperceptible de son regard qu'il l'apercevait dans sa cachette. La poitrine de Mikaël montait et descendait très vite. Tara voulut chuchoter quelque chose quand elle entendit des crissements de pas dans les gravats. Puis elle aperçut les pieds d'un homme ainsi que le canon de la kalachnikov qui pendait de son bras. Le djihadiste ne pouvait pas la voir et alla se placer au-dessus de Mikaël. Le policier leva alors des yeux éberlués vers le terroriste. Il commença à s'agiter et à gémir, poussant avec ses jambes pour s'éloigner du tueur. Mais il n'avait aucune échappatoire. Regarde-moi, Mikaël, pensa Tara. Regarde-moi, merde, se répétait-elle intérieurement en le fixant. Mikaël finalement baissa les yeux vers elle et s'immobilisa enfin. L'homme était juste au-dessus de lui. Voilà, c'est ça. Continue à me regarder Mikaël, se répétait Tara. Ne t'inquiète pas, ça va aller, tu vas voir. N'aie pas peur, Mikaël, je suis avec toi.

Et Tara lui sourit.

Le djihadiste leva sa kalachnikov et tira une balle dans la tête du policier. Son crâne sembla planté dans le sol par un clou. Ses yeux étaient toujours rivés sur Tara. Ils se couvrirent d'un voile blanc alors que le sang se répandait, rouge et gluant sur le sol. La policière serra les dents et détourna le regard. Elle essayait de contrôler les spasmes qui gagnaient sa poitrine. Le tueur admira quelques secondes sa victime, puis il disparut. Après un moment, Tara n'entendit plus que quelques tirs épars dans le bâtiment. Les policiers étaient morts ou en fuite. L'attaque avait été massive alors que la ligne de front s'étendait sur des dizaines de kilomètres en Île-de-France. Dehors, seuls quelques agents tentaient de faire face aux terroristes. L'armée n'avait pas encore été déployée. Mais Tara n'en savait rien. Elle n'avait aucune idée de la situation. Elle savait juste qu'elle devait sortir de l'enfer où elle se trouvait. Elle tira sur sa jambe, mais elle était coincée par une plaque de plâtre. Elle réussit à pivoter sur elle-même pour pousser avec son dos. Elle fit un effort surhumain et put extraire sa cheville douloureuse. Puis elle se mit à ramper vers l'extérieur. Et soudain elle fut révélée à la lumière, extraite de son abri comme un insecte sous une pierre, découverte par le djihadiste qui venait de soulever le morceau de plancher. Tara se retourna vers ce visage épais et ce regard légèrement bridé qui l'observait calmement. Elle se rappela immédiatement le touriste qui traînait autour du commissariat et à qui elle avait proposé de l'aide. Le terroriste restait silencieux derrière le troisième œil de sa kalachnikov. Tara, elle, se refusait à baisser les yeux. C'était sa dernière résistance, la dernière force d'une vie au bout d'un fusil. Si Tara fléchissait à cet instant, elle aurait échoué. Alors elle se prit à penser à son père. Elle se demanda pourquoi il fallait toujours vivre avec les souvenirs de ceux que nous avons perdus au lieu de s'attacher à ceux qui étaient encore présents. Elle avait vécu et souffert avec le fantôme de Sîbel. Puis elle avait été envahie par la disparition de Jeanne. Mais avait-elle été suffisamment avec Robert ? Avait-elle laissé la place à l'amour de Baz ? Pourquoi vouloir vivre parmi les morts plutôt qu'avec les vivants ? Il faudrait ne jamais avoir à regretter de dire à quelqu'un qu'on l'a aimé.

Le tueur fit un pas vers elle. Il posa le canon de son fusil sur sa tempe. Elle ne voulut pas voir la balle qui la tuerait. Alors elle tourna la tête et ferma les yeux.

— Tu t'appelles comment ? lui demanda le terroriste froidement avec un accent slave.

— Pourquoi ?

— Je n'aime pas me répéter, dit-il en appuyant plus fort avec son arme.

Tara ouvrit la bouche et resta muette un instant avant de reprendre.

— Tara Vaillant, lâcha-t-elle.

Le djihadiste s'immobilisa. Il passa une main dans la poche arrière de son pantalon et en sortit une photo. Il la regarda un instant avant de s'accroupir devant la policière.

— Si tu bouges je te tue, chuchota-t-il. C'est toi, là ? demanda-t-il en montrant la photo à Tara.

Tara, couverte de poussière et de sang, regarda cette photo qu'elle connaissait bien. Celle qui avait été prise par son père alors qu'elle posait avec Jeanne dans le jardin le jour où sa mère lui avait annoncé sa maladie et qui traînait toujours sur son bureau. Mais sur la photo déchirée que montrait le terroriste, il n'y avait que Tara. L'autre morceau avec Jeanne manquait. Elle leva les yeux vers le tueur, incapable de répondre. Les évènements défilaient dans sa tête. Elle se demanda quel rôle elle avait pu jouer depuis le début de toute cette histoire pour que les djihadistes s'intéressent autant à elle et fouillent son appartement en la laissant vivante. Il fallait bien qu'ils en aient besoin.

Le tueur n'attendit pas la réponse. Il inspecta les poches de Tara et dénicha sa carte de police pour vérifier que c'était bien elle.

— Lève-toi, ordonna-t-il en agrippant Tara par les cheveux.

Tara se mit sur ses pieds alors que le djihadiste commençait à la tirer dans le couloir.

— Où est ce que vous m'emmenez ? demanda-t-elle en boitant.

— Au califat. Notre émir t'attend.

— Quel califat ? Quel émir ?

— Tu verras. Avance.

Le bâtiment était dévasté. Des cadavres gisaient partout. Tara crut qu'ils étaient les derniers survivants de l'attaque. Elle se dit aussi qu'elle n'avait aucune chance de survivre si elle n'arrivait pas à s'échapper. Alors d'un coup, elle tira la tête en arrière, agrippa la kalachnikov du terroriste et lui lança un coup de poing au visage. Sans attendre sa réaction elle le poussa des deux mains et tenta de s'enfuir. Mais elle ne fit qu'un pas avant de hurler de douleur et de s'effondrer quand le djihadiste écrasa sa cheville blessée d'un coup de talon.

— Tant pis pour toi, déclara calmement le tueur en levant son fusil vers elle.

Tara se retourna face à lui. Elle commença à reculer sur les fesses, les yeux exorbités. Elle se rappela Mikaël qui s'était débattu pour rien. Mais elle ne pouvait s'empêcher de chercher à survivre. Au moins j'ai essayé, pensa-t-elle finalement en fermant les yeux. Son cœur bondit dans sa poitrine au bruit de la rafale de kalachnikov. Elle eut besoin d'une seconde pour réaliser ce qui se passait. Le djihadiste venait de s'effondrer. « Tara ! » entendit-elle appeler. Et Sîbel apparut au-dessus d'elle.

— Tu es blessée ? lui demanda la Kurde en panique alors que deux autres combattants du PKK prenaient position dans le couloir.

— Mais... qu'est-ce que tu fais là ? balbutia Tara sans pouvoir quitter sa mère des yeux.

— Je suis venue te chercher. Où as-tu mal ?

— À la cheville.

Sîbel leva le pantalon humide de sang de Tara.

— Tu as un bout de métal enfoncé, dit-elle. On va le laisser là pour l'instant. Il faut faire vite. Il y a encore des terroristes ici.

Elle fit signe à un de ses soldats de l'aider à relever Tara. Puis ils rejoignirent la sortie de secours au fond du couloir et descendirent aussi silencieusement que possible au rez-de-chaussée. Ils entendaient les coups de feu nourris qu'échangeaient les djihadistes avec les policiers dans la rue de l'autre côté du commissariat.

— Ils sont dans les étages, chuchota Sîbel. Ils tirent des fenêtres. Ils ont dû aussi piéger l'entrée. Allons par où nous sommes venus.

Après avoir vérifié que la voie était libre, ils rejoignirent une porte d'accès au parking à l'arrière du commissariat. À l'extérieur, la haute porte coulissante était toujours fermée sur la rue. Mais le mur d'enceinte plus à gauche avait été éventré par un explosif. Derrière les gravats, ils apercevaient la maison d'où les djihadistes avaient lancé leur attaque.

— Allez, ordonna Sîbel en levant sa kalachnikov.

Les combattants kurdes attrapèrent Tara par les épaules et s'engagèrent en courant dans le parking. Sîbel les suivait en balayant les fenêtres au-dessus d'elle du canon de son arme. Puis ils se faufilèrent entre les débris, s'enfoncèrent dans le jardin du pavillon et entrèrent dans la maison. Sur le sol du salon traînaient encore les sacs qui avaient contenu les armes. Plusieurs tapis de prière étaient toujours tournés vers La Mecque. Finalement les combattants allongèrent Tara sur le canapé du salon et ressortirent immédiatement pour surveiller les alentours, laissant Tara et sa mère à l'intérieur.

— Où sommes-nous ? demanda Tara.

— Dans la maison où le commando a préparé l'attaque, répondit Sîbel en inspectant la cheville de Tara. Tu as arrêté de saigner, constata-t-elle. Tu n'as pas trop mal ?

— Non, ça va.

Tara n'en revenait pas. Les djihadistes avaient été là, juste à côté d'eux, à les surveiller et à préparer leur plan sans que les policiers se doutent de rien. Sîbel dégagea la plaie et reposa la jambe de sa fille sur un coussin avant de s'asseoir sur le canapé avec elle.

— Il faut que tu ailles à l'hôpital, dit la Kurde.

Elle lui sourit maladroitement avant de baisser la tête.

— J'ai cru que j'arriverais trop tard, ajouta-t-elle.

— Mais comment as-tu su ? demanda Tara.

— Je te surveillais. Pour te parler. Nous pensons savoir comment Daesh a été informé de ton voyage en Irak. *Dawla* a infiltré quelqu'un dans votre police. Peut-être même au sein des renseignements.

— Mais… Comment savez-vous cela ?

— Tu te rappelles le prisonnier de Daesh en Irak ? Celui que nous avons capturé lors de l'attaque de ta voiture au Sinjar ? Nous l'avons fait parler.

— Et pourquoi es-tu venue me le dire ? demanda Tara.

Sîbel leva la tête vers sa fille. Ses yeux brillaient de la profondeur de leur histoire mêlée de douceur et de tristesse. Puis elle détourna de nouveau le regard, fuyant ce qu'elle aurait voulu dire. Elle ne pouvait pas avouer l'évidence de ses sentiments face à sa fille. Cet aveu impossible ne pouvait être que deviné. Comme si les mots pouvaient briser le serment. Tara eut alors l'impression dans cet environnement inconnu, cette maison vieillie au carrelage beige, sur le canapé synthétique à l'épais tissu brun, que la Lionne était redevenue Ajda, cette petite femme pétillante et attentive qu'elle avait tant aimée. Comme si, au milieu des combats, là, maintenant, alors que tout s'effondrait autour d'elles, elles retrouvaient la sincérité de leurs liens et qu'elles pouvaient enfin se rencontrer.

— *Daya gyan* ? reprit Tara doucement.

— Oui, Tara ?

— J'ai vu *baba*, tu sais. Et Rojan et Heval aussi. Quand j'allais mourir dans ce commissariat, dans mon rêve, j'ai vu Baram et la maison à Halabja. J'ai vu le salon, les enfants qui jouaient, le berceau dans un coin et ma couverture en laine blanche.

Sîbel, leva encore la tête et, incrédule, dévisagea sa fille. Et elle revit son passé et des évènements enfouis par une vie d'effort.

— Je me souviens de la couverture en laine, dit la Lionne en fixant le mur. Elle est toujours sur ton lit d'enfant.

— C'est ta maman qui me l'avait tissée.

— Oui, souffla Sîbel. Pour ta naissance, précisa-t-elle. Nous aimions beaucoup notre maison, ajouta Sîbel en se rappelant cette vie.

Une grosse larme dévala doucement la joue fatiguée de la combattante du PKK. Comme surprise, elle leva la main vers son visage pour en attraper l'humidité. Elle frotta l'unique goutte entre ses doigts épais et les porta à sa bouche.

— C'est salé, dit-elle. Je n'avais pas pleuré depuis si longtemps.

— Que vas-tu faire maintenant ?

Sîbel regarda sa fille. Les deux femmes restèrent silencieuses à s'observer. Comme dans le songe de Tara, le temps se joua des évènements. Et les deux femmes se parlèrent en silence. En quelques secondes, elles rattrapèrent des années d'absence.

— Je vais finir ce que j'ai commencé, coupa Sîbel.

— Il n'y a aucune issue à ta mission, *daya gyan*. Arrête tout cela, je t'en supplie, implora Tara en attrapant la main de sa mère. Pourquoi vouloir encore nous séparer ? Je ne veux plus perdre les gens que j'aime, j'en ai assez.

La combattante du PKK serra les doigts de sa fille entre les siens, la mâchoire crispée.

— Je ne peux pas, chuchota-t-elle. Je ne t'abandonne pas encore, je l'ai déjà fait.

Un soldat entra précipitamment dans la pièce et parla d'une voix tendue en kurde. Sîbel lâcha immédiatement la main de sa fille et se leva du canapé.

— Je dois y aller, dit-elle. La police s'organise dehors. Ils découvriront bientôt la maison. Adieu, Tara.

— Attends, maman, lança Tara à Sîbel qui se retourna avant de sortir. Papa m'a dit autre chose.

Sherajin regardait intensément sa fille.

— Il m'a dit que tu devais t'arrêter, dit Tara. Que moi, je devais te libérer, *daya gyan*, ajouta-t-elle prise d'émotion. Tu m'entends ? Tu comprends ? cria-t-elle presque.

La Lionne la fixait toujours, immobile.

— Il a raison, finit-elle par dire. Ma place est avec lui maintenant. Tout cela n'a peut-être plus de sens, c'est vrai. Mais il me reste une dernière chose à faire, Tara. Il me reste à le venger, lui et tes frères. Je t'aime, ma fille, dit-elle avant de disparaître.

XXVIII

À l'hôpital, Tara finissait de faire sa déposition à Karim, assise sur un brancard dans un couloir. Elle semblait sortie des décombres après un tremblement de terre. Ses cheveux hirsutes étaient encore couverts de plâtre comme tous ses habits. Un pansement épais était collé sur son front au-dessus de son œil tuméfié. Sa cheville était bandée. Le personnel était débordé, les urgences affluaient de partout et les blocs tournaient en continu selon les priorités. Le morceau de fer avait été extrait de sa cheville en ambulatoire, la plaie recousue sans anesthésie et l'infirmière repartie en courant, laissant à Tara une paire de béquilles posée contre le mur.

— Combien de collègues sont morts ? demanda-t-elle.

— Trente-trois dans nos locaux, des centaines partout, répondit Karim.

Tara voyait la main de son équipier trembler en tenant son stylo. Elle-même se cramponnait au rebord métallique du brancard pour calmer ses nerfs.

— Et le patron… chuchota Karim.

— Oui, le patron, répondit Tara l'estomac noué, sans le quitter du regard. Mais personne de notre équipe, ajouta-t-elle.

— Et pour Jean ?

— À quelle heure tu as eu le dernier message ?

— Il y a une heure. Mais depuis son téléphone est éteint.

— Il doit économiser de la batterie, c'est tout. Jeannot, c'est un costaud. Notre priorité, c'est de le sortir de là. Sais-tu exactement où il se trouve ?

— Non, j'ai juste reçu ce texto me disant qu'il était à l'abri dans une cave et qu'il nous recontacterait.

Tara sentit son téléphone vibrer dans sa poche. Elle lut le message sur l'écran cassé.

Je suis à l'accueil, je te cherche, où es-tu ?

— Tu as appris pour Alami ? reprit Karim.

— Appris quoi ?

— Il s'est échappé.

Tara resta sonnée.

— Mais… comment ? bégaya-t-elle.

— Au moment même des attaques sur Paris, un commando a attaqué la prison de Vendin-le-Vieil. Ils ont été aidés par des kamikazes qui ont lancé leurs avions sur la prison. C'est un vrai carnage. Deux autres avions de tourisme ont quitté l'aérodrome après l'évasion et ont été abattus par l'armée. Alami s'y trouvait certainement.

— Et le directeur de la prison ?

— Il était en déplacement quand ça s'est passé. Il s'en est sorti.

Tara repensa au djihadiste dans le commissariat.

— « Notre émir t'attend », chuchota-t-elle.

— Pardon ? demanda Karim.

— C'est ce qu'a dit le djihadiste qui a essayé de m'emmener avec lui plutôt que de me tuer. Il a dit : « Notre émir t'attend. »

— Et tu penses qu'il parlait d'Alami ?

— Je crois que tout était prévu de longue date, qu'il n'y a aucun hasard, et que c'est peut-être Alami qui a planifié toutes ces attaques. Peut-être même depuis l'Irak.

— Mais pourquoi vouloir te garder en vie ?

Tara ouvrit la bouche et se ravisa. Elle repensa à tous ces longs entretiens avec le djihadiste qui exigeait de ne parler qu'à elle. Elle se demanda si, d'une certaine manière, Alami lui devait quelque chose et que c'était pour cela qu'elle était toujours vivante.

— Je ne sais pas, nous verrons, reprit Tara. Est-ce que nous avons des instructions ? Qui nous commande maintenant ?

— Les autorités s'organisent, mais pour l'instant c'est l'inconnu. L'état de siège a été déclaré et c'est l'armée qui assure la sécurité publique. Les combats sont toujours en cours. Un confinement national va être mis en place avec interdiction à tout civil de sortir de chez lui en attendant l'instauration d'un couvre-feu. Tous les policiers sont réquisitionnés, tu t'en doutes. Ils nous ont mis des bureaux à disposition à la préfecture. Mais je ne sais pas encore quel commissaire va prendre le relais. Il y a d'ailleurs une réunion d'information pour les équipes de Bobigny ce soir à 23 heures. Garde ça, dit Karim en tendant à Tara sa carte de police. Tu en auras besoin pour te déplacer. Je t'ai aussi récupéré un calibre.

Karim lui donna une arme qu'elle rangea dans son holster de ceinture.

— Où sont Julie et Thomas ? demanda Tara.

— Ils sont encore sur le terrain.

— D'accord. Alors tu leur dis de nous retrouver à la préfecture dès que possible. Il faut que je passe sous la douche et je vous rejoins.

— Tu es sûre que tu es en état après ce qui s'est passé ? Arrête-toi quelques heures, personne ne t'en voudra.

— Nous devons d'abord sortir Jean de là. Il faudrait aussi que je récupère Princesse.

— Je peux t'arranger ça.

Karim aida Tara à se mettre debout. Elle grimaça en posant le pied par terre et prit une béquille pour se soulager. Les couloirs étaient pleins, les blessés geignaient, assis ou allongés sur le sol des urgences. Des ambulanciers couraient en poussant des chariots sanguinolents alors que le personnel médical hurlait des instructions à tout-va. Tara et Karim durent se faufiler entre les blessés et le personnel qui s'agitait. Ils passèrent devant un chariot sur lequel un corps était recouvert d'un drap. Le sang avait formé une grosse auréole qui jaunissait sur ses extrémités. Ils arrivèrent enfin dans l'entrée bondée de l'hôpital. Il fallut un moment pour que Tara croise le regard de Baz qui attendait, adossé à un mur.

— Je vais me débrouiller, merci Karim, à tout à l'heure, dit Tara alors que Baz s'approchait.

Ils laissèrent Karim s'éloigner et se fixèrent un moment sans un mot.

— T'as une sale tête, entama Tara.

— Tu n'es pas terrible non plus, répondit Baz. Je m'inquiétais.

— Tu me ramènes chez moi ?

— Je suis à moto, ça va aller ?

Dans les rues de Paris l'armée prenait position un peu partout et Tara dut montrer sa carte de police à plusieurs reprises pour passer les barrages. Les derniers habitants rentraient chez eux en courant alors que les volets des boutiques étaient déjà tous baissés. Baz gara sa moto sur le trottoir devant l'immeuble de Tara. Puis il l'aida à monter l'escalier jusqu'à son appartement. La policière sortit ses clefs mais elle s'immobilisa finalement en repensant au djihadiste et à la photo dans le commissariat.

— Attends, recule, dit-elle en posant sa béquille et en sortant son pistolet.

Elle essaya de pousser la porte pour s'assurer qu'elle était bien fermée. Puis elle glissa doucement la clef dans la serrure avant d'entrer lentement, l'arme au poing. Elle vérifia d'abord que l'appartement était vide. Elle fouilla dans les photos qui traînaient sur son bureau mais n'y trouva plus celle prise avec sa mère.

— Tu peux entrer, appela-t-elle finalement avant d'aller s'effondrer sur son canapé.

Baz passa la tête dans la pièce avec méfiance.

— Tu as des raisons d'être inquiète même ici ? demanda-t-il.

— Je ne sais pas encore.

Il s'approcha, alluma deux cigarettes et en tendit une à Tara.

— Tu veux que je te serve quelque chose à boire ?

— Un grand café, répondit Tara en profitant longuement de sa première bouffée.

Baz s'en alla dans la cuisine. La tête penchée en arrière, Tara observait la photo d'Aldo et du Kid posé sur sa ficelle imaginaire. Le toxicomane à l'héroïne et au café devait être mort depuis longtemps. Elle se demanda ce qu'était devenu le petit Rom. Elle ne l'avait jamais revu après la disparition d'Aldo. Elle se rappela le texte d'introduction du film de Chaplin : « Un film avec un sourire – et peut-être une larme. » Elle pensa à la femme « seule » abandonnant son enfant dans une voiture. Le Kid déposé derrière une poubelle. Le mot laissé dans une poche : « Aimez et protégez cet enfant. » La cafetière en métal accrochée au plafond par Charlot pour allaiter l'enfant, les crêpes au miel et le ragoût de patates dans la chambre délabrée sous les toits. Et puis l'arrachement, le Kid jeté dans la benne d'un camion par le policier, les mains tendues qui, muettes, murmuraient « Daddy ». Puis les retrouvailles dans les larmes avec la mère, le pays des rêves où le policier finit tout de même par tuer l'innocence.

Baz revint de la cuisine et posa le plateau sur la table basse. Tara attrapa une tasse et porta le liquide brûlant à ses lèvres. Le goût amer lui évoqua immédiatement la nuit difficile qui l'attendait après la pire journée qu'elle ait eue à vivre.

— Comment ça va, Tara ? s'inquiéta Baz.

— Ça va.

— Non, vraiment, dis-moi, insista-t-il.

— Disons plutôt... que ça va aller. Tu vas trouver ça bizarre, mais j'ai eu beaucoup de temps aujourd'hui pour penser à toi.

— Et qu'est-ce que tu t'es dit ?

Tara fixait le visage bien dessiné de Baz, son cou fort qui émergeait de sa chemise, ses yeux verts et ses cheveux tirés en arrière. Elle le trouvait si beau.

— Qu'il faut aimer ceux qui sont encore là.

Tous deux continuèrent à se regarder longuement.

— Je ne t'impose rien, répondit Baz au bout d'un silence.

— Je sais. Et je suis désolée.

— Désolée de quoi ?

— De te faire vivre tout ça. De te rendre responsable de ce qui m'arrive.

— Tu ne dois pas. Nous avons tous notre rôle à jouer dans cette histoire, et il faut bien l'assumer. Qu'est-ce que tu vas faire maintenant ?

— Je dois retrouver ma mère.

Baz la regarda, surpris.

— Ta mère ?

Tara réalisa qu'elle ne lui avait jamais révélé ce secret. Baz pensait être lié malgré lui à l'enquête sur les meurtres des combattants du PKK. Mais il ne savait encore rien de tout ce passé et de ces vérités cachées qui avaient frappé Tara. Elle se sentit injuste de ne pas lui avoir avoué la vérité, de ne pas lui avoir fait comprendre toute sa souffrance et pourquoi il s'y trouvait mêlé. Et elle se demanda comment cet homme pouvait être encore là.

— Je dois retrouver Sîbel.

— Je ne comprends pas, Tara.

Alors Tara lui expliqua sa naissance, son passé perdu, le secret qu'avait gardé Jeanne toute sa vie, posé dans une coupelle chargée d'une plume, d'une rose séchée et d'une pierre bleue de lapis-lazuli. Elle raconta aussi la promesse d'un oubli impossible, la parole amputée d'une seule vérité qui avait voulu écarteler l'amour d'une mère et d'une fille. Elle lui conta Sîbel qui l'avait abandonnée par amour, et Jeanne qui l'avait trompée par amour encore. Et puis elle parla de ce deuil qui l'avait amenée à comprendre, et à reprendre possession de sa vie. Je t'aime beaucoup, tu sais, avait-elle dit à un moment. Jamais Baz ne l'avait autant entendue parler. Tout ce qu'était Tara se révélait à lui, tant ses peines que ses silences, tant sa beauté que sa force. Tout son être s'expliquait enfin, et il regardait cette femme comme on admire la mer, avec la même certitude d'éternité et l'absolue conviction de l'amour. Baz sut alors qu'il l'aimerait à jamais et qu'à partir de ce jour, il ne serait plus jamais perdu.

Puis Tara remonta le cours de son histoire jusqu'à aujourd'hui, quand elle avait été sauvée dans le commissariat par la Lionne. Et elle s'immobilisa soudain, les yeux dans le vague.

— Je sais ce qu'elle veut faire quand elle dit vouloir venger mon père et mes frères, dit-elle pour elle-même, après un silence.

— De quoi parles-tu ?

— Elle va s'en prendre aux derniers responsables du génocide. Elle veut assassiner les chefs d'entreprise qui ont vendu les produits chimiques au régime de Saddam Hussein.

Tara attrapa son téléphone pour vérifier qu'elle n'avait pas raté un message de Jean. Puis elle se leva.

— Je suis désolée, je vais devoir y aller, j'ai tant de choses à faire, dit-elle avec une grande lassitude.

Baz savait désormais tout ce que cette femme devait accomplir. Cette histoire devait finir d'une manière ou d'une autre pour que Tara puisse revenir à lui. Il n'y avait pas d'autre issue. Alors il écrasa sa cigarette et se mit debout à son tour.

— Tu ne m'en veux pas ? demanda Tara.

— T'en vouloir de quoi ? Fais ce que tu as à faire.

— On se reverra vite, je te le promets.

— Peu importe, maintenant tout est clair. Sois prudente, c'est tout. Mais si tu me cherches, je suis sur mon bateau avec ma guitare, répondit Baz. Et si je ne suis pas là quand tu viens, c'est que je me suis mis au vert sur un bras de la Marne, avec mes casseroles et un bon vin, loin de toute cette folie.

Tara s'approcha de lui en boitant. Elle s'enfonça au milieu de ses bras. Ils profitèrent le plus longuement possible de cette étreinte qui pouvait être la dernière.

— Je t'aime, Baz, dit-elle avant qu'il sorte.

Une fois seule, Tara n'avait eu à faire qu'une recherche rapide sur Internet pour trouver des réponses à ses questions. Elle savait quelle était la cible de sa mère. Puis Karim vint la chercher avec sa Princesse pour se rendre à la préfecture. Sur le trottoir, avant d'y entrer, Tara appela Benjamin. Elle était certaine de ne pas réussir à le joindre vu les circonstances. Pourtant il décrocha presque immédiatement.

— Je sais quelle est la prochaine cible du commando du PKK, entama-t-elle sans préambule.

— Tara…

— Laisse-moi terminer, coupa-t-elle. Ils vont s'en prendre à d'anciens responsables d'entreprises européennes impliquées dans les massacres chimiques en Irak dans les années 1980. Un procès doit avoir lieu prochainement mais je n'en sais pas plus. Un certain Jean-Philippe Weber est accusé de complicité de génocide et de crime contre l'humanité et…

— Tara, écoute-moi, s'il te plaît. Je sais ce qui t'est arrivé à Bobigny et j'espère que tu vas bien. Je te remercie de m'avoir prévenu. Au besoin nous prendrons les mesures nécessaires pour protéger Jean-Philippe Weber. Mais là, nous sommes en guerre. Personne ne s'intéresse plus à cette histoire de PKK. Et pour te mettre dans la confidence, les Turcs se sont montrés très insistants pour nous aider à résoudre ce problème gênant. Notre priorité, c'est Daesh.

— En échange de quoi ?

— Je ne comprends pas ta question.

— En échange de quoi laissez-vous les Turcs s'occuper de Sîbel Sherajin ?

— Je ne suis pas dans le secret des dieux, Tara. Mais tu te doutes que, vu notre situation, nous sommes prêts à beaucoup de concessions pour reprendre notre territoire aux djihadistes. Et toute aide est donc bienvenue.

Tara resta bouche bée. Le message de Benjamin était clair. Laisser aux renseignements turcs un dossier aussi important concernant le PKK était un permis de tuer.

— Et pour Jean ? finit-elle par demander.

— Tu as des nouvelles ?

— Non, pas encore.

— Nous en discuterons tout à l'heure avec la hiérarchie. Je te tiens au courant de ce que nous pouvons faire. Prends soin de toi et appelle-moi si tu as besoin de quoi que ce soit.

Benjamin raccrocha sans laisser à Tara le temps de répondre. Elle leva la tête vers l'entrée de la préfecture. Un véhicule blindé de l'armée protégeait les allées et venues cacophoniques des policiers et des fonctionnaires qui tentaient de se frayer un chemin. Les agents de sécurité avaient enfilé leurs lourds gilets balistiques sous leurs fusils-mitrailleurs. Dans les couloirs de la préfecture tous les fonctionnaires s'activaient.

Le personnel déménageait ses affaires pour laisser la place à un commissariat provisoire. Pourtant, dans ce remue-ménage, les policiers restaient silencieux. Les voix étaient basses comme les regards. Ils se saluaient d'un geste de la main, les yeux tristes et le sourire difficile. Tous avaient perdu des collègues, des amis, parfois des membres de leur famille. Rassemblés ici, ils attendaient de retourner sur le terrain et beaucoup avaient plus soif de vengeance que de justice. Quand Tara et Karim poussèrent la porte du bureau, Julie et Thomas étaient assis derrière des tables vides, les yeux rougis de sommeil. Ils se levèrent immédiatement pour venir embrasser Tara.

— Je suis contente de vous voir, déclara la policière alors que son équipe se rasseyait. Je sais que nous aurions beaucoup de choses à nous raconter sur cette journée. Mais il faut d'abord retrouver la Nouille. Vous avez des nouvelles ?

— Non, rien. Et toi ? demanda Julie.

— Non plus, dit Tara en posant son téléphone sur un bureau. Gardez vos portables en évidence. Nous avons de nouvelles instructions ?

— Pas encore, répondit Thomas. La réunion est toujours prévue tard ce soir avec le préfet.

— Alors, occupons-nous de Jeannot. C'est notre priorité pour l'instant.

Tara fut interrompue par la sonnerie de son téléphone.

— C'est Jean ! s'exclama-t-elle.

Tara décrocha, mit le haut-parleur et posa le téléphone sur la table.

— Allô, mon Jean, c'est toi ?

— Salut patronne, répondit le policier à voix basse.

— Que je suis contente de t'entendre, s'exclama-t-elle soulagée en regardant ses collègues. Comment vas-tu ? Tu es où ?

— Ça va, je suis à l'abri dans une cave à Aulnay-sous-Bois. J'ai été blessé au bras mais ça va aller.

— Comment ça ? demanda Tara, inquiète.

— J'ai reçu une balle dans le bras, mais elle n'a fait que traverser. Je ne saigne plus. Mais écoute-moi plutôt. Je suis dans le sous-sol d'un immeuble, je n'ai plus beaucoup de batterie. Il y a des patrouilles de l'État islamique partout dehors. Ils massacrent à tout-va. La population est enfermée et se cache. Je ne peux pas sortir pour l'instant mais je ne vais pas pouvoir tenir longtemps ici. Il faut que je trouve un moyen de sortir de là cette nuit.

— Écoute, Jean, Daesh a pris le contrôle d'une bonne partie du 93. Les autorités s'organisent, mais c'est terriblement dangereux. Pour le moment tu ne bouges pas. Quelle est ta position exacte ? demanda Tara.

Jean lui donna l'adresse de l'immeuble et le numéro de la cave qu'elle nota sur une feuille.

— Bon, dit Tara. Je…

Elle s'interrompit un moment pour réfléchir.

— Je vais appeler un ami d'Aulnay, reprit-elle. Je ne sais pas où il se trouve mais il connaît tout le monde dans la cité. Je vais aussi appeler la DGSI. Nous allons trouver un moyen de te sortir de là. En attendant, tu éteins ton téléphone. Nous refaisons un point dans une heure.

— Appelle Nadia et les filles, s'il te plaît, insista Jean. Rassure-les, dis-leur que tout va bien. Que je suis sur le terrain mais qu'elles ne s'inquiètent pas.

— Bien sûr, mon Jeannot. Mais je ne vais pas avoir besoin de mentir. Tout va bien se passer, tu seras bientôt avec nous. Ça va aller, je te le promets.

Medhi venait de raccrocher. Il s'apprêtait à s'enfuir et à quitter l'appartement de ses parents quand Tara avait appelé. Il attrapa son passeport français dans son bureau, hésita, le remit en place et finalement emporta ses papiers marocains. Dans le salon, son sac à dos était prêt. Il entendit une explosion et se précipita sur le balcon. Mais il ne vit pas d'où venait le bruit. Dehors le noir était total, les djihadistes avaient coupé l'éclairage public et les habitants vivaient les lumières éteintes pour ne pas attirer l'attention. Medhi vérifia sur son portable. Il n'avait plus de signal. L'État islamique avait dû faire sauter un des derniers relais téléphoniques. Ils étaient maintenant coupés du monde et il ne pouvait plus appeler ses contacts dans les cités. Il devait faire vite avant que la situation change. Il attrapa le Coran de son père dans la bibliothèque pour le ranger dans son sac. Il serait bien incapable d'en citer le moindre verset s'il était arrêté. Mais il improviserait. Le plus dur serait d'aider Jean Mancini à sortir de là. S'échapper seul n'était déjà pas facile. Mais s'il se faisait avoir avec un policier blessé, il n'avait aucune chance d'en réchapper. Il retourna dans la cuisine pour prendre quelques gâteaux et une bouteille d'eau pour Mancini. Il ne devait pas donner l'impression de fuir. Quelques heures plus tôt pourtant, la vie lui souriait. Après des semaines de recrutement, il avait obtenu l'emploi auquel il avait postulé. Ses parents au bled avaient été tellement contents au téléphone. Sa mère avait lancé des youyous de joie. Et la santé de son père semblait stable. Le cancer n'évoluait pas vite. Medhi avait encore un peu de temps pour le revoir. Il se dit qu'Ibrahim allait être surpris de son embauche, lui qui n'y croyait pas. Mais il pensa surtout que son ami avait eu raison de lui conseiller de quitter Aulnay. Il respira un grand coup pour se donner du courage et refit l'inventaire de son sac. Puis il repensa aux prétextes qu'il avait imaginés s'il était arrêté, aucun ne lui semblait vraiment crédible. Il ne pouvait faire confiance à personne. Des rumeurs avaient déjà circulé ces dernières heures. Des membres de Daesh se seraient mêlés aux habitants depuis des mois, peut-être des années. Et des gens collaboraient. Les détonations qui résonnaient étaient souvent celles des exécutions de personnes dénoncées. Medhi ne devait compter que sur lui-même. Mais il savait par où passer. Là où d'autres avaient réussi avant lui, à travers le parc du Sausset. Il se leva, attrapa son sac, enfila la capuche de son sweat et sortit de l'appartement. Il s'engagea prudemment dans les escaliers et descendit les dix étages. L'immeuble était silencieux. Les habitants se terraient. Quand il arriva au rez-de-chaussée, le hall était vide. Il s'approcha de la porte vitrée entrouverte et écouta les bruits à l'extérieur. Des véhicules de l'État islamique ronronnaient dans la nuit, tous feux éteints, en parcourant les cités. Quelques tirs se faisaient toujours entendre. Medhi se glissa par l'encadrement de la porte et commença à longer l'immeuble derrière un parapet. Il s'immobilisa à l'angle de la rue et observa l'environnement. Il faillit se remettre en route quand il vit l'incandescence d'une cigarette sous des arbres décharnés à une vingtaine de mètres devant lui. Il s'engagea alors dans le parking pour contourner l'homme en vigie. Le silence ne lui permettait aucune protection et les lumières de Paris tout proche voilaient la pénombre. Medhi se fondit dans l'obscurité de la cité, mains dans les poches, tête basse sous sa capuche, comme il le faisait avec ses amis dans les mauvais coups, errant comme un fantôme. Ses vieilles tennis s'appuyaient mollement sur le sol sans un bruit. Il contourna finalement deux immeubles. La barre en béton où était réfugié Mancini se trouvait maintenant à deux cents mètres devant lui. Quand il vira derrière un nouveau bâtiment, un homme surgit dans la nuit.

— Arrête-toi ! Arrête-toi, tu m'entends, hurlait le djihadiste, la kalachnikov braquée sur lui.

Medhi trébucha en reculant et tomba sur les fesses.

— Tu es qui ? continuait à hurler le terroriste en pointant son arme.

— Je… Je… bégayait Medhi.

— Je t'ai vu partir dans le parking tout à l'heure. Tu essayes de te cacher, c'est ça ? Tu es qui ? Tu es un espion des *kouffar* ?

— Non, non je m'appelle Medhi, je… J'habite ici, *w'Allah*, je te jure mon frère, j'habite juste là.

— Et qu'est-ce que tu fais dehors ?

— Je n'ai plus rien à manger, je cherche à manger, mon frère, c'est tout. Y a plus de téléphone, je voulais voir si des amis pouvaient m'aider. Sur Allah, je t'jure, mon frère.

— Si tu blasphèmes encore le nom de Dieu, *azza wa Jall* [1], je te tue, sale chien ! Enlève ta capuche, ordonna-t-il.

Le djihadiste sortit une lampe de poche et éclaira le visage de Medhi.

— Mais je te connais, toi, dit le terroriste. Je t'ai déjà vu.

Medhi leva sa main pour se protéger de la lumière et distinguer l'homme dans le noir.

— Non, mon frère, je ne crois pas, répondit-il.

— Mais si, je suis sûr, continua le terroriste. Tu es un ami d'Ibrahim ? Un ami d'*Ibrahim Zil Aljihad* ?

Medhi ne comprenait pas ce que l'homme lui disait. Il plissa les yeux pour essayer de mieux le voir. Le djihadiste baissa alors la lampe. Son visage apparut à la lumière du faisceau projetée sur le sol. Medhi reconnut tout de suite le joggeur, celui qu'il avait croisé avec Ibrahim dans la cité et qui avait fait un signe imperceptible à son ami.

— Oui, je suis un ami d'Ibrahim, tenta-t-il.

— C'est bon, lève-toi, dit le djihadiste. Je suis désolé, mais il y a le couvre-feu. Tu ne devrais pas être dehors.

Medhi se mit sur ses pieds, regardant toujours le terroriste avec méfiance.

— Tu es un ami d'Ibrahim, ce n'est pas pareil. Mais où allais-tu ?

— Je vais aux immeubles là-bas, dit-il en pointant les barres de béton au loin. J'y connais des gens.

---

1. « Puissant et majestueux. »

— Alors je t'accompagne, dit le terroriste en remettant sa kalachnikov en bandoulière.

— Non, non, ne t'inquiète pas, ça va aller. Tu dois rester en poste, je ne veux pas t'attirer des ennuis.

Le djihadiste s'immobilisa une seconde pour réfléchir.

— Bon, d'accord, reprit-il. Mais fais vite et ne passe pas à gauche. Il y a des frères là, et dans l'obscurité ils peuvent tirer. Ne traîne pas et rentre chez toi juste après, c'est dangereux.

— Merci, mon frère, dit Medhi. Je dirai à Ibrahim comme tu m'as aidé.

— *Al Hamdoulillah*. Porte-toi bien, frère.

Medhi se remit en marche, son sac sur l'épaule. Il se retourna, inquiet, après quelques mètres. Le djihadiste l'observait toujours. Ils se firent un signe de la main. Medhi continua à avancer la boule au ventre, le visage couvert de sueur. Les propos qu'avait tenus le terroriste sur Ibrahim lui semblaient incohérents. Il pensa que c'était peut-être un stratagème et qu'il allait l'abattre. Sur sa droite, un corps gisait sur le bitume. Il se tourna de nouveau vers le terroriste qui le regardait en fumant une cigarette. Medhi sourit maladroitement. Le tueur lui fit signe de continuer. Il accéléra le pas, dépassa le cadavre et, dès qu'il le put, vira sur un trottoir derrière une file de voitures. L'angoisse commença à se dissiper. Il contourna la zone où se trouvait l'autre groupe en faction. Puis, arrivé derrière l'immeuble, il entra dans les caves par une porte dérobée. À la lumière de son téléphone portable il se mit à parcourir les allées obscures. Seuls ses bruits de pas habitaient le silence. Beaucoup de chiffres sur les portes étaient arrachés. Certaines caves étaient éventrées. Il remonta l'ordre des numéros et finit par arriver devant celle qu'il cherchait. Il s'approcha et chuchota le nom du policier. Il recommença à deux reprises sans réponse. Alors il poussa la porte.

Quand il balaya l'intérieur de sa lumière, l'abri était vide. Des traces de sang pourpres avaient bu la poussière sur le sol.

— Tu bouges t'es mort, entendit-il dans son dos au moment même où un canon se posait sur son crâne et qu'une main lui attrapait la nuque.

— C'est moi, c'est Medhi, chuchota-t-il, terrorisé.

— Garde les mains levées, répliqua Jean.

Le policier commença à fouiller les poches du jeune homme. Medhi y reconnut immédiatement le réflexe d'un policier.

— Qui t'envoie ? demanda Mancini.

— C'est Tara. Tara Vaillant.

Jean se détendit et baissa son bras blessé qui le faisait terriblement souffrir.

— Désolé, Medhi. Mieux vaut être prudent par les temps qui courent.

— Pas de problème.

Le jeune homme se tourna vers le policier. Quand il vit le grand gabarit de Mancini et sa tête livide éclairée par la lumière blanche de son téléphone, il comprit que leur expédition allait être encore plus difficile qu'il ne l'imaginait.

— Comment va votre bras ?

— J'ai mal mais ça va.

— Tenez, dit Medhi en ouvrant son sac.

Il tendit les gâteaux et la bouteille d'eau au policier qui se jeta dessus. Puis les deux hommes s'assirent sur le sol dans le noir.

— Tara m'a dit que tu avais une idée pour sortir de là ? demanda Jean.

— Peut-être mais je ne peux rien garantir. Des fuyards ont partagé des informations sur les réseaux sociaux et je connais quelqu'un qui s'est échappé par le parc de Sausset. Il est très grand et Daesh n'en contrôle pas encore tous les accès. Ce n'est pas loin, nous devrions y arriver assez facilement. De l'autre côté l'armée est en place. Si nous traversons, c'est bon.

— Et tes informations datent de quand ?

— Une heure environ.

Jean réfléchit un moment. La situation dans le parc pouvait avoir évolué entre-temps. Il sortit son téléphone et voulut l'allumer quand Medhi l'arrêta.

— Ça ne sert à rien, dit-il. Il n'y a plus de réseau. L'État islamique a fait sauter tous les relais.

— Tara sait pour ton plan ?

— Oui. Elle va prévenir l'armée pour qu'ils nous aident de l'autre côté.

Jean inspecta son pistolet. Il lui restait huit coups. Il s'essuya le front qui ruisselait de sueur. Son bras le faisait de plus en plus souffrir. Sa bouche restait complètement sèche alors qu'il venait de boire un litre d'eau.

— Vous êtes sûr que vous allez tenir le coup ? demanda Medhi.

— Il n'y a pas le choix. Et ne t'inquiète pas, je ne te ralentirai pas.

— Alors suivez-moi, dit Medhi.

Les deux hommes se levèrent, sortirent de l'immeuble et s'enfoncèrent dans la nuit.

XXIX

Bien que tous les axes aient été déserts, il avait fallu deux heures à Tara pour atteindre Villepinte. Elle avait dû faire le tour de la Seine-Saint-Denis pour éviter toute la zone tenue par Daesh. L'armée était déployée partout, des blocs de béton étaient disposés sur les routes pour en contrôler les accès et Tara n'aurait su dire combien de fois elle s'était retrouvée au bout des fusils d'assaut de l'armée française. Les militaires avaient ordre de tirer à vue. Car pour assurer son contrôle, l'État islamique avait déjà envoyé une dizaine de voitures suicides contre les militaires. Quinze soldats français avaient perdu la vie en quelques heures. Personne n'était prêt à une telle situation et l'armée commençait juste à s'organiser.

Tara passa une dernière chicane et arriva à un nouveau poste de contrôle. Elle arrêta Princesse devant une herse métallique à côté d'un interphone. Derrière le feu rouge, des panneaux mettaient en garde contre toute intrusion. Des caméras thermiques scannaient les entrées. À l'abri des palissades en béton, dans leurs miradors, les snipers étaient prêts à tirer.

— Police judiciaire, dit Tara en appuyant sur le bouton d'appel.

Elle sortit sa carte devant l'œil de la caméra.

— C'est une zone interdite, vous n'avez rien à faire là, répondit un soldat.

— J'ai un laissez-passer de la DGSI. Je suis attendue par le lieutenant Benjamin Ferreira.

— Je ne suis pas au courant. Attendez, dit l'homme en raccrochant.

Tara resta dans sa BMW noire, éclairée par la lumière jaune des projecteurs. Quelques explosions se faisaient entendre au loin. Elle regarda sa montre. Il était près de 2 heures du matin. Elle repensa à son appel avec Benjamin. La DGSI avait d'abord été tentée de garder Jean dans la zone tenue par Daesh. Ils étaient à la recherche de tous les informateurs possibles et la présence de Jean était une aubaine. Mais il était blessé, et l'intérêt pour le policier s'était éteint quand la DGSI en avait été mise au courant. Alors Tara avait parlé d'Alami et de l'Irak. Elle était certaine que l'ancien chef de l'*Amniyat* était impliqué d'une manière ou d'une autre dans la préparation de la sécession. « C'est impossible », lui avait-on répété. « J'en suis convaincue. Je pense même qu'il arrivait à communiquer d'une manière ou d'une autre avec l'extérieur », avait-elle rétorqué. Mais avant d'en dire plus, il fallait que la DGSI l'aide à sortir son collègue de là. Au téléphone, Benjamin était resté silencieux un instant. Il avait insisté pour la faire parler et l'avait prévenue que dans la situation actuelle, elle risquait la prison. Tara était têtue. Et elle en savait déjà plus que quiconque. Personne ne pouvait se passer d'elle à ce stade. Alors Benjamin avait cédé et avait négocié l'opération de sauvetage. Il fallait maintenant faire vite. Le parc de Sausset était un no man's land difficilement contrôlable par lequel des milliers de civils avaient déjà pu être exfiltrés. Sur la route, Tara avait croisé les cars qui transportaient les déplacés vers les zones d'accueil temporaires. Cependant, Daesh s'était organisé depuis et des dizaines de civils avaient déjà été abattus en tentant de fuir. Tara n'avait plus de contact avec Jean et

Medhi. Elle n'avait pas pu leur préciser les détails de l'opération. Un commando des forces spéciales françaises devait venir à leur rencontre pour les exfiltrer.

Au bout de quelques minutes, un gyrophare clignota à côté de la porte coulissante en acier qui se mit à glisser sur ses rails. Trois militaires armés sortirent et s'approchèrent de la voiture.

— Sortez, ordonna l'un d'eux.

Tara fut fouillée pendant que la voiture était inspectée. Un chien démineur renifla la présence d'explosifs. Puis la policière fut autorisée à entrer. La logistique militaire se déployait partout. Des tentes étaient montées. Certaines arboraient une grande croix rouge alors qu'un hôpital de campagne était déjà en construction. Des soldats transportaient des caisses de munitions dans des containers entourés de clôtures juste posées. Des véhicules militaires emmenaient les soldats s'installer dans leurs quartiers où des grues déposaient des sanitaires préfabriqués. Une fois à l'intérieur, Tara se gara à côté d'autres véhicules civils près de la palissade en béton. Un militaire la conduisit dans un container aménagé où Benjamin l'attendait, seul sous un néon blanc. L'intérieur était vide à part une chaise sur laquelle l'agent de la DGSI lui proposa de s'asseoir.

— Je préfère rester debout, dit-elle.

— Comment va ta jambe ? demanda Benjamin.

— J'ai une attelle et j'arrive à marcher, c'est le principal. Comment va se passer l'opération ?

— Chaque chose en son temps, Tara. D'abord tu dois me dire ce que tu sais. Pourquoi penses-tu qu'Alami communiquait avec l'extérieur ?

— Jean d'abord.

— Tara, ne m'oblige pas à négocier. C'est une question de sécurité nationale. Par ailleurs, à ce stade, c'est ton ami qui a le plus besoin de nous. Si tu ne me parles pas, je ne suis pas autorisé à lancer l'opération.

Tara n'hésita pas. Elle parla alors de l'incident en Irak et de sa théorie sur Alami.

— Ça ne prouve rien, enchaîna Benjamin.

— Je pense aussi que Daesh a infiltré quelqu'un au sein de la police, peut-être même dans vos services.

— C'est absurde, s'était exclamé Benjamin. Tous nos agents font l'objet d'une enquête extrêmement poussée. Et depuis les attentats de la préfecture de police de 2019, je t'assure que nous sommes particulièrement vigilants.

— Oui, mais l'informateur est peut-être en place depuis longtemps. J'en suis certaine, le Moine.

— Mais qu'est-ce qui te fait dire ça ?

— Lors de cette attaque en Irak, un djihadiste a été fait prisonnier. Il aurait parlé.

— Qui te l'a dit ?

— Le chauffeur qui m'accompagnait.

Benjamin réfléchissait sans quitter Tara des yeux.

— Tu peux prouver ce que tu avances ? s'était-il décidé à demander.

— Non. Mais je peux essayer de reprendre contact avec le chauffeur irakien.

— Il s'appelle comment ?

— Sherwan.

— Tu as son numéro ?

— Oui, mais pour l'instant ce n'est pas l'urgence. Jean Mancini d'abord.

L'agent de la DGSI s'était appuyé contre le métal du container, l'air soucieux.

— Je reviens, je vais appeler ma hiérarchie, dit-il finalement.

Tara resta seule sur sa chaise. Elle voulut téléphoner à ses équipiers pour savoir s'ils avaient des nouvelles de Jean mais elle n'avait pas de réseau. Elle leva la tête quand Benjamin ouvrit la porte du container.

— Bon, nous verrons tout cela plus tard, confirma-t-il. En attendant tu n'en parles à personne d'autre qu'à moi. Est-ce qu'on est bien d'accord ?

— Oui.

— Alors suis-moi.

Tara lui emboîta le pas vers une des tentes du commandement. Des hommes en tenue d'assaut noir y discutaient, leurs visages dissimulés sous des cagoules qui ne laissaient apparaître que leurs yeux.

— Tara, je te présente le lieutenant-colonel…

— Fabrice, coupa le soldat qui s'avança en tendant la main à Tara. Colonel Fabrice.

— Bonjour, je suis le capitaine Tara Vaillant.

— Bien, reprit Benjamin. Le colonel est en charge des opérations de secours. Il va te présenter la situation.

— Merci. Sachez, capitaine Vaillant, que la situation a beaucoup évolué. Nous avons d'abord réussi à aider de nombreux civils à sortir de la zone de sécession. Mais depuis une heure nous essuyons de fortes ripostes de la part des djihadistes. Il nous est devenu de plus en plus difficile d'intervenir sans mettre les fuyards en danger. Alors nous nous sommes désengagés. Des snipers du renseignement militaire sont toujours en place. Ils sont nos yeux dans la nuit. Tout cela pour vous dire que nous déconseillons fortement à votre homme d'essayer de passer. Il serait préférable de trouver une autre solution.

— C'est trop tard, répondit Tara froidement. Il n'y a plus aucun moyen de les joindre. Quand je les ai eus pour la dernière fois au téléphone, ils se mettaient en route.

— Vous insinuez qu'ils sont plusieurs ? demanda le colonel.

— Le lieutenant est accompagné d'un homme du capitaine Vaillant, répondit Benjamin. Il aide Mancini à sortir de la zone.

Tous restèrent silencieux un moment.

— Très bien, enchaîna le militaire. Nous allons nous préparer avec mon équipe. Par contre nous pourrons seulement couvrir leur fuite. Il n'est pas question que je lance mes hommes dans une opération suicide. Vous devez savoir qu'en face les djihadistes sont prêts à tout. Comment pourra-t-on les reconnaître ?

Tara sortit son portable et montra des photos.

— Jean Mancini est grand, un mètre quatre-vingt-dix. Il est costaud et blessé au bras gauche. Il est armé. Medhi est athlétique, type maghrébin, cheveux courts et il doit faire plus d'un mètre quatre-vingt. Est-ce que je peux vous être utile ? rajouta Tara.

— Je ne vois pas en quoi, répondit sèchement le soldat.

— Au moins pour les identifier, insista-t-elle.

— Nous sommes en guerre, capitaine. Les hommes en face disposent d'armes en conséquence. Nous n'avons pas besoin d'un problème supplémentaire. Mais vous pourrez rester en seconde ligne. Comprenez que s'il vous arrive quoi que ce soit, nous ne serons pas responsables. Venez.

Tara laissa Benjamin et sortit avec le colonel. Ils marchèrent jusqu'à une autre tente située à l'extrémité du camp. À l'intérieur, un groupe d'hommes lourdement armés attendait en silence, assis en rangs sur des bancs, les fusils d'assaut coincés entre les jambes. Leurs lunettes à visée nocturne étaient relevées sur le haut de leurs casques. Une vue aérienne du parc était accrochée sur un tableau. Les informations récoltées en permanence par les hommes du renseignement militaire y étaient notées par un soldat qui interpella immédiatement le colonel.

— Restez là, ordonna ce dernier à Tara qui resta plantée à l'entrée de la tente sous le regard intrigué des militaires.

Le colonel Fabrice reçut les dernières informations et inspecta la carte. Il échangea quelques instants avec son soldat avant de revenir vers Tara.

— La situation a encore évolué. Daesh a commencé à piéger les accès à l'explosif. Plus personne ne passe maintenant. Traverser les lignes en pleine nuit, c'est de la folie.

Tara fixait nerveusement le soldat, la boule au ventre et l'esprit vide. Car elle avait déjà réfléchi à toutes les options possibles et ne voyait aucune solution. Et puis, elle connaissait bien Jean. Elle savait qu'il ne renoncerait pas et qu'il allait tenter de passer par tous les moyens.

— Il faut essayer, répliqua-t-elle froidement.

Le colonel ne bougea pas.

— Bien, finit-il par dire. Nous irons jusqu'à la ligne de chemin de fer qui coupe le parc. Au-delà, tout est contrôlé par les djihadistes. Nous avancerons autant que possible mais vos hommes devront se débrouiller seuls pour arriver jusqu'à nous. Les snipers en poste nous informeront de la situation mais nous ne pourrons pas faire grand-chose pour eux.

De l'autre côté, Jean et Medhi étaient adossés derrière une file de voitures. Il leur fallait encore traverser l'avenue à découvert pour atteindre les arbres à la limite du parc. Les deux hommes avaient déjà rebroussé chemin à trois reprises pour trouver le meilleur passage. Car des groupes de djihadistes étaient en poste à intervalles réguliers à l'abri des feuillages. Jean tourna la tête vers Medhi. Le jeune homme avait le cœur qui battait si fort dans sa poitrine qu'il pensa que le bruit pourrait les trahir. Tous deux suaient abondamment, autant par peur qu'à cause de la chaleur du bitume sur lequel ils étaient assis. Medhi secoua la tête pour signifier qu'il croyait la traversée encore impossible. Jean essaya sans grand succès de bouger les doigts de son membre engourdi. Sa main avait beaucoup gonflé. L'infection gagnait tout son bras et la fièvre augmentait. Au moins ne sentait-il plus trop la douleur. Il se retourna et regarda au-dessus du capot de la voiture. Il apercevait les hommes sur sa gauche, à cinquante mètres. Il savait aussi qu'un autre groupe devait se trouver à l'opposé. Mais il était incapable de dire si des djihadistes étaient cachés devant lui ou si la prochaine vigie était celle postée sur le rond-point encore un peu plus loin. Avec de la chance il y avait un espace ici pour passer. À moins que nous courions droit sur les fusils d'autres terroristes, pensa-t-il. Jean se rassit, hésitant. Puis il leva son bras armé, se tourna vers Medhi et fit signe de la tête qu'il fallait y aller. Le jeune homme prit une grande inspiration et acquiesça. Les deux hommes contournèrent la voiture, pliés en deux. Jean s'immobilisa pour observer les deux côtés de l'avenue. Puis il s'éjecta, courant avec toute la légèreté que lui permettait son grand corps. Medhi prit sa suite. Arrivés au milieu de l'avenue, un homme sur leur gauche leur hurla de s'arrêter. Jean ne regarda pas les ombres sortir de l'obscurité, concentré sur son objectif. Ils atteignirent l'abri des feuillages avant le claquement de la première rafale qui rebondit sur les troncs. Les deux hommes continuèrent leur course sous les éclats de bois et le sifflement des balles, zigzaguant entre les arbres. Puis Jean trébucha sur une racine, et s'effondra sur son bras blessé. Il ne put retenir un geignement, le visage crispé. Son sang afflua dans son crâne comme une vague glacée et il lâcha son pistolet, assommé par la douleur. Il sentit alors Medhi le saisir dans son élan pour le relever avec une force surprenante. Les jambes flageolantes de Jean tinrent bon et le jeune homme poussa le policier groggy devant lui. Les tirs s'interrompirent quand ils entendirent les appels d'hommes venant de la droite. D'autres djihadistes approchaient pour les prendre en tenaille. Les deux fuyards s'arrêtèrent net à l'orée du bois. Devant eux, l'étang de

Savigny se dessinait comme une arachide. Sur les côtés, les allées et les pelouses bleuâtres semblaient vides sous la lumière de la lune. Contourner le plan d'eau à découvert était impossible. Jean tourna la tête vers Medhi. D'un regard les deux hommes se comprirent. Ils se jetèrent à plat ventre et commencèrent à ramper vers l'eau. Le martèlement des pas qui se rapprochaient se propageait au-dessus de leur tête. Ils continuèrent à avancer sans se retourner et purent enfin s'enfoncer dans le bosquet d'herbes hautes qui bordait l'étang. Ils se laissèrent glisser dans l'eau et s'immobilisèrent contre la bordure. Les djihadistes sortirent du bois et tirèrent à l'aveugle dans un déferlement de détonations. Les balles déchiraient les tiges au-dessus des deux hommes. Eux enfonçaient leurs doigts dans la vase, luttant contre ces corps qui voulaient flotter. Les terroristes n'étaient qu'à cinq mètres derrière eux. Jean hésita un instant, ne sachant pas s'il devait fuir ou fermer les yeux pour penser une dernière fois à Nadia et aux filles. Il allait se jeter en avant quand un coup de feu résonna sur l'eau. Il entendit immédiatement un ordre en arabe derrière lui et les terroristes qui se repliaient dans le bois. Puis le silence fut total. Les deux hommes attendirent encore quelques minutes sans bouger. Jean se retourna. Il aperçut entre les herbes un corps recroquevillé sur le sol, terrassé par un tir de sniper de l'armée française. Les djihadistes non plus ne pouvaient avancer à découvert. Jean observa autour de lui. Ici, tous les bosquets d'arbres étaient des abris comme des pièges. L'autre extrémité du bassin était à près de deux cents mètres. De nouveau les deux hommes échangèrent un regard entendu avant de s'enfoncer dans l'eau. Jean progressait difficilement avec son bras gauche comme mort. Dès qu'il perdit pied, il se sentit couler et dut se mettre sur le dos. Medhi l'attrapa par l'épaule pour le traîner. Le jeune homme connaissait le parc depuis qu'il était tout petit et ce n'était pas la première fois qu'il se baignait dans l'étang. En plein été, il venait souvent avec des copains d'école se rafraîchir dans l'eau verte avant de se faire houspiller par les gardiens du parc. Alors qu'il traînait ce policier qu'il ne connaissait pas, Medhi se rappela les moments sur les pelouses. Il repensa à toutes les parties de foot en maillot de bain, chacun tentant des exploits pour impressionner les filles. Avec Ibrahim il allait souvent le soir, juste là, à gauche, fumer un joint au bord de l'eau. Leur vie avait-elle été si terrible ? Pour Ibrahim peut-être, mais pas pour lui, pensa Medhi. Il gardait des souvenirs heureux de son enfance, de ces après-midi au parc, des repas en famille, du sport avec les amis. Il avait connu la solidarité entre les gens. Et même si les quartiers s'étaient dégradés, si l'État avait déserté, si les voyous avaient parfois pris le pouvoir, il n'arrivait pas à comprendre comment tout cela avait pu arriver sans qu'aucun d'entre eux s'en rende compte.

Bientôt les deux hommes arrivèrent sur un îlot couvert de roseaux. Medhi sentait la fièvre gagner le policier. Jean tremblait dans l'eau et perdait ses forces. Alors le jeune homme le tira sur le sable entre les branches. Ils restèrent échoués un moment pour reprendre des forces. Il ne leur restait que vingt mètres à parcourir. Une zone arborée s'étendait ensuite jusqu'à la voie du RER qui coupait le parc en deux. Un pont enjambait les rails. Son accès était forcément contrôlé par les djihadistes, pensa Medhi. Mais il connaissait toutes les trouées dans les grillages empruntées par les générations successives d'enfants des cités toutes proches. Il n'y avait de toute façon aucune autre alternative.

— Il faut y aller, chuchota-t-il.

Les yeux grands ouverts de Jean brillaient dans la nuit. Sa respiration était anormalement rapide.

— J'ai perdu mon pistolet, murmura le policier. Je suis désolé.

— Ce n'est pas grave. Tu vas arriver à marcher ?

— Il faudra bien. Merci, Medhi.

— Pas de problème. Regarde là-bas, c'est le pont, dit-il en désignant la passerelle. Juste à gauche devant nous, dans les taillis, il y a des passages dans la clôture pour traverser les voies. Allons-y.

Ils reprirent leur progression et atteignirent rapidement le bord de l'étang. Tout était silencieux et désert. Ils devaient encore traverser quelques mètres de pelouse avant d'atteindre les arbres. Alors les deux hommes sortirent de l'eau en se dandinant comme des crocodiles. Ils commençaient juste à ramper quand ils entendirent des hurlements sur leur gauche. Des ombres s'éjectèrent d'un sous-bois, suivies immédiatement par des tirs. Des fuyards s'éparpillaient au hasard sur la pelouse tandis que les flammes des kalachnikovs dessinaient les silhouettes qui tiraient depuis le bois.

— Fonce ! hurla Jean qui essaya de se mettre debout sans y parvenir.

Medhi sauta sur ses jambes et attrapa le policier pour le relever. Un homme passa à leur niveau à toute vitesse et se crispa, foudroyé dans son élan, avant de s'effondrer à leurs pieds.

— Plus vite, hurla Medhi dans le vacarme des balles qui sifflaient comme des coups de fouet.

Ils arrivèrent jusqu'au bois en dépassant les corps qui jonchaient déjà la pelouse. Dans le noir, terrassé par la fièvre, le policier tanguait. Il rebondissait contre les troncs, retenu par Medhi à bout de forces. Mais Jean ne sentait plus la douleur. Sa vue était trouble. Il ne distinguait plus que des silhouettes dans les mouvements des fuyards entre les arbres, prisonnier d'un jeu d'ombres peuplées de personnages mythologiques et de diables aux dents longues. Dans ses hallucinations, une explosion imprima la scène en noir et blanc comme un flash. Un homme venait de sauter sur une mine. Medhi et Jean furent projetés au sol, couverts de terre, de chair et de sang.

Jean avait le goût du fer dans la bouche, mêlé à celui, âcre, de l'humus. En clignant des yeux il vit encore le corps de l'homme déchiqueté dessiné sur sa rétine. Mais il se sentit enfin bien allongé sur la terre fraîche.

— Debout, hurla Medhi qui tentait à nouveau de le tirer par le bras.

— Laisse-moi ici, je n'y arrive pas. Sauve-toi, lui répondit calmement Jean.

— Mais lève-toi, bordel ! insista Medhi qui mettait toutes ses forces à essayer de relever le corps lourd du policier.

Une deuxième déflagration illumina à nouveau le sous-bois. Elle fut suivie d'un hurlement de douleur. Jean avait tellement sommeil. Mais dès qu'il ferma les yeux, il vit sa femme et ses filles dans l'obscurité. Il jeta alors un regard halluciné à Medhi.

— Allons-y, dit-il simplement en mettant ses dernières forces à se redresser.

Les tirs étaient continus, faits de détonations, de sifflements, de vibrations, de craquements et de hurlements. Depuis toujours on assassinait dans les bois, se dit Jean. Dans son délire, les images des *Einsatzgruppen* abattant les juifs dans les forêts de Pologne lui vinrent en mémoire. Les deux hommes avancèrent encore quelques mètres, courbés, quand ils entendirent : « Arrêtez ! » derrière eux. Jean n'eut pas le temps de comprendre. Medhi le poussa violemment des deux mains dans le dos. Le policier s'effondra en avant dans une pente qui lui était invisible. Il roula dans les feuillages comme un poids mort et alla s'échouer cinq mètres plus bas contre le grillage interdisant l'accès aux voies ferrées. En haut du monticule, il aperçut une silhouette apparaître, dessinant un corps au milieu des branchages sur le ciel bleu nuit. Il pensa d'abord que c'était Medhi. Jusqu'à voir l'ombre du fusil se lever vers lui.

— Tu vas crever, Mancini, sale flic de merde, cracha le djihadiste.

Je suis désolé, c'est tout ce que pensa le grand Jean. Et il ferma les yeux.

XXX

Cette fois, Tara n'avait pas été convoquée au siège de la DGSI. Elle était encore assise dans une pièce du centre interministériel de crise de Beauvau. Seuls deux colosses en costume se tenaient immobiles contre le mur. Les entretiens entre la policière et Alami étaient maintenant connus du ministre de l'Intérieur qui avait demandé à être informé de toute nouvelle évolution dans l'affaire. Le pays vivait un cataclysme. Les Français ne comprenaient pas comment, après des décennies de combat contre le terrorisme international, personne n'avait rien vu venir. L'échec des services de renseignement était pointé du doigt. Des têtes devaient tomber. Mais la priorité était de reprendre la situation en main et le ministre en personne avait voulu entendre Tara. Elle avait raconté son voyage en Irak dans le détail comme ses discussions avec Alami. Elle était convaincue que c'était lui qui avait ordonné l'embuscade au Sinjar. Alami ne voulait pas qu'elle découvre le véritable passé de Camille Martin et de Mohamed Belaj et il avait voulu la faire tuer. Et pour organiser cela, il avait forcément eu besoin de complices au sein même de l'UDIA, peut-être même à la DGSI.

— Pourquoi ne pas nous avoir immédiatement prévenus ? s'était énervé Patrice Renucci debout derrière le ministre.

— Au début je n'ai pas fait le rapprochement. Je pensais juste avoir commis une erreur en me rendant au Sinjar. Et tout est allé si vite.

— Monsieur le ministre, sachez que le capitaine Vaillant fait l'objet d'une procédure disciplinaire dans ce cadre, avait repris Renucci. D'ailleurs…

— Taisez-vous, Renucci ! l'avait coupé le ministre dans un claquement qui avait immobilisé l'assemblée. Vous croyez vraiment que c'est le moment ? Capitaine Vaillant, avait-il repris calmement, nous aurions aimé avoir plus de policiers de votre cran. Vous méritez votre surnom, Dragon. Quel dommage que toutes les informations que vous avez mises à jour depuis le début de votre enquête n'aient pas été mieux exploitées !

Il avait levé légèrement le menton dans une moue pleine de reproche dont personne n'ignorait le destinataire. Renucci avait baissé les yeux.

— Et n'ayez crainte, Tara. Quand il sera temps, les héros dont vous faites partie seront reconnus à leur juste valeur.

— Merci, monsieur. Mais vous savez, je ne serais pas en face de vous aujourd'hui si le commissaire Perret n'avait pas donné sa vie pour moi.

— Et nous nous en souviendrons, avait rajouté le ministre.

Il avait voulu parler de nouveau quand un homme au costume sombre était entré dans la pièce pour lui chuchoter à l'oreille.

— Excusez-nous, capitaine, une urgence, avait-il enchaîné. Mais ne partez pas tout de suite, nous revenons dans un instant.

Toutes les personnes qui faisaient face à Tara étaient alors sorties de la pièce.

Tara regarda l'horloge face à elle. Il était 9 heures du matin. Elle n'avait pas dormi depuis deux jours. Dix minutes après être parti, le ministre de l'Intérieur revint dans la pièce accompagné d'un groupe élargi de militaires, préfets, politiciens et tout ce que la France comptait de hauts gradés des renseignements intérieurs. Tara se leva.

— Asseyez-vous, capitaine, dit-il. Et restez avec nous, voulez-vous. Vous devez voir quelque chose. Votre avis nous sera certainement utile.

Le ministre se rassit à la table et se tourna vers le grand écran qui occupait un mur entier, alors que l'assemblée se massait sur les côtés. Un navigateur internet s'afficha bientôt sur une page en arabe. Au milieu, une fenêtre de streaming se mit à diffuser une vidéo en direct.

— Qu'est-ce que c'est ? chuchota Tara à son voisin.

— *Al-Furqân*, le média de l'État islamique, répondit celui-ci.

Tara reconnut immédiatement le parvis de la mosquée d'Aulnay-sous-Bois. Des hommes armés, dont beaucoup en *shalwar qamiz*, entouraient la place. Devant eux une rangée de prisonniers étaient à genoux, les mains ligotées dans le dos et la tête couverte d'un sac. Au centre, des corps de policiers en uniforme s'amoncelaient en pile macabre. Le cameraman, qui filmait depuis un Smartphone, se dirigea vers la grille tandis qu'un gros 4 × 4 se garait à l'extérieur devant les portes ouvertes du parvis. Akim Alami descendit de voiture sous les acclamations des djihadistes. Il était habillé d'un qamis noir comme sa barbe, un turban enroulé sur la tête. Il ressemblait en tout point à feu Abou Bakr al-Baghdadi, dernier calife de l'État islamique. Un groupe de soldats l'entourait pour le protéger de possibles tirs de snipers. Alami levait des mains triomphales pendant que les hommes hurlaient des *Allah akbar !* en tirant vers le ciel à la kalachnikov. Le groupe traversa la place et pénétra dans la mosquée. À l'intérieur, des centaines d'hommes étaient agenouillés. Dans les premiers rangs, les visages terrorisés des civils amenés de force tranchaient avec l'euphorie des djihadistes galvanisés par la mise en scène. « Bouclier humain », marmonna quelqu'un dans la salle de crise.

— Est-ce qu'on peut faire quelque chose ? demanda le ministre sans quitter l'écran des yeux.

— Ils ont placé des civils partout, répondit un général en uniforme. L'aérien est impossible.

Le général fit un signe de la main et un autre écran diffusa une vidéo aérienne de la place depuis un drone.

— Nous essayons de faire progresser nos tireurs. Nous attendons l'ordre du président dès que nous aurons trouvé une opportunité, monsieur le ministre.

Abou Mohamed al-Ghashima, bestial, traversa lentement la salle de prière en parcourant l'assemblée de son regard noir. Il prenait la posture du chef et vivait son rêve le plus cher : tenir la moindre vie entre ses mains et en jouir à sa guise. Les têtes se baissaient devant la bête immonde qui passait à leurs côtés. Puis l'ogre approcha du minbar et, lentement, monta les marches jusqu'à son estrade.

— Renucci, nous n'avons donc personne pour intervenir dans cette salle de prière ? s'énerva le ministre en remuant sur sa chaise.

— Non, monsieur.

Une fois arrivé sur son promontoire, Alami ferma les yeux et prit une grande respiration. Il leva les mains vers le ciel et murmura ses incantations barbares. Quand il ouvrit les yeux, même les djihadistes dans la salle se figèrent devant la violence de son regard. Tara se rendit compte que c'était toute l'histoire de l'humanité qui avait réussi à produire cet homme. Aucune expérience, même la plus cruelle, aucune souffrance, même la plus violente, aucun effort, même le plus intolérable, n'avait permis de s'absoudre de la haine. Pire, elle l'avait incarnée à nouveau. Tara s'en sentit responsable, comme si chacun de ses gestes, de ses actes et jusqu'à sa plus faible respiration était responsable de la création d'Alami. « Les morts disparus récolteront la peau de la bête qu'ils ont été », murmura-t-elle. Elle serra les poings mais cela ne lui procura pas d'espoir.

Alami commençait son discours en arabe.

— Traduction ! Traduction ! s'empressa de demander un homme dans la salle.

Sous l'écran, des sous-titres automatiques commencèrent à retranscrire les propos. Akim Alami parla du nouveau califat, de la prise du territoire des païens, de la continuité du djihad et de la conquête omeyyade inachevée du VIIIe siècle. Les louanges à Dieu ponctuaient chacune de ses phrases. Il déclarait la nouvelle hégire et le jour premier de la nouvelle ère islamique débutée avec la fin du calendrier grégorien, à 8 h 59 le 8 de son huitième mois. Il répéta alors le verset 59 de la huitième sourate : « Que les mécréants ne pensent pas qu'ils Nous ont échappé. Non, ils ne pourront jamais Nous empêcher de les rattraper à n'importe quel moment. » Tara comprit toute la signification du chiffre que lui avait donné Alami. Elle se tut, c'était trop tard, il n'y avait plus rien à dire. La mise en scène dans la mosquée était couverte d'oripeaux, copie conforme des précédentes barbaries pauvrement transposées dans un autre lieu, à une autre époque. Pour la première fois, Tara trouva Alami grotesque dans sa tenue noire, comme les djihadistes qui lui faisaient face avec leurs accoutrements ridicules, armés comme des enfants un jour de foire. Mais alors qu'il poursuivait son sermon, que la caméra était braquée sur son visage possédé, Tara fut prise d'un malaise. Et plus elle l'observait, plus elle se disait que quelque chose avait changé sans qu'elle puisse d'abord savoir quoi. Puis elle réalisa.

— Les tics, chuchota-t-elle pour elle-même. Les tics, répéta-t-elle plus fort alors qu'on lui demandait de se taire.

Et Tara pensa qu'Alami n'avait plus aucun tic nerveux, que ses sourcils ne se levaient plus, que sa bouche ne prenait plus de rictus, que ses mains épaisses ne s'agitaient plus. Ses gestes étaient parfaitement mesurés. C'est comme cela qu'il communiquait avec l'extérieur, se dit-elle. Elle eut la conviction qu'il utilisait une espèce de langage des signes. Et Tara comprit. Le djihadiste envoyait ses messages à travers les caméras qui filmaient leurs entretiens.

— C'est pour cela qu'il a accepté de me parler, dit-elle tout haut.

— Pardon ? demanda le ministre en se retournant.

— Je pense savoir comment Akim Alami a participé à la sécession.

Alami, lui, finissait son prêche en haut du minbar. Juste en dessous, Ibrahim, les mains croisées devant lui, faisait face à la foule, son chéchia blanc posé sur le haut du crâne. Ses yeux brillaient d'orgueil devant les fidèles et les enchaînés. Il gonfla sa poitrine épaisse, se réalisant comme le garde du corps du maître. Il était *Ibrahim Zil Aljihad*, Ibrahim l'ombre du djihad, celui qu'enfin tout le monde respectait, celui qui inspirait la peur et l'admiration dans la lumière de Dieu. Alami, noir comme un corbeau, descendit de son perchoir. En arrivant à la hauteur d'Ibrahim, il posa une main sur son épaule, s'appuyant sur lui pieusement comme un faux sage. Il montrait ainsi au monde que ces hommes étaient son prolongement, le bras armé de son Dieu fantasmé et ses armes face aux infidèles. Ils régnaient sur eux en maître absolu. Il fit avancer Ibrahim devant lui. Alami allait maintenant démontrer comment leur fidélité en Dieu était inébranlable. Les deux hommes traversèrent de nouveau la foule pour sortir. Dès qu'ils furent dehors, la garde rapprochée du djihadiste entoura les deux hommes. Puis ils s'approchèrent de la rangée de prisonniers agenouillés. D'un signe de tête Alami donna l'ordre d'enlever les cagoules des suppliciés. Tara dans la salle de crise et Ibrahim devant le calife ouvrirent des yeux éberlués. Dans la file, se trouvait Medhi, le visage couvert d'ecchymoses, les cheveux collés par le sang. Sa bouche entrouverte bavait, autant à cause des boursouflures sanguinolentes de ses lèvres que de la drogue qui lui avait été injectée pour l'empêcher de se rebeller. La tête basse, il ne vit d'abord pas son ami debout à quelques mètres devant lui. Pas avant que les acteurs poursuivent leur macabre et pitoyable mise en scène et qu'un djihadiste l'attrape par les cheveux pour le jeter devant Alami au milieu de la tribune.

— Mon Dieu, non, souffla Tara en baissant la tête.

— Qu'est-ce qui se passe ? Vous connaissez cet homme ? demanda le ministre en se retournant.

— C'est un homme à moi, répondit-elle, les yeux fermés.

— Général, bon Dieu ! interpella encore le ministre.

— Rien, monsieur. Nous n'avons pas encore de visuel. Nous y travaillons.

Medhi, le visage sur le béton, leva les yeux et vit Ibrahim debout devant lui. Les deux hommes se fixèrent, tétanisés par l'incompréhension. À cet instant ils échangèrent comme une supplication mutuelle, s'implorant l'un l'autre de n'être qu'une hallucination et de disparaître dans l'oubli.

— Cet homme est un espion des *kouffar*, hurla Alami. Et nous allons leur montrer ce qu'il advient de ceux qui s'opposent à la volonté de Dieu, *Bi-ismi Allahi ar-Rahmani ar-Rahim !*

Medhi et Ibrahim ne pouvaient détacher leurs regards l'un de l'autre. Ils partageaient en cet instant toute une vie commune. Leurs âmes s'entrelaçaient dans un rêve éveillé. Ils rejouaient des souvenirs oubliés. Ibrahim voyait Medhi dans sa salopette bleue à la crèche, sur cette voiture où il s'amusait à taper sur le klaxon en plastique dans de grands éclats de rire. Tous les deux se roulaient dans le bac à balles, sautant, hilares, sur leurs fesses molletonnées par les couches. Ibrahim l'appelait *Memi*. Lui prononçait *Bamim*. À l'école ils creusaient désespérément le bac à sable à la recherche des trésors perdus par les écoliers. Quand ils trouvaient une petite voiture, ils la contemplaient comme s'ils avaient déterré le plus précieux des diamants. Promets-moi que jamais nous ne nous séparerons, Ibrahim. Amis pour toujours, Medhi. *Inch'Allah*. Tu viens manger à la maison ? Pas aujourd'hui, maman dort, elle est encore rentrée tard hier. Et ton frère ? Je ne sais pas. Alors, ce cinéma avec Mila ? Vas-y, raconte ! Non, rien, tu m'énerves. Où vas-tu ? Je ne vais nulle part et toi ? Moi non plus. Passe ! Passe ! Que vas-tu faire ? Je ne sais pas. Reviens avec nous. Peut-être.

Medhi sur le sol avait les yeux pleins de larmes sous ses paupières tuméfiées. Ibrahim contemplait son ami, foudroyé par la seule question qui ne se résout que par les actes. Qu'allait-il faire ?

— Tiens, *Ibrahim Zil Aljihad* ! lança Alami en lui tendant un large couteau. Montre à ces porcs ce qu'il en coûte !

Ibrahim tourna la tête vers son calife qui le fixait. Il attrapa le couteau sans y penser. Lui n'était plus rien. Un djihadiste releva Medhi pour le mettre à genoux. Alami amena Ibrahim par l'épaule derrière Medhi. Puis il recula pour le laisser seul à sa tâche. Ibrahim regarda la lame. *Ibrahim Zil Aljihad ! Ibrahim Zil Aljihad !* scandait la foule comme à un match de foot.

— Ibrahim, mais qu'est-ce que tu fais ? sanglotait Medhi. Ibrahim mais… Ibrahim tu ne peux pas faire ça. Ibrahim tu m'entends ? Ibrahim ?

Ibrahim posa sa main libre sur l'épaule de Medhi. Il tourna la tête vers Alami qui l'observait. *Ibrahim Zil Aljihad ! Ibrahim Zil Aljihad ! Ibrahim Zil Aljihad* ! Il posa ensuite sa main armée sur l'autre épaule, la tête basse, les yeux rivés sur ce crâne où une goutte de sang brillait encore dans la chevelure noire.

— Ibrahim, je t'en supplie pleurait Medhi. Arrête, s'il te plaît.

— Venge tes frères, *Ibrahim Zil Aljihad !* hurlait Alami derrière lui. Venge les innocents !

Ibrahim Zil Aljihad ! Ibrahim Zil Aljihad ! Ibrahim Zil Aljihad !

— Non, non, non, gémit Tara dans la cellule de crise.

Oui, ce sont mes frères, se dit Ibrahim en les regardant l'acclamer. Tous ces hommes sont là pour moi.

Ibrahim Zil Aljihad ! Ibrahim Zil Aljihad ! Ibrahim Zil Aljihad !

Tara s'agrippait de toutes ses forces à la table. Elle secouait la tête comme pour chasser la scène qui se déroulait devant elle, pour oublier que c'était elle qui avait envoyé Medhi chercher Jean, comme si elle pouvait encore changer le cours des choses.

— Ibrahim, je t'en prie. Je t'aime, Ibrahim, tu es mon ami, ne fais pas ça, pleurait Medhi.

— Général ! hurla le ministre sans obtenir de réponse

Ibrahim Zil Aljihad ! Ibrahim Zil Aljihad ! Ibrahim Zil Aljihad !

Qui d'autre a été là pour moi, hein ? se dit Ibrahim. Quand mon père est parti, tout le monde s'en foutait. Qui a aidé ma mère ? Qui l'a remerciée de mettre les mains dans la merde des autres, les doigts brûlés par le chlore, nuit après nuit, année après année ? Et qui d'autres que les salauds auraient voulu d'elle alors qu'on lui pissait dessus par avance, sans même oser la regarder dans les yeux, sachant qu'elle viendrait essuyer cette urine le soir, pliée en deux, seule, pour quelques centaines d'euros par mois, avant de la mettre à la porte, comme on crache sur le trottoir. Qui l'a aidée quand tous ces porcs la battaient, la violaient, la sodomisaient, la terrorisaient, et qu'elle devait se résigner à baisser les yeux ? Personne ! C'est bien facile de juger quand on a tout eu, les parents à la maison, les vacances au bled, l'argent de poche. Et Mila alors ? Moi aussi je l'aimais bien, Mila. Pourquoi moi je n'y ai pas eu droit ? Pourquoi je ne suis jamais allé au cinéma avec elle, moi ? Et mon frère ? Il a eu le choix, lui ? Comment il aurait dû faire avec maman et moi à la maison ? Il aurait dû nous laisser crever ? Le seul avenir qu'on lui a donné c'est les coups, les injures, la prison, en lui disant qu'il était responsable. Comme s'il était coupable de ramener de l'argent pour moi et ma mère. Et moi, Ibrahim, le petit raté, qui n'a rien et qui ne sera jamais rien. Mauvaise graine, racaille, paresseux, Arabe de merde.

Tara fut la seule à baisser les yeux. Ibrahim trancha comme on saute d'un pont, d'un coup, sans réfléchir car il faut y aller, ne penser à rien, et avancer le pied. Et comme on saute d'un pont, il tomba, dans le vide, d'une chute sans fin. La gorge de Medhi s'ouvrit. Medhi se vida de son sang par l'artère ouverte. Il voyait l'assemblée rugir, de moins en moins nettement. Il eut tout le temps de penser qu'il mourait. Je meurs. Papa, maman, je meurs. Medhi mourut.

XXXI

La plaine s'étendait à perte de vue devant Sîbel, contrastant avec sa haute collerette de montagnes arides. D'aussi grandes étendues vertes étaient rares en Irak. Les cultures ressemblaient à un tableau de Monet, plein de nuances de vert piqué de points mauves. Dans un ballet de géants, les peupliers faisaient miroiter leurs feuillages argentés dans la brise. Les aulnes sanguinaires levaient leur feuillage épais comme des sorciers voulant enlacer la terre de leurs bras. La vie de la jeune fille kurde était à ses pieds. Chaque bosquet était un lieu où elle s'était cachée enfant. Chaque trait bleu une rivière où elle avait trempé un fil au bout d'une branche. Chaque route poussiéreuse était autant de pas blanchis dans la douceur du soir. Chaque maison était celle d'un refuge. Ici, le temps n'avait pas de prise. Elle leva la tête en sentant un air froid descendre des sommets et gonfler ses poumons d'un baume glacial. Puis Sîbel regarda son bébé qu'elle tenait serré contre elle. Que tu es belle, ma petite Tara, se dit-elle. Comme tu vas me manquer. Comme je t'aime. Je ne puis te le dire que maintenant, mais je sais que tu garderas mes paroles au plus profond de toi. Je sais que tu n'oublieras pas. Tu n'oublieras pas non plus nos roches, nos vergers et notre sang. Car tu es d'ici. Tu seras aussi l'être de cet instant dans le monde qui t'attend. Emplis tes yeux de cette lumière et de la chaleur de ta mère. Regarde, car tu vas partir, bientôt, au-delà de ces montagnes. Nous allons vivre bien loin l'une de l'autre, mais ensemble sur cette terre. Et celle que je veux pour toi n'a pas de barrière. Elle n'est faite que d'horizons à chasser. Et moi, je resterai pour me battre contre les démons. Je les empêcherai de te prendre, et je les tiendrai loin de toi. Je me battrai pour ta liberté, toujours, mon amour. Comme je t'aime, ma Tara.

— Il est temps, dit une voix douce derrière son épaule.

Sîbel se retourna et sourit à Jeanne. Robert, ému, était en retrait.

— Ces deux êtres ont tant d'amour et de bonté à te donner, ma petite Tara, lui murmura Sîbel. Quelle chance tu as !

Elle serra sa fille contre sa poitrine une dernière fois, embrassa son front, et chuchota encore, les yeux clos.

Dors, mon enfant, dors !
Je placerai ton berceau devant le souffle des vents,
Pour que tu connaisses le vent du Nord,
Pour que tu connaisses la solitude dans la montagne,
Pour que tu connaisses les mauvais jours et les mauvais temps.
Dors, mon enfant, dors !
Dors devant le vent du Nord et devant Ziryan.
Apprends à être.
Apprends à vivre dans la chaleur de l'été.
Apprends à vivre tout seul dans le froid de la montagne.
Apprends, mon enfant, apprends.
La vie, c'est cela.
C'est cela, la vie.
Calme-toi ! Dors bien, mon enfant !

Quand Sîbel ouvrit les yeux, Tara dormait, la bouche entrouverte comme ses paupières. Elle se tourna vers Jeanne et Robert.

— Merci. Merci pour elle, dit-elle en souriant, les yeux brillants.

— Nous allons bien nous occuper de Tara, je te le promets, lui répondit Jeanne.

Mais s'arracher à Tara était plus douloureux que le poignard dans sa chair. Elle tremblait de toute son âme devant le choix qu'elle s'apprêtait à faire. Pour toi, mon amour, se répéta-t-elle. Elle décolla le bébé de sa poitrine. Puis elle glissa une main dans la poche de son gilet de laine et en sortit une petite rose séchée, une plume colorée et un morceau de lapis-lazuli bleu et crépitant comme une nuit sans nuage. Elle glissa le tout sous la couverture de laine.

— Un jour tout finira, promit Jeanne. Un jour elle saura tout, d'où elle vient, et qui tu as été.

— Non, Jeanne. Ne dis rien. Laisse-la vivre sa propre histoire, loin des horreurs, loin des combats, loin de cette famille qui veut en faire l'objet de ses désirs, loin de ceux qui veulent l'enfermer, la contraindre, la brutaliser. Laisse-la devenir la femme qu'elle doit être, pas celle que d'autres veulent qu'elle soit. C'est pour cela que je te la confie aujourd'hui, Jeanne. Je veux qu'elle soit libre. Promets-le-moi juste et ne dis rien d'autre.

Les deux femmes se regardèrent longuement, conscientes du poids qui pèse sur les secrets et de la dureté du destin accepté par ceux qui les portent.

— Je te le promets, Sîbel.

Sîbel ouvrit les yeux à l'arrière de sa voiture, son visage caché dans l'obscurité de sa capuche. Elle ne comprit pas immédiatement où elle était. Son rêve lui avait semblé tellement réel, comme si elle venait juste de revivre ce moment où elle avait laissé son enfant. Et Sîbel pleurait, pour la deuxième fois depuis ce jour. Entre-temps elle s'était asséchée d'un combat à un autre, formée, entraînée, conditionnée, à ne vivre que pour la cause et que pour Apo. Mais tout avait changé maintenant. Ses valeurs, ancrées par des décennies d'endoctrinement, étaient chahutées par la rencontre avec sa fille. Elle regarda par la fenêtre et observa le haut portail de fer forgé à cent mètres. Derrière, une allée de hêtres menait à un manoir dont les toits pointus perçaient au-dessus du feuillage. La propriété de Jean-Philippe Weber était entourée de hauts murs maçonnés. Pourtant l'ancienne demeure cachait un système de sécurité très perfectionné. Un homme entra dans la voiture côté passager.

— Alors ? demanda Sîbel en kurde.

— Il n'y a plus que l'équipe de sécurité de Weber. C'est bien une équipe du RAID qui a débarqué ce matin pour le protéger. Mais ce n'est pas tout. Les renseignements turcs surveillent aussi la résidence.

— Le MIT, tu es certain ?

— Oui, et ce sont des combattants, ça ne fait pas de doute. Je suis passé à côté de la voiture, ils fument des cigarettes turques. Donc, ils ont dû arriver il y a peu et ils sont là pour nous. Nous pourrions entrer dans la résidence, mais je ne vois vraiment pas comment nous réussirons à atteindre Weber.

Ils savent, se dit la Lionne. Malgré tous les évènements récents, la sécession par Daesh d'une partie du territoire français, l'état d'urgence, Tara continuait à vouloir l'empêcher de se venger. Et pour cela elle avait forcément dû prévenir les services de renseignement français de sa prochaine cible. Le MIT avait été informé et, si les Turcs s'étaient déplacés, c'était forcément pour se débarrasser d'eux. Sîbel le savait. C'est ainsi que tout cela doit finir, pensa-t-elle.

L'entrée de la maison de Jean était entrouverte. Tara poussa doucement la porte. Elle appela Nadia qui ne répondit pas. Elle allait entrer quand son téléphone sonna. Le numéro était inconnu. Elle hésita un moment, mais ressortit et décrocha.

— Allô ?

— Bonjour Tara.

Elle se figea. La jeune femme n'avait pas besoin d'en entendre plus pour savoir qui était au bout du fil.

— Qu'est-ce que vous voulez ?

— Prendre des nouvelles, c'est tout. Êtes-vous bien remise des évènements ?

Tara resta silencieuse.

— J'espère que mes hommes ne vous ont pas trop chahutée. Sachez qu'ils avaient ordre de ne pas vous faire de mal.

— Pourquoi ?

— Mais pour vous amener à moi, Tara. J'avais très envie de vous faire découvrir notre nouveau califat. Je pense que vous y auriez enfin trouvé la paix.

— Avec vous ?

— Avec Dieu, capitaine Dragon. Et je vous aurais prise pour femme. Nous aurions dominé le monde ensemble.

— Vous ne dominez rien et vous me dégoûtez. Nous finirons par vous déloger. Vos jours sont comptés, Alami.

— *Inch'Allah*, Tara. En attendant vous constaterez que c'est moi qui dispose de votre numéro de téléphone.

— Nous savons que vous avez un informateur dans la police. Ce n'est qu'une question de temps avant que nous le trouvions. La DGSI enquête et bientôt nous vous isolerons complètement.

— Quand bien même, il est trop tard, ne pensez-vous pas ?

Tara sentit la colère la gagner. Elle enrageait d'être encore à la merci du djihadiste. Mais au moins devait-elle essayer d'obtenir des réponses à ses questions, se dit-elle.

— Oui, il est trop tard, continua Tara. Mais pourquoi aviez-vous besoin de nos entretiens ? Qu'aviez-vous de si important à communiquer du fond de votre trou ?

Ce fut au tour d'Alami de réfléchir un instant avant de répondre.

— Vous êtes perspicace, Tara. Quel dommage que si peu de gens vous écoutent finalement. Disons que les meurtres de nos frères attiraient beaucoup trop l'attention sur nous. Il était important de savoir où en étaient vos recherches. Vous m'avez servi et cela a très bien fonctionné.

— C'est vous qui avez voulu me faire tuer en Irak ?

— Je suis désolé, Tara, mais vous vous approchiez un peu trop près de notre projet. Encore plus en vous rendant en Irak. Je... vous apprécie beaucoup, Tara. Mais vous ne deviez pas compromettre notre plan.

— Comment avez-vous fait passer vos ordres ? tenta à nouveau la policière.

Le djihadiste ne répondit pas. Tara avait voulu jouer avec son ego, lui faire avouer sa victoire et son ingéniosité. Mais la Brute s'arrêta là dans ses confidences.

— Vous m'avez bien manipulée, Alami, reprit-elle.

— Mais... hésita le djihadiste. Bien sûr, petit Dragon, que je vous ai manipulée. Vous le saviez depuis le début, non ? Ce bon M. Sarzinsky devait vous avoir prévenue, n'est-ce pas ? Ne me dites pas maintenant que vous êtes surprise ! J'ai gagné, Tara. Et si je vous appelle aujourd'hui, c'est pour vous remercier.

Tara se raidit. À ce moment elle aurait tout donné pour avoir la Brute en face d'elle et pouvoir se venger. Venger Medhi. Venger Jean. Venger les innocents.

— Je ne suis pas comme vous, déclara-t-elle en fermant les yeux. Un jour je vous retrouverai, Alami. Soyez-en sûr. Je vous retrouverai et je ne ferai pas de vous un martyr. Je ferai de vous un coupable. L'histoire vous oubliera.

Tara raccrocha sans attendre de réponse. Elle ouvrit les yeux et scruta longuement le ciel. Enfin loin de tout, elle s'imprégna de la tranquillité bonhomme d'un nuage. Elle le regarda glisser dans l'azur, heureux de n'avoir pas de but. Quand elle songea soudain à Sîbel, elle baissa la tête. Il fallait que tout cela cesse. Elle pensa à Baz et son estomac se noua. Elle eut envie de l'appeler comme chaque fois qu'elle se sentait seule, qu'elle avait besoin d'entrevoir une issue, une lumière, un espoir. Baz lui manquait tellement. Depuis ce jour où il l'avait ramenée chez elle après l'hôpital, ils ne s'étaient jamais revus pour respecter la promesse qu'ils s'étaient faite. Peut-être ne le reverrait-elle jamais. Peut-être devrait-elle l'enterrer pour toujours, comme tous les êtres aimés de sa vie.

Cette fois-ci Tara entra dans la maison sans frapper. Elle tomba nez à nez avec Nadia dans la cuisine.

— Tara, tu es là ! s'exclama la femme de Jean, surprise. Rentre, ne reste pas plantée là. Tu en fais une tête, ça ne va pas ?

Tara sourit sans dire un mot. Elle s'approcha et prit Nadia dans ses bras.

— Je suis tellement désolée, Nadia, lui glissa-t-elle à l'oreille.

— Désolée ? Mais pourquoi ?

— De tout ce qui s'est passé.

— Allez, va. Tout ira bien, ne t'inquiète pas. Ils t'attendent dans le jardin.

— Tu as cuisiné quoi ?

— À ton avis ? dit Nadia dont la cuisine embaumait le citron confit.

Tara traversa le salon et s'arrêta sur le seuil de la terrasse. La baie vitrée était grande ouverte sur le modeste jardin entouré de ses murs en béton blanc contre lesquels poussaient quelques légumes et plants de tomates. Jean ne vit pas immédiatement Tara. Il était assis sur une chaise, une de ses filles accrochée au cou tandis que l'autre était installée sur ses genoux. Il plaisantait en les enlaçant de son bras valide, passant de l'une à l'autre comme s'il avait besoin de les serrer contre lui avant qu'elles disparaissent. Son autre bras en écharpe était entièrement bandé. Tara repensa à sa fuite et à l'intervention des forces spéciales alors qu'il allait être abattu. Elle l'avait vu passer sur une civière, délirant de fièvre, avant d'être évacué et opéré en urgence.

— Et Medhi ? Où est Medhi ? s'était exclamée Tara.

— Pour lui, nous n'avons rien pu faire, avait répondu le colonel.

— Rien pu faire ? Mais… c'est impossible, où est-il ? avait commencé à paniquer Tara.

— Il a été emmené par les djihadistes. Mais il est vivant.

— Il faut y retourner. Vous m'entendez ? avait hurlé Tara en attrapant la manche du soldat. Il faut y retourner !

— C'est impossible, capitaine, je suis désolé pour votre homme, nous ne pouvons plus rien faire, avait conclu le colonel.

Tara serra les dents pour contenir l'émotion qui la submergeait. Elle ferma les yeux mais ne put chasser les images. Medhi, agenouillé par terre, ce couteau qui s'apprêtait à lui ôter la vie, ses supplications murmurées qu'elle ne comprenait pas, l'homme impassible au-dessus de lui.

— Tara ! Viens ! l'interpella Mancini en l'apercevant.

Elle ouvrit les yeux. Son ami était sorti le jour même de l'hôpital. Elle venait ici partager la joie de sa famille. Alors elle sourit et s'approcha.

— Vous savez que votre père est un héros, les filles ! lança-t-elle. T'es pas d'accord, la Nouille ?

— Mais bien sûr, ma dragounette. Viens donc me faire un câlin !

Les deux amis s'enlacèrent.

— Tu n'as pas trop mal ? demanda-t-elle.

— J'en ai vu d'autres. Par contre, pour servir l'apéro, je suis encore un peu embêté. Sers-nous donc deux pastis, s'il te plaît.

— Les filles, venez m'aider ! appela Nadia depuis la cuisine.

— Comment va ton bras ? demanda Tara une fois les jeunes parties.

— Ça va. L'infection est sous contrôle. Par contre le nerf est touché. Je risque de ne pas retrouver entièrement l'usage de ma main.

— Je suis désolée, dit Tara qui ne sut pas quoi répondre.

— Désolée de quoi ? Tu m'as sauvé la vie ! Sans l'intervention de l'armée, je serais mort.

— Et sans Medhi.

— Et sans Medhi, confirma gravement le grand Jean.

Ils restèrent silencieux un moment, le nez dans leur verre.

— Et pour l'informateur de Daesh, tu as des nouvelles ? Si ce djihadiste a prononcé mon nom avant de vouloir m'abattre, c'est qu'il nous cherchait et connaissait notre plan.

— Benjamin est en charge de l'enquête. Mais elle est classée secret-défense, alors je ne sais pas grand-chose.

— Mouais, maugréa Jean. Secret-défense, ça arrange bien tout le monde. Et sinon, quelles sont les nouvelles des combats ?

— Rien que tu ne saches déjà. C'est le statu quo. L'État islamique a pris en otage des centaines de milliers de personnes. L'armée est coincée, une offensive militaire à ce stade serait un massacre. Alors les deux camps s'observent derrière leurs lignes, les conférences internationales se succèdent, une coalition européenne s'organise. Pendant ce temps, il faut maintenir en vie les populations prisonnières, fournir l'eau, la nourriture, les médicaments.

— C'est dingue de se dire que la vie continue pour nous alors qu'ils tiennent une partie du territoire.

— Oui, Jean, et ça va durer un moment. Regarde ce qui s'est passé en Irak, par exemple. En 2014 l'État islamique a pris le contrôle d'une partie du pays. Ils ont envahi Mossoul, la deuxième ville d'Irak, dans la stupeur générale. Et ç'a duré des années. Pourtant la vie continuait de chaque côté des tranchées, que ce soit sous le contrôle de Daesh ou ailleurs. Les gens travaillaient, les enfants allaient à l'école, les marchés étaient ouverts, les jugements étaient rendus, les policiers faisaient la circulation, les administrations tournaient. Chacun vaquait à ses occupations, il n'y avait pas le choix, il fallait vivre. C'est pareil ici maintenant, l'état de siège en plus.

— Et nous, qu'allons-nous faire ? demanda Mancini.

— Toi, tu vas te reposer et te remettre de ta blessure. Vous partez quelque part ?

— À l'océan.

— C'est bien.

— Et toi ?

— On m'a proposé un poste à la DGSI, une promotion. J'ai refusé.

— Pourquoi ?

— Je ne fais pas un très bon agent de renseignement, mon Jeannot. Sans moi, Alami n'aurait jamais pu sortir de sa prison. Nos entretiens, les blessures qu'il s'est infligées, son transfert à l'infirmerie, tout cela faisait partie d'un plan auquel j'ai participé.

— Tu délires, ma belle. Sans toi tout aurait été pire, et nous n'aurions rien compris.

Tara voulut lui parler de la conversation qu'elle venait d'avoir avec Alami, mais elle se ravisa.

— Tu restes à diriger le groupe, alors ?

— Oui. C'est là que je suis le mieux.

— Et Sîbel, qu'est-ce que tu comptes faire ?

— Je ne sais pas. Jean-Philippe Weber est désormais sous protection pour le procès. Je suis impuissante et je ne peux qu'attendre qu'il se passe quelque chose.

— Et tu penses vraiment qu'elle va prendre ce risque ?

— Elle ne s'arrêtera pas, il faut aussi qu'elle en finisse.

— Et si tu la retrouves, que vas-tu faire ?

— Je n'en sais rien, Jean.

Mancini regarda son amie comme on scrute le ciel, au loin, sans obstacle, les yeux brillants devant l'immensité qui nous dépasse.

— La DGSI sait qui elle est pour toi ?

— Non. Personne ne sait à part toi, mon père… Et Baz, ajouta-t-elle.

Dans sa propriété, Jean-Philippe Weber, assis dans un fauteuil tapissé de soie, venait de finir une conversation téléphonique avec son avocat parisien avant de partir à l'aéroport. Malgré les circonstances exceptionnelles que traversait la France, sa demande de report d'audience avait été rejetée. Son audition comme témoin assisté était maintenue. Pourtant il n'était pas inquiet. Quelques mois plus tôt il avait organisé un dîner en présence de différents amis dont des personnalités influentes en poste au gouvernement dans les années 1980. Il avait mesuré le soutien des politiciens à ceux qui avaient répondu présents à son invitation. Et ils étaient nombreux. Car Jean-Philippe Weber était précautionneux, et tous savaient que l'homme d'affaires pourrait trouver de la compagnie sur le banc des accusés s'il ressortait ses vieux dossiers. À l'époque Saddam Hussein était un allié de la France. Personne n'ignorait, jusqu'au sommet des États impliqués, les contrats d'exportation vers l'Irak et leurs enjeux militaires. Et bien qu'il ne puisse le prouver, Weber était certain que François Mitterrand et son ami Helmut Kohl avaient tacitement donné leur accord. Tout le monde fermait les yeux, car tous avaient profité du gâteau. Et puis c'était une autre époque. Comment juger d'une situation qui a plus de trente ans, c'est ridicule, avait conclu Weber avant de raccrocher. Il fut sorti de ses pensées quand on frappa à la porte.

— C'est l'heure, monsieur, entama son garde du corps en passant une tête dans le salon. L'escorte du RAID va nous accompagner jusqu'à l'aéroport. Une autre équipe d'intervention nous réceptionnera à Orly.

— Très bien. Allons-y, alors.

En dépit de son âge, Weber se leva avec aisance. Il ferma les boutons de sa veste de costume. À près de quatre-vingts ans, il se dit qu'il avait encore suffisamment d'énergie pour affronter n'importe quel petit juge. Il fourra ses dossiers dans une serviette en cuir et sortit du salon. Ses gardes du corps attrapèrent ses bagages pour les emporter sur le perron. Les hommes en armes de la police attendaient cagoulés devant deux voitures banalisées qui encadraient sa Mercedes. Le convoi se mit rapidement en route. Dans la voiture, Weber regardait défiler les paysages emprisonnés dans l'obscurité. Pourquoi vouloir sortir tous ces dossiers de l'ombre, se demanda-t-il encore. Beaucoup de personnes impliquées étaient mortes, pourquoi vouloir les déterrer ? Lui-même, avec l'armada de juristes qui l'encadraient, ne verrait jamais vivant la fin de cette procédure judiciaire. Et Saddam avait été pendu. Les Kurdes ont été vengés, n'est-ce pas bien suffisant ? Et qu'est-ce que ç'a rapporté d'ailleurs à l'Irak, à l'Afghanistan ou à la Syrie ? Un dictateur en chasse un autre, un groupe djihadiste encore plus sanguinaire prend la place du précédent, d'autres entreprises s'accaparent les marchés perdus par les précédentes. Tout cela est irrémédiable, personne n'est innocent. J'ai enrichi la France, j'ai développé les emplois, j'ai aidé des gens à atteindre le pouvoir, se dit-il. Pendant ce temps-là Daesh s'installe chez nous, égorge sous nos yeux et nous trouvons encore le moyen de regarder ailleurs. « Je suis un homme d'affaires, pas un nazi tout de même », s'indigna Weber tout haut.

— Pardon, monsieur ? réagit un garde du corps.

— Rien, rien, maugréa le vieil homme.

— Nous arrivons, ajouta le chauffeur.

Le convoi de police passa un important dispositif de sécurité sans être arrêté avant de pénétrer dans l'aéroport. La voiture alla se garer à côté du jet qui les attendait, déjà prêt à décoller. Le silence était presque complet. Le trafic aérien était réduit au strict minimum. Les touristes et les voyageurs d'affaires avaient disparu des couloirs de toutes les aérogares françaises. Les lourds rideaux de fer des boutiques de luxe étaient baissés. L'obscurité n'était constellée que de lumières bleues, jaunes ou rouges. L'air était débarrassé de l'odeur du kérosène et sentait la campagne toute proche. Jean-Philippe Weber fut surpris par l'hôtesse qui lui ouvrit la porte pour prendre sa mallette et l'installer à sa place. Il était rare d'être accueilli par une femme qui approchait les soixante ans. Au prix de la location d'un jet privé, ils pourraient faire des efforts, pensa-t-il. Pourtant Sîbel avait attaché ses cheveux auburn en arrière dans un chignon bien serré. Mais son visage épais et ses jambes lourdes dans son tailleur noir correspondaient mal à l'image glamour de l'hôtesse de l'air. Elle ne garda pas longtemps ce déguisement et enfila son pantalon et son sweat-shirt peu de temps après le décollage. Car à l'intérieur il fut facile au commando du PKK de neutraliser les deux gardes du corps. Ils ne bougèrent pas devant les canons des kalachnikovs alors que l'avion quittait la piste. Dans les conditions de sécurité du moment, l'alerte fut déclenchée trente secondes après que le jet se détourne de son couloir aérien.

— Qu'est-ce qu'on fait ? demanda l'homme de Sîbel aux commandes de l'avion.

Deux Rafales de l'armée française encadraient déjà le jet, montrant par de légers mouvements d'ailes les rangées de missiles dont ils étaient équipés.

— Que demandent-ils ?

— Ils nous ordonnent de reprendre notre cap pour Orly dans les deux minutes. Dans le cas contraire, ils nous abattront.

La Lionne retourna dans la cabine des passagers. Elle s'assit devant Jean-Philippe Weber, menotté et bâillonné sur son siège en cuir blanc. Elle observait cet homme qui lui semblait tellement insignifiant. Elle faisait pourtant face à son bourreau. Sans ces monstres d'aujourd'hui, ces politiciens sûrs de la légitimité de leur pouvoir, ces hommes d'affaires faiseurs de rois, bêtes cruelles dont seule la domination importait, aussi coupables de faire couler le sang qu'Akim Alami, Sîbel aurait peut-être poursuivi sa vie d'infirmière, vécu avec l'homme qu'elle aimait, vu Tara grandir avec ses frères jumeaux. Elle repensa à ses montagnes, aux hivers froids près d'un feu de brindilles, la kalachnikov sur le dos, dans l'odeur des combats, de la poudre et du sang. Le visage de Sherwan, son vieux compagnon d'armes, lui revint en mémoire. Il était mort assassiné en Irak sans que Sîbel sache encore comment. Elle l'avait appris peu de temps après avoir lancé l'opération pour détourner l'avion. Ils s'aimaient d'un amour impossible, interdit par le parti. Alors ils avaient été de tous les combats ensemble, comme pour venir à bout de ce monde. Sîbel doutait maintenant de ce qu'elle était devenue. Elle observa Weber qui la dévisageait, les yeux terrorisés. Lui avait tué depuis un fauteuil de cuir, dans une société qui en faisait un roi pour ses crimes. Quel allait être le dernier message qu'elle enverrait à sa fille après cette vie de lutte ? Quel dernier héritage voulait-elle lui léguer ? Elle repensa à toutes ses lectures, tournant les pages des livres de ses doigts gelés par l'hiver. « Que le bonheur soit la lumière », murmura-t-elle. « Je ne vous hais plus », dit-elle à Weber en se levant. Sîbel savait que ses hommes étaient tous prêts à mourir dans cet avion en terminant leur mission. Mais elle décida d'en finir autrement. Alors elle retourna dans la cabine de pilotage.

— Dis-leur que nous allons reprendre notre route pour Orly comme ils le demandent. Mais nous n'accepterons de négocier les otages qu'avec Tara Vaillant de la police judiciaire.

Tara regardait la Seine en fumant une cigarette à côté de la préfecture de police. Quand elle était revenue à son bureau le soir même, elle voyait encore des volutes de fumée noire au loin vers la Seine-Saint-Denis. Les djihadistes y avaient allumé de grands feux pour aveugler la surveillance aérienne. Mais la nuit avait absorbé la noirceur du ciel et là, tout était calme. Il n'y avait pas un bruit, à part les véhicules de l'armée qui passaient parfois. La ville était déserte avec le couvre-feu. Le fleuve coulait à son rythme sans aucun chahut de péniche. Elle ne distinguait par moments que des mouvements de soldats au niveau des barrages sur les ponts. Les fenêtres étaient éclairées et des ombres se détachaient parfois. La guerre était arrivée sans prévenir et tout avait été renversé. La nuit de garde allait être très longue encore une fois et Tara essaya de profiter le plus longtemps possible de cet instant de quiétude. Elle regarda Notre-Dame et le quai en contrebas où elle s'était assise avec Sîbel quand elles s'étaient rencontrées. Elle se rappela le regard de la Kurde et s'interrogea sur toutes les émotions qui avaient dû s'emparer de la vieille dame alors que Tara pleurait la mort de sa mère. « Les frontières n'existent que si on les imagine, regarde comme elles sont minces », murmura Tara en repensant à Sîbel qui avait posé sa main sur la sienne. Car Sherajin avait déjà compris. Elle avait su qui était Tara dès leur première rencontre au Centre culturel kurde. « Je vois ma maison tout là-bas et j'imagine comme nous sommes heureux. Et puis un jour, Daesh est venu et tout s'est arrêté », lui avait-elle déclaré sur ce banc comme une prémonition. Le monde de Tara avait tellement changé en seulement quelques semaines. La Lionne avait-elle raison finalement ? Peut-être n'y avait-il pas de justice des hommes. Tous ces djihadistes condamnés, pour quelle différence ? Elle ne savait plus si elle devait choisir entre la haine de Sîbel et cette justice qu'elle prétendait défendre. Elle refusa de repenser à Medhi. Elle ne voulait pas la haine. Elle ne souhaitait plus avoir à choisir du tout. Disparais, Sherajin, pensa-t-elle. Pars avec tes combats et tes victoires. Pars avec tes souvenirs et tes espoirs. Ne reviens jamais. Tu as gagné ta liberté, ne t'en prive pas. Tu m'as offert la mienne, c'est assez. Tu n'as plus rien à espérer ici. « Va-t'en, maman, murmura Tara. Va retrouver la solitude de tes montagnes. »

Tara écrasa sa cigarette. Elle n'était pas triste. Elle était habitée par l'évidence du destin. Peu importe ce qui allait arriver, elle allait l'accepter. Elle se sentait maintenant presque aussi bien que l'après-midi même, quand elle s'était réfugiée dans les bras de son père. « Je t'aime papa », lui avait-elle dit. « Moi aussi, ma fille. » Dans le salon, les vieux albums de photographies avaient été rangés avec leurs fantômes sur les étagères. Un roman était posé ouvert sur la table basse, à côté d'une tasse vide, noircie par le thé. Des miettes de pain traînaient encore là où Robert avait dîné la veille. Sur le sol un nouveau tapis avait remplacé l'ancien. Puis ils avaient marché, Tara accrochée au bras de son père. La lourdeur de l'été avait cédé la place à une douce brise d'automne. Quand ils étaient parvenus devant la grille verte du cimetière, ils s'étaient souri en poussant la porte sans aucune hésitation. Sur la tombe de Jeanne, une rose avait séché. Robert et elle n'avaient pas parlé pendant un moment.

— Elle me manque beaucoup, tu sais, avait avoué Tara.

— À moi aussi, avait répondu son père.

Tous les deux se sentaient soulagés et comme enfin réunis.

— Merci, papa, de tout ce que vous avez fait pour moi.

— Nous n'avons fait que t'aimer.

Tara fut sortie de sa pensée par son téléphone portable.

— Oui Benjamin, entama-t-elle en décrochant. Qu'est-ce qui se passe ?

Tara écouta la nouvelle sans broncher, comme si le moment était enfin venu. L'espoir est toujours là tant qu'il est possible d'échapper à la fatalité, comme le condamné à mort jusqu'à son dernier instant. Pourtant il faut accepter l'irrémédiable, allumer sa dernière cigarette, prier Dieu ou les poètes, vider son dernier verre de rhum et se mettre en marche la tête levée, certain de ce que l'on a fait, convaincu comme un résistant devant ses meurtriers : « Bonheur à ceux qui vont nous survivre et goûter la douceur de la Liberté et de la Paix de demain. »

Quelques minutes plus tard, Tara était dans la voiture de la DGSI escortée par une voiture du GIGN.

— Je t'amène à Orly, expliqua Benjamin. Le commando a demandé à te parler, et à toi uniquement. L'armée t'attend pour une négociation. Mais ils ne prendront aucun risque. Si ça échoue, ils abattront l'avion.

Tara regardait par la fenêtre.

— Je ne comprends pas pourquoi ils voudraient s'adresser à toi ? enchaîna Benjamin.

— Je ne sais pas, mentit la policière sans croiser son regard.

Le convoi roulait à toute allure dans les rues désertes. Tara ne s'était pas sentie apaisée depuis si longtemps. Rien au monde n'existait plus que ce qui allait arriver. Elle vivait les derniers instants de sa précédente existence. Comme Sîbel après le massacre d'Halabja qui l'avait poussée vers un nouvel avenir, Tara savait que le sien se jouait maintenant. Et rien ne serait jamais plus comme avant.

— Ils savent certainement que j'enquêtais sur eux, ajouta-t-elle. Ils ne connaissent peut-être que moi ?

— Peut-être. J'ai avancé sur l'enquête, reprit Benjamin après un silence.

Tara se tourna enfin vers lui.

— Je suis certain que c'était Sarzinsky l'informateur d'Alami, déclara l'agent de la DGSI. Nous l'avons placé en garde à vue.

— Non, mais tu plaisantes ? Sarzinsky et Alami se haïssent, qu'est-ce qui te fait penser à ça ?

— Beaucoup d'enregistrements de leurs entretiens ont disparu sans qu'il puisse nous expliquer comment. Il aurait aussi demandé aux agents de l'ERIS de sortir lors de leurs échanges, ce qui est contraire au protocole de sécurité. Et quoi de mieux que de jouer la haine, tu ne penses pas ?

— Et quel est le rapport avec mes propres entretiens ?

— La communication avec l'extérieur pendant vos discussions est une piste que nous avons abandonnée.

Benjamin tourna la tête vers la fenêtre à son tour. Tara n'insista pas. Tout cela ne lui appartenait plus.

Quand le convoi arriva à Orly, elle fut immédiatement emmenée à la tour de contrôle. Dans l'ascenseur, elle semblait toute petite entourée par les colosses du GIGN qui l'encadraient. Les portes s'ouvrirent sur une grande salle obscure ponctuée de boutons colorés. Beaucoup d'employés avaient déserté leur poste avec l'arrêt du trafic aérien. Un contrôleur encadré par des militaires se leva pour laisser sa place devant une radio.

— Allez-y, vous êtes sur la fréquence, dit-il en reculant.

Tara s'assit. Elle réfléchit un moment en regardant la nuit par les grandes baies vitrées qui l'entouraient. Puis elle approcha ses lèvres du micro.

— Ici Tara Vaillant de la police judiciaire, entama-t-elle.

Elle attendit quelques minutes sans obtenir de réponse et répéta son annonce.

— Ici Tara Vaillant de la police judiciaire de Paris, je voudrais parler avec le responsable de votre groupe.

Encore une fois, personne ne répondit.

— Je suis Tara Vaillant, reprit-elle. Dites à Sîbel Sherajin que je voudrais lui parler.

Il n'y avait pas un bruit dans la salle. Un militaire s'approcha pour mettre fin à la conversation. Mais Tara leva la main pour lui signifier d'attendre.

— Bonjour Tara Vaillant, cracha finalement la radio dans la pièce.

Tara reconnut immédiatement la voix de sa mère.

— Sîbel, comment se portent les otages ?

— Jean-Philippe Weber et ses gardes du corps sont en vie, si c'est ta question.

— Que vas-tu faire, *daya gyan* ?

— Peu importe, répondit la Kurde.

— Il faut que tu poses cet avion et que tu relâches tes otages. C'est fini, Sîbel, rajouta Tara après un silence.

— Je sais.

— Si vous ne faites pas ce qu'ils vous ordonnent, l'armée ne prendra pas de risque et ils vous abattront.

— Comme tu l'as dit, ma fille. C'est fini.

Tara posa la radio et enfonça son visage dans ses mains. Dans la pièce, tous étaient suspendus à cette conversation que personne ne comprenait vraiment. Tara ne bougea pas quand la voix de Sîbel résonna à nouveau.

— Nous allons nous poser comme il nous l'a été demandé. Nous discuterons alors de vive voix. Mais nous ne voulons parler à personne d'autre qu'à toi.

Tara tourna la tête vers l'officier militaire qui acquiesça.

Le jet de Weber apparut dans le ciel dix minutes plus tard. Quand il se posa, un impressionnant dispositif militaire était déjà en place à cent mètres de l'endroit où il s'immobilisa. Des camions blindés faisaient barrage au groupe d'assaut qui se tenait prêt. Une autre équipe progressait à la faveur de la nuit pour se positionner. Sur le toit des hangars et sur les pelouses, les snipers attendaient le signal pour tirer. Tara se laissa faire quand un agent l'aida à enfiler un gilet pare-balles.

Mais elle n'entendait pas les conseils et ne réagissait pas aux mises en garde. Bien sûr qu'elle était certaine de ce qu'elle faisait. Elle leva juste la tête et dit : « Surtout ne tirez pas. » Puis elle vérifia machinalement que son pistolet était à sa ceinture. Alors elle se mit en route, dépassa les camions et se dirigea seule vers l'avion. Elle ne vit pas derrière elle l'équipe des renseignements turcs rejoindre Benjamin ni celui-ci donner ses ordres au GIGN pour abattre le commando dès que cela serait possible. Elle avait tout compris déjà.

Il ferait bientôt jour, pensa simplement Tara en marchant. Et elle était bien incapable de prédire ce que demain lui réservait. Elle marchait vers une destinée qui avait été décidée si loin d'ici. Elle regarda machinalement sa main. Mais elle ne put retrouver la sensation de la main de Jeanne dans la sienne au Sinjar. Elle sentait le bitume sous ses pieds et repensa à cette rue d'Halabja. Elle se rappela l'endroit même où son père certainement était mort avec les jumeaux et dont il ne subsistait plus qu'un trottoir. Le fil de la vie, comme une pelote, l'avait ramenée où tout avait commencé. Là où les corps sacrifiés du passé avaient bâti le monstre. Là où l'innocence massacrée avait engendré la haine. Jusqu'à sa mère et toute sa souffrance, sa vengeance et ses crimes. Il ne faut pas oublier l'invisible, songea-t-elle. Il faut se souvenir de Baram, Rojan et Heval, de Medhi, du commissaire Perret et de tous ceux qui suivront. Elle ne pouvait les abandonner maintenant. L'injustice ne devait pas être l'héritage de leur sacrifice. Et pour cela elle était prête à en payer le prix. Elle leva la tête et regarda vers l'est. Le soleil ne s'était pas encore levé.

Elle s'immobilisa en arrivant devant l'avion. La porte s'ouvrit et l'échelle s'abaissa. Sîbel apparut sous sa capuche dans l'encadrement de la porte. Un foulard vert et fleuri entourait son cou. La policière distingua tout de suite le pistolet que portait également la Lionne à la ceinture.

— Bonjour Tara, entama-t-elle. Je suis désolée, je suis très fatiguée. Je vais m'asseoir si tu veux bien.

Sîbel descendit rapidement quelques marches. Elle s'assit dans l'escalier juste en face de Tara pour se protéger des snipers.

— J'aurais voulu te serrer dans mes bras, ma fille, lui confia-t-elle en découvrant sa tête. Mais je ne veux pas t'attirer d'ennuis.

— Qui est à l'intérieur ?

— Weber, ses deux gardes du corps et deux hommes à moi.

— Il faut que tu te rendes, *daya gyan*, dit Tara d'une voix douce.

— Pourquoi ?

— Sinon tu vas mourir.

Sîbel regarda sa fille de ses yeux noirs qui brillaient dans l'obscurité. Elle baissa légèrement la tête de côté en l'observant, comme elle le faisait toujours quand elle essayait de comprendre.

— Je sais, répondit-elle.

— Viens avec moi. Laisse-moi t'emmener. Arrêtons tout cela.

— Pourquoi m'arrêter ? demanda la Kurde en plissant les yeux.

— Vous êtes des assassins.

Les yeux de la Lionne s'ouvrirent en grand. Ses lèvres se retroussèrent dans un rictus carnassier.

— Oui, nous sommes des *Heyssessini !* cracha-t-elle soudain en se relevant. Mais regarde !

Elle se précipita alors à l'intérieur de l'avion et ressortit en poussant devant elle Jean-Philippe Weber, bâillonné et entravé. Elle lui fit descendre les marches et le jeta à genoux sur le sol devant Tara.

— Et lui, ce n'est pas un assassin ? hurla Sîbel. Cet homme a pris ma vie, Tara. Il a pris l'homme que j'aimais, il m'a pris mes garçons, et il t'a enlevée à moi.

— Il sera jugé, maman.

— Jugé ? Les hommes comme eux n'ont rien à craindre de tes juges, ma fille. Ils font de votre démocratie des écrans de fumée pour vous aveugler, car ils décident tout, des mots que vous entendez dans les bouches des journalistes qu'ils emploient, de la nourriture que vous mangez, de vos goûts et de vos couleurs, de vos dirigeants qu'ils posent au pouvoir tant qu'ils leur restent soumis. Ils décident de la destruction de notre environnement sans être inquiétés. Aucune loi ne s'applique à ces hommes et à leurs pratiques. Ils sont les nouveaux faiseurs de rois, rien n'a de prise sur eux que leur volonté de pouvoir et d'enrichissement. Ils vivent des conflits, produisent les mêmes gaz qui tuent nos enfants dans les guerres et nos plantes dans les champs. Ils vivent de Daesh et de leurs horreurs. Regarde Mohamed Belaj et Camille Martin, ils ont été jugés, non ? Est-ce que ça les a arrêtés ? Est-ce que ç'a empêché Akim la Brute de s'enfuir ? Est-ce que ç'a empêché leurs monstruosités ? Et tu appelles tout cela la justice ?

Tara hésita. Elle regarda Jean-Philippe Weber agenouillé et elle sut au fond d'elle-même que Sîbel avait raison. Mais elle ne voulut pas l'accepter.

— Il faut y croire car nous n'avons pas le choix, reprit Tara. Ceux qui nous suivront seront meilleurs que nous, et les suivants encore plus. Et cela jusqu'à ce qu'un jour, les innocents triomphent, *daya gyan*.

— Tu es meilleure que moi, Tara, car j'ai décidé de me battre pour que cela soit possible, déclara Sîbel calmement. Mon combat était celui-là, et en cela je n'ai pas échoué. Alors oui, nous tuons, ma fille. Mais nous assassinons comme on sème. Car de chaque goutte de sang versé naîtra un homme nouveau. Et les femmes briseront leurs chaînes. Et les mères verront leurs enfants grandir dans un ordre rétabli, où l'opprimé ne sera plus victime mais juge de ses bourreaux. Pourquoi seule la violence de l'État serait légitime quand il est dirigé par les tortionnaires ? Non, Tara, seule l'opposition a le droit à la violence, jusqu'à ce qu'elle prenne le pouvoir et soit renversée à son tour. Car le pouvoir corrompt tout.

— C'est l'anarchie.

— En effet, et c'est elle qui fera qu'un jour plus personne ne réclamera ce pouvoir. Quand il ne sera plus convoité car source de mort, alors les armes se tairont et nous vivrons en paix. Nous n'avons pas d'autre choix.

— Si, *daya gyan*. Nous pouvons encore décider de changer, jour après jour. Nous devons être certains de ce que nous voulons construire. Car rien ne pourra s'opposer à ce en quoi nous voulons croire. Nous avons le choix de vivre ensemble, Sîbel.

Les deux femmes se regardaient fixement. La mère et la fille se faisaient face. Elles échangeaient en silence toutes les vies possibles qu'elles auraient pu avoir. Sîbel plongea encore plus intensément ses yeux dans ceux de sa fille. Tara comprit ce qu'elle pressentait mais qu'elle ne voulait accepter. Sa mère attendait que sa propre fille mette fin à leur histoire. Cela ne pouvait finir autrement. « Non », chuchota Tara en secouant la tête. « Non », souffla-t-elle encore. Sîbel sourit comme pour lui dire que tout irait bien. Puis elle leva ses yeux fatigués vers le ciel noir.

— C'est encore la nuit, ma fille, demain il fera jour.

— S'il te plaît, implora Tara.

La Kurde se rappela cet instant, quand elle avait tendu les bras vers Jeanne, Tara emmaillotée dans sa couverture de laine blanche. Sa petite fille si légère au bout des doigts. « Je t'en prie, supplia encore Tara. Ne meurs pas. »

— Pourquoi vivre quand on doit mourir ?

— Je t'aime, *daya gyan*.

— Moi aussi je t'aime, petite fille. Et ta maman aussi t'aimait beaucoup, tu sais. Nous sommes toutes les deux très fières de toi.

Et Sîbel, toujours debout derrière Jean-Philippe Weber, porta lentement sa main à sa ceinture.

— Non, lança Tara en larmes. S'il te plaît !

Le bras armé de Sîbel pendait maintenant le long de son corps derrière Weber, à genoux, les yeux révulsés. Tara dégaina son revolver. Elle le pointa vers Sîbel, des deux mains, pour ne pas trembler.

— Arrête, hurla-t-elle.

La Lionne recula doucement d'un pas.

— Il ne te reste désormais que l'amour, Tara, dit-elle sans cesser de fixer sa fille.

Sîbel leva d'un coup son arme vers la tête de Weber. Tara la laissa tirer et fit feu à son tour. Sa mère s'effondra sur le corps de son bourreau.

XXXII

400 jours après la sécession

Le téléphone portable vibra sur la table de nuit. Le visage enfoui dans son oreiller, Tara tendit le bras pour l'attraper et couper la sonnerie avant qu'elle ne se déclenche. Les cheveux en bataille, elle regarda l'heure d'un œil fatigué. Il était 6 h 30 et la lumière commençait à poindre par la fenêtre ouverte. Elle resta allongée un moment sur le côté, sans bouger. Le bout gelé de son nez lui rappelait qu'il faisait bien frais dans la pièce. Elle voulut encore profiter de la chaleur du corps dans son dos, de sa respiration régulière et de la cuisse réconfortante contre laquelle étaient posées ses fesses nues. Comme chaque matin, elle eut une seconde d'angoisse en se demandant où elle avait mis son arme en se couchant. Elle se rappela presque immédiatement qu'elle n'en portait plus. Ses affaires étaient entassées sur une chaise devant elle. Sa culotte avait été lancée de l'autre côté de la pièce et pendait du manche de la guitare électrique qui reposait contre le mur. Il y a trop d'objets dans cette chambre, pensa-t-elle. Elle regarda ses doigts. La tache jaune de nicotine avait presque disparu. Elle finit par se relever lentement et resta assise un moment sur le bord du lit. Elle frissonna. Tara aimait sentir l'humidité de l'air et le bruit du ressac qui parvenait de l'extérieur. Elle tourna la tête. Baz dormait derrière elle. Ses cheveux longs lui couvraient le visage. En le regardant elle se dit que c'était agréable, un homme qui ne ronflait pas. Elle eut envie de l'embrasser mais elle ne voulait pas le réveiller. Alors elle se leva doucement. Le dragon dans son dos s'étira également. La lumière matinale donnait à la bête un air paisible et moins féroce. Ses circonvolutions devenaient celles d'un animal au repos, enroulé sur lui-même. Tara ouvrit le placard, attrapa ses affaires de sport et se glissa discrètement dans le salon pour se changer. Elle fit couiner une grenouille en caoutchouc en marchant dessus. « Foutoir », murmura-t-elle. Elle enfila un collant de course, ses baskets et alla boire un grand verre d'eau dans la cuisine. Puis elle enjamba les jouets qui traînaient et passa la tête par la porte des filles pour vérifier si elles dormaient toujours. Tout était silencieux. Elle entra. Dans leurs lits respectifs les jumelles dormaient, la bouche légèrement entrouverte comme leurs yeux. Tara resta un moment à les regarder, résistant à l'envie de leur renifler le cou. Elle attendrait de revenir avec les croissants pour avoir ses bisous. Elle finit par quitter l'appartement, descendit l'escalier de l'immeuble et sortit dans la rue. La mer était juste en face, de l'autre côté de la route, derrière le parapet de pierre. Elle longea le trottoir pour traverser plus loin. Le marchand de presse était encore fermé. Tara s'arrêta un instant devant la devanture. Toutes les unes des journaux affichaient la même information. La bataille pour reprendre le territoire à l'État islamique en Seine-Saint-Denis allait débuter. Près de cent mille combattants étaient mobilisés et autant de personnels en support. Ils faisaient face à des djihadistes exsangues, sur un terrain dévasté. Après des mois d'attaques ciblées, beaucoup de terroristes avaient péri dans les incursions des forces spéciales ou dans les attaques de drones. Les derniers cadres de Daesh n'avaient pas réapparus et personne ne savait où ils se trouvaient. Akim Alami s'était volatilisé sitôt le califat déclaré. Une fascination entourait sa légende, et les histoires les plus saugrenues étaient colportées sur son compte. Tara baissa les yeux. Elle ne voulait plus voir ces visages que les médias affichaient. Ceux des politiciens qui s'abreuvaient du sang et des cendres pour nourrir la haine et l'intolérance. Ces regards qui portaient la même bestialité qu'Alami qui triomphait par eux. Les visages anguleux de ces hommes, plus secs que leur âme appelant à se débarrasser des musulmans. La mollesse de celui de ces femmes beuglant leur fiel comme on crache en parlant des étrangers.

Tara traversa finalement la route et descendit sur la plage. Elle aimait être seule avec la mer, tôt le matin, et courir jusqu'au bout, le plus loin possible, profiter de l'air et des lumières. Elle se mit en route, en petite foulée, sur le sable mouillé et dur, vers les rochers noirs tout au loin, emprisonnés dans une brume légère. Là-bas, elle se déshabillerait derrière un rocher qu'elle connaissait bien pour se jeter nue dans la mer, très vite, car l'eau était froide. Juste un plongeon rapide, pour se sentir vivante, avant de revenir en se séchant au vent. Tara se retourna pour voir ses traces dans le sable qui longeaient exactement les lèvres de l'écume. La mer était parfaitement vide, sans voile ni cheminée à l'horizon. Elle lui rappela ce jour où elle était arrivée sur le bassin de l'Arsenal après la mort de Sîbel. Elle était descendue sur le quai. La péniche avait disparu. Une amarre verdâtre traînait dans l'eau sans rien attendre. Le Bazar était fermé comme tous les lieux de rassemblement. « De retour en temps de paix », avait écrit Baz sur la devanture. Alors elle était remontée en voiture. Pendant des jours elle avait longé la Marne au volant de Princesse, s'arrêtant dans les ports, discutant avec les bateliers, regardant passer les péniches de transport. Elle se garait dès qu'elle entendait de la musique dans les bars et guinguettes au bord de l'eau. Elle y posait des questions et finissait par boire un verre sous un saule, imaginant Baz quelque part avec ses instruments. Plusieurs fois elle avait cru le trouver, caché dans les grandes herbes au bord des chemins bordés d'arbres. Elle avait continué à s'enfoncer dans la campagne, cherchant le tjalk hollandais auprès des éclusiers. Enfin, au croisement d'un affluent, l'un d'eux l'avait renseignée. Il lui avait fallu une matinée, en longeant les petites routes de halage, pour apercevoir le bateau, posé contre une rive herbeuse protégée du soleil par un grand peuplier. La vieille moto de Baz était garée en contrebas de la route, sur le chemin qui longeait l'eau. Ses chromes brillaient au soleil. Tara était descendue entre les arbres. Elle s'était arrêtée pour observer Baz bricoler sur le pont, les mains pleines de graisse. Il sifflotait, sa guitare posée contre une chaise et les oiseaux chantant en écho. Ils s'étaient longuement regardés avant qu'elle vienne le rejoindre. Et elle n'était jamais repartie. Ils n'avaient vécu plusieurs semaines que pour s'aimer sur ce canal. Et un jour, ils avaient voulu voir la mer. Alors ils avaient remis la péniche en marche, au fil de l'eau, loin de la guerre et des hommes. Ils évitaient les villes pour ne s'arrêter que dans le calme des campagnes. Dans les auberges qu'ils croisaient au bord de l'eau, dans les petits bourgs de campagne ou les ports perdus, ils vivaient à faire la cuisine ou le service. Baz prenait sa guitare et improvisait des concerts en chantant pour quelques sous dans un chapeau. Ils s'étaient mariés au son d'un accordéon, sous l'autorité d'un maire tout rond, entourés de la joie des inconnus et de celle de Robert. Quand les jumelles étaient nées, ils étaient déjà passés de la Seine à la Loire au gré des canaux et arrivaient à la mer.

En courant, Tara regardait l'horizon. Bientôt c'est là qu'ils iraient. Dans ce voilier qu'ils avaient récemment acheté avec l'argent de la péniche. Pour être libres, complètement, débarrassés de tout ce qu'ils avaient derrière eux, là, au loin, sans personne. Elle se sentait plus forte et plus sûre d'elle qu'elle ne l'avait jamais été. Elle ralentit le pas devant les rochers noirs qui avaient dévalé la falaise. Le plus gros était posé sur le sable, attendant que le géant essaye pour toujours de le pousser en haut de la colline. Elle se glissa alors derrière l'imposante masse de pierre. Elle aperçut immédiatement le bout de feuille blanc qui brillait au bord de l'eau. Elle s'en approcha et se baissa pour le ramasser. Elle sentit la texture du papier photographique et retourna le cliché déchiré. Sa mère souriait ce jour-là, dans leur maison, à côté de l'image de Tara qui n'était plus là. Ce qu'elle ne vit pas tout de suite, c'est l'homme assis sur un caillou juste derrière elle, un pistolet automatique à la main.

— Notre émir t'attend, et cette fois-ci il n'y aura personne pour te sauver, entendit-elle.

Et Tara n'eut plus rien à comprendre.

À mes lecteurs et soutiens

Ce livre traduit d'abord la fermeture d'un chapitre de ma vie alors que la ligne de front avec l'État islamique s'est effacée au Moyen-Orient. Car c'est bien cette expérience de terrain qui nourrit mon travail, tout comme les rencontres, si riches, que je fais au long de la route.

Mes remerciements s'adressent donc d'abord à mon ami Sherwan Yassin qui m'avait accompagné en Irak, au Sinjar, quand la ville fut libérée de Daesh en 2015, puis lors de mes différentes missions au Kurdistan, à Mossoul, et enfin à Halabja, quand je partais moi-même sur les traces de mes personnages. Je salue aussi Luqman Abdulqadir Mohammed, Hoshmand Murad et Sami Jalal de la Société pour les victimes d'Halabja qui m'ont ouvert leur savoir et leur engagement à faire reconnaître les responsabilités du génocide kurde.

Mais ce roman n'a pas été facile à écrire. D'abord la crise du Covid en a beaucoup affecté le travail. J'ai surtout été harcelé par les doutes. Je dois notamment à mes amis et relecteurs de m'avoir aidé à passer ces troubles : Anne Dutrey Kaiser, Julien Tsin, Alexandre Fort et Pierre-Henri Puech.

Ensuite, je dois dire toute ma reconnaissance à Carole Saudejaud, Sophie de Closets, Sophie Hogg et Pauline Faure pour leurs retours si enthousiastes sur le texte et la volonté de l'accompagner. Vous avez fini de briser mes craintes.

Ainsi, grâce à vous, mon histoire a pris vie, tout comme ses personnages. Elle est devenue aussi réelle pour moi que celles que je traverse dans l'existence.

Au moment de vous confier aux lecteurs, je veux finir par vous dire, à toi Tara, Jean, Baz, Medhi et tous les autres, que je vous aime énormément, et que vous allez terriblement me manquer.

Cet ouvrage a été mis en pages par

<pixellence>

Imprimé en France par CPI
en mai 2023

Dépôt légal : mai 2023
N° d'édition : 594491-0
N° d'impression : 174065